新世纪藏族汉语文学"中国故事"话语实践研究

魏春春 著

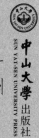

中山大学出版社
·广州·

版权所有　翻印必究

图书在版编目（CIP）数据

新世纪藏族汉语文学"中国故事"话语实践研究/魏春春著.—广州：中山大学出版社，2021.7
ISBN 978-7-306-07188-0

Ⅰ.①新… Ⅱ.①魏… Ⅲ.①西藏—少数民族文学—文学研究—中国　Ⅳ.①I207.914

中国版本图书馆 CIP 数据核字（2021）第 073923 号

出 版 人：	王天琪
策划编辑：	嵇春霞
责任编辑：	李先萍
封面设计：	林绵华
责任校对：	卢思敏
责任技编：	何雅涛
出版发行：	中山大学出版社
电　　话：	编辑部 020-84110283，84111996，84111997，84113349
	发行部 020-84111998，84111981，84111160
地　　址：	广州市新港西路 135 号
邮　　编：	510275　　传　　真：020-84036565
网　　址：	http://www.zsup.com.cn　E-mail：zdcbs@mail.sysu.edu.cn
印 刷 者：	佛山市浩文彩色印刷有限公司
规　　格：	787mm×1092mm　1/16　19.5 印张　286 千字
版次印次：	2021 年 7 月第 1 版　2021 年 7 月第 1 次印刷
定　　价：	58.00 元

如发现本书因印装质量影响阅读，请与出版社发行部联系调换。

本书系国家社会科学基金项目"新世纪藏族汉语文学'中国故事'话语实践研究"（项目批准号：17BZW178）最终结项成果

目　　录

绪　论 ·· 1
   第一节　研究缘起 ·· 1
   第二节　研究现状 ·· 3
   第三节　研究思路 ·· 10
   第四节　研究内容 ·· 12
   第五节　研究重点和研究目的 ·· 14

第一章　藏族汉语文学"中国故事"的意涵 ······················ 15
   第一节　"中国""故事"和"中国故事" ························ 17
   第二节　"中国故事"的地方性表达 ······························· 32

第二章　宏大历史的藏式"中国故事" ······························ 39
   第一节　宏大历史的非虚构展现 ····································· 41
   第二节　宏大历史的民间化叙述 ····································· 50

第三章　乡愁依恋的藏式"中国故事" ······························ 62
   第一节　遥望乡关满惆怅 ··· 62
   第二节　无家可归空踟蹰 ··· 75

第四章　城乡共生的藏式"中国故事" ······························ 87
   第一节　传统裂隙与城市魅影 ·· 88
   第二节　消费喧哗与生态凋敝 ·· 96
   第三节　现代秩序与伦理困境 ······································ 108

第五章　家族记忆的藏式"中国故事" …… 124
第一节　草原部落的史诗书写 …… 127
第二节　康巴土司的历史寓言 …… 138
第三节　边地空间的家族记忆 …… 147

第六章　文化地理的藏式"中国故事"表达 …… 162
第一节　甘南大地的歌声 …… 164
第二节　雪山褶皱的心语 …… 176
第三节　嘉绒天空的飞鸟 …… 197
第四节　羌塘草原的赞歌 …… 209

第七章　儿童视角的藏式"中国故事" …… 223
第一节　儿童视角与童年体验 …… 224
第二节　儿童视角与现实关怀 …… 235
第三节　儿童视角与童心童趣 …… 245

第八章　藏式"中国故事"的身体建构 …… 250
第一节　重述民间之根 …… 252
第二节　营造古城之韵 …… 256
第三节　彰显女性之灵 …… 261
第四节　体认村庄之志 …… 269

第九章　藏式"中国故事"的文学传播 …… 277
第一节　藏式"中国故事"的刊发平台 …… 278
第二节　藏式"中国故事"的文学推进活动 …… 281

结　语 …… 284

参考文献 …… 287

后　记 …… 303

绪　论

第一节　研究缘起

新世纪以来，中国藏族汉语文学伴随着中国现代化的进程蓬勃发展，势头强劲。这主要表现在创作队伍不断壮大，创作观念不断更新，创作手法日益多样，地域特色渐趋明晰，且有分量的文学作品逐渐引起文坛关注。更值得注意的是，随着中国现代化进程的稳步推进，以及西藏经济的快速发展，藏族汉语文学的现代性反思与传统民族生活的回望相交织而产生的"中国故事"愈益呈现出独特的个性。

在创作队伍方面，新世纪藏族汉语作家主要有两个群体：第一个群体是在20世纪八九十年代成长起来的一批藏族汉语作家，他们的创作愈发老到、犀利，丰富的生活经历使得他们关注历史文化和现实生活的方方面面，力图呈现出20世纪以来包括藏族群众在内的多民族群体的生活情态及其隐微的内在世界。代表作家有降边嘉措、益西单增、阿来、梅卓、丹增、吉米平阶、白玛娜珍、完玛央金、江洋才让、加央西热、蒋秀英、格绒追美、阿布司南、万玛才旦、列美平措、仁增旺杰、班丹、格央、平措扎西等。他们从不同的角度关注现实生活，直面生活的复杂，真诚地展现生活的沧桑、苦难及心灵的超拔与飞升。

第二个群体是在20世纪90年代末、21世纪初涌现的一批藏族作家，这些作家年龄层次分布广泛，有"60 后"、"70 后"、"80 后"。不同的出生年代、迥异的个人际遇、多元的文化志趣、多样的文学思潮、个性化的文学创作手法等，塑造了他们文学创作别样的风采。代表作家有次仁罗布、严英秀、达真、扎西才让、洼西彭错、尼玛潘多、尹向东、德本加、康若文琴、曹有云、梅萨、王小忠、刚杰·索木东、阿顿·华多太、嘎代才让、桑丹、雍措、央金拉姆、德乾恒美、南泽仁等。他们的视野较为开阔，在各自热衷的文学文体自留地里播撒、耕耘、收获。同时，相比较第一个群体的作家，这一批作家皆接受过高等教育，深受现代文化的影响，以及改革开放以来的中国当代文化和全球化文化的滋养。当他们反观民族文化，势必会产生文化上的碰撞与摩擦、情感上的纠结和共融。因此，他们的文学书写会表现出与前期作家不同的文化姿态。但这批作家又是极有文学创作野心的，他们渴望以文学的形式展现出的民族、地域的文化形态能被人们接纳，希望在对历史的不断挖掘中彰显各自生活领域的丰厚历史意蕴，期望通过对内在隐秘世界的诗性表达凸显自我情怀。

这两个群体的作家在创作上呈现互相补充、互相砥砺的样态，他们合力营构出新世纪藏族汉语文学多样化的文学景观，在各自的文学领域开拓出具有个性的中国故事的民族表达形态。

在创作观念和手法方面，新世纪以来的藏族作家们极力突破以往的写作范式，挣脱革命历史主义的书写藩篱，摆脱魔幻书写的束缚，力图从新历史主义、文化地理学、非虚构写作、底层写作、女性书写等角度紧贴各自的生活地域以铺展文学想象，创作带有明显先锋气质的文学作品。如阿来的《空山（三部曲）》（人民文学出版社，2009年），作品创设了一个隐秘而又极具有开放性、包容性的文学空间，将历史与现实、物质表象与精神象征、传统生活形态与现代文化侵袭等交相混杂，展现空山境遇中人们的生存形态。而在艺术手法方面，作者则采取了散绎片段式的连缀形式，打破了长篇小说固有的线性——单线式或复线式——时空文体规范，不断地拓展小说文体的边界，进而丰富作品的内涵。在新历史主义方面，新世纪以来的藏族汉语作品数量比较多，如梅卓的《月亮营地》（2001）、达真的《康巴》

(2009)和《命定》(2011)、次仁罗布的《祭语风中》(2015)、尹向东的《风马》(2016)等长篇小说,立足于民间书写,表达了对特定历史时期历史事件的个人性书写与想象,打破了他者的藏地想象模式,而凸显出历史的多面相,展现了多样化民族叙述结构的生机和活力,创造了历史表述的多种可能性。

文学地理学方面的书写,就创作实绩而言,次仁罗布的"八廓街系列"、扎西才让的"桑多镇书写"、洼西彭错的"乡城系列"、尹向东的"康定系列"、严英秀的"都市知识女性系列"等,不断丰富文学地理的空间意识,提升了文学地理的文化内涵和心理意义。

第二节 研究现状

新世纪以来的藏族汉语文学研究亦不断突破既有研究范式,引进新兴的研究视角,在个案研究和整体研究领域取得了不凡的成绩。其研究视角主要有四个方面。

一、女性研究视角

20世纪90年代以来,藏族女性作家高歌猛进,她们多站在女性文学研究立场,从生理性别的角度进行藏族女作家的文学创作,而对其中所隐约表露出来的社会属性的文化身份未加以关注,其原因一方面可能是藏族女性作家关于社会属性的表达较少,还未充分意识到女性的社会—身体属性;另一方面也可能是研究者多借鉴中国当代尤其是内地的女性文学研究方式,但缺乏深度开掘。在藏族女性文学发展历程研究方面,严英秀梳理了新世纪以来藏族女性的写作历程,采取的是线性时间的呈现方式,概要介绍藏族女作家的文学创作历程及其文学实效,带有概述式的文学史书写意味;同时,严英秀敏锐地发现,藏族女性文学在30年的发展中从单一走向多元,从平面走向立体,从区域走向全方位,已形成了一支整齐有力的队伍,前有先辈,后有新秀。写作目标和主题也得到了内在转换,由宏大主题走向对人的内心世界的关注,执着于寻求精神个性的发展,民族叙事兼容了多种审美文化诉求,使得藏族女性文学摒弃了少数民族文学一直以来的风情展示和神性想象的单一空间,呈现出多种文学景观共存的优势。众多风格鲜明的女作家以女性独到的包容、通达和敏锐,以更为丰富和柔韧的民族精神,进行着个人与时代、心灵与现实之间的对话。民族文化传统的凝重沧桑和所处地域特有的宏阔、悲慨、浪漫,赋予她们的写作以大气、刚健的美学风貌和奇异、神性的艺术气质,她们融内在细腻与外在阔达于一体,以极富痛感的心灵的文字创造着属于自己的文学传统,实现女性身份和民族身份的双重体认,从而建构了藏族女性文学话语自身的独立品格。① 在严英秀诗性的评语中,我们发现,当代藏族女性的文学创作不断地走向丰富、多元和立体,女性的文学视角不断扩大,女性作家的文化身份既有生理属性的表达,也有民族身份的呈现,当这两种身份相遇,女性作家又能以其细腻的女性生活情趣将之融合,故能生发出属于自己身体表达的话语体系。但是,不可否认的是当前的藏族女性创作还是缺乏深度和广度,仍然拘执于某种文化身份的自我定位,而未能突破生理属性的束缚以展现社会属性、文化属性的多样情貌。其他的有关当代藏族女作家的评述基本与严英秀的判断相似,只是关注点或是对具体作家、作品的论述,

---

① 严英秀:《中国藏族当代女性文学 30 年发展简述》,《中国藏学》2013 年第 1 期。

或是对女性文学创作史的整体性梳理。①

二、双语研究视角

关于藏族作家的汉语文学创作,早在20世纪八九十年代之交,耿予方就指出"藏族当代文学创作,自然形成了藏文和汉文双管齐下的格局,这是有别于藏族古代文学清一色藏文创作的一个重要变化"②,同时强调"民族语文是民族文学的重要特征,绝对正确,但不是唯一的特征。所谓民族文学特征,内容是多方面的,必须全面理解,应该包括语言文字、主题思想、艺术形式、写作方式、环境描写、伦理道德、风土人情、审美标准、心理状态、文化修养,等等。这些特征,用藏文写,更直接更方便更容易;用汉文写,也是同样可以办到的"③。针对20世纪90年代以来众多的藏族作家选择用汉语进行文学创作,有学者认为"疏离母语转而运用汉语写作是当代少数民族文学创作的一种群体态势"④,这并非对母语及母语写作的远

---

① 相关研究的论文有普布昌居、次旺罗布、马元明:《寻梦者:白玛娜珍小说中的女性形象内涵》,《西藏大学学报》2010年第3期;朱霞:《当代藏族女性汉语文学浅论》,《民族文学》2010年第7期;吕岩:《藏族女性作家书写主体的构建》,《西藏民族学院学报》2012年第5期;黄晓娟:《民族文化记忆的女性书写——论藏族女作家梅卓的小说》,《民族文学研究》2012年第6期;胡沛萍:《当代藏族女性文学研究概述》,《西藏研究》2013年第3期;胡沛萍:《当代藏族女性文学与中国内地女性文学差异之辨析》,《西藏民族学院学报》2013年第4期;徐寅:《非女性主义的性别想象——管窥藏族女作家梅卓文本中的性别群像》,《青海社会科学》2013年第3期;胡沛萍:《当代藏族女性汉语文学发展概述》,《西藏民族学院学报》2014年第4期;徐琴:《坚守与超越——藏族女性作家的创作兼及对当代藏族文学发展的思考》,《西藏研究》2016年第2期;田频、马烈:《论新时期藏族女性作家对女性救赎之路的探寻》,《西藏大学学报》2013年第3期;徐美恒:《论藏族三代女作家的小说创作》,《西部学刊》2015年第12期;等等。专著有胡沛萍著《当代藏族女性汉语文学史论》(中央民族大学出版社,2014),该专著所谓的"当代藏族女性文学"特指的是"当代藏族女性作家所创作的一切作品",并从当代藏族女性文学发生的动因、当代藏族女性文学的发展概况、当代藏族女性文学的民间情怀、当代藏族女性文学的历史内涵、当代藏族女性文学的女性意识、新时期以来藏族女性文学与中国内地女性文学的差异、当代藏族女性作家作品个案分析、当代藏族女性文学研究概述等方面描述、论证当代藏族女性汉语文学的发展历程及其文学、文化意义。
② 耿予方:《藏族当代文学》,中国藏学出版社,1994,第8页。
③ 耿予方:《藏族当代文学》,中国藏学出版社,1994,第9页。
④ 丹珍草:《藏族当代作家汉语创作论》,民族出版社,2008,第4页。

离,而是在当今中国的文化、文学语境下,藏族作家自觉游弋于母语文化思维与汉语文学书写之间,充分体现出文化融通的现实特性。通过此种文学努力,藏族文学不仅能更自洽地融入当代中国文学的整体发展结构,而且可以向更多的受众展现藏族文化的独特魅力,凸显出母语和母体文化背景下藏族作家的文学创作个性及其发展方向。为此,丹珍草认为"中国当代藏族文学因为拥有使用藏、汉两种语言文字进行创作的作家队伍而分为藏语创作和汉语创作两部分,它们如同鸟的双翼,共同构成不可分割的整体,一方守望着本民族雄厚的语言文化传统,另一方则拓展着守望的意义……藏汉双语并举,交叉并存,已是当代藏族文学创作的客观现实……这种二元创作模式逐步构成了中国当代藏族文学创作的新貌"①。依托上述文学实践背景,丹珍草以代际创作谱系来评析当代藏族汉语文学创作,她认为第一代使用汉语写作的是"民主改革"后在藏族文坛成长起来的作家,如饶介巴桑、降边嘉措、伊丹才让、益西单增等人,他们恪守传统现实主义创作手法,扎根民族民间文化,汲取民族传统文学养分,带有鲜明的地域性和民族性;第二代以新时期的扎西达娃为代表,他们跳出藏族汉语文学的单一政治化书写模式,表达出民族民主意识的觉醒和多元文化并进的发展态势,在一定程度上实现了小说创作思维向民族传统文化的转移,体现出了回归民族文化母体的渴望;② 第三代从 20世纪 90 年代开始,以阿来为代表,藏族作家的汉语创作视野更为开阔,注重普世性文化价值的表达与塑造,主要表现在"对故土的深层依恋""文明冲突的敏感""由边缘走向世界的渴望",以及对人的生存困惑的深入思考等方面。这些作家们自觉地从各自的文化土壤和生存境遇中展现个体心灵的悸动和隐微,带有"跨语言""跨文化"的"复合文本"的写作特征。③ 另外,关于当代藏族文学的母语创作及其研究,评论界尤其是藏语评论界做出了卓越的贡献。藏语学界不

---

① 丹珍草:《藏族当代作家汉语创作论》,民族出版社,2008,第 1 页。
② 丹珍草:《藏族当代作家汉语创作论》,民族出版社,2008,第 2 页。
③ 丹珍草:《藏族当代作家汉语创作论》,民族出版社,2008,第 5 页。

仅编辑了大量的文集，如华毛主编的"当代藏族女性丛书"（2011），包括小说集、散文集、诗歌集共三种，郭须·扎巴军乃主编的《当代藏族语言与文学研究》（2006）等，而且组织翻译当代藏语文学作品，如中国作家协会组织力量翻译出版的《中国当代少数民族文学翻译作品选粹（藏族卷）》（2013），还有藏汉双语学者如德吉草等精读当代藏语文学作品，并向汉语文学界介绍母语作家的文学创作，也取得了不俗的业绩。①

三、文化地理学视角

我国的藏族聚居地主要在西藏自治区、青海省、甘肃省、四川省和云南省，由于自然地理和历史沿袭等原因，传统意义上将藏族地区分为卫藏地区、安多地区和康巴地区，各地区呈现出不同的子系统文化风貌，分属不同地区的藏族作家的文学创作就自然呈现出不同的地理文化气质。因此，立足藏族作家生长的文化地理空间，有助于展现当代藏族汉语文学瑰丽多姿的文化地理人文情怀。对此，丹珍草在《藏族当代作家汉语创作论》中提出"青藏高原文化圈"的概念，意图"从人文地理和地域文化的角度对藏族文化和藏族文学的发展加以阐释"②，并指出"藏地三区"不仅具有地理上的"过渡地带"特

---

① 德吉草在《当代藏族作家双语创作研究》（民族出版社，2013年）中对作家端智佳、克珠、居·格桑、恰噶·多杰才让、德吉卓玛等的文学创作给予高度评价，同时强调"当代藏族文学以文种的多样性、文本的互融性和主题的多元性依旧呈现出比较强势的创作态势。在中国少数民族文学的视线中，表现出艺术生命力的原色，并与兄弟民族的文学创作一起联合筑出民族文学的原生态地带，以母语言说的方式，顽强地保留自己的话语权，并以自己的文学特质和文学传统确立起自己在中国少数民族文学中的地位与意义，为构建中国多元一体的当代文学的全面性和公正性输送信心和力量"（第166～167页），并且对藏族汉语作家如南色、列美平措、阿来、丹真贡布等人的文学创作从文学质感、文化品格、语言构造等方面展开深入思考，指出"这些用汉语创作的藏族作家，以自我和他者合和的双重文化身份，在汉藏文化的交叉边缘地带，建构着民族文化的另一种话语叙事形态。他们笔下的民族文化不再是为应和客体视角的审美习惯而制造出的肤浅的民族符号来满足陌生化期待。他们的叙述与表达使自我得到了还原和真实显现的机会，来去自由，穿梭于两种文化中间的自由之身，也使他们获得了比母语作家更多的话语权，赢得了更多进入文化市场的份额"（第218～219页）。

② 丹珍草：《藏族当代作家汉语创作论》，民族出版社，2008，第17页。

征,还具有文化接壤的相互关联特性。她认为"地貌独特而相对封闭的青藏高原文化圈,实际上一直与周边的民族及相关地区发生着各种各样的文化碰撞和融合"①,强调的就是当代藏族文学所表现出的文学地理文化属性。在具体研究方面,徐琴主要侧重藏族文学整体性的文化地理研究②,朱霞以康巴藏族文学为研究对象进行跨文化研究③。但从整体上看,目前的当代藏族文学的文化地理方面的研究还有待深入和挖掘,更应注重文化地理境遇中多民族文化和文学之间的融合与互补,以更充分地展现藏族文学创作的文化地理价值和意义。

四、比较与接受美学视角

着重从藏族传统文学、欧美文学及内地文学等方面对当代藏族文学生成和表达的影响入手,探究藏族汉语文学吸纳、兼容与创新的文学品质的发展轨迹及其发展可能,代表性作品是卓玛的《中外比较视阈下的当代西藏文学》④。该作品从比较文学视阈出发,研究西藏文学接受西方文学创作潮流和创作手法的影响及其融通,具体包括立足誉舆学谈论拉美魔幻现实主义对当代西藏魔幻派小说的影响、西方表现主义文学与当代西藏表现主义文学的平行研究、西方意识流小说与当代西藏意识流小说的平行比较、西方荒诞派戏剧与当代西藏荒诞派文学的平行比较,以及存在主义哲学、心理学、藏传佛教、艺术等对当代西藏文学的渗透,并建议评论者们要不断地发现和挖掘当代西藏文学中存在的与世界因素相融合的内容,以满足阅读群体的世界视阈的逐步完善和内心认同。诚然,由于20世纪80年代欧美、拉美的

---

① 丹珍草:《藏族当代作家汉语创作论》,民族出版社,2008,第44页。
② 徐琴教授主持的国家社科基金项目"文化地理视域中的当代藏族文学研究"已于2018年10月结项。目前阶段性成果有《坚守与超越——藏族女性作家的创作兼及对当代藏族文学发展的思考》(《西藏研究》2016年第2期)、《苦难岁月中的灵魂记忆——评次仁罗布的长篇小说〈祭语风中〉》(《当代作家评论》2016年第6期)、《民族精神的追寻与写照——亮炯·朗萨的文学风景》(《湖北民族学院学报》2015年第1期)等,大多从文学作品所表达的文学品格谈论文学的文化地理表达及意蕴。
③ 朱霞教授主持的国家社科基金项目"跨文化视阈下的康巴藏族文学研究"还处于研究状态,相关研究成果未予刊发,故阙如。
④ 卓玛:《中外比较视阈下的当代西藏文学》,上海大学出版社,2015。

文学思潮和文学手法的大量引进和译介确实影响了当代藏族文学包括西藏文学的创作实践,引发了当代藏族作家的文学创新兴趣,甚至出现了文体实验的创作倾向。但是,经过30多年的涵咏、比较和实践,新世纪以来的藏族作家很难说是受到何种文学观念或者说是特定哲学思想的影响,若着意于对作家作品某一方面属性的挖掘,似乎不足以展现当代藏族文学发展的气质,无法体现当代藏族文学在中华文化共同体结构中的文化探索和文学创新品格。因此,比较与接受的视角应该更为宏阔,如内地文学是如何受到当代藏族文学的影响,其他民族的作家在书写藏地题材时吸收了藏族文化的某些因子①等也理应成为关注的重点所在。

此外,当代藏族汉语文学的研究还有其他方面的视角,如文化人类学视角,主要从藏族民间文学资源的传承、发展及表达的角度探究藏族作家文学创作的传统文化因子,如栗军的《史诗的继承与超越——对阿来长篇小说〈格萨尔王〉的解读》(《阿来研究(第1辑)》,四川大学出版社,2014年)和台湾地区学者任容的《传统的再现与边缘化——论阿来创作中的民间文学》(《阿来研究(第3辑)》,四川大学出版社,2015年)等;文学文献学视角,侧重从当代藏族文学文献的整理与辨析等方面呈现藏族文学发展景观,代表性成果如于宏的《文献学视域中的当代藏族文学研究》(《西藏研究》,2016年第4期)等;文学(编年)史研究,着重于藏族当代文学史的整体关注,早期有耿予方的《藏族当代文学》(中国藏学出版社,1994年),近年来有西藏自治区文联主持编纂的《西藏当代文学史》等,断代方面的研究有于宏、胡沛萍合著的《20世纪80年代西藏汉语文学发展概论》(山东大学出版社,2015年)等;文化研究视角,将藏族当代文学置于多元文化视阈中,整体性看待其发展情貌及文学、文化意蕴生成的多种可能性,如胡沛萍、于宏所著的《多元文化视野中的当代藏族汉语文学》(民族出版社,2014年)等。

---

① 目前,关于这方面的研究有王泉的《中国当代文学的西藏书写》(湖南师范大学出版社,2012年)可资参阅。

由此可见，当代藏族文学研究视角日趋多样化，逐渐突破单向度的文学研究方式，立足于地域文化和族群文化的研究立场，力图借助不同的文学研究方式或范式，多角度、全方位地呈现当代藏族汉语文学的发展流程、发展特色，彰显藏族文学"各美其美"的文化属性及其文学意蕴，以丰富中国当代文学研究的百花园。然而，"各美其美"的目的是实现"美美与共"，也就是说民族文学研究的"美美与共"才能在真正意义上繁荣中华多民族文学研究的整体格局，凸显多民族国家的整体文化构建与文学表达，促进中华文化共同体的整体文化认同。

第三节　研究思路

2013年8月19—20日，全国宣传工作会议在北京召开，习近平强调了意识形态工作对于党的重要性，充分肯定了做好意识形态工作在当前我国发展迅速、转型加剧时期的必要性，并提出要"精心做好对外宣传工作，加速对外宣传方式的创新，将中国故事讲好，将中国声音传播好"[①]。此次会议后，全国理论界迅速掀起了讲好"中国故事"的讨论。随后，在2014年10月15日召开的文艺座谈会上，习近平就文艺现状提出了五个方面的要求，分别是"实现中华民族伟大复兴需要中华文化繁荣兴盛""创作无愧于时代的优秀作品""坚持以人民为中心的创作导向""中国精神是社会主义文艺的灵魂""加强和改进党对文艺工作的领导"，讲话立场鲜明地表现出中国特色社会主义文学艺术所特有的文学气质和文化底色，强调了"中国精神"的文学指向。2015年5月，习近平批示《人民日报·海外版》

---

① 《习近平：讲好中国故事　传播好中国声音》，见新华网（http://www.xinhuanet.com/zgjx/2013-08/21/c_132648439.htm），2013年8月21日。

要"用海外读者乐于接受的方式、易于理解的语言,讲述好中国故事"①,以加强对外宣传工作中"中国故事"的文化形塑和传播。全方位梳理习近平有关"中国故事"的讲话精神,我们发现,"中国故事"命题的时代意义和文化品性主要表现在以下三方面:第一,"中国故事"是党的意识形态工作的重要组成部分,是向全国各族人民和世界人民展现中国形象的重要方式;第二,"中国故事"是我国文艺工作者探索适合中国特色社会主义文艺发展方向的重要途径,是传播中国声音的有效方式,是塑造中国形象的桥梁和纽带;第三,"中国故事"是中国精神的外在体现,是中华文明的有机组成部分。由此而言,"中国故事""中国话语""中国声音"已然成为塑造新时代中国文化形象的代名词,"中国故事"是国家形象的对外展现,"中国话语"是"中国故事"彰显出来的文化建构底蕴,"中国声音"是中国话语体系表现出的有别于其他国家和地区的中国智慧。但我们若要向世界展现"中国故事"、讲述"中国故事",还须打造出能体现中国人的生活气质和生活经验的"中国故事"。因此,文学中的"中国故事"指的是文学创作活动中艺术化地展现出当代中华民族的生活经验、情感体验、历史记忆,是中国文学区别于其他国家(地区)文学的重要特质,是彰显中华民族共同体文学伟力的重要表征。

毋庸置疑,中国文学具有多民族文学交相融汇的特点,"中国故事"要由中国多民族文学共同讲述。然而,当前民族文学的"中国故事"研究还处于起步状态。新世纪以来,随着国家经济社会的持续稳健快速发展,藏族文学书写也呈现出不同于以往书写的文学特质,书写类型日趋多样化,书写品格渐趋个性化和多元化,文体创新日益明显,创作实绩愈益丰厚,故新世纪以来的藏族汉语文学的"中国故事"书写理应成为研究者关注的重要对象。

因此,将当代藏族文学研究置于"中国故事"文学书写语境加

---

① 《习近平就人民日报海外版创刊30周年作出重要批示》,见新华网(http://news.xinhuanet.com/politics/2015-05/21/c_1115367376.htm),2015年5月21日。

以研究,不仅凸显出当代藏族文学的"中国故事"属性,也丰富了当代"中国故事"文学研究的结构体系,同时还为其他兄弟民族文学研究提供了新的研究视角。

为此,本书以新世纪藏族汉语文学的话语实践为研究对象,立足文本所表现的文化风味,展现藏族作家建构"中国故事"的话语策略,以彰显新世纪藏族文学较之20世纪的文学表达呈现出全新的文学特点,张扬藏族文学在"中国故事"的文化背景下所表现出的文学特性和文化属性。

第四节　研究内容

本书以"中国故事"为核心概念,以新世纪藏族汉语文学为研究对象,从历史书写、乡愁依恋、城乡共生、家族记忆、文学地理、儿童视角、身体建构等方面展现藏族汉语文学"中国故事"的表达与建构,分析、呈现其话语形态的建构方式、类型及其品格,以丰富"中国故事"建构的内涵与外延,彰显藏族文学自觉建构、表达"中国故事"的文化希冀,张扬新世纪"中国故事"的民族化表达风采,突出"中国故事"背景下当代中国多民族文学版图的文学表达形态,强化民族国家在"中国故事"背景下的深层次文化塑造与想象。

本书共分为九章。

第一章是整体性的界定,主要梳理"中国故事"的文化内涵及其文学意义,凸显当代文学的"中国"意味,着重将抽象的意识形态概念转化为具体的文学实践与表达,展现新世纪"中国故事"的文学风情。在此基础上,提出藏式"中国故事"的概念,以概括藏族汉语文学在"中国故事"建构过程中所体现出的民族性、现代性、地域性的文学特点,确定"中国故事"藏式书写的研究对象包括历史书写、乡愁依恋、城乡共生、家族记忆、文学地理、儿童视角、身体建构,以及多元表达途径等方面,勾勒藏族汉语文学"中国故事"

的整体风貌。

第二章着重藏式"中国故事"历史书写的研究，力图从宏观与微观相结合的角度呈现新世纪以来藏式"中国故事"的历史想象与建构。第一部分关注藏式"中国故事"宏大历史背景下的非虚构表达路径，第二部分展现藏式"中国故事"宏大历史表达的民间化叙述策略，以展现出新世纪藏族汉语文学历史叙述的全面文学尝试及其文学实践效果。

第三章主要以现实的乡愁与精神的乡恋为纽带，表现当代藏族文学徘徊于现代与传统间的精神张力，着重展示现代化的文化氛围中，藏族知识分子们遥望乡关的无声喟叹和无家可归的现实思索，在乡恋中表达文学乡愁，在乡愁中展现民族乡恋。

第四章以城乡共生的现实文化空间为基础，着重展现当代藏族作家的乡土书写与城市想象。新世纪藏族汉语文学中的乡土表达经历了对城市化的无限向往和热烈追求，但当人们走向城市，却发现城市所代表的现代伦理蛮横地侵袭传统伦理和生态伦理，从而引发人们的伦理忧思。

第五章以家族记忆书写为关注对象，展现草原部落的史诗化记忆书写、康巴土司家族的历史寓言化表达方式及康定城市的家族记忆，展现家族视域下藏式"中国故事"表达的特点，阐明家族记忆在国家文化认同中的文学价值。

第六章立足于文化地理空间的角度，研究藏式"中国故事"的地域空间个性，着重关注西藏的"中国故事"、康定的"中国故事"、甘南的"中国故事"、阿坝的"中国故事"，以及云南的"中国故事"，而以上地域的"中国故事"的合力表达构成了藏式"中国故事"文化地理空间的"在地"基本景观。

第七章从儿童书写的角度入手，分析藏式"中国故事"的成长叙述及文学意味，主要以丹增、阿来、次仁罗布等人的儿童文学为切入点，展现藏式儿童叙述的文学表达方式及其发展前景。

第八章主要考察藏式"中国故事"的"交往性身体存在"，展现民间资源的择取、历史古迹的探访、女性情怀的彰显，以及村庄隐秘岁月的挖掘等方面的书写特性，力图表现新世纪以来藏族作家身体建构的多元文化景观。

第九章着重关注的是新世纪藏式"中国故事"的表达与传播载体，如文学期刊、网络媒体等主流传播方式在藏式"中国故事"的流布过程中所具有的文化意义。另外，本章意图彰显藏式"中国故事"的文学化表达要适应当下的多样性的文化传播方式，通过文学与影像、影视相结合的方式，扩大藏式"中国故事"的传播范围和影响广度。

第五节　研究重点和研究目的

本书的研究重点是新世纪以来藏族汉语文学"中国故事"话语的建构方式、表达类型及其所呈现的文学风味和文化景观，着重体现藏族当代文学在中华文化共同体背景下大力开拓"中国故事"的文学努力及其具体成绩；研究难点在于通过对藏族汉语文学"中国故事"话语实践的梳理和呈现，凸显当代藏族文学"中国故事"的内在肌理及其文学乃至文化自觉归属，进而表现"中国故事"建构与表达的民族化策略。

本书的主要目的是丰富"中国故事"建构的内涵与外延，通过研究藏族当代文学的创作实绩以摒斥学界习以为常的"中国故事"表达的单一化认识，张扬民族文学在"中国故事"建构历程中的应有价值和地位，并展现新世纪以来藏族作家创作的思维脉络及其表达的民族性在与现代性融合中所展现出来的中国意味和世界意识，进一步推动中国当代民族文学的强力发展。

第一章 藏族汉语文学"中国故事"的意涵

目前,"中国故事"的内涵和外延处于众说纷纭的阶段,各个学科都依托自身的知识谱系建构表达对"中国故事"的关切和诠释。

在传播学领域,李成认为"中国故事"应该从社会存在和社会意识两方面着力:就社会存在而言,"中国故事"要契合多维社会现实,展现"多彩中国"的流光溢彩;就社会意识而言,"中国故事"要关照社会转型中人们的主体性和主观性的精神结构,体现出"社会主义核心价值观"的文化属性①,总体上要求强调"中国故事"的现实性与精神(价值)性及其文化政治属性。此种理解方式更为侧重"中国故事"在传播形态上的意识形态属性,而对"中国故事"的概念缺乏明确的说明。

在文学研究领域,学者们多从界定"中国故事"的概念入手,衍化"中国故事"的当代文学价值。李云雷将"中国故事"界定为"凝聚了中国人共同经验和情感的故事",而这样的"故事"又要体现出"民族的特性、命运与希望"。这种意图突破"中国模式"的理论概括,"强调以文学的形式讲述当代中国的现代历程……在经验与情感上触及当代中国的真实与内心真实"②,意在表达"中国故事"须立足于当代中国经验以表达中华气派和中国风格的写作立场,实际

---

① 李成:《"讲好中国故事"需要四个转向》,《中国记者》2016 年第 5 期。
② 李云雷:《如何讲述新的中国故事:当代中国文学的新主题与新趋势》,《文学评论》2014 年第 3 期。

上着重阐释了"故事"的结构属性。李云雷的"中国故事"着重对"故事"进行分析和阐释,但未触及关于"中国"的解释,可能在他的观念中,"中国"属于不证自明的概念。方岩则认为"中国故事"就是区域性文化对周遭世界的反应进入虚构的过程、结果及发生影响的轨迹,"所涉及的是,在全球化语境中,在全媒体时代中国文学的文化政治问题"①,指涉的是在全球化语境下,全媒体时代经济社会背景中的中国当代文学所承担的弘扬中华文化以抗衡其他文明侵袭的文化忧虑。王一川认为所谓的"中国故事",其实是对中国人的过去、现在和将来的"回忆、观察或想象的符号化概括",并以此"呈现中国人生活的价值系统,是中国人在自己的生活中面对来自方方面面(自然、社会、自我等)的挑战而发起应战的符号化结晶"。在具体表现形式方面,王一川以开放的姿态认为"中国故事"可纪实可虚构,还可纪实性和虚构性交相融合②,意在强调中国故事文类不仅包括叙事类作品,还包括抒情性作品,拓宽了"中国故事"的外延,但其在论述中依然没有说明"中国"的文化意涵。因此,就目前的研究而言,学者们或从当前的政治意识形态建设的角度,或从当代文学的职责和使命的角度,或从当代文学文体建设的角度来阐明"中国故事"的内涵,实质上,谈论的都是"故事"而非"中国","中国"在他们的评述中是以定语的形式出现的,而非主体性存在。

由此,我们会发现"中国故事"的概念界定存在着一个既是基础性的又是原则性的问题,即在"中国故事"的概念中,"中国"与"故事"之间应该是怎样的一种关系,"中国故事"到底指的是"中国"的"故事",还是"故事"里的"中国"。若以此为质询的起点,谈论"中国故事"首先要确定的是"中国""故事"和"中国故事"的文化内涵及相互间的关系。因此,我们有必要从文化语义学的角度对"中国"的内涵做出较为清晰、明确的界定,从文学叙

---

① 方岩:《全媒体时代的身份识别:"中国故事"与当代文学史重述》,《文艺报》2016年1月22日第6版。
② 王一川:《当今中国故事及其文化软实力》,《创作与评论》2015年第24期。

述学的角度研判"故事"的范畴，进而界定"中国故事"的概念，而后再根据不同的语境衍化"中国故事"的外延及价值取向。如此，"中国故事"的生成、表达及其文化渊源的知识谱系的建构才能实现言说的合法性和合理性，才能更好地依托"中国故事"的文化内涵以实现中国声音和中国形象的现实传播。

第一节 "中国""故事"和"中国故事"

一、"中国"的概念认知

"中国"的概念似乎是不言自明的。在日常交流和学术话语中，绝大多数人和作品谈论"中国"却并不对"中国"做出任何解释和限定，似乎"中国"是当然的存在，"在各种有关中国具体问题的讨论中，'何为中国'始终是一个核心的但经常被掩盖了的问题"①。尽管我们有各种各样冠之以"中国"的浩如烟海的著作，"大家习以为常地在各种论述里面，使用着'中国'这一名词，并把它作为文明的基础单位和历史的论述前提"②，但对关于"中国"的概念却不加分析，似乎"中国"具有不证自明的属性。如胡适的《中国哲学史大纲》（卷上）（1919）、李何林的《近二十年中国文艺思潮论》（1939）、侯外庐等的《中国思想通史》（1959、1980）、赵靖的《中国经济思想史述要》（1983、1986）、袁行霈等的《中国文学史》（1999）等，皆以"中国"为定语，将之作为研究对象的"文明的基础单位和历史的论述前提"，却对"中国"的概念未加辨析。

即便有所辨析，也多如鲁迅在《中国小说史略》所言，"中国之

---

① 汪晖：《东西之间的"西藏问题"（外二篇）》，生活·读书·新知三联书店，2014，第147页。
② 葛兆光：《宅兹中国：重建有关"中国"的历史论述》，中华书局，2011，第3页。

小说自来无史；有之，则先见于外国人所作之中国文学史中，然后中国人所作者中亦有之，然其量皆不及全书之什一，故于小说仍不详"①，表现出一种显在的爱国主义情绪的文化焦虑。由于外国人，如俄国人瓦西里耶夫（汉名：王西里）的《中国文学史纲要》（1880）、日本人末松谦澄的《中国古文学略史》（1882）、英国人翟理斯的《中国文学史》（1901）、德国人葛鲁贝的《中国文学史》（1902）等著作皆关注到中国小说史的历史建构，而中国学者于20世纪初所出版的作品，如林传甲的《中国文学史》（1904）、窦警凡的《历朝文学史》（1906）、黄人的《中国文学史》（1907）等都不谈或少谈中国小说②，因此，以鲁迅为代表的中国学人认为在中国小说研究方面落后于外国人是一种文化耻辱，应该知耻而勇、知难而行，要打破外国人的中国文化研究的霸权局面，体现中国学人的文化自省和学术自觉。故此，类似《中国小说史略》中之"中国"是在与外国的对照语境中生成其文化意义的。

另有学者从亚洲与欧洲的文化对抗中谈论"中国"的文化意义，代表者为日本学者沟口雄三。在《中国前近代思想的演变》一书中，沟口雄三自述其研究缘起是基于欧洲意义上的"近代"概念，称"对亚洲来说，'近代'一词不得不成为经历种种曲折的概念"，"本书的意图就在于从不得不屈折转变为自由。对欧洲既不是抵抗也不是追随。既然接受了'近代'这个概念，那么索性使它扎根于亚洲。如果要在本来和欧洲异体的亚洲看透'近代'，那就只有上溯到亚洲的前近代，并在其中找到渊源。也就是说，以亚洲固有的概念重新构成'近代'……以中国思想作为研究对象，我的本心是希望由此亲自认识包括日本在内的亚洲固有的或本来的历史价值"③。可见，沟

---

① 鲁迅：《中国小说史略》，载《鲁迅全集》（第九卷），人民文学出版社，2005，第4页。

② 鲁迅：《中国小说史略》，载《鲁迅全集》（第九卷），人民文学出版社，2005，第4页。

③ 沟口雄三：《中国前近代思想的演变》，索介然、龚颖译，中华书局，2005，第8~9页。

口雄三立足于欧洲文化中心主义的立场来审视亚洲的文明发展历程，而要在西方文化视域中审视东亚近代文明，最好的样本是中国，因为16、17世纪的中国经济社会高度发达，其文明发展程度可视为东亚的代表，通过透视中国历史情貌以实现彰显亚洲历史发展独特价值的目的，为日本独特的现代化文明发展路径寻求合法性依据。因此，"中国"以亚洲文明代表的形象出现在沟口雄三的作品中。

还有一种是在世界范围内对中国的文化历史进行书写，代表者如近年来引起国人极大兴趣的两部关于中国文学通史的著作：一部是梅维恒主编的《哥伦比亚中国文学史》，另一部是孙康宜、宇文所安主编的《剑桥中国文学史》。

在谈到写作意图时，梅维恒一方面强调，"大约一百年前，世界上有史以来的首部中国文学史才姗姗面世……在这些中国文学史中，也绝少见到为中国的文学类型、文体和主题建立一个诠释体系的尝试，而分析文学与社会、政治制度，甚至中国文学与其他艺术的关系者都付之阙如"①。这强调了重新界定中国文学史在世界文学、世界文化方面的意义，并在世界文化版图中凸显中国文学的历史价值和文化魅力。但另一方面，他又认为"随着美国大众对中国文化越来越熟悉，越来越多的东亚裔美国公民开始对自己原民族文化遗产感兴趣，许多人希望读到一部全面而且目标多元的中国文学史。最理想的状态是，这是一部当所有专家和非专家需要获得中国文学的文学类型、作品文本、人物和运动方面的背景知识时，都能够依靠的一部参考书"②。可见，此书本是为美国公民所提供的文学参考书。因而，其写作在遵从中国文学发展实际的基础上，采取了美国人或者是外国人的立场和语境，中国文学只是其中国文化遗产梳理的一部分罢了。至于《剑桥中国文学史》则明确说明"英文版《剑桥中国文学史》的编撰和写作是完全针对西方读者的；而且我们请来的这些作者大多受到了东西方思想文化的双重影响，因此本书的观点和角度与目前国

---

① 梅维恒主编：《哥伦比亚中国文学史》，马小悟等译，新星出版社，2016，第3页。
② 梅维恒主编：《哥伦比亚中国文学史》，马小悟等译，新星出版社，2016，第7页。

内学者对文学史写作的主流思考与方法有所不同"①，且"《剑桥中国文学史》乃是剑桥世界文学史的系列之一，与该系列已经出版的《剑桥俄国文学史》《剑桥意大利文学史》《剑桥德国文学史》相同，其主要对象是受过教育的普通英文读者"②。孙康宜反复强调《剑桥中国文学史》是实现剑桥世界文学史写作目标的一种国别体书写性质的文学史，并且该著作是面对西方读者尤其是英语世界的受过教育的普通读者，并非为了其他语种的读者（无论受过教育与否）服务的③。显然，上述两种文学史都是欧美学者或者有欧美学术背景的学者站在世界文学的平台上对中国文学史的整理、表达和诠释，也就说，他们眼中的"中国"是世界语境中的"中国"。

由此，何为"中国"已成为我们不得不面对的理论话题。而"中国故事"的"中国"就自然成为我们论述的逻辑起点和言说基础。"中国"意涵的明晰，不仅会使我们的立论更有依据，更具有学理性，并且不会迷失自我的言说方向，同时又有助于我们建构符合中

---

① 孙康宜、宇文所安主编：《剑桥中国文学史》，刘倩等译，生活·读书·新知三联书店，2013，第1页。
② 孙康宜、宇文所安主编：《剑桥中国文学史》，刘倩等译，生活·读书·新知三联书店，2013，第2页。
③ 值得注意的是，作为《剑桥中国文学史》的主编之一，宇文所安在《剑桥中国文学史》（上卷）"导言"中指出，"一部'中国文学史'可以意味着好几种不同的东西。它可以包括所有用汉语写作的文学，古代汉语也曾作为朝鲜、越南、韩国、日本文学的书写媒介。一部'中国文学史'也可以包括现代中国政治边界内的所有文学，这一边界内有多种语言，还有一些完全独立于汉文学之外的古老博大的文学传统。在本书中，我们对我们的研究领域采用的是一个较为有限的定义：即在汉族社群中生产、流通的文学，既包括现代中国边界之内的汉族族群，也包括那些华人离散社群。……这一定义只能建立在两个基础之上：一是多个社群的种族自我认同，而这些社群有数千年的发展变化历史；二是多种语言之间具有共通身份的假定，而这些语言在语言学家看来是不同而又密切相关的。如同所有这类'想象的社群'（imagined communities），其本质都与某一政体密不可分，这一政体在今天就是'民族国家'（nation state）……早在现代之前，中国文学就已服务于为一个社会阶级建构一个共同的文化身份这一目标，中国文学史的现代书写，从20世纪20年代首次全面成熟之后，却一直操守着19世纪对语言、种族、政体的同一性的信念。从20世纪初到现在，将近一个世纪以来，它不断重述一个汉民族的史诗，重述从远古到现代、散布于极其广阔的地域的中国文学文化的历史和连续性"（第13～15页），可见，在编撰《剑桥中国文学史》过程中，编者们之间多元化思想的碰撞，其中的"中国"包括汉语中国、政治边界的中国、多民族的中国、民族中国等多种意涵，宇文所安的表述与孙康宜的说辞存在着较为明显的理解"中国"的差异性。

国历史发展情状和现实合理存在的话语结构系统。目前，国内学术界对于何为"中国"的回应，大致而言有以下四个方面。

（一）民族史方面的回应

民族史主要关注的是中华民族共同体意识的历史生成，其中暗含着对"中国"何以生成问题的思考和梳理，具有代表性的是费孝通的《中华民族多元一体格局》。该文是费孝通于1988年在香港中文大学所做的"泰纳讲演"，后于1989年7月由中央民族学院（今中央民族大学）出版社出版①，引起了学术界极大的关注。1990年春，国家民委在北京主办了民族研究（国际）学术研讨会②；1996年，日本国立民族学博物馆（大阪）召开"关于中华民族多元一体论"学术研讨会等。在《中华民族多元一体格局》的"代序"中，费孝通认为他的主要论点有三个：

> 第一个论点是中华民族是包括中国境内56个民族的民族实体，并不是把56个民族加在一起的总称，因为这些加在一起的56个民族已结合成相互依存的、统一而不能分割的整体，在这个民族实体里所有归属的成分都已具有高一层次的民族认同意识，即共休戚、共存亡、共命运的感情和道义。多元一体格局中，56个民族是基层，中华民族是高层。
>
> 第二个论点是形成多元一体格局有个从分散的多元结合成一体的过程，在这过程中必须有一个起凝聚作用的核心。汉族就是多元基层中的一元，由于它发挥凝聚作用把多元结合成一体，这一体不再是汉族而成了中华民族，一个高层次认同的民族。
>
> 第三个论点是高层次的认同并不一定取代或排斥低层次的认同，不同层次可以并存不悖，甚至在不同层次的认同基础上可以

---

① 1999年9月，中央民族大学出版社出版《中华民族多元一体格局》（修订版），进一步完善了此前的理论结构。

② 此次会议的部分论文在会后被结集为《中华民族研究新探索》一书（费孝通主编，中国社会科学出版社，1991年）。

发展原有的特点，形成多语言、多文化的整体。所以高层次的民族可说实质上是个既一体又多元的复合体，其间存在着相对立的内部矛盾，是差异的一致，通过消长变化以适应于多变不息的内外条件，而获得这共同体的生存和发展。①

为了证明中华民族多元一体的特性，费孝通先生回到中华民族生成史的历史现场，"主要以历史学的方法，同时也吸收民族学、考古学、古人类学、语言学、地理学等相关学科的资料和研究成果……试图阐明中华民族的形成过程和其中的内在联系"②。他不仅生发出关于中华民族多元一体历史发展格局的认识路径，同时也从民族融合发展史的角度证明了"中国"何以生成。中华民族多元一体过程不同于欧洲资本主义上升时期形成的民族国家的历史。尽管学界在使用民族（nation）这一术语，但中国的民族发展情况有别于欧洲的单一民族国家，有着自身特殊的历史文化情态③。

（二）思想史方面的回应

思想史主要关注古代"中国"的生成问题，具有代表性的研究是葛兆光的《宅兹中国：重建有关"中国"的历史论述》。他认为，作为一个历史叙述基本空间的古代"中国"，在面对外国的学界争论"中国""究竟是一个不断变化的'民族—文明—共同体'，一个浩瀚无边的'帝国'，还是从来就是一个边界清楚、认同明确、传统一贯的'民族—国家'"④ 时，应该"尽可能地在同情和了解这些理论和立场之后，重建一个关于'中国'的历史论述"⑤。他认为关于古代"中国"的历史叙述观念主要有"区域研究"引发中国同一性质疑、

---

① 费孝通：《中华民族多元一体格局》（修订版），中央民族大学出版社，1999，第13页。
② 费孝通：《中华民族多元一体格局》（修订版），中央民族大学出版社，1999，第362页。
③ 具体情况可参见费孝通《中华民族多元一体格局》（修订版），此不赘述。
④ 葛兆光：《宅兹中国：重建有关"中国"的历史论述》，中华书局，2011，第4页。
⑤ 葛兆光：《宅兹中国：重建有关"中国"的历史论述》，中华书局，2011，第6页。

在亚洲中消融的"中国"、同心圆理论、元朝和清朝对"中国"历史的挑战、后现代历史学的民族国家立场等，体现出"有关'中国'的历史复杂性和叙述的现实性"的特点。针对以上理论及研究实践，葛兆光认为我们要从中国历史发展的事实理解古代"中国"。"首先，中国是以汉族为中心的民族和国家，由于在空间上的重叠，使得这一民族和国家的'边界'很容易清晰地固定下来……宋代中国很早就有了国境存在和国家主权的意识；其次，由于汉族同一性伦理的逐渐确立，宋代以来建立的历史传统、观念形态和文化认同，已经很清楚地形成汉族中国自我确认的民族主义意识形态……再次，从宋到清，中国在东方世界的国际关系已经形成……明清王朝、朝鲜、日本等国家之间的相互交涉，已经形成了这样一个'国际'……原本有一套秩序的……后来却在另一套新的世界秩序冲击下逐渐崩溃，终于被取代和遗忘"①，并且要注意"'中国'这个民族国家和欧洲民族国家之间的历史差异"，故此"不宜用欧洲近代民族国家的形成历史为基准或尺度简单理解"② 古代"中国"的国家形态。葛兆光的意见是从三个向度来理解"中国"，分别是"从历史角度说，'中国'在空间上是一个边界移动的'中国'；从文化认同上说，'中国'是一个边缘虽然模糊，但核心区域相当清晰和稳定的文化共同体；从政治体制上说，很多人笔下的'中国'，常常指的是一个王朝或一个政府，而这个政治意义上的王朝和政府并不等于国家，更不是历史论述的中国"③，揭示出我们要从更为多元和宏大的视角来看待中国历史文化的承嗣性和嬗变性，其中也暗含着中国文化的一脉相承性。

（三）文学研究方面的回应

中国古代文学史研究似乎对"中国"的问题并不感兴趣，认为中国是当然的历史、文化、政治概念。但近现代中国文学研究者则面

---

① 葛兆光：《宅兹中国：重建有关"中国"的历史论述》，中华书局，2011，第29～30页。
② 葛兆光：《宅兹中国：重建有关"中国"的历史论述》，中华书局，2011，第34页。
③ 葛兆光：《宅兹中国：重建有关"中国"的历史论述》，中华书局，2011，第35页。

临着巨大的挑战，尤其是百年来学者们多以民族国家为逻辑起点，演绎近现代文学"中国"的建构历程。为此，张中良认为，"中国现代文学研究中西方民族国家理论的引用，就是一个值得审视的问题"，因为"在运用西方民族国家理论的过程中，也出现了生搬硬套、不伦不类甚至判断失误等问题，这不能不引起足够的警惕"①，并引用了李杨《文学史写作中的现代性问题》②的某些提法予以证实。为此，张中良征引了大量的文献，认为"在中国，'民族'一词的近代意义逐渐取代了宗族之属与华夷之辨的传统意义"，"近代以来，在列强步步进逼和西方民族主义思潮的影响下，中国人的国家意识与中华民族意识加快了自觉的进程"③，在政治上的认同是"民族是国家的主体，国家是民族的依托，中国即为中华民族之国"④，在日常生活及文学表达中则表述为"国家民族"。至于所谓的"抗战建国"中的"建国"，它指的并非是"建立西方意义上的民族国家，而是指民国的全面建设"⑤，并认为民国文学实际上就是现代中国的国家民族话语的文学化建设与表达。从民族国家到国家民族的言说转换，表达出一种自觉的文化焦虑，也体现出一种强烈的文化自觉。若我们一味地以欧美的民族国家话语体系来看待中国文学的发展，尤其是近现代文学的发展，会陷入深重的西方中心主义的话语藩篱，存在着以所谓国际化视野而行"去中国化"之实的文化实践的危险，这值得中国学人警惕。历史的教训非常惨烈。因此，我们对待中国近现代史的态度和立场则直接关切到当下我们对"中国"，尤其是现代化进程中的"中国"的认知。

（四）学者们的回应

关注当代中国的学者们试图突破民族国家的西方话语藩篱，而转

---

① 张中良：《民族国家概念与民国文学》，花城出版社，2014，第1页。
② 李杨：《文学史写作中的现代性问题》，山西教育出版社，2006，第6页。
③ 张中良：《民族国家概念与民国文学》，花城出版社，2014，第9页。
④ 张中良：《民族国家概念与民国文学》，花城出版社，2014，第11～12页。
⑤ 张中良：《民族国家概念与民国文学》，花城出版社，2014，第13页。

向从文明的角度谈论21世纪中国的情貌。贺桂梅认为,新世纪以来,中国知识界阐释和理解"中国"发生了"范式性"的转型,即从"文明论"角度"展开中国研究和阐释,取代了曾经的诸种'中国'论述,比如民族—国家论、现代化论、以社会主义与资本主义冷战为主要内容的冷战论等。这里的'文明',不是一个与'野蛮'相对的形容词,也不是一个大写的普遍价值体,而是一种宏观且复数的人类构成体单位。'中国文明'作为世界史上为数不多的文明样态之一,具备历史的连续性和稳定性内涵,成为当代知识界阐释中国的一种主要方式。在这种阐释视野中,中国社会被视为'中华文明体'的当代延续,其国家形态是区别于西方式民族—国家的独特政治体,而其文化认同则需要重新根植于古代传统的现代延长线上,这一范式的转型起源于世纪之交关于'中国崛起''中国模式''中国经验'等的讨论中,并被思想界持续实践于其理论研究中,进而扩展为一种影响广泛的知识范型……在理论和实践两个层面上,'文明'论成为阐释与建构21世纪中国的一种重要范式"①。"中国文明"的提法是从全球视野来看待"中国",并对"中国"做出的文化界定,需要更多的文化挖掘和文化连缀,更好地确证"中华文明体"的一脉相承性,即几千年来,中国的"道统"与"文统"始终都以强大的感召力影响着、塑造着中国人的思想、行为方式。即便是进入新世纪,经过"中国化"的各种西方思想观念已然充实了中华文明,成为中华文明的有机构成部分,充分证明了中华文明强劲的文化融汇力和生命勃发力。

另外,还有学者认为"中国"的概念在当下歧语迭出有其历史原因。"不仅是因为人们的主观因素各有不同,而且是因为中国发展的客观过程本身就包括了不同的线索"②,如叙述百年中国发展历程时,可以从"民族复兴""现代化""社会主义革命"③ 等三条线索

---

① 贺桂梅:《"文明"论与21世纪中国》,《文艺理论与批评》2017年第5期。
② 潘世伟等:《中国模式研究》,上海社会科学院出版社,2016,第2页。
③ 潘世伟等:《中国模式研究》,上海社会科学院出版社,2016,第3页。

加以叙述,但在具体描述过程中,这三条线索又是相互纠缠在一起,甚至存在着叙述的相互矛盾与相互龃龉,这就需要有更高层级的概念界定"中国"。而"中国特色的社会主义现代化"的概念则涵盖了近代以来对中国社会现实的认知,即首先是坚持中国文化本位立场,融汇古今,会同中外;其次是坚持社会主义制度,坚持中国共产党的领导;最终以实现现代化为旨归。

尽管关于"中国"的认知有各种各样的理解,但无论是哪一种关于"中国"的认识,都要基于中国的历史和现实,基于对"中国"的不同层面的剖析和认知,构筑出的是文化中国的面相,展现出的是历史长河中中华民族生生不息、坚韧自信的文化形象,勾勒出的是中华民族"其命维新"的民族追求,塑造出的中国的形象既是中国的,也是世界的。

二、"故事"的文化意义

在汉语语境中,"故事"分属两种不同的话语系统。第一种"故事"常见于中国古代话语系统,多为过去的事、可资效仿的事,以及在此基础上衍生出的具有经典意味的"典故"的意义,如:

> 农民无所闻变见方,则知农无从离其故事。(《商君书·垦令》)

> 余所谓述故事,整理其世传,非所谓作也。(《史记·太史公自序》)

> 卫将军张安世荐武明习故事,奉使不辱命。(《汉书·苏武传》)

> 自《西昆集》出,时人争效之,诗体一变,而先生老辈患其多用故事,至于语僻难晓。(《六一诗话》)

如此看来,"故事"尽管是已经发生的事实,但对言说者的当下言说却有着特殊的含义。人们不断地引述和转述"故事",一方面显示出"故事"叙述的历史文化价值,另一方面在叙述过程中也赋予"故事"以全新的现实价值,而深层次的原因则是为自身的言说寻求历史合法性依据，为所生活的时代寻究历史表达承嗣的合理性。因此，可以说"故事"成为中国古典文化中传承与创新的文化符号，是确立中国文化价值和精神的有效方式。而同一"故事"的不同讲述行为，则直接体现出"故事"讲述者的价值需求和文化建设的需要。

第二种意义上的"故事"是一种文体，通过对事件过程的描述，强调情节的展现，常见于口头文学、民间文学、儿童文学等。"故事"表达出人们对生活的文学化的认知和体验，在某种程度上具有文化启蒙、文化形塑的意义。因此，此种"故事"具有文化讲述和文化传播的意义。鲁迅认为早期的神话具有"故事"的价值：

> 昔者初民，见天地万物，变异不常，其诸现象，又出于人力所能之上，则自造众说以解释之，凡所解释，今谓之神话。神话大抵以一"神格"为中枢，又推演为叙说，而于所叙说之神，之事，又从而信仰敬畏之，于是歌颂其威灵，致美于坛庙，久而愈进，文物遂繁。①

初民的言说对象是自然万物，而其"自造众说"来解释自然万物明显就是一种阐释行为，又进而"推演叙说"神及神之事，此就是后世所谓的讲故事的行为。如此，先民通过讲故事的方式建构起神话世界，一方面表达出先民渴望认识世界的文化企图，另一方面神话作为一种伦理范式亦规约着人们的日常行为。因此，讲故事的神话行为就具有自我认识和塑造的人文曙光的特点。

由此来看，"故事"的第一种形态是以事实为依据的，秉承的是实录原则或是如实态度；第二种是以虚构为主，侧重情感的表达。也可以说，前者是历史的理性的、实录的"故事"，后者是文艺的、感性的虚构的"故事"。但无论哪一种都带有文化伦理规约的性质，即表达出中国人的文化认知和文化期许。

---

① 鲁迅：《中国小说史略》，载《鲁迅全集》（第九卷），人民文学出版社，2005，第19页。

20世纪以来，叙述学视域中的"故事"亦有多重意涵：①叙述世界/叙事的内容层面，与其表达层面或话语相对，正如叙述中的"什么"与"如何"相对；被叙述与叙述行为相对；虚构作品与叙述相对；出现在叙述中的存在体和事件。②故事或素材（被安排用作情节的基本内容），与素材组合或情节相对。③强调时序的事件叙述，与情节相对。④与试图解决问题或达到某一目的的某一人物或若干人物相关的事件因果顺序。⑤根据本威尼斯特的观点，故事与话语共同构成两个既有区别又互补的语言学子系统。①

叙述学中的"故事"属于"内容层面"，并不独立存在，是由言语生成的话语结构组织；"故事"根据其功能可以被最小化，"故事"因情节的建构层次而呈现出不同的样貌；"故事"是时序的时间叙述结构，如果叙述时序发生转变，即刻改变"故事"的样貌；"故事"因叙述者的叙述目的不同而样貌不同；"故事"虽然表现为话语，但"故事"本身不是话语；等等。如此看来，在叙述学中，"故事"摆脱了传统的结构形态而化身为言语组织的外在指涉形态，一方面，我们可以说"故事"获得了新生，呈现出别样的言语和话语特质；但另一方面，我们也可以说，"故事"失去了自我，而化身为一个更大的言语建构和结构系统的组成部分。

在结构主义叙述学研究视域下，人们的关注点由关注"故事"本身转变为对"讲故事"的格外关注，这一转向实际上体现出对"故事"认知的深入发展。对此，罗朗·巴尔特强调：叙事存在于神话里、传说里、寓言里、童话里、小说里、史诗里、历史里、悲剧里、正剧里、哑剧里、绘画里（请想一想卡帕奇奥的《圣于絮尔》那幅画）、彩绘玻璃窗上、电影里、连环画里、社会杂闻里、会话里。而且，以这些几乎无穷无尽的形式出现的叙事，存在于一切时代，一切地方，一切社会。有了人类历史本身，就有了叙事。任何地方都不存在没有叙事的民族，从来不曾存在过。一切阶级、一切人类

---

① 杰拉德·普林斯：《叙述学词典》，乔国强、李孝弟译，上海译文出版社，2011，第215～216页。

集团，皆有自己的叙事作品，而且这些叙事作品常常为具有不同的甚至对立的文化教养的人所共同欣赏。所以，叙事作品不管是质量好的或不好的文学，总是超越国家、历史、文化存在着，如同生活一样。①

巴尔特认为人类的生活本身就是在"叙事"，故此，"叙事"是人类文明的标志，也就应成为人类的本然职责，即我们在叙事中建构，我们在叙事中生活。叙事是人类社会的必然，尽管不同的民族、阶级各有其文化特色，但在叙事上却是相通的，叙事实现了人类文化交流、文化共享的社会意义。基于此，王一川提出所谓的"故事"，实际上是"作为人类个体、群体的叙述或叙事行为的结果，是人类生活中发生的事件及其过程的记录形式"②。首先，故事作为结果，是被叙述而生成的，隐含着叙述者的意图，带有某种话语结构的权力意味。若从个体角度而言，故事就是自我及其所属的文化集团对外在世界做出的某种认知的呼应。因而，故事的生成过程就不止局限于故事的符号化的组织，而是要在更大的文化时空中对其予以理解。其次，故事又是对事件和过程的记录，主要是时间性的记录。因此，故事作为人们对已经发生或正在发生的某种行为的记录，就成为人们生活的常态，或可说我们就生活在一个故事的时代、故事的氛围，我们在创造时代的故事，我们也被时代的故事所塑造。最后，同一时代的人们都在不停歇地创造故事，如此一来，故事的历时性和共时性的融合，就构成了我们的"人类生活"。所以，我们只有重视故事的创造和传播，以及故事之间的比较与融合，才能在更大的世界背景下确认自己故事的价值和意义。

三、"中国故事"意识的彰显

从词语结构上看，"中国"是"故事"的基础和背景，"故事"

---

① 罗朗·巴尔特：《叙事作品结构分析导论》，载伍蠡甫、胡经之著《西方文艺理论名著选编》（下卷），北京大学出版社，1987，第473页。
② 王一川等：《中国故事的文化软实力》，江苏人民出版社，2016，第9页。

是对"中国"的彰显和表达。因此,"中国故事"指的就是生活在华夏大地上的中华民族这一民族共同体生活中的事件及其过程的记录形式①,既表现在我们生活中的现实层面,也呈现于诸如文学、艺术、影视、新媒体等不同表达样式;既可以是实录的,也可以是想象的;既可以是群体性的认知,也可以是个体性的体认;既可以是全球化语境中中国形象的塑造与传播,也可以是地方性的文化形态的表达与彰显。因此,"中国故事"具有多层次的、立体的生长与建构特性。

长久以来,中国留给世人的印象是神秘的。但实际上,最晚在汉代的时候,当时的中国人已途经西亚,开始与欧洲大陆的国家开展交流和贸易,长安和罗马作为并峙的东西方明星城市曾闪耀过璀璨的光泽;一直持续到唐宋元明时期,中国还与东西方的国家之间保持密切的经济贸易、文化交流。但随着现代科学实践和观念的兴起,欧洲经过几百年的发展,综合实力有了显著的提高,尤其在科技转化为生产力方面尤为突出。当欧洲国家将目光投向东方古国时,不再是钦羡而是觊觎,欧洲殖民者开始了对中国的想象和试探。于是,伴随着枪炮声,所谓的西方文明涌入了中国,中国作为西方文明的承接国历经了百余年的国家忧患,无数的仁人志士在复兴中国的征途中前赴后继。中华民族经过半个多世纪的艰苦卓绝的现代化实践,终于在21世纪使得中国的政治、经济、文化、交通等领域发生了翻天覆地的变化。有确切数据证明,在当代工业化、信息化的全球化语境中,中国占据着重要的国际地位。同时,我们也要清醒地意识到,全球化、现代化又是一把双刃剑,本质上是对欧美文化意识形态认同的经济表达。现代化的生活方式逐渐剥离了我们与传统文化之间的血脉联系,而维系其中的只有无边的文化乡愁;现代化的物质生活也开始改变我们的民族文化结构。我们在与全球接轨的同时,又或多或少丢弃了民族文化的精粹。因此,在这一背景下,创建具有中国特色的彰显中国气派的"中国故事",一方面体现出中国参与世界文化建设的决心和勇气,另一方面也要展现出在全球化、现代化乃至后现代的经济文化语境中

---

① 王一川等:《中国故事的文化软实力》,江苏人民出版社,2016,第9页。

中国文化的魅力与独特的价值。为此,"中国故事"的建构意识就显得尤为迫切,既是国家文化软实力的象征和彰显,也是体现中国文化的魅力和特质的有效途径。

从国内来看,中国历史上的不同时期都是多个政权并立、对抗的,但这也促进了中华民族内部的交流和融合,衍生出中华民族多元一体的文化格局、中华民族文化共同体的不间断的建构历程。从地域上看,中国境内各地自然条件的差异性使得不同区域表现出不同的文化形态,如高原游牧文化、平原农耕文化、滨海渔猎文化等,在历史的长河中,每一种文化都曾创造出灿烂的文明,但在共同开发的过程中,各种文化又交融在一起,共同形塑了中华民族的文明结构。因此,不同地域的文明既具有地域性的特点,又在一定程度上成为几种文明的过渡或者说是承嗣,文明形态彼此之间纠缠在一起,你中有我,我中有你。另外,中华民族共同体又具有开放性、包容性的特点,这由不同地域、不同民族的信仰体系可见其一斑。中国历史上几乎没有出现过宗教战争,甚至在有些城市如泉州、西安、北京、南京、拉萨等,多种信仰可以并存,共同发展。而面对西方列强的侵袭,地无分东西南北皆以中华国土自居,民无分男女老幼皆以中华儿女为名,奋起抗争,直至完成驱逐侵略者的历史任务。其中即便是有些微摩擦甚至是争斗,也多属于"兄弟阋墙,外御其侮"。中华人民共和国成立之后,各地、各族群众豪迈地行走在社会主义革命和建设的道路上;新时期以来,人们不断地享受到改革开放的胜利成果;新世纪以来,国内的政治、经济、文化等方面又有显著改善,人们的幸福感和获得感日益增强。尤其是在面对诸如 2003 年的"非典"、2008 年的汶川地震等灾患时,中国人民众志成城、顽强拼搏、渡过难关,迎来灿烂的新生活,充分显示出中华民族强大的文化凝聚力。这就是中国人的生活样态,也是中国人的"中国故事"。此种生活、此种"故事"塑造着中国人的品格,砥砺着中国人的秉性,也推动着中国的发展。

因此,从内外两个方面来看,"中国故事"的创造和传播势在必行。外树形象,内强凝聚力,让人们跳出自我狭窄的生活空间,借助他人的视野重新发现中国之美、中国之强、中国之力,立足于中国的文化土壤,开掘新的表达样式,彰显中国人的生活方式、精神面貌、价值体系,或从更隐微的角度细致地展现中华民族多元一体文化的浑厚、博大、包容与开放等气质。具体到艺术创作领域,"中国故事"召唤中国的艺术家们"凭借他们特有的敏感,比我们常人更能深切地体验到全球化触角对中国社会的深深嵌入及其对中国传统文化激发的巨大震荡,并且懂得运用自己擅长的艺术样式及艺术形式,去传达内心对全球化进程的激烈反响",去"刻画处于全球化震荡中的中国传统文化的当代命运,解释当代中国人在传统与现实之间的痛苦、困窘及焦虑等复杂情怀"①,尤其是昭示出新世纪以来中国社会的新变化、新历程和新特点,发掘传统生活的文化纽带作用,关怀当代中国人的心灵归宿。

第二节 "中国故事"的地方性表达

一、地方性的"中国故事"

既然"中国故事"是当代中国人站在全球化文化视野下的自我表达、自我塑造、自我建构,因而就带有中国的地方性特点。正如吉尔兹所谓的"地方性"知识,即在西方文化知识系统之外,另有一套适应于中国国情的地方性知识、礼仪、风俗。尽管在全球化的浪潮中,世界变小了,并开始趋同,但趋同中的异常更应该得到人们的普遍关注,以发掘出其中某些独具特色的地方图景。"每一大洲都有它自己伟大的乡土精神。每个民族都被凝聚在叫作故乡、故土的某个特定地区。地球上不同的地方都洋溢着不同的生气、有着不同的震波、不同的化合蒸发、不同星辰的不同引力。然而乡土精神是伟大的现

---

① 王一川等:《中国故事的文化软实力》,江苏人民出版社,2016,第19~20页。

实。尼罗河流域不但出五谷,还出独具风格的埃及宗教"①,这些各具特色的"乡土精神"合力营构出全球文化景观的缤纷多彩,也体现出推动全球化在不同大洲、不同国家(地区)的地方性特征。

具体到当代中国,丁帆认为"在中国这块特殊的经济文化的地理版图上,仍然存在着前现代、现代和后现代三种文明形态"②,即我们仍然处于后现代性、现代性和传统乡土交相纠缠的时代。虽然现代工业文明的阳光已然普照在中国沿海地区、中原大地以及部分西部腹地,成为驱使中国由农业社会向工业社会急速转型的动能;虽然后工业文明也已经在中国的沿海大都市与发达中等城市萌芽,后现代文明随之通过消费文化不易察觉地悄然进入当下社会生活的各个层面,但是前现代的农耕文明仍然存活在中国乡村特别是广袤的中西部欠发达地区。那种刀耕火种的农耕生产方式虽然已不复存在,但是日出而作、日落而息的农耕生活方式仍旧在延续着,依赖土地生存的农业人口还是很庞大的群体。③

丁帆意在表明,由于自然地域空间的差异、区域经济发展间的差异,中国大地从东向西大致呈现出后现代生活方式、现代工业文明及前现代农业文化并峙的情态,也在某种程度上揭示出中国整体经济形态的区位差异。这也说明,我们在不同地区所表达的"中国故事"的格调会有所区别,也就造成"中国形象"的地方差异性。丁帆关于前现代的生活、生产方式的言说,应和着费孝通所谓的"乡土社会的生活是富有地方性的",而"地方性是指他们活动范围有地域上的限制,在区域间接触少,生活隔离,各自保持着孤立的社会圈子"④,同样说明中国社会近百年一直处于多种生产方式、多种生活景观并存的状态。

改革开放40多年来,中国社会结构发生了巨大的变化。然而,

---

① 戴维·赫伯特·劳伦斯:《乡土精神》,载戴维·洛奇编《二十世纪文学评论》(上),上海译文出版社,1987,第230页。
② 丁帆:《中国乡土小说的世纪转型研究》,人民文学出版社,2013,第2页。
③ 丁帆:《中国乡土小说的世纪转型研究》,人民文学出版社,2013,第2页。
④ 费孝通:《乡土中国》,上海人民出版社,2006,第7页。

由于各地区之间存在着显著的差异性发展特征,"中国故事"的生成和表达呈现出区域性的差异,也就使得"中国故事"在中华大地上表现出多姿多彩的"美美与共"的文化特点。如北京、上海、广州、深圳等城市,在全球化的浪潮中,这几个城市甚至可以媲美全球著名的城市,但从各自城市文化定位和表达来看,又因地域的、历史的、文化的差异性而展现出不同的个性。而且,即使是同一行政区划内部,由于多方面的原因,也存在差异性。以陕西为例,大致上可分为陕北、关中、陕南三大地域空间,而同属陕北的延安和榆林的地方性文化气质明显不同,关中的东府渭南、西安、西府宝鸡由于地理原因、历史文化积淀不同也呈现不同的文化气质,陕南的商洛和安康更靠近荆楚文化,汉中则具有川陕地理文化过渡区域的特点。因此,这些地区在展现自身的"中国故事"时,有其差异性也就不足为奇。由此来看,我们谈论"中国故事",不仅要注意到相对于全球性而言的地方性的中国,还要注意到中国内部的地方性差异,如此才能在全球性与地方性以及地方性之间的相互对立融通的视域中展开"中国故事"的表达与塑造。

二、藏式"中国故事"

"中国故事"依据不同的地方性划分方式可有多重结构类型,如中原大地的"中国故事"、黄河流域的"中国故事"、珠三角的"中国故事"、青藏高原的"中国故事"等带有地理地标性的"中国故事",还可以是其他诸如感观世界的"中国故事",显见的是《舌尖上的中国》等。由此可见,在当代中国的文化语境下,从不同的角度深入剖析中国的现状,实际上都构成关于"中国故事"的不同层面的认识和展现。因此,我们从民族地区的角度理解"中国故事"亦具有可行性,如藏地"中国故事"或藏式"中国故事"①。

---

① 藏地"中国故事"侧重地域空间的表达,藏式"中国故事"侧重民族身份的呈现。鉴于本书以藏族汉语作家的书写为对象,尽管与作家的地域生活空间密切相关,但更侧重作家的族裔身份,因此,本书选用藏式"中国故事"的提法。

中国境内的藏族群众主要聚居在西藏自治区，青海省的玉树藏族自治州、海南藏族自治州、海北藏族自治州、黄南藏族自治州、果洛藏族自治州、海西蒙古族藏族自治州，甘肃省甘南藏族自治州、武威天祝藏族自治县，四川省甘孜藏族自治州、阿坝藏族羌族自治州、凉山彝族自治州木里藏族自治县，云南省迪庆藏族自治州。这些地区的藏族群众与其他民族的群众共同谱写着当代中国地方经济文化的灿烂和辉煌，形塑出具有地方性文化特点的中国形象。

就居住的地理环境而言，藏族群众多生活在高海拔的高山纵横交错地区，交通的不便造就了不同地区藏民族间的民族内部差异，如卫藏地区主要是以拉萨河谷、雅砻河谷为中心的农业生产区，作为藏文化的核心区域，很好地保留了藏族的生活方式、礼仪习俗、民间信仰等；安多地区多为高原牧区，当地藏族群众逐水草而居，随着节令的变化而不断地迁徙，存留明显的游牧生活方式；康区大致指的是藏东地区，该地区属于多民族相互杂居的区域，民族交融性强，为藏彝走廊的主干道和茶马古道的必经之路，也是青藏高原文化与内地农耕文化的交汇地和过渡区。由于地理历史文化的原因，这三个区域的文化面貌各具特色，表现出藏族内部文化结构的差异性和互补性。因此，我们所谓的藏式"中国故事"指的是在"中国故事"的创设语境中，各地藏族群众通力协作所体现出的地方性的自我认同、自我塑造和自我表达的多种社会实践方式，而文学创作只是其中的一种实践方式。

三、藏式"中国故事"的文学"在地性"表达

在文学领域，"在地性"似乎是对地方性知识和经验表达的审美转化。在谈论莫言小说的艺术特质时，陈晓明认为，它表现出"与乡村血肉相连的情感和记忆"的"在地性"的文化特质，在于"它始终脚踏实地在他的高密乡——那种乡土中国的生活情状、习性与文化，那种民间戏曲的资源，以及土地上的作物、动物乃至泥土本身散

发出来的所有气息……"①,就将社会性的区域性的地方性知识转化成莫言的审美感受,并以此为基点形塑其小说中独具风味的"高密东北乡"的乡土性和民间性。而郭宝亮以"在地性"概述中国当代小说的创作特点,强调"在地性"是"作家经过对生活的观察、体悟,从而行诸笔端的行为",并由此才能实现"讲述中国故事和中国经验,并自觉地向中国叙事靠拢"的文化意义。②

赵勇从词语的意义上指出,"在地性"实质上是相对于"全球化"而言的地方性,"隐含着地方性与全球化之间的互动与交往、矛盾与冲突",表现在文学创作中的"在地性","首先是一种写作姿态。这是一种植根于本乡本土的写作,紧贴地面的写作。从现实土壤中生长出来的紧迫问题,常常成为其写作动因。其次,在中国的当下语境中,对于城市而言,'在地性'的'他者'应该是全球化,但是对于乡村世界而言,这个'他者'更应该是城市,是一个'地方'之外的全省乃至全国。最后,'在地性'写作既是记录当下的写作,也是介入当下现实的写作"③。相对而言,赵勇的"在地性"言说不仅指出了"在地性"的全球文化视野中的地方性形塑特点,突破了"在地性"认知的单一乡土视野,并强调了"在地性"书写的"介入"文学品格,基本囊括并扩充了陈晓明和郭宝亮的"在地性"文学观点,在某种意义上也体现出地方性"中国故事"文学表达新的理解方式。

"在地性"暗含着地域性的文化内涵和个体的"在地"体验,实际上都是对于自我及自我文化认同的自觉体认。例如,苏格拉底强调"真正认识自己的人,才是最有力量的人",只有"真正认识自己"才能生发出个体发展的生长点,才能促进自我的良性发展;老子更进

---

① 陈晓明:《"在地性"与越界——莫言小说创作的特质和意义》,《当代作家评论》2013年第1期。
② 郭宝亮:《文学的"向外转"与"在地性"——近五年来小说创作的一种趋向》,《文艺报》2017年8月30日第2版。
③ 赵勇:《"在地性"写作,或"农家子弟"的书生气——鲁顺民与他的〈天下农人〉(下)》,《名作欣赏》2016年第19期。

一步强调"胜人者有力，自胜者强"，指引人们要在认识自己的基础上实现自我的提升和跃进；而海德格尔所谓的"有此在而有世界"，尤为注重个体置身的身体性的时间和空间构成了个体行为的所在，而在所在的时空实践境遇中，人们逐渐认识了此在的价值，也实现了所在应有的文化价值。

新世纪以来的藏族作家的文学创作基本上都立足于各自的地方化经验而展开，说明藏族作家们已经开始有意识地立足于各自的地方性生活经验进行文学"圈地"。譬如，次仁罗布近年来以"八廓街"为地域空间的童年记忆书写、扎西才让的甘南桑多河空间想象的营造、耶杰·茨仁措姆的香格里拉卡瓦格博的空间开拓、尹向东的夺翁玛贡玛草原和康定城市书写的结合、洼西彭错的乡城历史追溯小说系列、雍措的凹村乡野记忆系列散文、琼吉的拉萨知识女性诗歌抒怀等，这些作家主动地从各自的生活空间入手表达他们文学"在地性"的想象和塑造。另外，这些作家致力创造的文体包括小说、诗歌、散文等，也就是说"在地性"不只是小说创作的专属概念，应是文学书写的普遍属性，各种文体合力表现出文学的文化地理空间的"在地性"想象和塑造。在推动新世纪藏族汉语文学的"在地性"书写方面，不可忽略的是地域作家群落对"在地性"文学书写的推动作用，其中引人注目的是康巴作家群和甘南作家群。尽管这两个作家群不只有藏族作家，还包括其他民族的作家，但他们合力营造出了较为稳定的"在地性"文学表达。

目前，阿坝、玉树等地的作家们也在有意识地凝练各自的"在地性"文化认知，期望展现出文化多样化的"在地性"文学姿态。对此，阿来关于"文化多样性的表达"实际上深化了"在地性"文学书写的含义。他认为，地方性的"文化多样性表达"不仅包括"不同民族文化的多样性表达"，也包括"一个民族内部的多样化的表达"，而"这种多样化的文学书写同时也是要完全依从于个人的深刻体验与表达这种体验时个人化的表达"①，而最终文学的"在地性"强调的则是个体"在地性"的深刻身体体验的个人化表达，唯其身体体验的深刻性、文学表达的切身性，方能实现"在地性"的文学实践，展现"在地性"藏式"中国故事"的地方性特色。

  同时，伴随着中国的现代化进程，藏族作家们深刻感受到各自生活空间的现代气息，在作品中展现由乡村走向城市化的发展进程，书写新时代的藏族青年的困惑与奋斗、挣扎与昂扬的生活姿态，代表者如尼玛潘多的《紫青稞》，立足于进城青年的心理世界，为我们展现了新一代藏族青年的时代风貌。新世纪的藏族作家的文学创作亦表现出全新的民族认同思考与书写，但多是与现代化的生活密切相关。他们在留恋传统生活的惆怅中走向了中华民族多元一体的民族文学认同，试图展示现代化进程中藏族群众的缤纷而又隐微的精神世界，尤其是自我身体或个体身份的艰难而曲折的建构，如鹰萨·罗布次仁以走出西藏的内地班的孩子为描写对象的《西藏的孩子》等。

  总体上看，新世纪以来，藏式"中国故事"的文学表达是藏族作家站在当代中国的文化空间中对地方性经验的展现，呈现出民族性、现代化与地域性相结合的"在地性"文学书写特质，并借助不同类型的文学话语实践，多方面地展现了藏式"中国故事"的魅力和活力，进而丰富了"中国故事"百花园的文学样态，也繁荣了当代"中国故事"话语建构的文化景观。

---

① 阿来：《〈康若文琴的诗〉序》，载康若文琴著《康若文琴的诗》，中国文联出版社，2015，第2页。

第二章　宏大历史的藏式"中国故事"

宏大历史背景下的叙事也可称为宏大叙事。所谓的宏大叙事即为"用一个元话语来统合整个社会"①，带有元叙事的意味。"所谓的元叙事是指一种陈述。这种陈述提供了一种方式，把所有证明的规则整合成一个总体性证明"②。因此，元叙事的陈述中已经包含一种整合性的证明规则，带有强烈的意识形态意味。具体到文学中的元叙事更多的带有史诗性的意味，作家们期望充当历史的书记官，以社会历史学家的眼光再现社会衍化的整体过程，以期把握时代的"精神欲望"，揭示"历史本质"，主要特征是"在结构上的宏阔时空跨度与规模，重大历史事实对艺术虚构的加入，以及英雄'典型'的创造和英雄主义的基调"③，如《青春之歌》《红旗谱》《创业史》《红日》《保卫延安》《迎春花》等"十七年"时期的作品，通过文学形象的塑造和故事情节的演绎，充分表现了共和国的"合法性"与社会主义现代化建设的"合理性"。④ 20世纪90年代，长时段的文学书写屡见不鲜，典范者如《白鹿原》等。但在现代主义和后现代主义文化思潮的侵袭下，宏大叙事逐渐被先锋小说的叙述形式与新写实的日常生活叙述的光芒所遮掩，"'宏大叙事'的整体性被打破、颠覆、瓦

---

① 让-弗朗索瓦·利奥塔：《后现代状态：关于知识的报告》，车谨山译，南京大学出版社，2011，第3~4页。
② 詹姆斯·威廉姆斯：《利奥塔》，姚大志、赵雄峰译，黑龙江人民出版社，2002，第46页。
③ 洪子诚：《中国当代文学》，北京大学出版社，1999，第96页。
④ 周新民：《重构宏大叙事的可能性——以〈麦河〉〈祭语风中〉〈己卯年雨雪〉为考察对象》，《文学评论》2017年第3期。

解和变异，个人欲望、文化动因、性格命运、偶然性以及文本的美学规范代替历史的完整性和目的性，成为文学叙述基本动力"①。

新世纪以来，中国的整体发展面貌发生了巨大的变化，先锋和新写实的琐碎文学表达方式已不能完全彰显"中国故事"的全部内涵，文学创作需要寻找新的文学表达样式，于是，宏大叙事的复兴就成为作家们关注的焦点。莫言直言，"重建宏大叙事确实是每个作家内心深处的情结"②。铁凝也认为，宏大叙事"有能力表现一个民族最富活力的呼吸，有能力传达一个时代最生动、最本质的情绪，有能力呈现一个民族在自己的时代所能达到的最高想象力"③。由此可见，新时代需要新的宏大叙事，要求具有时代气息的新兴的宏大叙事。

另外，宏大叙事势必涉及历史书写的问题。刘大先尖锐批评了文学书写和表达中的历史主义的虚无与历史主义的偏执，倡导"恢复那种蕴含着情感、公正、乌托邦指向的'大义'历史观，文学艺术需要寻找到自己独特的叙述维度，创造出带有历史责任、社会担当、道德关怀、理想诉求的历史书写，进而复兴过往传统的伟大遗产，成就一个新的历史"④的宏大历史书写策略。周新民提出，当下重建宏大叙事要面对三方面的挑战：其一是要沟通意识形态话语与现代人本精神，其二是要吸收中国当代文学叙事形式上的创新成果，其三是要处理好宏大叙事的现代性命题和传统文化之间的关系。⑤ 理论的焦虑得到了文学实践的回应。新世纪以来，中国文坛涌现出各种各样的宏大历史作品，带有新世纪文学品格的全新的宏大叙事彰显着"中国故事"的文学诉求。就新世纪藏族作家的宏大叙事创作而言，作家

---

① 邵燕君：《"宏大叙事"解体后如何进行"宏大叙事"？——近年长篇创作的"史诗化"追求及其困境》，《南方文坛》2006 年第 9 期。

② 莫言、崔立秋：《"有不同的声音是好事"——对〈生死疲劳〉批评的回应》，《文学报》2006 年 9 月 28 日第 3 版。

③ 韩小蕙：《伟大的时代为何难觅伟大的作品》，《光明日报》2010 年 4 月 14 日第 5 版。

④ 刘大先：《必须保卫历史》，《文艺报》2017 年 4 月 5 日第 3 版。

⑤ 周新民：《重构宏大叙事的可能性——以〈麦河〉〈祭语风中〉〈己卯年雨雪〉为考察对象》，《文学评论》2017 年第 3 期。

们不断地挖掘各种类型的史志，不断地从中提炼历史题材，建构带有藏式"中国故事"的宏大叙事话语形态，其中具有代表性的是阿来非虚构历史叙事的《瞻对：终于融化的铁疙瘩——一个两百年的康巴传奇》（以下简称《瞻对》）及次仁罗布立足民间叙述的《祭语风中》等。

第一节 宏大历史的非虚构展现

2013年12月11日，阿来的《瞻对》荣获2013年度"茅台杯"人民文学非虚构作品奖，褒奖"阿来在《瞻对》这部厚重的作品里，带着对现实的沉思去打捞历史记忆，将近些年来兴起的非虚构写作由现实延伸到历史。他通过长期的社会调查和细致艰辛的案头工作，以一个土司部落两百年的地方史作为典型样本，再现了川属藏民的精神传奇和坎坷命运。作者站在人类文明的高度去反思和重审历史，并在叙述中融入了文学的意蕴和情怀"①。人们普遍认为《瞻对》属于非虚构写作的范畴。

但在同年的8月，阿来以《瞻对》申报第六届鲁迅文学奖报告文学奖，在实名投票阶段却获得零票。② 阿来为何要以非虚构的《瞻对》来申报报告文学奖呢？在台湾九歌出版社有限公司出版的《瞻对》的"代序"中，阿来回顾了《瞻对》的创作过程：

> 几年前，为写《格萨尔王》，我去了西藏很多地方收集资料。在一两年的行走过程中听到了很多故事，其中就有一个关于瞻对的故事。《瞻对》是一部历史纪实文学作品，我本来想写成小说，开始想写个短篇，随着史料增多，官府的正史、民间传

---

① 《2013年度茅台杯人民文学奖授奖辞》，《人民文学》2014年第2期。
② 阿来：《阿来就鲁迅文学奖得零票发声明提三大质疑》，见中国新闻网（http://www.chinanews.com/cul/2014/08-16/6499776.shtml），2014年8月16日。

说、寺庙记载,最后搜集的资料已经足够写个长篇了。但是到后来,我发现真实的材料太丰富,现实的离奇和戏剧性更胜于小说,用不着我再虚构,历史材料远比小说更有力量。……原本我是从事虚构文学创作的,当时在追踪这个故事的过程中,我发现这些历史真实发生过的种种事情已经非常精彩了,根本不用你再去想象和虚构什么。①

《瞻对》实为写作《格萨尔王》而搜集材料的副产品。在阿来的文体意识中,《瞻对》为历史纪实文学,因为没有经过虚构和想象,只是从官府档案、民间传说、寺庙文档中摘录出相关资料,加以整理,他认为无论是非虚构还是历史纪实,都是如实地呈现现实。因此,阿来认为以《瞻对》申报报告文学奖并无不妥。这实际上就涉及阿来有关"非虚构"的理解问题。

另外,评论界也就《瞻对》的文体归属展开讨论。其中,贺绍俊认为《瞻对》是"真正非虚构的叙述",理由是所谓的"纪实文学最大的问题就是不纪实,很多纪实文学作家以小说笔法来写纪实文学……纪实文学的根本原则就是非虚构,非虚构也就是不虚构。一旦虚构,你就把纪实文学写成了小说"②。检视贺绍俊的言辞,我们可以清晰地发现贺绍俊以为"非虚构"等同于"不虚构",但纪实文学毕竟还是属于文学文体范畴,贺绍俊的辩护是"阿来的文学功底,特别是他对于故事深层结构的谋划,显然是他叙述成功的关键。这也说明纪实文学的文学性是多方面的,但就是与虚构无关"③,或可理解为贺绍俊认为纪实文学的文学性只是一种策略、一种技巧,是实现纪实目的的工具。但问题恰恰也就产生了。既然阿来对《瞻对》的"故事深层结构"有所"谋划",已经是在建构自己的叙述结构,或者是开启了他的"元叙事"思维模式,而他用文学笔法加以呈现,

---

① 阿来:《我不是在写历史,而是在写现实——台湾九歌出版社有限公司〈瞻对〉代序》,载《阿来研究》第八辑刊,第1页。
② 贺绍俊:《〈瞻对〉:真正非虚构的叙述》,《文艺报》2014年3月28日第8版。
③ 贺绍俊:《〈瞻对〉:真正非虚构的叙述》,《文艺报》2014年3月28日第8版。

这就可视为标准的文学创作行为。因此，对《瞻对》的认知涉及关于非虚构的认识问题。

"非虚构"写作的概念是楚曼·卡波第（Truman Capote）率先提出的。1965年，楚曼·卡波第的《冷血》出版。该作本是对一件凶杀案的新闻报道和新闻调查，但在阅读感受上类似于小说，被视为"新新闻报道"，是对习见的"新闻报道"的突破。而卡波第自称该作为"非虚构小说"①（nonfiction novels），以标榜其新闻报道写作方式的新颖。由此来看，非虚构本是新闻报道的技法，而后成为小说创作区别于传统虚构文学的重要标志。

中国的非虚构文学实践源于20世纪30年代"左联"倡导的写实文学，即作为"通讯的一种优化形态"的报告文学因其"能够以纪实、生动而快捷地反映现实而被纳入文学序列"②，也就是说，报告文学兼具通讯和文学的功能。这也就开启了中国非虚构写作的帷幕。

及至2010年第2期《人民文学》开设了非虚构栏目，这引起了人们的广泛关注，原因在于《人民文学》并未明确地界定"非虚构"。"我们不能肯定地为'非虚构'划出界限"③，即便如此，《人民文学》仍然启动了"人民大地·写作者"的非虚构写作项目，先后刊发了一定数量的非虚构作品。对此非虚构写作项目，李丹梦展开了激烈批评。她认为，"'非虚构'是在《人民文学》、创作者以及大众趣味合力作用下的产物，其内里，系'利益'的调适与妥协"，并进一步阐释"鉴于《人民文学》的'国刊'身份，或许可以这样表述，'非虚构'的出炉，乃意识形态、知识分子、大众在文学领域的　次成功合作，利益的'交集'或曰合作基点，即……'中国叙事'：《人民文学》于此看中的是'正统'风格的延续，对文坛（尤指市场语境下个人写作的无序化）的干预；知识分子则趁机重建启

---

① 楚曼·卡波第：《冷血》，杨月荪译，中国文联出版公司，1987，第42页。
② 王光利：《非虚构写作及其审美特征研究》，《江苏社会科学》2017年第4期。
③ 《主编卷首语》，《人民文学》2010年第2期。

蒙身份,投射、抒写久违的启蒙情致;大众在此欣然领受有'品味'的纪实大餐。三方皆大欢喜,'吾土吾民'就这样被'合谋'利用了"①。李丹梦的批评带有政治批评的意味,在激烈的言辞中渗透出某种文化忧虑。而杨庆祥则将非虚构的文化语境置于20世纪90年代以来的中国文学语境,认为非虚构的写作有其具体的文学和文化针对性。"第一,针对20世纪90年代以来'个人化'甚至'私人化'的写作成规,非虚构强调作家的'行动',田野考察和纪事采访成为主要的行为方式,并成为'非虚构'的合法性基础;第二,针对20世纪90年代以来小说文本的形式主义倾向和去历史化倾向,'非虚构'强调跨界书写,并在这种跨界中试图建构一个更庞杂的文本图景;第三,针对20世纪90年代以来的消费主义和娱乐化的书写,'非虚构'强调一种严肃的作家姿态和作家立场,并在某种意义上强调作家的道德感,从而让作家重新'知识分子化'的倾向。"因此,他认为"非虚构不是'不虚构',也不是'反虚构'。它在本质上是要求以'在场'的方式重新疏通文学与社会之间的对话和互动"②。杨庆祥的理性认知在一定程度上揭示出当代中国对"非虚构"的热切期望,是文学或文化走向社会生活,或者说是回归社会生活的重要表征。

对非虚构文学类的归属认知,目前最早可见者似乎是王晖、南平在20世纪80年代的思考。他们认为"非虚构"由于存在着层次性,可将其划分为"完全非虚构""不完全非虚构"和"仿非虚构"三种类型,分别对应的是报告文学与口述实录体、有所虚构的纪实小说、"有着纪实感,然而又确属虚构的……作品"③。其后,王晖又进一步梳理了非虚构的分类:相对于"虚构"写作,"非虚构"写作其实是指一个大的文学类型的集合,而不仅仅是一种具体文体的写作。它既包含非虚构小说和新新闻报道,也包括报告文学、传记、文学回

---

① 李丹梦:《"非虚构"之"非"》,《小说评论》2013年第3期。
② 杨庆祥:《"非虚构写作"能走多远》,《文艺报》2018年7月30日第2版。
③ 王晖、南平:《对于新时期非虚构文学的反思》,《华中师范大学学报(哲学社会科学版)》1987年第1期。

忆录、口述实录文学、纪实性散文、游记等文体……可以按照文本所体现的作家的写真意识、文本再现的似真程度以及读者接受时的真实感效果三个因素，将非虚构文学划分为完全非虚构（包括报告文学、传记、口述实录体、新新闻报道和纪实性散文等）和不完全非虚构（包括非虚构小说、纪实文学、新闻小说、历史小说、纪实性电影和电视剧剧本等）两种主要类型。另外，还有一种属于虚构文体的类型，如新写实小说之类，它在某些方面和某种程度上具有"非虚构"的一些元素，故将其视为仿非虚构类型。非虚构文学最重要的特性即是它的非虚构性，或者说是"写实性"。田野调查、新闻真实、文献价值、跨文体呈现应该成为构建非虚构文学的基本内核。①

王晖认为"非虚构"并非一种文体，而是一种写作类型，应该是作家极力求真、作品尽量如真和读者的真实现场再现三个方面合力的结果。尽管有些文学作品如新写实的生活化展现带有一定程度的生活还原，但其文学性决定了该类作品最终还是归结为虚构文学。至于历史小说，即便有作家的文学虚构，但由于取材于历史事实，还带有历史真实的影子，因此被王晖归结为不完全非虚构文学。

那么，若以王晖的分类，阿来的《瞻对》应属于不完全非虚构类型，这取决于其文本的文献价值和跨文体写作的实绩。但是有一个不容忽视的问题是，阿来本是一位虚构作家，他以往的作品如《尘埃落定》《格萨尔王》《空山》等皆以虚构叙事为主，他在《瞻对》中的非虚构书写转变令评论界无所适从。例如，丁增武认为《瞻对》作为"历史非虚构"的长篇力作，展现的是"阿来从不同的历史时空出发，介入的始终是他身处其间又难以摆脱的民族问题，以及世界范围内民族主义高涨背景下的国家认同"②，根本不提文学性或者是虚构性的问题，将《瞻对》看作是阿来对民族问题和国家认同的思考之作；邱华栋认为《瞻对》有强烈的现实关怀，"既有历史的严谨

---

① 王晖：《"非虚构"的内涵和意义》，《文艺报》2011年3月21日第5版。
② 丁增武：《"族群边界"与"历史记忆"双重视域下的国家认同——评〈瞻对〉及阿来的"非典型西藏文本"》，《民族文学研究》2016年第1期。

又有文学的生动"①，点染《瞻对》的文学笔法，但语焉不详；而鲍远福则认为《瞻对》表现的是"阿来仍以他擅长的虚构方式与诗艺技巧，在'纪实'与'虚构'的语义断裂处，以叙事重组了瞻对的历史和现实"②。也就是说，阿来巧妙地以虚构的文学笔法弥合纪实的现场还原，通过个人化的叙事再现了瞻对地区两百余年的历史和现实，或者说阿来在虚构与非虚构的间隙中，以真实的文档材料为基础叙述了历史的面相，表达了他对民族问题的国家治理策略的思考。

《瞻对》尽管引用了大量的文史档案，并以此为时间线索勾勒出整个叙事的格局，被视为历史非虚构长篇力作，但毕竟不同于历史研究论文。关于瞻对事件的历史研究，20 世纪 80 年代，陈一石曾发表长篇历史研究论文《清代瞻对事件在藏族地区的历史地位与影响》③。该作通过翔实的历史文献和严谨的史事评述，先后以"清军诱杀策冷工部与下瞻对藏民的反抗""下瞻对土司班滚反抗清廷镇压的斗争""中瞻对土司罗布七力之'死'""工布朗吉的起事与失败""一八八九年撒拉雍珠领导的农奴起义""鹿传霖在瞻对推行改土归流及其失败""清末瞻对改土归流"等历史事件为题，展现了清代治理瞻对的得失，并认为驻瞻藏官苛暴百姓，为了扩大实力，承受周围土司间的斗争，役属当地的农奴是导致多次动乱的根源。为了安定川边藏区的社会秩序，次第经营，使成为边防重镇，在清统治阶级中一些稍有远见的官员……提出将瞻对划归川属、改土归流的主张和设想是有一定进步意义的，是有利于藏族人民长远利益的。但是，在主张瞻对划归川属的清官员中，确有人满脑子的大民族主义思想……清政府中一些官员没有通过正常的调整行政区划的途径，充分考虑西藏地方政府的利益，往往错误地从四川的角度出发，强调'收回'，将瞻对重

---

① 邱华栋：《从〈空山〉到〈瞻对〉：阿来的虚构与非虚构》，《南方文坛》2015 年第 1 期。
② 鲍远福：《纪实名义下的历史虚构——评阿来〈瞻对：终于融化的铁疙瘩——一个两百年的康巴传奇〉》，《民族文学研究》2015 年第 2 期。
③ 陈一石的《清代瞻对事件在藏族地区的历史地位与影响》因篇幅太长，故在 1986 年的《西藏研究》连载于第 1 期、第 2 期、第 3 期。

新划归川属，这在客观上给中央和地方以及民族间的关系带来不良的影响①。陈一石从事件的根源、政府的举措等方面阐释瞻对事件在清代治藏方略格局中的地位及其历史影响。与其说它是非虚构，不如说它是历史研究论文。

比对《瞻对》所描述的事件，大致与陈一石的叙述顺序相同，但不同之处也非常鲜明。如叙述的缘由，阿来是以1744年发生的"一件小事"为引子，"川藏大道上，有三十六个人被藏语称为'夹坝'的人抢劫了"。对此事件，阿来以为这"的确不算大事"，因为"在那样的年代，一行人路经僻远而被抢劫，以致被谋财害命并不是什么了不起的事情"。但是这件事情的后果非常严重，"原来被抢的人是一众清兵。用今天的话讲，叫维稳无小事，何况被抢的还是在川藏大道上维稳的军人"②。因此，朝廷震怒，这一事件作为导火索迅速蔓延，事态也随之严重。随后，阿来进一步展现瞻对事件的前因后果。这完全是一种文学笔法，欲擒故纵。此种叙述方式与黄仁宇《万历十五年》的开头极为相似：

> 公元1587年，在中国为明万历十五年，论干支则为丁亥，属猪。当日四海升平，全年无大事可叙，纵是气候有些反常，夏季北京缺雨，五六月间时疫流行，旱情延及山东，南直隶却又因降雨过多而患水，入秋之后山西又有地震，但这种小灾小患，以我国幅员之大，似乎年年在所不免。只要小事未曾酿成大灾，也就无关宏旨。总之，在历史上，万历十五年实为平平淡淡的一年。……当年，在我国的朝廷上发生了若干为历史学家所易于忽视的事件。这些事件，表面看起来虽似末端小节，但实质上却是以前发生大事的症结，也是将在以后掀起波澜的机缘。其间关系

---

① 陈一石：《清代瞻对事件在藏族地区的历史地位与影响（三）》，《西藏研究》1986年第3期。
② 阿来：《瞻对：终于融化的铁疙瘩——一个两百年的康巴传奇》，四川文艺出版社，2014，第2页。

因果，恰为历史的重点。①

两者之间的区别在于，黄仁宇选择万历十五年作为历史节点，是要展现明代社会治乱的矛盾激发点，进而展开进一步的叙述，最终总结出历史经验和教训。而阿来以1744年川藏大道"夹坝"事件为起点，不仅展现的是两百余年间中央政府治理民族边地的历程，更是要以此为契机，表达他立足于当下的文化视野对于历史和现实问题的某种人文关怀，彰显的是国家认同的文化旨趣。因此，阿来的写作带有浓厚的文学性，似乎与20世纪90年代流行的行走或行述感怀的文化散文相似。

而在具体事件的叙述中，阿来又参照了周霭联所撰写的《西藏纪游》、德格·札茨的《康人游侠歌》、任乃强的《西藏视察报告》《康藏史地大纲》、格朗杰的《康南理塘土司概况》、昔绕俄热的《新龙贡布朗加兴亡史》、瞻对本地僧人叶列初称依据传说的记录、德荣·泽仁邓珠的《藏族通史·吉祥宝瓶》、藏文文书《瞻对·娘绒史》《白玛邓登尊者传》、更敦群培的相关论述、荣赫鹏的《英国侵略西藏史》《清季外交史料》、意大利人毕达克的《西藏的贵族和政府》《霍尔章谷土司概况》《清代藏事辑要》《德格土司世系》、查骞的《边藏风土记》《西藏社会历史藏文档案资料》《第十三世达赖喇嘛年谱》、吴光耀的《西藏改流本末记》、贺觉非的《西康纪事诗本事注》《理化县志》、英国人柏尔的《西藏之过去和现在》、陈渠珍的《艽野尘梦》、傅华封的《西康建省记》、梅·戈尔斯坦的《喇嘛王国的覆灭》《元以来西藏地方与中央政府关系档案史料汇编》、陈观浔的《西藏志》、刘赞廷的《边藏刍言》、冯明珠的《中英西藏交涉与川藏边情》、赵心愚和秦和平合著的《清季民国康区藏族文献辑要》《新龙县志》《康藏纠纷档案选编》、藏文史料《近代藏军和马基康及有关情况述略》、唐柯三的《赴康日记》、冯有志的《西康史拾遗》等资料。其目的很明确，"我不惮烦琐，抄录这些史料，自是因为这些

---

① 黄仁宇：《万历十五年》，生活·读书·新知三联书店，1997，第1页。

材料可作……瞻化一地社会状况的生动说明。更是因为，这样翔实细致的材料可以破除两种迷信。一种迷信是简单的进步决定论，认为社会历史进步中，必是文明战胜野蛮。所以，文明一来，野蛮社会如被扬汤化雪一般，立时土崩瓦解。再一种迷信，在近年来把藏区边地浪漫化为香格里拉的潮流中，把藏区认为是人人淡泊物欲，虔心向佛，而民风纯善的天堂。持这种迷思者，一种善良天真的，是见近日社会物欲横流，生活在别处，而对一个不存在的纯良世界心生向往；一种则是明知历史真实，而故意捏造虚伪幻象，是否别有用心，就要靠大家深思警醒了"①。也就是说，阿来的《瞻对》有其明确的写作针对性，表达他的现实文化思考，带有借他人酒杯消自己块垒的意味。因此，他的历史书写并非凭古吊今的文学笔法，而是要直接以确切的历史事实打破人们关于藏地的各种想象，还原历史的真正面向。

另外，民间故事、民间传说也是阿来写作资料的重要来源。例如，贡布朗加最后时刻的英雄形象充满了文学性的传奇色彩，但阿来的目的并非在于宣扬英雄人物的伟绩，而在于以此引发的思考。"我所以对有清一代瞻对的地方史产生兴趣，是因为察觉到这部地方史正是整个川属藏族地区，几百上千年历史的一个缩影，一个典型样本"。②他还认为由于"受把一部中国史改造成农民起义史的学风的影响，一段时间里，一些人也将贡布朗加指认为藏族农民起义的领袖，追踪这段史实时，我感到这也过于一厢情愿了"③。诸如此类的叙述不在少数，阿来借用史实文档叙述故事，力图真实地勾勒出某一事件的历史情态，还原真相，而后就这些故事表明他的思考，展现他的态度，甚至采取比兴的文学策略，在古今的对比中，表达他对民族地区某些历史情态和现实情状的看法，即先言它物以引发他的话题，

---

① 阿来：《瞻对：终于融化的铁疙瘩——一个两百年的康巴传奇》，四川文艺出版社，2014，第262页。
② 阿来：《瞻对：终于融化的铁疙瘩——一个两百年的康巴传奇》，四川文艺出版社，2014，第157页。
③ 阿来：《瞻对：终于融化的铁疙瘩——一个两百年的康巴传奇》，四川文艺出版社，2014，第158页。

进而阐发他的某些观点。《瞻对》的此种言说方式混杂着非虚构的纪实与虚构的文学手法，重点似乎在于引发阿来的独立的判断和思索。

总体上看，《瞻对》以铁疙瘩的融化历程为宏大叙事的背景，在跨文体的书写实践中，将历史档案、民间传说、个人考察等多方面糅合在一起，以比兴的文学笔法构建了边地"中国故事"叙述的新模式，通过个人表达的人文性、思想性等，开创出一种全新的历史书写的新格局。以非虚构的名义，阿来完成了一次文学冒险，也实现了自我在虚构与非虚构之间的转换。

第二节　宏大历史的民间化叙述

陈思和等认为，"民间"在具体的文学实践中强调的是一种非权力形态也非知识分子精英文化形态的文化视界和空间，渗透在作家的写作立场、价值取向、审美风格等方面，用"讲述老百姓的故事"作为认知世界的出发点，表达原先难以表述的对时代的认识。① 民间的立场似乎成为20世纪90年代以来，作家们主动从革命历史书写中抽离后的合法性存身之所。但实际上，民间是一种想象的文化空间，民间叙述是新历史文学书写的叙述想象。

藏族作家次仁罗布的长篇小说《祭语风中》是一部借助民间视野折射西藏近五十年社会发展历程的力作。作品以晋美旺扎的生命回忆为主线，采用戏剧体的叙述形态，以宽广的人道情怀和悲悯的人文关怀，深入开掘遮蔽在宏大历史进程中的个体生命的深邃和灵魂的庄重，凸显民间西藏的生动活泼与复杂多样，彰显出西藏历史民间叙述的文学表达新态势，表现出"中国故事"的地方性文学经验和想象表达的多样性。

---

① 陈思和、何清：《理想主义与民间立场》，《中山大学学报（社会科学版）》1999年第5期。

一

　　《祭语风中》是晋美旺扎的生命回忆。据文本提供的信息，晋美旺扎八岁到色拉寺出家，服侍希惟仁波齐近十二年，到1959年师徒离别，晋美旺扎应为二十岁，如此推测，晋美旺扎当为1940年前后出生；若从希惟贡嘎尼玛的言谈"我们俩认识也已经有六十多年"来计算，此刻的晋美旺扎约为六十八岁，而从晋美旺扎"倒回五十年前的色拉寺"的言语来计算，晋美旺扎大约七十岁上下。因此，《祭语风中》的时间下限最晚不超过2010年。另外，《祭语风中》回顾了晋美旺扎的父亲其加的生平。晋美旺扎的父亲十一岁时，以侍从杂役的身份随豁卡少爷到拉萨学习，大概其加与少爷年纪相差无几。"通过自己的努力，成了一名画师，娶了我母亲"，晋美旺扎还有一个比他大几岁的哥哥罗追维色。故此，晋美旺扎出生时，其父其加大约在三十岁上下，当出生于1910年左右。因此，《祭语风中》的时间上限大概在20世纪20年代。由此而言，《祭语风中》实际上跨越了西藏近百年的历史记忆。

　　然而，次仁罗布无意观照西藏近百年的发展历程，他将目光投置于晋美旺扎的青年和中晚年将近五十年的岁月，追随晋美旺扎的目光，审视西藏社会的变迁，或者说书写社会变动中晋美旺扎等普通民众被改写的人生轨迹的历史记忆。晋美旺扎的人生大致可以分为四个阶段。第一阶段，少年时期的寺庙生活。这一时期，晋美旺扎在上师希惟仁波齐的庇护下，在色拉寺的宗教氛围中，内心充盈着对佛法的无上追求，生活恬淡，精神富足。第二阶段，突如其来的变故使得晋美旺扎被迫远离寺庙，尽管涉世未深，也只能走向了混乱而丰富的世俗生活。第三阶段，社会变革中的身体重新塑造，促迫晋美旺扎真正回归世俗，感受世间的风云变化、冷暖世故，彷徨于现实生活与精神世界的纠葛。第四阶段，晋美旺扎看破世间喧嚣与繁华后的精神回归，再次在寺庙的桑烟缭绕中实现心灵的涅槃。总体看来，晋美旺扎的一生不断地游离于出世与入世的艰难选择之中，以米拉日巴的圣迹作为精神追求的指南，力求实现灵魂的自我救赎；同时，晋美旺扎的一生折射出西藏民主改革以来底层民众的生活取向及其价值追求的发展历程。

《祭语风中》是晋美旺扎的生命自传，围绕着晋美旺扎的一生展开叙述。晋美旺扎是故事的主讲人，也是历史的亲历者和见证人，他的讲述带有个人回忆的亲切感和在场感，不仅讲述自身的生命体验，也展现他所了解的、所关注的其他人的生命状态，通过自我与他人的生命碰撞和纠缠，呈现出历史记忆的丰盈。因此，《祭语风中》的人物不仅具有记忆标识的叙述功能，而且与晋美旺扎一同构成西藏历史民间记忆的风景。

次仁罗布淡化处理西藏的社会历史事件，并以之为背景，展开晋美旺扎的生命行述，塑造置身于历史风云中的晋美旺扎的艺术形象。因此，历史事件成为展现晋美旺扎生命轨迹的重要依托。另外，晋美旺扎的身份非常独特。他八岁出家，在色拉寺接受过正统的宗教文化教育，在面对人生困惑时往往依恃上师的教导和圣者米拉日巴的圣迹作为行事指南，严苛地要求精神的净化。尽管晋美旺扎以生活的"他者"身份进入现实生活，审视世俗生活的光怪陆离，但他不得不按照世俗准则规约自我的生活。因此，晋美旺扎就徘徊于精神追求与现实浮华的纠结状态，由出世转变为入世，又由入世到再次出世。

入世主要表现在还俗。晋美旺扎最初表现得非常坚决，认为还俗"指的就是那些不能操守戒律，找个女人生儿育女过日子的，是含有贬义的"，拒绝"让心牵引着肉体，往世俗的浮华里奔涌"，通过诵经以强压内心蠢动的肉体欲望，保持僧人的贞洁。当他看到区长"一头浓密的黑发梳成了两根辫子，圆月般的皎洁的脸上，一双水汪汪的眼睛在眨动。原来她不戴帽子，会是这般的楚楚动人"，女性的身体美感开始在晋美旺扎的内心中逐渐活泛，开始背离自我的坚守。而面对师兄罗扎诺桑的还俗事实，尽管晋美旺扎鄙视此种行为，但师兄家庭中的天伦之乐又一次触发他的世俗思考。另外，为了适应世俗生活，晋美旺扎脱掉袈裟，换上俗装，留起头发，虽然内心中仍以僧人自居，但他的行事已然按照世俗方式行为，投身于世俗事务中。在支前活动中，晋美旺扎的暗恋破灭了，但打开了他的情感世俗化的通道。直到希惟仁波齐的遗书中谕示"把世间当作你修炼的道场",晋美旺扎彻底走向世俗。而实际上,当晋美旺扎追随希惟仁波齐走出色拉寺出逃的那一刻起,他就已经踏上了世俗化的生活轨迹,出逃的一系列见闻让他感受到了人世间的别样生活情态,参加劳动改造让他感受到肉身劳作的辛苦,拉萨的新变化让他惊诧于世俗生活的美好,不断接触的异性唤醒了他沉睡的爱恋观念,这一切都在激发着晋美旺扎的世俗意识,而世间道场的表达则更强化了他的世俗生活信念。当美朵央宗出现在晋美旺扎的生活中,他的爱情之火又一次被点燃,迅速成婚,畅享世俗的欢娱,感受家庭的温情。此后,尽管在动荡的社会中晋美旺扎遵照良心召唤而有悖当时的社会准则,因为努白苏老太太塑像致使家庭出现变故,甚至妻子背叛直至生产死亡,但是晋美旺扎一直坚韧地生活着,抚育子女成长,完成世俗的职责。而当熟识的亲人、朋友先后去世,"如今子女都已长大成人",饱经风霜、熟谙人事、了无牵挂的晋美旺扎选择"为亡魂指引中阴的道路,给活人慰藉失去亲人的苦痛"而再次出世,在天葬台实现精神的涅槃。晋美旺扎的一生跌宕起伏,情感世界波澜壮阔,精神世界丰润盈和。次仁罗布通过这一典型的文学形象不仅丰富了以往西藏历史叙述的人物长廊,而且引领出一种全新的西藏的"中国故事"讲述的新的可能性,即通过游离于历史事件又裹挟于历史事件中的民间底层形象的塑造,展现民间西藏的发展情态。

二

《祭语风中》通过晋美旺扎的社会交往引入了若干身份各异的人物。这些人物有的在晋美旺扎的生命历程中昙花一现,仅具有推动故事情节的叙述功能,以此再现了特定历史情境中人们的普遍心态。例如,在出逃路途中,晋美旺扎一行人所遇到的逃难者,展现了人们面对动乱时局的惶惑与犹疑。再如,晋美旺扎返回拉萨后所遇到的林林总总的翻身当家的人们,通过他们的言行体现出人们对生活的美好希望。还有些人物则与晋美旺扎关系特殊,通过这些人物,小说显现出历史情境中的人们的不同人生走向。其中,最值得关注的是努白苏府管家尼玛桑珠、瑟宕二少爷土登年扎、师兄罗扎诺桑等人。尼玛桑珠知恩图报，他的人生一直伴随着努白苏府的沉浮而变化。因此，除了在开篇介绍他的姓名之外，晋美旺扎一直称呼其为努白苏府管家。尼玛桑珠的一切所作所为都是从努白苏府的利益出发，他为此舍弃了爱情，甚至为了维护努白苏府老太太，竟然谎称他们之间是夫妻关系，为此遭到了人们无情的嘲弄。而改革开放之后，他还不辞辛苦，远赴印度，将政府发还的赎买金上交努白苏府二少爷，以此表明他的忠心。可以说，尼玛桑珠是藏族传统美德的化身，体现的是次仁罗布对具有藏族传统美德人士的讴赞。而土登年扎则是西藏现代知识分子良心的体现。他接触过现代文明，周游列国，渴望西藏摆脱旧有的发展模式而走上现代化的发展之路。因此，他发自内心地拥护西藏的民主改革，并以实际行动投入西藏的社会建设，即使遭遇人生的低谷，如被清理出西藏日报社、在"文革"中遭受残酷屈辱的伤害，他也矢志不渝，坚信人生的苦难是由自身的错误所造成的，不抱怨，不放弃对美好未来的希冀。而罗扎诺桑彻底抛弃宗教信仰，回归世俗生活，尽管他最初是为家庭负责而不得不娶妻成家，但在后续的生活中，罗扎诺桑完全投入世俗的争斗，展现出人性卑陋的一面，揭发曾有恩于他们的瑟宕二少爷、资助叛乱者、殴打被批判的对象、贪污公款等，但在生命的尽头，罗扎诺桑意识到自己曾犯下的不可饶恕的过错，祈求获得救赎。《祭语风中》通过以上三个人物的故事编织出宏大历史图景中不同个体的生活画卷和精神追求，再现了西藏波诡云谲的五十余年的发展历程，实现了西藏社会历史进程的民间叙述。

《祭语风中》用大量笔墨刻画了晋美旺扎所经历的十几位人物形态各异的死亡情状，尽管死亡不可避免，但不同人的死亡缘由则各具特色，所带来的情感冲击也各不一致，以此展现晋美旺扎生死观的蜕变，凸显其生命记忆的丰沛、充盈，也以此展现西藏民间所持有的生死观。

晋美旺扎最早经历的死亡体验是母亲的去世。年幼的晋美旺扎不懂什么叫死亡，只想到母亲去了另一个世界，那里可能就是大家向往的神仙住地，所以没有多少伤心。母亲的去世并未给晋美旺扎留下深刻的印象，他只是认为死亡会使得母亲走向极乐之所。这是十三岁的晋美旺扎对死亡的初印象，懵懂而充满浪漫气息。

龙扎老僧的去世对晋美旺扎的冲击有所不同。在叛乱形势日渐严峻的情况下，龙扎老僧不知所措，失去了怙主护佑的痛苦使他无法接受残酷的现实而主动选择了死亡，或可说龙扎的惊忧而亡代表了当时一大批人的想法，唯有死亡才能帮他们从痛苦的现实生活中解脱。同时，龙扎老僧的死亡是促成希惟仁波齐等人出逃的原因之一。

在出逃之路，《祭语风中》展现了晋美旺扎等人对死亡态度的差异性。面对无名逃亡者的死亡，晋美旺扎等人更多的是同情，慨叹生命的脆弱，怜悯他们一家的悲惨遭遇。他们为亡者施与了最后的关怀，祈望"他的亡魂走好"，表达出人道主义的关怀。而多吉坚参的遇难则让晋美旺扎等人陷入深深的痛苦，难以自拔。为了保护财产，多吉坚参被匪徒踢下山坡摔死，亲人生命的瞬间消亡使得一向沉稳自重的希惟仁波齐方寸大乱，而罗扎诺桑和晋美旺扎更是不能接受死亡的事实，徒劳地希望这一切都是幻象，即便他们明白世间的生命都终归要死去。由此，晋美旺扎对死亡的态度瞬间发生变化，一方面，不相信死亡来得如此迅疾突然；另一方面，又哀叹生命的脆弱，而对死亡产生了"恐惧与敬畏"之情。同样是面对逃亡路途中的猝死事件，晋美旺扎等人却有迥异的行为表现，主要在于亡者的身份。无名逃亡者与他们之间毫无瓜葛，他们只是奉行僧人利乐众生、乐善好施的行事准则，因此，悲悯之情甚于悲伤之痛。而多吉坚参则不同，从小与晋美旺扎等人生活在一起，朝夕相处，他们之间具有深厚的感情，他的猝死引发的是晋美旺扎等人的亲情之伤痛。因此，感情压制住理性，即便是希惟仁波齐宽慰晋美旺扎，其实也是慰藉自我，而他所讲述的乔达弥丧子故事，并未能为他实现驱散悲伤情感的目的，以致希惟仁波齐做出了不再逃亡回返拉萨的决定。

猝死的还有参加支前的马车夫索朗。他死于流弹，小说详细叙述了索朗的临终状态，"索朗张口慌忙地喘气，眼神变得呆滞起来，轻咳一声后嘴里吐出血来，全身直挺挺地躺在了那里"，索朗不相信自己的命运竟然如此结束，"脸上难掩死亡的恐惧"。而残酷的战斗环境,让人们无心悲伤,"只能把索朗的尸体停放在路边,继续打扫战场"。尽管小说展现的是人们为了保卫来之不易的胜利果实才投入自卫反击战,但是也表现出战争的残酷以及作者对战争的深恶痛绝,"战争的代价就是生命,是亲人分离",体现出次仁罗布的人道关怀和无奈的人生喟叹。

而希惟仁波齐的去世对晋美旺扎的触动最为强烈,一方面是他们之间有着类似于父子关系的师徒之情,久而弥坚;另一方面也由于晋美旺扎奉希惟仁波齐的言行为圭臬,并将希惟仁波齐视为信仰膜拜的现实化身。因此,希惟仁波齐的逝世让晋美旺扎陷入深深的伤恸难以自抑。在观想中,晋美旺扎灵光乍现,切实认识到"肉体只是一座房舍,灵魂才是生生不息的",理解了希惟仁波齐的圆寂意在告诉世人"活着的时刻去珍惜这肉体,心灵满怀慈悲地去爱众生"。可以说,希惟仁波齐以肉身的消亡昭示了晋美旺扎随后的生命方向,坚定了他的生命信念,"心唯有具足了慈悲,仿佛披上了坚实的铠甲,任何挫折都不能伤害到你"。由此,心怀慈悲的晋美旺扎投身到世俗的繁华与喧嚣,体认生命的旺盛与无常。例如,面对群培老人的死亡,晋美旺扎反省"人这一生免不了一死,活着的时候尽量做个好人,做个对别人有益的人。这样哪一天突然死去了,灵魂承载的罪孽不会太重,也不必太担心死后会轮回到恶道中去",实际上就是对希惟仁波齐遗言的人间注解。

而卓嘎大姐的亡故则让晋美旺扎对死亡有了全新的认识。病痛中的卓嘎大姐将家里的泥塑菩萨交给晋美旺扎扔到拉萨河,而临终的胡乱呓语却把她的心声表达出来——"护法神在追击她,说她坠入到地狱里",在身心交瘁中撒手离世,这让晋美旺扎陷入人生空虚无力的沉思而悲痛欲绝。次仁罗布及时地宣布救赎的理念,唯有现世的精神救赎才能拯救无望的人生。于是,晋美旺扎采取了"向诸佛祈祷"的方式,祈望借助圣灵驱遣现实的困惑,进而感受到生命之花的璀璨亮丽。

至于爱人美朵央宗的谢世,又一次让晋美旺扎感受到彻骨的悲痛,以致于陷入自责与悔恨。由于晋美旺扎以报恩的名义为努白苏老太太塑度母神像的举动被发现，他们一家陷入困境，不仅自己被抓批斗，在争斗中还使美朵央宗流产，一家人被遣送农场接受改造。悲痛的美朵央宗在情感上疏远了晋美旺扎，并在百无聊赖的农场生活中与旺堆有染，最终在生下女儿后因大出血而死亡。尽管美朵央宗道德有损，以情感的背叛作为报复晋美旺扎的手段，但晋美旺扎却认为正是自己的自以为是、冷漠无情导致美朵央宗的悲剧，为没有原谅美朵央宗而悔愧。为此，他郑重承诺一定要善待美朵央宗的女儿以表达忏悔赎罪之意。

三

《祭语风中》在文体方面带有明显的戏剧体特点。小说文体主要通过话语建构来实现故事的叙述，戏剧文体中的话语建构以围绕舞台表演的直观展现为矢的，但两种文体之间有着天然的话语亲缘关系，如在场景设置、人物对话、内心独白等方面可以实现文体之间的相互借鉴，甚至文体互换并不影响两种文体的独立性，反倒促进了小说文体和戏剧文体的发展。

审视《祭语风中》的叙述形态，上卷第一章"聚散"具有涵盖整个故事的叙事组织和架构功能。其中，开篇描述了晋美旺扎在帕崩岗诵经的画面，可以置换为戏剧中的场景描写：地点是山坡上的简易棚子里，时间接近中午，人物行为是手持扎玛如和摇铃的祈诵《普贤行愿品》的老者晋美旺扎，人物外饰是"穿件黄色的短袖衬衫，古铜色的胳膊露在外面"，人物有晋美旺扎、希惟仁波齐的转世希惟贡嘎尼玛、服侍晋美旺扎的小僧人。时间、地点、人物及人物之间关系和出场顺序基本介绍清楚，而后各色人等先后出场。首先出场的是晋美旺扎，尽管有些许个人的举动，却是为希惟贡嘎尼玛的出场做准备，亦是为后续的对话营造氛围，因而具有起兴戏剧结构的叙述功能。而随后出场的希惟贡嘎尼玛直奔晋美旺扎而来，在简短的情况说明后，以"讲讲您经历的那些往事吧"为起点，真正进入故事的叙述。紧接着时间趋于傍晚，"天色要暗淡下去"，希惟贡嘎尼玛告辞，一直沉默不语的小僧开始收拾东西、发问，说明他一直随侍在晋美旺扎身边。随后,背景更换为午夜时分,晋美旺扎独居岩洞沉思默念,画外音响起希惟贡嘎尼玛的声音。最后,以晋美旺扎的入定静止状态结束。篇章所谓的"聚"既指晋美旺扎与希惟贡嘎尼玛的聚会畅谈,也指晋美旺扎对早年零散记忆的整理与叙述;而"散"既指两人之间的分离,又强调晋美旺扎的生命消散。因此,《祭语风中》强调的是晋美旺扎生命往事的聚和散,整个故事由此而铺衍,也可视为戏剧表演的帷幕由此而拉开。

  晋美旺扎与希惟贡嘎尼玛的往事对话在"聚散"中是缺失的,而这也就是小说重点展现的内容。为此,在"聚散"后面的章节中,伴随着晋美旺扎的回忆和希惟贡嘎尼玛的插话,通过对话的形式,既实现了两者之间的往事回忆,又点染出历史的亲历者和历史的聆听者对过往历史事件的不同理解和认知,尤其是希惟贡嘎尼玛关于某些历史节点的解释,在一定程度上是对晋美旺扎历史回顾的补充,也表达出作者次仁罗布的历史认知,更带有两代人对历史事件的不同认知方式。故此,希惟贡嘎尼玛尽管是以希惟仁波齐的转世身份出场,但他的言谈代表着当代人的历史认知。如此,《祭语风中》通过戏剧式的对话,实现了晋美旺扎的历史记忆与希惟贡嘎尼玛的历史认知的视域融合。例如,晋美旺扎刚回忆说,"那是1959年3月10日的清晨。就从那天起,拉萨的形势急转直下,一切都往坏的方面发展",说明记忆的起始时间,暗含故事背景以及对故事发展的潜隐认知。希惟贡嘎尼玛"接着怎样"的追问不仅把期待了解故事的迫切心态表现出来,而且顺带着推动故事的深度发展。而晋美旺扎接续的"当时"意味着他又回到了个人的记忆叙述进程。又如,"那段时间,西藏各地很不安宁,不时听到四水六岗的卫教军袭击解放军的消息。至于确不确切,我们无从知道,寺院离人们所说的出事地太远了。希惟仁波齐也不准我们跟外界有太多的接触",晋美旺扎意在说明,他的叙述只是就自己所经历的一切进行铺陈,而对不确切的消息一无所知。但他的脱离故事叙事而回到现实的解释却传递出多方面的信息:西藏不安定,寺庙中的他们生活封闭未曾受到外界的影响,一如既往地按照固有节奏生活。而希惟贡嘎尼玛在插话中表达出他对西藏历史的现代认识，如关于西藏变革的认识——"西藏旧的体制几百年来没有进行过重大的改革，它与时代的快速发展相比，是如此落后与腐朽，只能注定要消亡"，体现了希惟贡嘎尼玛的历史进化的观念。又如，对赤桑大桥的介绍，"先前的赤桑大桥是土木结构的，由于时常被河水冲走，十三世达赖时，噶厦地方政府……要以西方的建造桥梁方式进行建筑……建造了西藏当时最现代化的这座桥"，这看似是希惟贡嘎尼玛在解释赤桑大桥的由来，实际上暗含着对西藏地方政府保守观念的批评。另外，在晋美旺扎与希惟贡嘎尼玛的对话中，还体现了两种不同的历史观念，或者说两种历史意识形态的碰撞。例如，关于民主改革中的社会变革，希惟贡嘎尼玛认为，"任何一个社会制度的变更，都需要经历深深的阵痛，甚至无数生命的牺牲"，体现的是一种理性的历史认知，但缺乏生命体验的感性质感。而晋美旺扎则不然，"那时我很矛盾，一面为那么多的人能够得到人生自由，生活有保障而感到由衷的喜悦，又为瑟宕府和努白苏等家族的衰落感到惋惜"。他从僧人的角度、以历史亲历者的身份，表达了对历史变革的复杂心情。对此，希惟贡嘎尼玛的强烈反问："旧社会有那么多人受苦受难，官家、贵族、寺庙给予过慈悲和同情吗？"使得晋美旺扎无言以对，也意味着现代历史认知观念的胜利，或者说现代历史意识形态表达的胜利。

整体上看《祭语风中》的显在的或隐在的对话体叙述方式，虽然有戏剧对话的某些因素，但次仁罗布只是将对话作为小说笔法来讲述西藏民间话语形态的历史变革认知。相较于以往关于西藏历史变革的单一社会进化发展的文学叙述，次仁罗布试图在作品中引入多种声音，以多声部叙述形态，展现历史变迁的整体面相，尤其注重底层的民间的故事叙述，但也没有忽视官方的教科书式的历史认知，两相对照，历史面相的丰富性、多重性在文本中得以交织、融汇，而塑造了丰厚、凝重的历史过程。

四

《祭语风中》除了叙述晋美旺扎的生命行述之外，还穿插着米拉日巴大师的圣迹，分别由希惟仁波齐和晋美旺扎讲述，实际上是晋美旺扎转述希惟仁波齐的米拉日巴故事，自述他关于米拉日巴圣迹的理解。因此，晋美旺扎的故事叙述具有内心独语或独白的戏剧性。在出逃途中，希惟仁波齐为徒弟们讲述了米拉日巴大师与外道朗萨热噶江巴斗法的故事，以坚定徒弟们的信念，振奋宗教精神，其目的简单明了，具有很强的功利性。而晋美旺扎的讲述则是分四次完整转述米拉日巴大师的故事。第一次讲述出现在师弟多吉坚参亡故后。为了压抑内心的仇恨，排遣对师弟的思念和对死亡的恐惧，晋美旺扎回味米拉日巴的人生轨迹，感受米拉日巴对待仇敌宽容慈悲之心，以此慰藉自我的魂灵，"努力将心头的仇恨忘却，不要让它左右我的情感，怀一颗平常的心，为死去的多吉坚参祈祷超度，推动他寻到一个好的归宿"。第二次是在支前路途中为伙伴讲述，接续第一次未讲述的米拉日巴与五位来自阿里的年轻人寻师学艺复仇的历程。这一次的讲述着重强调米拉日巴复仇的惨烈、恐怖，与他们参加自卫反击、保家卫国的情绪相应和。第三次是由罗扎诺桑批斗土登年扎所引发的感慨。晋美旺扎"想到了圣者米拉日巴，想到了米拉日巴经历的这些磨难，正是通过这些常人无法承受的苦痛，才涤荡了造下的罪恶，最终此生开悟得到了解脱"，希望人们将"文革"中承受的苦难作为人生的历练，最终实现精神救赎。因此，这一次着重讲述米拉日巴在玛尔巴大师住所经历的非常人的考验。第四次是守护着罗扎诺桑的尸身，为其讲述米拉日巴最终学法成功、具足慈悲、放弃仇恨、利益众生而盛名远播的圣迹，希望解脱罗扎诺桑的烦恼。晋美旺扎的讲述除了第二次，其他三次皆带有内心独语的意味。外在的人和事激发他讲故事的热情，他在讲述中不断以米拉日巴大师为对照而深入解剖、反省自己的内在世界，以此安慰尘世中蒙垢的魂灵。晋美旺扎在沉思默念中以第二人称"您"来引述米拉日巴的故事，如此，米拉日巴的故事合理地镶嵌在小说的叙述中，晋美旺扎的故事与米拉日巴的故事融洽交织，丰富了叙事的民间意味和宗教情怀。

因此，《祭语风中》还存在一个全知全觉的叙述者，他饱经风霜、熟谙世事，向读者讲述整个故事，掌控着整个叙述的节奏、进程。而这个叙述者处于遮蔽状态，在第一章"聚散"和以后各章节晋美旺扎与希惟贡嘎尼玛的对话叙述中可窥其端倪。因此，《祭语风中》的叙述呈现出叙述嵌套的特点，或者说具有剧中剧的戏剧营构特点。次仁罗布不断地游移在各个叙述视角之间，勾连起繁复多样的叙述形态，实现了以当代语境重述历史记忆的叙述意图。

总体上看，新世纪藏族汉语文学的宏大历史叙述基本摆脱了革命历史书写的藩篱，而在更大的历史文化和现实境遇中展现藏式"中国故事"的宏大与多样，尤其是阿来非虚构的历史叙述的文学探索展示出一种全新的文学思考，表明中国作家对中国历史的深层次的文学考察，以及主动参与当代中国文化建设的自觉意识。次仁罗布的民间化宏大历史表达应和着中国当代文坛普遍性的写作模式，说明作家们力图通过筑基于各自地方性的民间立场，以展现出绚丽中国的历史文化魅力。

第三章　乡愁依恋的藏式"中国故事"

乡恋是文学表达永恒的母题，古今中外的文学世界中充斥着大量的思乡、咏乡、恋乡的文学作品。新世纪藏族汉语文学的乡恋已不再是远行游子单一的思乡表达，更着重展现的是在现代化的文化氛围中，当代藏族民众尤其是生活在城乡接合部和文化边缘地的人士的乡恋，更多地体现出遥望乡关的喟叹与无家可归的思考。

第一节　遥望乡关满惆怅

尹向东是当下康巴作家群中非常独特的写作者，他的小说基本围绕莲花胜境夺翁玛贡玛草场和康定记忆展开叙述。夺翁玛贡玛体现的是尹向东的民族想象性的关怀与理想的铺陈，康定记忆展示的则是尹向东的成长叙事和现实观照，这两种特定的空间叙写昭示出尹向东理想与现实、过往与当下相交织的文化望乡情怀。

一

夺翁玛贡玛是尹向东所建构的民族的理想的生存空间，带有藏族文化表达中香巴拉的印迹。香巴拉是藏族民众及藏传佛教所认可的理想生存空间，四周雪山环绕，远离人世的喧嚣，人们在莲花般的圣境中畅享生命的欢娱，展现生命的活力，人与自然和谐共处。尹向东无意表达寻找香巴拉的冒险历程，直接设置了类似于香巴拉的夺翁玛贡玛的存在。故此,夺翁玛贡玛成为尹向东文学叙述的出发点,也成为其相关文学叙事的落脚点。

尹向东以夺翁玛贡玛为背景的作品有《掠过荒野》①(1998)、《长满青草的天空》(1999)、《野鸽子》(1999)、《蓝色天空的琐碎记忆》(1999)、《隐秘岁月》(2002)、《疯子喇嘛》(2004)、《牧场人物小辑》(2006)、《没有时间的记忆》(2009)、《草原》(2009)、《鱼的声音》(2011)、《给幺指打个结》(2012)、《空隙》(2013)、《河流的方向》(2014)、《时光上的牧场》(2014)、《指向远方》②(2014)、《骑在马上》(2016)等。尹向东以上作品的写作时间不详,但从其发表时间来看,夺翁玛贡玛的书写基本贯穿他的写作始终。

若从写作内容方面来看,或可发现尹向东的夺翁玛贡玛建构的不断深化和变迁的历程。试看其早期的《掠过荒野》,该作不同于艾略特的《荒原》,没有呈现出过多的哲学意味和人生的考量,更多的是呈现荒野之地人们的生存境遇。《掠过荒野》的故事背景是在朗卡扎,不同于之后明确标识的夺翁玛贡玛草场,但可以看作尹向东此类文学写作的起点。作品书写了藏民关于爱情获得、幸福获取的故事。老猎人本巴试图通过打猎决定女儿央金的婚姻,为此,朗卡扎的年轻人争先上山猎杀野生动物,以彰显自我的勇力,此种择婿方式是猎人传统的生活习俗。猎人之子根秋身体孱弱、身材矮小,他的目标是猎取一只大熊,不仅是要为父母复仇,更是为了获得央金及其父亲本巴的青睐。然而,历经艰险获得雪豹的根秋最终也没有赢得央金的爱情,央金嫁给了朗卡扎的硬汉扎西彭措。失去爱情的根秋迷恋上打猎,或者说,根秋需要的根本就不是爱情,而是证明自身勇力的机会,以此收获生存的幸福感。因此,根秋的生活就完全与世俗的生活隔绝,沉溺在自我的世界中,而红狐的出现则意味着根秋心灵的悸动。根秋对于内在激情的苦苦追寻,最终猎取到黑熊,而其生命也走向了终结,"他的眼睛里闪烁着犀利的光,这时候一切渐次隐去,远

---

① 《掠过荒野》后改为《遥望》,刊发于《草地》1999年第4期。
② 《指向远方》后改为《出趟远门》,刊发于《贡嘎山》2016年第4期。

山雪原森林，只有红狐在眼里，在天地之间"。红狐不仅是《掠过荒野》的文眼所在，也是尹向东开启"在天地之间"的夺翁玛贡玛叙述的契机。红狐稍纵即逝，象征着火热的激情与过往的光荣。通过对红狐及夺翁玛贡玛草场的叙述，尹向东展开想象的翅膀，关注藏民族原初的狩猎与放牧活动，试图展现光怪陆离而又充满传奇色彩的民族生活影像。公允地说，尹向东的《掠过荒野》的书写非常驳杂，试图穿插在传统习俗与现实生活之间，在民俗志式的文学叙述中表达自我的文化关怀。可能是由于尹向东对传统与现实之间的纠葛还处于探索阶段，还缺乏整体把控能力，该作的整体质量不是很高。

及至《长满青草的天空》和《野鸽子》①，尹向东的文学建构能力有了质的飞跃。先看《长满青草的天空》，该作具有明显的先锋写作意味，极为注重语言建设和感觉表达，尤其是不断地重复"从夺翁玛贡玛牧场向北看，我能看见巴颜喀拉山脉蜿蜒逶迤的雪峰在远方沉默"，不仅点染出"我"置身的中心是"夺翁玛贡玛牧场"，且北向的"巴颜喀拉山脉蜿蜒逶迤的雪峰"静静地凝视着牧场上的一切，营造出静谧、宽广的文学氛围。而"我"与雪山的对视揭开了叙述的帷幕，明显带有互文性的意味。雪山矗立千年万年，注视着草场上发生的一切而默然无语，"我"在有限的时间内描述着所感受到的一切，进而表达着"我"的思情。天空下的雪山与草场上的"我"，一静一动相互对视，共同观照夺翁玛贡玛草场的过往与当下。尤其是"我是一个汉人"与"汉人苏"视角之间的游离，拓展了叙述的空间。汉人的闯入打破了往日的宁静，不仅汉人在打量着夺翁玛贡玛草场的一切，夺翁玛贡玛也向这个汉人毫无遮拦地呈现自我的风貌。其中，明显可以看出"我是一个汉人"是对自我民族身份的认同，或者说是夺翁玛贡玛唤醒了"我是一个汉人"的身体意识。而"汉人苏"显然是夺翁玛贡玛草场对这个外来者的称呼，提醒"苏"的"汉人"身份。而实际上无论是"我是一个汉人"还是"汉人苏"对夺翁玛贡玛的一切都感到那么新奇，渴望了解、融入"天地之下"

---

① 这两部作品以《小说二题》的总名，刊发于《西藏文学》1999年第1期。

的这方草场中。因此，夺翁玛贡玛的蓝天、白云、草原、牧人、牧歌、说唱时刻令他感到激动，自然就出现了类似于呓语的感觉化的语言表达。对尹向东而言，这是一篇试验性作品，不仅挖掘出自身的先锋感觉语言建构能力，还试图以外来者的目光审视藏族的生活情趣，更重要的是夺翁玛贡玛牧场的诗性建构意图日趋明朗。而《野鸽子》中，扎是类似于大智若愚者，琼是仙女式的存在，吉是现实的朴实的藏人形象，汉人苏则被设定为医生。由于孕妇琼的临产，汉人苏顺理成章地进入这个藏区家庭，这意味着汉人苏融入藏民生活必须遵循草场的生活规律。而对于生命的态度，又凸显出藏民与汉人之间的差异。在尹向东设置的情节中，为了孕妇琼的生命安全，汉人苏建议为琼炖鸽子汤，而扎、琼、吉则既要保住孩子，又要保护鸽子们的生命安全。对此，尹向东不做任何的评述。然而，不同的生命观成为藏民与汉人之间的鸿沟。尹向东敏锐地意识到民族融合过程中存在的文化身体塑造的差异性，而这一点在后续的作品中有集中的表达。

尹向东此后的夺翁玛贡玛叙述基本延续上述两篇作品的思维方式，如延续《长满青草的天空》写作方式的《蓝色天空的琐碎记忆》①。该作一方面向经典致敬，"多年之后的夺翁玛贡玛牧场牧民还记得那场大雪"明显是对马尔克斯的模仿，说明尹向东深受当时流行于藏地写作中的魔幻现实书写的影响。另外，该作的过渡体现了尹向东的艺术铺排能力。以"留在牧民们记忆深处更多的是大雪之后的那个春天，那个迟迟才来的春天因为一场雪灾而显得尤为珍贵"，叙述话题不着痕迹地转移，牧场上的生命经历了涅槃重生，蓝色的天空重新出现在夺翁玛贡玛草场，人们又一次经历生命的狂欢盛筵，"天空"及"天地之下"的主旨得到了充分的表达。仁青志玛永不枯竭的奶水象征着生命的延续，暗示着草场生命的轮回。在这篇作品中，所有人的行为似乎不可思议而又顺理成章，一切看似不合理的在夺翁玛贡玛草场又变为合理，记忆看似清晰却又模糊。"他经历了九男家纠葛强壮的男人渐次死去，他也目睹了自己两个哥哥的死亡过

---

① 该作发表于《西藏文学》1999年第3期，作者署名为骞仲康、尹向东。

程,各有各的死法和地点。随后是婴儿成长起来,成为又一轮汉子。他唯一不能忆起的是夏可哟。"另外,尹向东的情节设置也打破了传统叙述的藩篱,不追求整体性,为了叙述的需要,可以不断地增加新的人物和故事,而此前出现的人物在完成其叙述职责后就不断地毫无声息地隐退。夺翁玛贡玛成为尹向东施展想象力和叙述力的主场,成为尹向东发散性叙述的中心点。他进退自如,退则回到想象中的莲花般的香巴拉世界的建构和生命的轮转,类似于魔幻现实的世界的呈现,如《隐秘岁月》之类的作品,建构世外桃源式的生活样态;进则可以渐次引进新的要素,或让汉人进入夺翁玛贡玛,领略其中的风情,彰显思想情趣的碰撞,或让夺翁玛贡玛的人们走向外界的世俗生活,"在夺翁玛贡玛草原,许多人特别是老人,一生也没有走出去看看外面的世界,对那世界的认知在过去是通过说唱艺人了解;再后来就听收音机,不久之前,他们能更直观地从电视里看到"①,走出草场的人们在纷杂喧嚣的尘世中冷眼旁观现实的变迁。可以说,夺翁玛贡玛是开放的场域,是具有极强的辐射能力的场地,也是尹向东的叙述试验田。而随着人们生存处境的变迁,尹向东也相应地不断拓展夺翁玛贡玛的领地范围,写作由理想化的展现渐次过渡到现实的观照。代表作品如《时光上的牧场》,展现了夺翁玛贡玛草场的牧民渐次迁移到城市,渐次远离传统的生活样式。在这篇作品中,尹向东自道心曲——"所有神奇的事似乎只存在于远古的时光中",这可以看作尹向东对其夺翁玛贡玛草场书写的总结式认识,也是其作品中着重时光表达的重要原因之一。

还有一篇值得人们关注的作品是中篇小说《鱼的声音》(《民族文学》2011年第8期)。该作延续《野鸽子》的写作方式,但较之《野鸽子》更为生动地展现了人们对于生命的不同认知。其中,作品较为详尽地交代了汉人苏医生的生活经历,早年来到类似于夺翁玛贡玛的多须草原,因为吃鱼而与草原汉子绒布发生了纠纷而耿耿于怀。若干年后,绒布妻子泽央患病,苏医生认为要补充营养,崖畔的野鸽

---

① 尹向东:《指向远方》,《回族文学》2014年第4期。

子则是最好、最天然的补品，而绒布一家则为了避免野鸽子受到伤害而驱赶与他们朝夕相处的鸽子群。如果说，《野鸽子》时期的尹向东还是处于认为不同民族身份的人对生命的态度有所不同的阶段，那么，《鱼的声音》时期的尹向东则更为注重对汉人苏医生的同情。鱼是藏族的禁忌食物，苏医生不应该吃，避免伤害民族情感，但是野鸽子已成为绒布一家的朋友，为了一己私利而伤害朋友也是绒布一家所不愿看到的，所以泽央宁肯忍受病痛的折磨，也不愿意伤害野鸽子而换得自己的健康。在此，尹向东的思考更为深重，这已不再是牵扯到孰是孰非的问题，也不再是探究民族禁忌的问题，而是在探讨当生命遭受伤害，人们到底应该不应该以伤及他者为代价换得自身的健康。这是一个非常沉重的话题，对人们习见的治疗问题提出了疑惑。

另外，在尹向东的夺翁玛贡玛草场叙述中，失语也是值得关注的现象。尹向东所谓的失语是缺失母语的表达能力，在精神、语言方面完全为一种特定社会环境所同化的现象。譬如，《牧场人物小辑》中的汉人罗银初转变为洛彭措，看起来是名字的转读或者说是误读，对汉人罗银初而言，这是不可理解的：名字是人的社会代码，不可更改。然而，汉人罗银初多年努力无果，不得不默认了带有藏名意味的洛彭措。而更值得称奇的是，变为藏人的洛彭措竟然在多年之后完全失去了汉语表达的能力，完全变为一个满脸皱纹、须发尽白、手摇转经筒小声诵着经文、脸上挂着让人看了心里特别安静的笑容的藏族老头。罗银初当初是吸吮着仁青志玛的乳汁才复苏，这似乎暗示着汉人罗银初的消泯而藏人洛彭措的出世，在藏文化的乳汁中，洛彭措获得了重生。

若从整体上看，尹向东设置的夺翁玛贡玛草场，同中国当代其他作家自我设置的文学场域相似，在空间上规约自我书写的文化气质。夺翁玛贡玛草场尽管在地理意义上是偏僻、荒远、蛮霸的所在，但在心理意义上又充满田园牧歌式的诗意情调，那是一方远离尘世、葆有原生态气息的心灵净土。这不同于时下有些民族地区的作家们极力在作品中宣扬民族地域的现实书写，极力张扬传统文化与现实境遇之间的差异，凸显出一种想象意义上的边地书写情趣。尹向东更多的是诗性的、想象性的表达，更着重香巴拉的时间、空间性的结构，强调心灵的眺望和怀乡。

二

如果说夺翁玛贡玛是尹向东的理想自留地、精神原乡，那么，康定则为尹向东直面现实的生活境地，是世俗的家的所在。尹向东自小生活在康定，康定的多元文化氛围哺育了尹向东的多民族交汇共融的文化气质。因此，无论他书写康定的过往、康定的童年记忆还是康定的现实境况都能贴近生活的底质，彰显出一种独特的康定情怀。

尹向东的康定书写大致包括《红痣》（1997）、《蓝色的想象》（1999）、《阳光普照》（2000）、《城市的睡眠》（2006）、《举起你的手》（2006）、《春天快来了》（2007）、《愿言》（2007）、《他就是不死》（2008）、《一百年》（2008）、《炎症》（2008）、《晚饭》（2008）、《陪玉秀看电影》（2009）、《像阳光一样透明》（2010）、《康定爱情》（2010）、《相隔太远》（2011）、《唱情歌的人》（2013）、《坎上》（2014）、《丢手巾》（2015）、《对一座城市的关怀》（2015）、《慢慢亮起来》（2015）、《需要秋天的人》（2016）等。在这一系列的康定书写中，尹向东游走在康定的过往与当下之间，逐渐塑造出文学康定的城市景观地图，带有鲜明的城市志的表达意味。

女性表达与关注是尹向东康定叙事系列中重要的文学题材。通过对家庭中女性的书写，尹向东向读者展现了康定女性的生存面相。从其写作历程来看，不同的历史阶段导致女性面临着不同的人生境遇及情感曲折，折射出康定文化氛围的阶段性特征。

尹向东早期的《红痣》明显带有19世纪美国作家霍桑《红字》的印迹。尽管没有确切的证据说明尹向东的《红痣》与霍桑的《红字》之间的承嗣关系，但不可否认的是这两篇作品在精神气质上有相似之处。《红字》中的海丝特·白兰为了追求自由的爱情生活，而被法庭以通奸罪判处她佩戴象征屈辱的鲜红的A字；《红痣》中的林凤因鼻梁上有一颗红痣，而被世俗人群认定是水性杨花之人。这两位女性尽管相隔上百年，但她们所承受的屈辱却具有极大的相似性：海丝特·白兰的红字是被宗教法庭所强加的，而林凤的红痣是天生的，但她却因此被世俗人群归为另类。她们不得不在生活中承受人们异样的目光，忍受身心的巨大创痛。不同的是，海丝特·白兰的行为具有主动性，是自觉地追寻幸福生活的表征，而林凤则是被动地忍受世人的精神欺凌。确切地说，林凤的悲剧具有时代性和社会性，尹向东塑造的就是生活底层中毫无来由被标签化的女性形象。林凤的红痣，在大杂院的权威人物穆大娘看来是克夫的标志，是勾引其他男性的标志。事实上，林凤的丈夫长庆的罹难坐实了穆大娘的判断，穆大娘儿子二狗强奸林凤未遂而被判刑则印证了林凤具有勾引男性的不道德的品格。尽管在这两件事上，林凤是事实上的受害者，然而可怕的流言渐次摧毁了林凤正常的生活，"她更瘦了，她单薄的身影极少出现在小院之中。她没事总是把自己囿于那两间狭小的木板房里"，林凤以自我幽闭的方式逃避世俗的流言蜚语。而当林凤与作家贺安宁的恋情公之于众时，穆大娘等人竟然采取种种手段逼迫他们分手，甚至"整个院子里的人们一致责怪林凤太滋事，是个祸根、灾星"。为此，林凤竟然"忍痛用针挑掉"鼻梁上的红痣，试图以此改变自己的命运、改善自己在人们心目中的形象。林凤通过自残的方式屈从了世俗强大的力量。而若干年后，华丽变身为服装精品屋老板的林凤喟叹"那些事要搁在现在，能算事吗"。林凤的遭遇是时代的折射，她是时代世俗文化观念的牺牲品。尽管作品中未曾提及林凤的遭遇发生的具体时代，但是从作品字里行间，我们能推断当为改革开放之前，封闭的观念、封建思想仍然具有强大的社会生命力，仍然在迫害像林凤这样的弱女子。因此，《红痣》可视为20世纪以来中国文学对封建的落后观念遗毒的批判。

尹向东意识到即便经过20世纪半个多世纪的思想变革，中国女性的社会地位仍未获得社会的普遍认可，根深蒂固的传统习俗、观念仍然束缚着女性的发展。于是，在以后的作品中，他塑造了一系列复仇女性的形象，代表作有《蓝色的想象》（《雨花》1999年第9期）和《晚饭》（《清明》2008年第3期）中姐姐的形象。在这两篇作品中，姐姐聪明、漂亮，是父母的骄傲，而在随后的青春期则先后背离了人们习以为常的人生规划,以决绝的态度对父权、对世俗社会做出复仇的举动。她们以年轻为依托,以不同寻常的举动为标志,证明自我存在的价值,渴望引起人们的关注,期望成为生活的焦点。当青春的激情不再,她们无奈地沦丧为世俗的浊物,但内心的抗争之火以另一种样貌呈现出来。《蓝色的想象》中,姐姐陈丫平静地接受丈夫提出的离婚要求,独自开启生活之帆,以证明女性的独立和自尊。"离异后的姐姐终于能够重寻出路了,但她似乎只为证明什么,她不仅仅是为了糊口而已。"为此,女性的坚强在姐姐的行为中展现出来,"她什么都干,当菜贩倒衣服搞饮食。那一段时间她像疯了一样,这样不成做那样"。但无情的现实摧毁了姐姐的梦想,尹向东将之归结为"她不能凭一股冲劲和倔强的性格做成什么"。其实,性格不是姐姐事业失败的主要原因,更显而易见的原因是姐姐的举动与社会的行为要求之间不相吻合,或者说姐姐在以理想化的个体行为对抗整个的社会习俗,只能注定姐姐的存在具有悲剧性意义。而最终,无处安放心灵的姐姐陈丫"进入那家夜总会当了陪舞小姐",在尹向东的叙述中,姐姐的这次就业显然就是失败,似乎在证明鲁迅关于"娜拉出走怎么办"的回答的正确性,或者是回家,或者是堕落。回家对于姐姐来说是不可能的,无论是回娘家还是回婆家,家对于姐姐而言,仅仅是栖身之所,不具有温暖心灵、感受温情的意味;而对于堕落,鲁迅指的更多是女性出卖肉体获得生活保障,尹向东的叙述暗示姐姐同样走上了这条堕落的道路。若换个角度来看,姐姐只不过是以一种更为极端的方式宣示身体的自我主权,甚至是女性有权利选择自己的出路,以此完成对社会、世俗的复仇。而《晚饭》中姐姐宋瑜的抗争更为激烈,她更享受被关注的兴奋感觉,为此,她的出格举动更为大胆、更为尖锐。为了找寻理想的自由的生活,她甚至选择抛夫弃子与人私奔,当理想破灭,她在卖艺女孩的疼痛、呻吟中意识到自己抗争的无结果,最终选择了自杀,最后一次完成了对现实的复仇。相对而言,尹向东设计姐姐宋瑜的形象尽管带有陈丫的某些影子,但为宋瑜设置了更为艰难的生存处境,也在某种程度上为宋瑜的报复奠定了有力的基础。姐姐们最终走向了悲剧性的结局,这是对男权社会的控诉，也是对提供滋生男权的土壤的封闭小城康定的指责，似乎暗含着康定的小不只是地域的小、街道的狭窄，更是一种社会氛围、社会思想的"小"。

尹向东还有一篇讲关于姐姐的作品《康定爱情》（《西藏文学》2010年第5期）。作品中的纺织女工小艾充满朝气，开朗、大方，勇于表达自己的爱恋，敢于展现自己对美的追求、对爱的向往。作品着重表现小艾的心理活动，隐微地传达出康定小城即将迎来新的康定情歌时代。而作品中具有催化剂作用的是小艾远在上海的舅舅所定期寄来的杂志《大众电影》。这一颇具时代特色的杂志打开了小艾的视野，丰富了小艾的世界，向小艾传达着社会新的声响，尤其是强化了小艾的美的观念。她不停地模仿时下流行影星的发型，不断地"招摇""新潮"，而成为康定的话题。小艾给影星王新刚写信的内容简短、直接、泼辣："我是康定的女子，我叫小艾，我看过你的电影，我喜欢你！"信只有四句话，每句都以"我"的口吻诉说着自己的故事，体现出小艾坚定的独立意识。而寄出信后，小艾的心理活动竟然是"不指望等回信啥的，那不属于她的事，那是王新刚的事"。她写信只是为了表达内在的激动的情绪，"仅仅是把心里的感受一吐为快"，而寄信仅是完成了这一心愿的具体步骤，至于结果如何，小艾毫不关心。该作可以被视为尹向东对《蓝色想象》和《晚饭》中处于青春期的姐姐的描述的进一步细化，有弥补上述两部作品中姐姐的形象的功能。

由对女性的关怀，尹向东进而深入开掘家庭、婚恋等书写空间。尽管人们在青春期都曾有过玫瑰般的梦想，但是一旦组织家庭，需要的是"平实的稳定、和谐"和"普通的安宁"①的生活。于是，尹向东在《陪玉秀看电影》（《江南》2009年第6期）着力营造家庭氛围。故事由玉秀的恋爱开始，这与《康定爱情》中的恋爱情节极为相似，玉秀落落大方，国平畏葸腼腆。当发现思考中的谭明康"严肃的表情也像在运筹帷幄全世界的未来，玉秀瞬间就喜欢上他了，一

---

① 尹向东：《晚饭》，《清明》2008年第3期。

个有爱好的男人是让普通生活飞翔起来的翅膀"。由此，玉秀与谭明康确定恋爱关系，结婚，过上了"瓷实的日子"。因此，可以说《陪玉秀看电影》是对《康定爱情》的续写。婆媳矛盾、夫妻矛盾、工作压力、经济压力等日常事件就成为玉秀与谭明康婚后生活面临的现实问题，他们不断地合力解决一个又一个的问题，以确保家庭的稳定安宁。作品通过孩子们的年龄表现时间的概念，不断地压缩叙述时间，凸显玉秀和谭明康家庭中的重大日常事件。小说的结局非常忧伤，玉秀患上了胃癌，看电影时死在了谭明康的怀里，谭明康每每下棋时渴望玉秀像过去一样大喊大叫地寻他。

尹向东的家庭叙事除了四平八稳的叙述之外，还有关于婚外恋的描写。例如，《愿言》（《西藏文学》2007年第4期）中，洛绒与静萍约会跑马山，享受婚外恋爱的激情与紧张。而《像阳光一样透明》（《文学港》2010年第5期）则是婚外情被发现后出现的一系列的耐人寻味的故事。吴默发现了张大年与刘敏的婚外恋情，由此拉开了三个家庭的混乱局面。直到最后，当所有人把矛头指向发现人吴默时，他发现所有人都在遮掩真相，都在说谎，甚至产生了"许多事情就是这样说不清，也不需要说清"的认识。这种观念彻底击碎了吴默的生活信念，于是，他站在楼上像"鸟一样张开双臂跳了出去"。这两部作品中，结局都有一个男人跳了下去：《愿言》中的洛绒为证明对静萍的感情而奋身跳崖，《像阳光一样透明》中的吴默无法忍受谎言而跳楼。尹向东在作品中关注的不是婚外恋情，而是人们对婚外恋的态度以及婚外恋情被揭穿后人们的表现：身处婚外恋情中的已婚男女既不会抛弃家庭而结合，也不愿意放弃彼此之间的爱恋，他们紧张地、小心翼翼地维护自己精心编织的谎言，一旦谎言被揭穿，就将几个家庭内部的平衡彻底打破，就引发出一系列的人生世相。

此外，尹向东在康定书写中，还试图编织康定的历史，展现历史风云变幻中康定不灭的魂灵，代表作是《唱情歌的人》（《花城》2013年第6期）。开篇"那时候康定满城还是木质镌花的板房，两层楼，沿折多河两侧排列开来。满城的街道也都由青石板铺就，关外来的藏人，赶着马，嘚嘚行走，混合穿长衫的陕西商人，以及戴白帽的回人，共同为这小小的城市添加繁华"，将叙述的镜头拉向康定的过往，而将过去与现在连接在一起的是康定情歌。在不同的时期，康定情歌承载着不同的社会功能，或者说人们赋予康定情歌别样的价值，而歌唱者尼玛就直接与康定情歌不同时期的社会功能连接在一起。走亲访友唱情歌是欢娱的象征，面对外来的贵客唱情歌是展现康定特色的荣耀。当"夺吉村被短暂地更名为战斗生产队，随着名称的变化，尼玛不能唱歌，唱这些情歌意味着堕落和小资"，最终尼玛被剥夺了歌唱的权利，也失去了生活的乐趣，只能黯然死去，而随着尼玛一并逝去的还有那古老质朴的康定情歌。

尹向东的康定书写和锅庄书写明显带有成长记忆的痕迹。《坎上》（《贡嘎山》2014 年第 6 期）追忆的是 30 多年前的往事，是对少年生活的记叙；《丢手巾》（《民族文学》2015 年第 6 期）记叙的则是父辈之间的故事。这两篇作品着力凸显康定锅庄生活的多样性和融合性。关于锅庄，在这两篇作品中有相同的描写：

> 康定锅庄是旧日茶马古道上以茶易马的媒介，又是各路商人栖脚歇马的店子，由一色的镂花木质板房构成，两层楼，像不规则的四合院。院子里铺满大青石板，藏区汉子牵马赶牛，带雪域的药材、珠宝来康定，住进熟识的锅庄。汉地商人雇背夫，把成捆的茶负在身上，一步一个脚印翻越二郎山来康定，也住熟识的锅庄。他们在锅庄里完成交易，锅庄主当中间人，也当翻译。多年前的康定城，就由大大小小的锅庄院坝组成。不过这都是进入史书的事情了，解放后，修房建屋，大部分锅庄变为钢筋水泥的楼房，剩余的一些也分配给平民做了居所。后来的锅庄更像一个大杂院，居住着不同民族、不同职业的人们。

> 罗家锅庄在一个坎上，两进院子，大院坝进去，里面还有一小院，也都铺了青石板。锅庄里住十多户，大部分是藏族。十来户人家里，又有许多靠赶马为生，康定人习惯把他们称为驮脚娃，挂靠在群众运输站。许多区乡还没有通公路，他们把日常用

品驮到偏远的区乡，再把粮食驮回来。①

  锅庄的历史功能既是旅店，又是交易场地，承担着茶马易市的重要职能。康定城由锅庄汇聚而成，康定城就是最大的锅庄。锅庄容纳着不同民族的人群，因而民族间日常生活的交融就非常频繁。尹向东将目光锁定在罗家锅庄，铺叙发生在这里的故事。在锅庄里，藏族是主体，而藏族男性们多为驮脚娃，不断地行走在城乡之间；汉族和其他民族是少数，他们由于各种原因，暂时栖居在锅庄，于是，孩子之间、大人之间的日常交往就不得不产生交集。在尹向东的书写中，藏族驮脚娃无论是大人还是孩子，都是孔武有力、热情、豪爽和善饮，而无一例外的是汉族家庭中，男女老少都是相对谦卑、文雅、瘦弱。在相互之间的交往中，饮酒是重要的交际方式。而汉族的男人或男孩子们都不擅长饮酒，为了彼此之间的交往更为和谐，他们都无一例外地学会了饮酒。尹向东在作品中有许多关于饮酒环节的描写，其中有一个细节就是倒酒或倒茶，汉人都习惯反着手倒，"按藏族人的规矩，反手是给故去的人倒，一正一反，亦是一阴一阳两个世界"②。于是，在藏族家庭中的聚会，汉人的此种行为往往受到藏族主人的呵斥，让汉人们有一种屈辱之感，心生不快。为此，当他们想要获取主动权，满足个人的心理平衡时，就以反手倒酒的动作惩戒对方，这就产生了彼此之间的摩擦以及相互之间的融合等情节。锅庄成了民族融合、民族对话的场域，具备了特殊的文化交融、情感共融的社会空间的意义。甚至在某种意义上，康定亦具备如此的文化空间价值。

三

  纵观尹向东的创作历程，或会发现在他早期的写作中，夺翁玛贡玛与康定是分离的，如同两条平行线一般构成他的写作路径。这可能是由于这一时期尹向东的写作还处于自发状态，侧重情感的自然流

---

  ① 尹向东：《丢手巾》，《民族文学》2015年第6期。《坎上》中的表述与引文略有区别，基本内容相同。
  ② 尹向东：《坎上》，《贡嘎山》2014年第6期。

露。此外，我们还可以看出尹向东在此时期较为注重理想之境的写作，试图张扬民族原生态生活的理想图景。但是封闭式的写作方式显然不适应文学发展的实际，尹向东试图回到康定的历史文化书写，但发现单纯的藏族与汉族或藏族与其他民族之间的对话太过单一，难以打破民族书写的藩篱，难以有新的突破。为此，当他在作品中希冀打通夺翁玛贡玛与康定之间的联系，而在更为宏大的视野中关注生活在这一片土地上的人们时，他的写作进入到新的阶段，既有传统的望乡情怀的诗意表达，也有展望栖居地的现实呈现。

第二节　无家可归空踟蹰

《河上柏影》是阿来生态作品系列"山珍三部"最后完成的作品。相比较《三只虫草》的儿童视角、《蘑菇圈》的乡老视角，《河上柏影》通过对日益恶化的自然生态情状的展现，把目光投置于当代知识分子的精神痛苦及其文化反思，以凸显精神原乡的渐趋荒芜，表达出深重的人文情怀和浓重的生态隐忧。

一

《河上柏影》虽然呈现为中篇小说的面目，但其所反映的内容非常庞杂，不仅有历史苦难的书写，也有现实境遇的再现，还有对现实人心以及当前社会某些现象的略带辛辣而又揶揄的揭露与批评。从这篇作品中，我们能够看到阿来生态观念的深刻性和丰富性，也可见阿来从《大地的阶梯》《空山》等作品中所生成的生态观念的灿然结晶，以及《瞻对》式文体建构的又一次实践。

《河上柏影》共分为七个部分，前五部分以"序篇"的形式出现，通过叠加的方式不断地充裕背景，在时间的序列中将众多的内容看似杂乱、实则有机地融汇在一起，构筑成第六部分"正文：河上柏影"的坚实基础。及至"河上柏影"部分，前五部分的铺垫迅疾发酵、膨胀、绽放而最终完成整个故事的构建。就正常情况而言，小说叙述故事的功能已然完成，但阿来强行加入最后一部分"跋语：需要补充的植物学知识，以及感慨"。从这一部分，我们可以明显看出阿来主动地在作品中表达自我难以抑制的感知和慨叹，似乎前面的六个部分只为引出最后的"跋语"，得出最后的结论。"本书所写的岷江柏和岷江柏下的人的命运也是一样"，树与人的生命本质是相通的，参照岷江柏的命运，我们似乎能够看到人类未来命运的景象。或可说，《河上柏影》采取了一种类似科学推理论证的写作方式，前五部分不断地附着充分且必要条件，第六部分将此前的条件最大化地处理，而后得出论点。此种建构方式有别于通常所见的小说故事表达形态，而与《瞻对》的史料摘录、罗列、分析有一定程度上的承嗣性，表现出阿来强烈地突破既有小说文体规约的自觉意识。

  阿来在写作《河上柏影》的过程中从来没有隐匿自我，而是不断地突出自我的存在。他大胆地张扬"我"的认知、情感和态度，但又非常巧妙地将"我"与所讲述的故事结合起来。"序篇一：岷江柏"开篇即言"先摘抄数种植物志描述"，以启蒙或者说普及知识的方式将植物志中有关岷江柏的资料介绍给读者，首先展现的是岷江柏的植物形态，其次介绍岷江柏的生态价值、日用价值和经济价值，再次介绍岷江柏生长的自然环境及习性，以及介绍岷江柏的分布区域，最后介绍岷江柏的"神树"形态所表达出的社会价值。这一部分从植物学的角度全方位地向读者展现岷江柏的属性，让读者相对直观地了解岷江柏。因其"被当地群众奉为神树"，故与民众日常生活息息相关；因其有独特的经济价值，故引起人们的物欲与觊觎，有助于展现人们对岷江柏现实价值的不同态度；因其特殊的生态价值，且属于渐危种常绿乔木，故砍伐岷江柏的生态后果非常严重；又由于岷江柏生长于川、甘两省之大渡河流域、岷江流域和白龙河流域等以藏族聚居地为中心的区域，故以岷江柏为描述对象更容易引发民族地区多元文化之间的对撞，亦为故事的铺衍进一步奠定基础。

  "序篇二：人。人家。柏树下的日常生活"（以下简称"序篇二"）接续岷江柏的相关叙写，以"岷江柏是植物"起兴，以人为比，如"当一株树过了百岁，甚至过了两三百岁，经见得多了：经见过风雨雷电，经见过山崩地裂，看见过周围村庄的兴盛与衰败，看见一代代人从父本与母本身上得一点隐约精血便化而为人……"中，把树人格化，展现出岷江柏冷眼旁观人的生命过程、社会的兴衰历程，并从树的角度衍化出"父本""母本"的拟喻与仿喻，将父精母血的传统表达方式转变为植物学上的草本、木本类的言说方式，强调"本"的根基性，同时也暗含出人与树之间的生态"本"性。因此，持"本"或忘"本"就成为后续故事的主要矛盾。由此，"序篇二"自然转移到关于人的描述上——"人是动物，有风无风都可以自己行动。在有植物的地方行动，在没有植物的光秃秃的荒漠上行动"。动物的优势在于"自己行动"，可以在植物的庇佑下脚踏大地，仰望星空，也可以在不毛之地承受自然的磨砺，全在乎人的"自己"性，而其"行动"则是"自己"性的自由选择，由此延荡开去，隐含着"行动"不只是肢体的动作形态，更强调内心的思绪飘忽与持定，如此生成了一种情感或精神上的两可选择，又奠定了下文的情节矛盾，因而后文的叙述皆"本"于"岷江柏是植物"和"人是动物"的起兴。由此，我们不仅看到了阿来运思的良苦，也看到了这凸显了阿来的写作"在场性"。

而阿来的"本"性书写并未停止，仍在不断地强化"母本"和"父本"的形象。作为岷江柏俯瞰下的"自己行动"的生灵，一位捡拾香柏针叶的母亲出场了，顺延而去，木匠父亲亦以"隐忍怯懦"的面相展现在读者面前。随后，"本"于母亲的"纯善"和父亲的"皱眉头"的儿子王泽周跃然而现。为了回应母亲的揶揄，王泽周直言"我不是有什么心事，也不是有什么忧愁，我只是喜欢思考"，继承了"母本"和"父本"的儿子展露出"自己行动"的个性即"喜欢思考"。

而关于这一家人生活的空间，阿来由"本"于岷江柏的飞来巨石边的"急奔如雷"的河水轰鸣声，将视线投置于河。"这条河该是有名字的，叫岷江，或者叫白龙江，又或者叫大渡河。或者是这三条大水上众多支流中的某一条。总之是生长着岷江柏的三条大水中的某一条。或者在四川省，又或者在甘肃省。反正都是一个中国的地方"，以此模糊化处理故事空间，而只强调该地适宜岷江柏生长的地域特点。具体空间则设定为"坐落在其中某一条河边"的一个村庄，尽管"这座村子是有名字的，但是既然我们准备将其看成是这三条大水边上的任何一个村落，那么，就让其处于无名状态"，"无名"并非真的没有称谓，而是对"无名万物之始，有名万物之母"中的"无"与"有"的智慧化处理，即以无统有和以无统万。对此，阿来的解释是"如果不拘泥于细节，而从命运轨迹这样的大处着眼，这个村子和坐落在这三条大水边的那些村子真的几乎一模一样。都是在村前或村后，立着一株或者几株岷江柏。这些村子从没有被书写过。它们都是些有着漫长历史的村庄，但同时又是没有历史的村庄"。这就是生长着岷江柏的"无名"村庄的质朴自发自由运行的"无为"形态，与城市的现代空间构成了实际上的对照，也寓意着后续故事中的传统与现代、村落与城市之间的映照。

　　至于故事发生的时间，阿来明确将其时间起点设置为"这是20世纪80年代的某个夏日"。按照线性时间的发展流程，我们能感受到阿来意图通过"80年代"以来的时间叙述，呈现民众的文化认知、情感表达的时间性历程。与往常所有的时光一样，"无名""无为"的村人们安静地、有条不紊地按照生活惯例经营着田园牧歌式的生活。恰恰变化就在此时出现了，爱"思考"的王泽周考上了大学，他的"自己行动"突破了乡村的束缚，走向都市，走向与祖辈延续了多少年而迥异的"知识改变命运"的生活。于是，通过王泽周的游走或者说是成长，阿来开始大张旗鼓构造叙事格局。周遭的变化令"本"于岷江柏的王泽周始料未及。大学的流行要素是"要么最洋，要么最土"。在情感方面，"女同学她们喜欢家庭有钱的，喜欢家长是干部的……喜欢身材高拔，墨阳英俊，头发鬈曲的"；在思想塑造方面，大学期间"流行严肃的著作，弗洛伊德、尼采和萨特，流行的词是反思，这些也都加深着一个年轻人对世界对人生的憧憬和困惑"。而王泽周更深重的困惑在于"母本"由于家庭出身问题困扰而备受凌辱，以致被村人们视为异类，以及"父本"由于家乡遭灾而背井离乡，流落藏地，而被视为异族的混血身份。王泽周携带着如是的文化身份走向人生的斗场，最大限度地承受着母亲的忧郁、父亲的懦弱、族群的冷遇，而开启了寻求如岷江柏般不分性别、不分族群、不分老幼而一视同仁的遮蔽、慰藉心灵之所的旅途。如此，小说叙述中的初始时空、主要人物及人物的基本行为悉数出场，阿来的基本构思也相对清晰，他要讲述河畔岷江柏树下一家人从20世纪80年代以来的故事，重点是王泽周的人生故事。

而令人惊讶的是，"序篇二"竟然占据了《河上柏影》将近三分之一的篇幅。阿来铺排这一家人的往事及其生活的走向，其目的一方面是要将人的"自由行动"性展现出来，通过人物的行走建构起驳杂、多样、丰富的日常叙事，还原日常生活的鲜活性，赋予叙事的真实面相；另一方面，是"本"的观念的具体化展现，表现出这一家人与岷江柏之间的本末关系。尽管人物有其"自由行动"属性，如随风飘荡的风筝一般，但线头紧紧系连在岷江柏之上。母亲伊娜收集香柏针叶以祈福人生，父亲王木匠以技艺而安身立命，王泽周以岷江柏来慰藉乡愁、护持乡恋，他们"本"于岷江柏，属于岷江柏的延续，故他们的生活及情思都与岷江柏有密切的联系。由此，我们也能看出阿来结构布局的运思过程，要把"自己不动"的岷江柏与"自己行动"的人紧密缠绕在一起，通过人们的行为折射树的命运，通过树的沧桑变迁映射人及人类的发展路向。

二

如同《河上柏影》结构上的叠加一样，阿来塑造的王泽周的痛苦也在不断叠加，不断累积。王泽周的疏离形象是阿来《河上柏影》着意营造的结果，以此昭示现代化语境中个体的被边缘化及自我异化的过程。从某种意义上说，王泽周具有"零余人"的特性，他清醒地意识到自我的尴尬处境，但又不愿以妥协的姿态融入世俗生活中，以迎合人们的生活趣味和惯常生活逻辑，具有现代悲剧英雄的某些特质。

首先，家庭的重负是王泽周悲剧性气质生成的起点。关于王泽周母亲伊娜的身世,阿来将其设定为"地主家嫁不出去的女儿"。众所周知,在新中国成立后的若干次政治运动中,个人的阶级出身决定了他(她)的政治身份,更影响了其不同寻常的生活经历。伊娜家在某一次政治运动中,"大房子被没收了,她的爸爸妈妈死了",对一个失去依怙的柔弱女子而言,这意味着悲惨生活的起始。强势的社会势力凌辱年轻的伊娜,典型的表现是肉体的戕害,她"年轻时又瘦又丑,但总有男人要占有她可怜的身体"。尽管《河上柏影》中没有直接就村人对伊娜的态度展开描述,但闪烁其词地透露出伊娜的身心所受到的摧残,如形体方面的特点是"很瘦",心理方面是"很害怕,很孤独",甚至有些神经质。而王泽周的父亲,阿来尽管为其命名为"明轩",但在整个作品中都是借用他的职业称之为"王木匠"。对王木匠不称其名只称其姓,似乎是为了说明流落藏地的王明轩只有木匠的单一面相,而被人们忽略或者轻视他的族群特性,也道出了王木匠流落藏地后独特而又孤独的社会处境。王木匠出生在"一个浅山和山间平坝交界处的村庄",由其"一边是茶园一边是稻田的土路上"得知该地出产茶和稻谷,"十多岁不到二十岁时,父亲的一个姐姐饿死"或许暗示着那个埋藏在人们记忆深处的饥饿年代。至于王木匠逃离故乡的缘由,是"为了给剩下的家里人——母亲和三个弟妹省一点救命粮",故此"他跟着一个老木匠出外逃荒",后流落到这个"异乡村庄","什么都没有,没有吃的,也没有一件多余的衣服,就有一套木匠的工具"。王木匠的"比她更惊恐与绝望"触发了伊娜隐匿在心灵深处的怜悯之情,"用她的破房子"和"她不纯洁的身体"收留了王木匠;王木匠挺身击退村里男人对伊娜的猥亵。如此,两个生活中的弱者结合在一起,相依为命,相互慰藉,相互依存而患难生情,组建家庭。艰难的处境使得伊娜整日"担惊受怕",使得王木匠卑微地苟且生活在冷漠的他乡,也使得童年王泽周背负地主的后代、疯女人的后代、异乡人的后代的名分孤独地、顽强地甚至是野蛮地生长。在《河上柏影》中,农村中常见的邻里关系、朋友关系是缺失的,孤立无援地、顽强地与命运抗争是这个家庭的生活基调。

此外，阿来在《河上柏影》中极力强调"王木匠在村里少语而隐忍，全村也没有一个人比他更勤勉"，但如此"勤勉"之人却被人们"有意无意地轻视"。尽管王木匠"像这个村子里的人一样生活，一样劳作，吃一样的饭食，说一样的话语"，但"无根的外来人"的身份限制着王木匠的"自由行动"，甚至成为他的牢笼。为此，阿来在作品中特意叙述了另一个木匠的故事。故事发生在20世纪30年代，一个来自父亲家乡的木匠同样来到了"有岷江柏生长的农耕河谷中"，"因为手艺，因为勤勉而被当地的女子所热爱"，而畅享家庭的温暖、心灵的安宁，因为技艺精湛而在河谷地带声名远播。尽管早期的木匠的故事带有想象甚至传奇的色彩，但王泽周在对这两个木匠的命运对照中，发现了现实生活中潜藏在人们内心深处的对"外乡人"的偏见，这种偏见所带来的深重的伤害也成了王泽周那带有创伤性记忆的生命底色生成的缘由。同时，两个木匠的故事的想象性夹杂，似乎还表明了王泽周在想象中实现了对父亲形象的再度塑造，也唤醒或者说萌发了王泽周对父亲的男性尊严的重新审视，类似于在梦境中实现了某种现实情结的宣泄与疏解。由此可见，阿来所塑造的王泽周带有阿来自身文化记忆的影子，主要是对20世纪80年代流行的弗洛伊德精神分析学说的生活化理解与艺术化表达。

其次，在充分演绎了王泽周的家庭对其文化人格的影响之后，阿来将目光投置于王泽周所生活的村庄之外，将此种创伤进一步深化为一种外在的更为浓重的压力，着重展现王泽周的族群身份或者说是文化身份的模糊。其中，最鲜明的表现便是他的名字。对母亲伊娜而言，称呼儿子时有独特的发音方式，"王，这个字，她能发出汉语准确的音调，但到念泽周这个名字的时候，又变成了纯粹的藏语，则——吾——周。则，重音转到轻声的'吾'，再转成一个短促的闭合音：周"。姑且不说母亲称呼王泽周名字时所抒发出的亲昵、爱恋、幸福的意味，只看其汉姓藏名的结合，就会发现他是汉藏结合的结晶。在家庭生活中，如此的称谓方式完全是正常的，但在其他地方，如此的名字称谓却为人们侧目。例如，丁教授解释"王泽周"时，完全是以汉族的理解方式，认为，"泽周，泽而周之，汉语也通，怎么是藏族名字。泽周，什么意思？不，不对，名字肯定就有个意思"。他探究"泽周"的文化隐喻而自动屏蔽"王"的意涵，表现出他对王泽周的藏人文化身份或藏族血统身份的好奇甚至是不解。而王泽周的同学和后来的领导贡布丹增认为，"泽周，明明是个藏族名字……其实是则——吾——周，你看，明明是藏语，你偏要写成跟汉族名字一样：泽周！还要姓个王！"贡布丹增的理解恰好与丁教授形成差异性对照，他关注的是"泽周"的藏语意涵，怀疑的是为什么不写成藏语音译的"则吾周"而非要写成充满汉语色彩的"泽周"，并且对姓"王"也有些不解。如此一来，父本所赋予的汉族基因与母本所赋予的藏族基因，使得"王泽周"的称谓和王泽周本人成为人们关心的焦点，由丁教授和贡布丹增皆从"王泽周"这一汉藏结合的名字上入手观察甚至是揶揄、质疑王泽周的族群身份可见其生活处境。本是作为社会称谓符号的名字，却成为王泽周不得不为之辩解的尴尬的社会身份的写照。

与此同时，父亲王木匠要带王泽周回"老家"，强调"老家，我的老家，也是你的老家"，体现出父氏系统绵延流动的血脉传承，折射出王木匠要在特定的语境中强行实现王泽周"老家"观念及记忆的完成。但王泽周在意识中将"老家"理解为"父亲的老家"，并将之置于"寻根"的浪漫语境中加以诗意的想象。当真正面对所谓的"老家"时，父亲的举动令王泽周费解。在生产岷江柏的村落，王木匠"是外乡人，也是外族人"，因而遭人冷遇；但他在自己的"老家"却"害怕"与亲人们相见，使得王泽周对所谓的"老家"的意义产生质疑。探究王木匠的"害怕"，其原因一方面是日思夜想的老母亲已在三年前过世，兄妹们已自立门户，多年未见亲人，王木匠难免有些紧张、慌乱；另一方面，王木匠回乡的目的是要携"出息了的"王泽周认祖、祭祖，但族人书信中对其妻子、儿子的轻侮又使得王木匠难以认同，他不愿意妻儿受到族人的责难。因此，他带王泽周回"老家"似乎意在向族人们强调王泽周身份的正当性与合理性，带有重新确认王泽周文化身份的意味，却对自身举动犹疑不决。而王泽周对于回父亲的"老家"本是带着欣喜甚至是好奇的态度，但在读过父亲的家信后，立刻对所谓的"老家"不存一丝好感，主要是"蛮人之地""蛮妇""蛮中之子"等言说方式深深伤害了王泽周的情感。王泽周又一次感受到自己身份的尴尬：无论是父亲的"老家"还是母亲的故乡，实际上都拒绝接纳他，王泽周瞬间成为无根的浮萍。可以说，王泽周寻根的结果是无根可寻，尽管他有乡恋、乡愁，却没有故乡。此刻的阿来显示出他的人道写作伦理，并未让残酷的生活剥脱人们生活的动力和乐趣，他选择让王泽周回返藏地小村落保护柔弱的母亲，安排王木匠几天后同样回到苦心经营的家园，在微醺的家庭氛围中诉衷肠，谈往事，以对生活的无尽的希望摒斥往日的苦痛，展望生活的美好。尽管家庭的温馨似乎化解了王泽周族群归属或者说故乡归依的惆怅，但文化上的疏离却深深地扎进王泽周的内心世界，成为他疏离世俗行为的依据。

再次，在完成对王泽周自我疏离的家族历史生成结构的叙述之后，阿来安排王泽周再一次步入现实困境，进一步展现王泽周艰难的心理跋涉，即对飞来石及石上岷江柏与村落间历史文化意义的探究。

岷江柏根植于飞来巨石之上，王泽周关注的重点是"柏树的故事"，而非巨石的来源问题。尽管村里一直流传关于飞来石头的"一个古老的传说"，另外，曾有地质学家推测"这块石头的历史，比旁边村庄古老许多"，但在王泽周的眼中，石头不过是岷江柏坚忍不拔、顽强生命的表征而已。在村人的眼中，飞来巨石与岷江柏同根相系，不可分裂。为此，王泽周向驱雹喇嘛寻访传奇故事，达到寻找村落之"本"的目的，生活在柏树下的村人尽管有种族文化之间的差异，但同受到柏树的庇护，生命、人格是平等的。至于寻访驱雹喇嘛则侧面点染出村庄的历史属于某些特定阶层秘而不宣并以之获得人们尊崇甚至是敬畏的缘由所在。然而，由于不同的知识结构和文化归属，王泽周在聆听故事的过程中不断地发问，质疑口传历史秩序的合理性。例如，关于对故事合理性的判断，王泽周"从神话发生学的意义上""直觉这个故事是编造出来的"，其目的"就是要造成一种效果，恫吓性效果"，并将高僧"凶猛的""最有力"的诅咒界定为"最恶毒的"，进而质疑"佛教是慈悲教法，为什么要用这么恶毒的诅咒"，继而展开逻辑推理，"如果这件事情真的发生过，砸在地下的是我们的先人，我的，也是你的"，认为如果故事所叙真实，对于村里的先人们是灾难，而对于村里的后来人则是噩梦般的存在，为什么人们反而崇拜此种"恶毒的"神迹，或者说佛教难道就是通过"神通与法术"所施展的灾祸迫使人们信仰吗？由此引发了王泽周与驱雹喇嘛关于宗教与时代的探讨：

  驱雹喇嘛……冷静地说，这个世界的人分为两种，信教的人和不信教的人。
  王泽周说，从此信教的时代开始了。
  喇嘛说，现在，末法的时代来临了。
  王泽周说，一个新的时代开始了，不过，信教的时代却是太长久了。

  驱雹喇嘛以信仰宗教与否将世人分为两种，以佛教的昌隆与否将时代分为两类，是以一种非此即彼的思维方式鉴定人类思想的发展情态；王泽周的应答并未顺应驱雹喇嘛的判断，而认为信教的时代是宗教神异操控世俗心灵的结果，而所谓"末法的时代"是原有世俗生活的根基遭到现代科学观念、现代生活的冲击而使得人们的心灵有了新的皈依，这意味着新时代的开启。尽管王泽周否认驱雹喇嘛所谓的神迹传说，但传说并非一无是处，它为王泽周也为我们提供了一个潜藏的基本事实。先有石头，后有柏树，"柏树不是故事的核心，而是这个故事的尾声"，而村庄"存在的意义仿佛就是为了见证这几棵柏树在那样一个奇异的所在地不断生长"。另外，由王泽周将文章标题由《一个村庄：石头和柏树的故事》更换为《从一个民间传说入手，对一个村庄关于宗教发源事实的考察》，我们亦可推测出阿来关于"本"的理解。原来的标题是以故事的形式讲述村落的历史；新的标题则表明研究角度是从民间传说入手，研究对象是村落的宗教发源，研究目的是考察村落宗教发源的历史文化意义。前者浪漫，后者严肃；前者传奇，后者科学严谨。然而，王泽周的成果最终却不被既有的知识系统所接纳，而被冠以《飞来石上的岷江柏》的标题，以民间故事的形式刊发在一家文化类的杂志上。由此看出,王泽周的寻"本"之旅再次受挫,他所秉持的现代科学思维观念被传统记忆与现代学科畸形扭结的知识形态所扼杀,体现出当代知识建构的悖逆性,展现出现代知识分子的无奈与尴尬。

最后,王泽周坚守着知识分子的良知,自觉疏离于权力场域,冷眼旁观学术圈与权利圈的喧嚣与纷争。在发表了关于村落记忆的文章后,王泽周被裹挟进人文旅游开发的狂潮中,眼见各种各样的人物悉数登上名利场,恣意展现各自的风采,而秉持不趋附、不依从、独立思考、自由表达的文人习性。在行政工作中,王泽周不苟同于同僚、上级关于旅游开发的观念,也不愿迎合人们关于旅游能带来经济效益、改善民生的高调,厌弃官员们以服务民众为名而以公权来满足私欲的堂而皇之的言辞和行为,并思索"文化旅游开发这种现代性的行为可能导致的现代性信念的瓦解"的危机。在就读研究生期间,王泽周难以认同学院派"打着尊重文化多样性的旗号,通过对文化无原则的辩解来维持某种自认为崇高与正义的虚伪的道德感",也反感"唱歌吃饭,建立一个可靠或不可靠的关系网"的博士联谊活动。而在关于"血统纯粹"与故乡归属的问题上,王泽周与导师丁教授进行了讨论。就常识而言,王泽周认为"一个人只能有一个故乡",这与"血统纯粹"与否毫无关系,对此,丁教授持赞同态度。但在知识界,人们却鼓吹只有"血统纯粹的人才能拥有一个故乡,其他人则不能",常识与知识相互龃龉,知识的威权强压着常识的航行。王泽周的学术热情严重受挫,为了保持精神的独立性,他选择放弃博士论文答辩,以此实现自我的社会疏离,甚至是自我放逐于权利圈之外,回归日渐凋敝的乡野生活。然而,生态环境的愈益恶化、经济开发热潮的不可阻挡等因素促迫王泽周一家人逐渐远离飞来巨石上岷江柏的护翼,而成为"自己行动"的精神飘零者,"皮之不存,毛将焉附"的现实景象使得人们成为精神的孤儿。

王泽周一直挣扎、徘徊于寻"本"的路途上,不断地确证自我存在的合理性,但家族的伤痛记忆使得他丧失故乡之"本",父母的结合使得他丧失了血统纯"本",村落历史的被遮蔽使得他丧失了情感皈依之"本",强势社会里的侵袭使得他丧失了话语表达之"本",寻"本"而不得"本"是王泽周精神苦痛的本源,也是他悲剧性生成的缘由所在。而这或许是阿来《河上柏影》之创作意图所在。河上之影尽管光怪陆离,但飘忽不定似无根之物,若其本倏忽消失,则其影像也就无从谈起。王泽周如同无本的河影一般飘零在生命的长河中。

  总体上看,尹向东和阿来的文学创作体现出新世纪藏族汉语文学的两种乡愁表达趋向和两种话语建构形态。尹向东的系列作品表现出现代语境中藏族民众游离于传统与现代之间的生活情态。他们既不愿放弃传统的生活方式,又想融入现代生活的潮流,势必会产生心理纠结,而解决之道可能在于创设带有藏式特点的现代生活模式,实现民众物质生活与精神世界的融洽。阿来的系列作品更多是关于多民族血统的民众的民族归属和心灵安放的关怀,展现出他们更为沉郁、更为复杂、更为尴尬的乡愁,因为他们的乡愁是本根性的,而他们对根性的追求可能会为藏族文学的当代发展带来极大的推动力。

第四章　城乡共生的藏式"中国故事"

20世纪，随着欧洲现代化思潮的全球流布，传统中国被裹挟进现代洪流。中国的政治、经济、文化等方面无一例外地走向了现代化，中国传统的生产方式和生活方式逐步向现代化靠拢，现代化成为文明的代名词，传统成为禁锢中国现代化进程的藩篱。改革开放以来，中国经济形态由社会主义计划经济转变为社会主义市场经济，极大地改变了中国经济社会的发展格局。伴随着生产消费方式的转变，传统的经济文化伦理受到了冲击，适应社会主义市场经济的文化伦理渐次成为生活中心和重心。其中，显见的现象是中国的农村主动地向城市靠拢，主动或被动地以城市伦理作为圭臬，而开始摒弃传统中国的乡土伦理秩序。随着改革的深化，开放的扩大，人们逐渐意识到现代化给当代中国带来的不只有机遇，也隐含着危机，当代中国文学的乡土叙事就在这种机遇与危机中渐次拉开大幕，作家们在文学空间中思索着当代中国的城乡关系问题。就新世纪藏族汉语文学而言，文学中的乡土面相经历了对现代化尤其是城市化的无限向往和热烈想象，期望通过走出乡村、走进城市的方式展现人们的现代自省。然而，人们在走向城市所代表的现代生活的过程中，也看到了城市所代表的现代伦理的蛮横，引发人们的伦理反思。因此，新世纪的藏族汉语文学的城乡表达混杂着渴望摆脱贫穷的期待、面对开发后满目疮痍的生态反思和伦理反思。

第一节 传统裂隙与城市魅影

1992年，西藏的周韶西、唐晋中、丁穷夫合写了报告文学作品《商品大潮席卷下的西天净土——西藏个体户大军扫描》，谈及了1980年5月23日，胡耀邦"莅临雪域大地……恰逢自治区党委常委扩大会议召开，胡耀邦列席会议并发表长篇讲话。紧接着，自治区机关和各地市分别召开万人大会，鼓动解放思想和改革开放。6月22日，自治区人民政府发出布告：农牧区实行承包责任制，允许人们以个体形式随行就市。7月20日，拉萨市人民政府发出布告：允许农牧民和居民……各国和各地商人到拉萨市经商"[1]。至此，从上到下拉开了西藏商业化的帷幕，也可以说开启了西藏经济现代化的序曲。然而，值得玩味的是，尽管内地的文学随着经济转型如火如荼地绽放光彩，但20世纪八九十年代的藏族汉语文学更多关注于现代化思想对人们传统思想观念的冲击，或者是纠结于现代观念与传统观念间的人们的精神挣扎，如央珍的幸福书写系列、格央的藏地女性生存状态的展现以及加央西热有关藏地传统习俗的黯然远逝等，直接以民众日常生活的现代化变革及其心理变化为主要内容的作品还是比较少见的，及至新世纪藏族作家尼玛潘多的《紫青稞》的问世才改变了这一局面。究其原因，可能是西藏的经济发展还处于现代化的基础建设阶段，人们的生活方式和生产方式并没有迅速地进入现代化进程，还需要时间来适应现代化的冲击，来感受新的经济发展模式给人们的生活带来的新思考。

---

[1] 周韶西、唐晋中、丁穷夫：《商品大潮席卷下的西天净土——西藏个体户大军扫描》，《西藏文学》1993年第1期。

一

1982年,路遥的《人生》在《收获》刊发,展现了陕北青年高加林回到土地—离开土地—再回到土地的人生路径,呈现出在城乡对立的经济格局中农村青年艰难的人生蜕变之路。《人生》是改革开放之初,路遥对于农村青年生存境遇的无奈表达。农村的青年人尤其是外出读书的青年人的视野已经不再狭隘地紧盯着脚下的土地,如父辈们一样在土地里挥洒激情和泪水,也不愿再像臧克家《三代》中所描述的"孩子/在土里洗澡;爸爸/在土里流汗;爷爷/在土里葬埋"的人生进程,而是希望突破土地的束缚,在更广阔的天地中实现自我的人生价值,收获属于自己的时代幸福,寻找属于自己的光明之路。

藏族作家尼玛潘多的《紫青稞》从精神价值的向度而言,试图展现农村的藏族青年如何在改革开放的新时代中塑造属于自己的新生活,展现属于自己时代的新的幸福篇章。《紫青稞》尽管出版于2010年,但尼玛潘多的写作和思考时间经历了十多年之久。据尼玛潘多本人所言,《紫青稞》构思于20世纪90年代中期①,真正开始写作则起始于2002年年底,及至2005年年初才完成初稿,又在2006年年初到2007年年中进行了修改,第二次修改是在2007年6月到8月间,最终定稿是在2008年5月间②。由此来看,晚出现的《紫青稞》的写作环境和外在社会环境完全不同于路遥的《人生》写作阶段,西藏经济社会的发展以无可辩驳的事实说明改革开放对中国社会发展具有巨大的促进作用。尼玛潘多的《紫青稞》展现的农村青年不仅比《人生》中的高加林走得更远,还要比高加林面临着更为严峻的生活磨难和心理阵痛。高加林面对的是出走及如何出走的问题,《紫青稞》的年轻人面临着出走之后怎么办,如何创造新生活、如何适应新生活、如何在生活的淬炼中锻造自我心性等问题。

---

① 笔者曾多次与尼玛潘多就《紫青稞》的写作展开交流,在交流中获悉这一情况。
② 关于《紫青稞》的创作历程的描述,一方面来自尼玛潘多的自述,一方面参见《紫青稞》文末的记录。

高加林生活在黄土高原的农耕文化空间中，守土守业的传统观念浓重，他要挣脱的是当时的农村青年普遍面临的户口问题，也就是身份的问题。在现代中国的治理体系中，农民离开土地的方式不外乎升学、打工、入伍提干，除此之外别无他途，农业户口成为束缚农村青年的绳索，一旦不能挣脱绳索，只能回到农村，接过父辈的生产工具，继续父辈的生活方式。而在路遥的笔下，农耕文化作为抚慰高加林精神创伤的象征而存在，当无处可去而不得不回归乡村的高加林聆听了顺德爷爷的教诲"你也再不要看不起咱这山乡圪崂了……就是这山，这水，这土地，一代代养活了我们。没有这土地，世界上就什么也不会有"后，匍匐在村口"两只手紧紧抓着两把泥土"，高喊着"我的亲人哪……"①，不甘心又不得不屈服的高加林只能回到土地"亲人"的怀抱中。而《紫青稞》则不然，农村青年面临着更为复杂的现实情态，不仅有传统习俗的禁锢、婚姻爱情的艰难选择，还有在经济大潮中自我的迷失、精神世界的茫然等。当这些藏族青年以不同的方式进入城市或城镇后，他们以不同的方式顽强地在城市生活，他们看到了城市的喧嚣与繁华，也在城市的某一个角落体味着城市与乡村间的伦理对抗。可以说，尼玛潘多给人们展现的是走出乡村的"高加林们"的某一种生存景象。

二

《紫青稞》的故事时间在作品中并没有明确地说明，但从连缀作品中的某些只言片语，我们大致可以推测故事的时间节点。其一，"包产到户这么多年，无论春耕还是秋收，大的农事活儿……"② 中的"包产到户"。1980年9月27日，中共中央印发《关于进一步加强和完善农业生产责任制的几个问题》的通知，主要讨论了加强和完善农业生产责任制问题，随之，在全国各地绝大多数农村实行了家庭联产承包责任制。因此，"包产到户这么多年"大致指的是20世

---

① 路遥：《人生》，北京十月文艺出版社，2012，第2版，第247、248页。
② 尼玛潘多：《紫青稞》，作家出版社，2010，第194页。

纪八九十年代。其二，普村的人们唱当下的情歌，其中有"痛苦痛悲痛心痛恨痛失自我"的歌词①，该歌词出自刘德华的歌曲《来生缘》，收录于刘德华1991年发行的同名专辑《来生缘》，偏远的乡村传唱流行歌曲，大致时间在20世纪90年代初期以后。其三，桑吉在拉萨所投靠的阿妈曲宗，曾经历过"城里，也掀起了盖私房的热潮，各种各样的建筑队多起来"的景象。1984年第二次西藏工作座谈会决定在1985年西藏自治区成立二十周年大庆之前，由北京、上海、天津、江苏、浙江、福建、山东、四川和广东等省市，分两批援建四十三项工程，当时内地的建筑单位和当地的建筑民工参与了这些工程，另外，20世纪80年代初，西藏的古建修复工程和民居建筑工程如火如荼地展开，众多的当地民工也参与了这些活动。桑吉到拉萨的时候，阿妈曲宗已然"做不动了"，推算时间大致应为20世纪90年代中期。结合众多的线索，我们大致确定《紫青稞》所描述的故事发生在20世纪90年代中期。

《紫青稞》所描述的空间大致分作两个方面，分别是农村和城市。农村指的就是普村和森格村，都隶属于嘎东县觉木乡，区别在于普村地处偏僻，被群山环绕，自然条件恶劣，"和许多散落在喜马拉雅山脉附近的小村庄一样，仅有三十几户人家的普村，严严实实地躲藏在大山的怀抱中，与外面的世界保持着若即若离的关系""大山、小山、荒山、雪山，普村四面环山"②；森格村地处嘎东县城边缘，"有三四个普村大，村口路边一排排的树木，使它显得比普村亮许多"③、"森格村的山手牵手在很远的地方形成一个屏障，而不像普村那样紧紧包围着村庄。一条嘎曲河穿梭在大山之间，把江水引到了村里，不管天旱还是下雨，这里的村民都不必着急上火"④。因此，当达吉追随阿叔次仁到达森格村，尽管生活空间还是在乡村，但是达吉还是"喜欢县城的名分，生活在县城附近，她觉得自己也变得高贵

---

① 尼玛潘多：《紫青稞》，作家出版社，2010，第194页。
② 尼玛潘多：《紫青稞》，作家出版社，2010，第2页。
③ 尼玛潘多：《紫青稞》，作家出版社，2010，第27页。
④ 尼玛潘多：《紫青稞》，作家出版社，2010，第34页。

起来"①。离开普村，在达吉的眼中，世界瞬间开阔起来，她要以自己的勤劳和聪明闯荡出新的天地。或许，正是地理位置的区位差异使得同为农村的普村和森格村之间存在着巨大的差距。基于此，森格村的年轻人有更多的机会走向县城，走向城市，实现与祖辈不同的生活方式；普村的年轻人很少有机会离开家乡，不得不蜷缩在普村狭小的平坝上种植"产量较低，品质较差"的紫青稞，不得不延续着祖辈的生活方式。

打破普村沉闷单调生活的是铁匠扎西和儿子旺久。在藏民族的习俗中，铁匠的地位非常低，尽管他们凭自己的劳动获得生活资料，但依然被排挤在人们的正常生活世界之外，为人们所鄙视。正因为不为人们所接纳，但又在人们的日常生活中不可或缺，铁匠父子游弋在藏地的农牧区，有着较为丰富的藏地游历经验，并且知晓不同地区人们的生活习俗。因此，农闲时期的扎西和旺久义无反顾地"翻过一座座山，到藏北为牧民鞣皮子、盖房子、打铜铃"，干着力所能及的营生，以他们的辛劳换得了相对富足的生活，也培养了旺久坚韧的生活意志和敏锐的商业嗅觉。铁匠扎西富足的生活即便为乡人所羡慕，但是依然无法改变他在人们眼中的卑微形象。普村的其他人则继续沉闷地生活，在居家密宗师强苏的精神引领下固守祖先留下的土地、房屋、习俗等大地上和心灵中的一切，"这里有祖先的汗水，这里有祖先的气息，还有祖先留下来的福，他们离不开祖先的保佑"②，静待时光的雪雨风霜。对于普村的阿妈曲宗来说，儿子罗布丹增爱上了铁匠扎西的女儿措姆，并入赘铁匠家是家族的羞辱；女儿桑吉爱上强苏家的小儿子多吉，被视为是改变家庭地位的契机。但这些事件的前提是这些年轻人不离开普村，假使离开普村的文化土壤，所谓的羞辱或荣耀，都将烟消云散，化为乌有。这意味着藏地乡土伦理在表面的稳固之下，潜藏着裂隙甚至断裂的可能性。

达吉是普村不安分的精灵，她的美丽"和这个荒凉的村庄，特

---

① 尼玛潘多：《紫青稞》，作家出版社，2010，第33页。
② 尼玛潘多：《紫青稞》，作家出版社，2010，第52页。

别是和她家破落的房子极不协调。鹅蛋形的脸,细长的眼睛,白净的肤色,处处透着一股媚气。即便打着补丁的氆氇藏袍,也压不住她的冷艳与孤傲"。她曾出外打过工,了解过普村之外的世界,因此,她最大的希望是"离开这个地方"①。达吉抓住了阿叔次仁想要过继一个女儿的心思,尽管阿叔次仁"从达吉的眼睛里看到了一种不安分的东西,那样的眼神让他产生不了信任感",但达吉倔强地跟随阿叔次仁离开了偏远的普村,走向县城边缘的森格村,开启了她新的人生篇章。可以说,达吉是从一个村庄走向另一个村庄,在她的生命底色中还是以农民为主。因此,当普拉无所事事的时候,达吉坦然告诉他"种庄稼呗,哪有庄稼人不种庄稼的,全世界的农民都是靠庄稼过日子的"②。即便是经营茶馆、外出经商等,达吉始终没有摆脱农民的本色,她清醒地知道,多挣钱就能改变生活,灵活经营、合法经营是改变生活的重要方式,这是新一代农民在突破固有的乡村伦理后生发出的新的时代伦理观念。

与森格村并行的另一个空间是城市。《紫青稞》中普村青年农民进城的类型大致有三种,分别以铁匠扎西的儿子旺久、强苏家的小儿子多吉、阿妈曲宗的大女儿桑吉为代表。

旺久属于藏地传统陋习的伤害对象。他从小与父亲游走在农区和牧区,"每年春耕一过就到牧区找活干",秋收的时候,父子俩"背着鼓鼓囊囊的大包小包,赶着一群羊子,从牧区回来"③,即便村民们接受了他们的礼物,但根深蒂固的鄙视深深地刺激了旺久。为此,旺久在盖新房子时,"坚决要求盖得跟强苏家一模一样",期望获得心理安慰。但父亲认为,"强苏家看重的是高贵的血统,我们铁匠家毕竟比别人低一等,这房子与住户也有个配不配的问题,不能攀比"④。传统的习俗是迫使旺久走出普村、走向城市的动力和压力,经过努力,旺久获得了成功,在拉萨成家,娶了城里的姑娘,享受着

---

① 尼玛潘多:《紫青稞》,作家出版社,2010,第16页。
② 尼玛潘多:《紫青稞》,作家出版社,2010,第230页。
③ 尼玛潘多:《紫青稞》,作家出版社,2010,第9页。
④ 尼玛潘多:《紫青稞》,作家出版社,2010,第5页。

人们的礼遇，旺久在城市获得了普村不可企及的荣耀，但旺久依然被铁匠儿子的身份所压制，以不饮酒的方式避免与别人同用一个酒杯的尴尬，而达吉因不会使用筷子而接受了旺久帮忙夹菜的举动，深深打动了旺久，融化了他内心的坚冰，终于有人不因他的铁匠儿子的身份而歧视他了。因此，对旺久而言，城市是消融乡土伦理的新的沃土，是他的尊严之所。

多吉与旺久构成了对照。多吉出身高贵，是居家密宗师的儿子。他的离家主要是反感传统的共妻生活方式，共妻是经济落后时代特有的婚姻现象。多吉曾"相信，只要到了城里，凭着一身力气，一定能挣到钱，挣到钱，事情自然就有结果。没想到城里到处都是和他一样希望凭一身力气挣钱的人"①。在城里，多吉"凭一身力气"在建筑工地干过活、蹬过三轮车，他的高贵身份在城市中失去了光彩，偶遇旺久成为他生活的转机，但"认识了一群小痞子，一起喝酒打牌，花销很大"，入不敷出，开始骗钱，走向了堕落。城市在多吉的世界中就是享受之所，为了享受选择丧失尊严，对于多吉来说，城市的诱惑祛除了他"高贵血统"的乡村伦理赋魅，还原了他作为社会个体的真实面相。

尼玛潘多在《紫青稞》通过旺久和多吉的遭遇，意在表达城市对进城拼搏的农民们来说，是全新的生活场所，它以强力隔断了乡村伦理的脐带，看似向所有农民展现出一个公平的竞争平台，不问出身、只关乎能力。因此，对旺久和多吉这样的青年农民而言，抓住机会、乘势而上就能在城市站稳脚跟，改变命运。但实际上，农民进城面临的困难和问题是多种多样的，试图融入城市之路漫长而艰辛。

相比于依靠"一身力气"的男人们，农村女青年融入城市的路途更为艰辛。《紫青稞》中的桑吉未婚先孕，被母亲认为是丢脸的行为，亲情湮没于伦理的冰冷。为了讨一个说法，桑吉在纠结中走向城市。桑吉从未出过远门，最远就是到邻村看过几场电影，城市对她来说，更多地存在于想象中：

---

① 尼玛潘多：《紫青稞》，作家出版社，2010，第51页。

城市是个什么模样,桑吉从来没有见识过。城市的人海里,有没有多吉英雄发上的红丝线飞扬?城市的房屋中,有没有乡下人栖息的地方?城市的心跳中,是否有一颗为她而跳动?城市,像潜伏在黑夜的猛兽,让桑吉颤抖,但她不能说出自己的害怕,她再也不能也没资格为亲人增加任何苦痛,她能猜想到的结局,无处诉说,无人能说。①

桑吉在孤独中无望地作别了普村,走向了"猛兽"城市。尼玛潘多以一场车祸让桑吉迅速地进入拉萨,彷徨于城市的繁忙,恍惚于路人和司机的白眼与辱骂。桑吉原本以为"城市是优雅的"②,是文明的象征,但现实却是如此的冷漠,惶恐中桑吉已被裹挟进城市之中。但耐人寻味的是,置身拉萨的桑吉看到的并不是香烟缭绕的佛国圣地,也不是充满现代气息的繁华都市,而是城里人对乡下人的鄙视。直到大杂院的阿妈曲宗收留了桑吉,她才勉强找到安身之所。城市给桑吉的印象是喧嚣、繁华而又冷漠的,她在屈辱、自卑中开始了城市生活,"城市再大,也没有一处墙根会让你歇息;城市再富,也没有一碗清茶供你解渴;城市再美,也没有一样美丽为你存在"③,桑吉意识到城市与乡村伦理法则的区别。而在危难关头,桑吉与阿妈曲宗相互扶持,结成没有血缘的母女关系。桑吉尽管住在城市,但"城市对桑吉没有太多的诱惑,因此她对城市的态度也有些散漫"④,始终保持着"普村人的审美标准,不愿也不敢一步跨入城里人的行列"⑤。桑吉慢慢意识到,其实无论在乡村还是在城市,不如意是生活的本然样貌。在承受多次打击后,桑吉与阿妈曲宗等人一样把希望寄托在来世,"我们能做的就是祈求来世过得更好一些"⑥。因此,城市对于桑吉来说只是随遇而安的一个生活场所,并不是全然改变生活

---

① 尼玛潘多:《紫青稞》,作家出版社,2010,第164页。
② 尼玛潘多:《紫青稞》,作家出版社,2010,第168页。
③ 尼玛潘多:《紫青稞》,作家出版社,2010,第177页。
④ 尼玛潘多:《紫青稞》,作家出版社,2010,第250页。
⑤ 尼玛潘多:《紫青稞》,作家出版社,2010,第251页。
⑥ 尼玛潘多:《紫青稞》,作家出版社,2010,第255页。

甚至命运的别样空间。

《紫青稞》展现了20世纪90年代西藏城乡生活嬗变的某些片段，尤其是农村的青年们或主动或被动离开乡村，走向城市，他们期望在城市凭借个人能力获得人们的认可，期待将乡下人的身份转换为城里人，这就造成了与传统生活的裂隙。而假以时日，这些进城农民会越发远离乡村伦理秩序的束缚，直至造成乡土伦理的现实破裂，造成农村新的社会阶层形态的出现，而衡量的标准大概就是以现代化程度的深浅为标杆。另外，满怀激情地走进城市的他们又极容易陷入一种两难局面：一方面，尽管他们已进入城市，但身体所携带的天然的浓郁的乡土气息使得他们难以融入城里人的生活中去；另一方面，回到农村，他们身上又带有某种城里人的优越感和相对开放的视野，已很难适应农村的生活。故此，这些走出乡村、走进城市的年轻人就游离于城市现代生活法则和乡土传统生活习俗之中，或者说他们带着乡土的文化基因进入城市的光怪陆离空间，传统生活已然是渐行渐远的明日黄花，现代都市（城镇）亦不再是需要仰望的星空魅影，他们处于精神的城乡接合部或者说是边缘地带。如果引导得当，这些新的城市居民就是社会发展的生力军，如旺久、达吉等人；如果心灵沦陷，这些人又容易成为城市发展不安定的重要因子，如多吉等。

第二节 消费喧哗与生态凋敝

生态问题作为全球性的命题受到人们的广泛关注。人们在寻求破解生态问题的途径的同时，亦对生态问题产生的原因展开了持续而深入的探讨。总体而言，生态问题包括"自然生态危机、社会生态危机、精神生态危机、文化生态危机"[①] 等方面，而且呈现出多种类型生态危机相互缠绕、共生同长的特点。面对此种现实情貌，中国当代

---

① 王岳川：《当代西方最新文论教程》，复旦大学出版社，2011，第471页。

文学尤其是少数民族族裔的诸多作家们力图诗性地或写实地展现当前生态问题的严重性和危害性，廓清现代化语境下个人和自然、个人与社会、人与人之间的生态想象，引领人们直面我们所面临的生态困境，如鄂温克族作家乌热尔图、仫佬族作家赵剑平、蒙古族作家郭雪波、藏族作家朗确、白族作家张长、土家族作家李传锋、满族作家关仁山和叶广芩等人，这些作家无一例外地通过历史与现实的对照，凸显出少数民族地区日渐凋敝的生态状况。

2015年，藏族作家阿来连续发表了中篇小说《三只虫草》《蘑菇圈》，并于2016年将《河上柏影》与以上两部作品结集出版，总名为《山珍三部》。这三部作品有别于以往少数民族作家如裕固族作家杜曼·扎斯达尔的《腾格里的苍狼》、李传锋的《最后一个白虎》、叶广芩的《老虎大福》、赵剑平的《獭祭》等的动物叙述。一般意义上的动物叙述多通过动态地生活在某一场域中的个人与某一种动物的不期而遇或是朝夕相处，展现人与动物及人与某一种自然生态之间的关系，其中尽管饱含着浓郁的生态意味，但带有一种人本主义的中心立场，多通过人与动物的物理空间的游走，通过动物的遭遇彰显生态的现实境况，引发人们的关切。而阿来选择的则是植物，选择的是与人们日常生活密切相关的植物。"桃李不言，下自成蹊"，高原植物孤弱地、无言地生长在高原大地上，不会行走，没有喜怒哀乐之感性表达，在与人类的对抗中处于弱势地位，更能体现出人类力量的伟岸，更能折射出人心的卑陋与凶险。阿来通过无言的植物的命运，铺陈故事，推衍世相，展现当下中国的自然生态、社会生态、文化生态的现状，拷问现代文明视野下人们灵魂的归属，引领人们立足苍茫大地，仰望理想的星空，追索真善美的人性价值，回望"生命的坚韧与情感的深厚"[1]，既对席勒所谓的"比野人更可鄙"的"嘲笑和侮辱自然"的"蛮人"的生命状态进行了细致入微的书写，又表达出对与自然为邻、为友的精神"有教养的人"[2]的赞颂，同时在诗性的

---

[1] 阿来：《河上柏影》，人民文学出版社，2016，第2页。
[2] 席勒：《席勒美学文集》，张玉能编译，人民出版社，2011，第230页。

关怀中流露出激浊扬清的美好愿望。

一

关于《山珍三部》的创作缘由与创作心态，阿来 2015 年 5 月为《山珍三部》所做的序言《文学更重要之点在人生况味》是我们进入其创作世界的有效路径。该序言可视为阿来生态写作的阶段性思考成果，逻辑性地展示出阿来写作的缘起、写作内容的择取方式、写作的最终目的所在，体现出阿来所具有的知识分子良知写作的特点。

关于创作的缘由，阿来坦陈，"今年突然起意，要写几篇从青藏高原上出产的，被今天的消费社会强烈需求的物产入手的小说"①，似乎《山珍三部》是兴之所至、偶然为之的结果。但实际上，阿来并非"突然起意"，佐证有二。其一，20 世纪 90 年代末期，阿来以"大地的阶梯"称颂青藏高原，"用内心和双脚丈量故乡大地"，游历的过程中较为详尽地考察了从嘉绒到拉萨一路的风土人情、自然风光和历史变迁等藏地生态景观。其中对嘉陵江流域、岷江流域、大渡河流域生态环境的惨烈情状进行了详细地描摹，如泸定县境内的仙人掌河谷，被称为是"亚热带干旱河谷"，"历史上曾经都是森林满被，和风细雨，但在上千年的战火与人类的刀斧之后，美丽的自然变成了一副狰狞的面孔"②。如果说这是远离我们的历史灾难，只能让后人唏嘘不已，无限感慨，那么阿来以亲历者的身份所述往事则更为惨烈。"文化大革命"期间，卡尔古村的白桦和红桦惨遭砍掘，备战备荒的举措使得这些树木雪上加霜，几近消亡殆尽，最终的结果是"卡尔古村岂止是失去了这些白桦，我们还失去了四季交替时的美丽，失去了春天树林中的花草和蘑菇，失去了林中的动物"，同时"多少代人延续下来的对于自然的敬畏与爱护也随之从人们内心中消失了"③。捶骨之痛让阿来一次次地对人类的贪婪感到无比的痛心，

---

① 阿来：《河上柏影》，人民文学出版社，2016，第 1 页。
② 阿来：《大地的阶梯》，云南人民出版社，2000，第 45 页。
③ 阿来：《大地的阶梯》，云南人民出版社，2000，第 52 页。

可以说，自然生态之痛引发了阿来对人心之善、社会文明甚至是历史发展的质疑。其二，21世纪初，阿来以"机村传说"为纲目串联起六个相互关联又迥然不同的故事，呈现了藏地小村庄机村从20世纪50年代到90年代的风云变幻，描述了藏乡机村在现代化的进程中自然环境被破坏，乡村传统的伦理秩序被消解的惨痛故事。其中，既有对自然生态人为破坏情况的描写，也有传统人文生态被现代文明强力撕扯而零落破碎的表达，还有对人们无法理解却忠诚执行的社会政治情态的书写，以寓言的方式展现了藏乡凋敝、淳朴的人文景观和自然风光的衰败，表现出深沉的隐忧，"既有普通意义上的乡村文化被挤压的无助，又有本民族文化被瓦解的痛苦"①。可见，阿来的生态思考既有其切身"创伤"式体验的回味，亦有对民族地区文化生态、社会生态的忧伤的回望，故其所谓"突然起意"的创作缘起仅是一种修辞上的策略，《山珍三部》与其前期文学创作之间的生态隐忧的思索有着难以割裂的创作逻辑。

进入新世纪以来，中国社会迅速步入消费时代。消费时代呈现出"一种由不断增长的物、服务和物质财富所构成的惊人的消费和丰盛现象"②，物品日益丰富化，也逐渐符号化。"这种由人而产生的动植物，像可恶的科幻小说中的场景一样，反过来包围人，围困人"，或者可以说物以"恶之花"的姿态充当了见证社会、人心"异化"的象征物。近些年来，青藏高原可供人们消费的不外乎奇异的自然风光、浓郁的藏地人文风情和具有神话或传奇色彩的可资养生益寿的独特的高原物产等，此即阿来所谓的"异质文化"的消费。因此，他认为，"在今天消费主义盛行的时代，如果这样的地方不是具有旅游价值，基本上已被大部分人所遗忘"，现代化、城市化的进程加剧了经济发达地区与欠发达地区之间的区域性差异，人员的流动、文化的播散无不以主要经济中心为核心圈，"如果这些地带还被人记挂，一

---

① 严英秀：《"空山"之痛》，《文艺争鸣》2008年第8期。
② 让·波德里亚：《消费社会》，刘成富、全志钢译，南京大学出版社，2006，第1页。

定有些特别的物产。比如虫草，比如松茸"①。而"物产"是一个广范性的概念，各地区都在努力推出自身的特产，无论是文化上的、历史上的，还是现实的自然物产，以期引起人们的注意，更是为了推动地区经济的发展。面对这种局面，阿来回首高原物产，高原的动物大部分为保护动物，更多地具有环保意义的社会和文化功能，而高原的植物譬如虫草、松茸、玛卡等作为特产在市场化、消费化的语境中已被神化，大面积的挖掘甚至是人工种植已遍地开花。基于此，他选择"以这样特别的物产作为入口，来观察这些需求对于荡涤社会，对当地人群的影响"，当然还隐含着对中国当前狂热的消费文化事实的隐约评判。以此为出发点，阿来选择了青藏高原近些年被刻意炒作的有养生价值更有所谓的经济效益的虫草、松茸、岷江柏作为小说叙述的逻辑起点，展现消费社会而非文明社会的物欲情态，张扬物产与物欲之间的矛盾和冲突，以凸显消费时代人心欲望的恣肆。例如，在《河上柏影》中，阿来摘抄了"数种植物志"中关于岷江柏的描述，对于岷江柏的植物形态、生长属性、地理分布情态及其在民众日常生活中的文化意义等方面事无巨细地给以展现。由此，通过人们与柏树的休戚相关、相互依存、相互影响的日常生活模式而关切柏树的不幸遭遇，阿来表现了岷江柏在人们心灵世界的意义逐渐嬗变的历程。"这个故事从说树起头，最终要讲的还是人的故事"，也就是说，阿来是通过树的形象来表征自然生态乃至社会生态的变迁史、异化史，使用了明显的借物喻志的表达策略。

　　总体上看，阿来弱化消费时代的面相，将目光投置于他最为熟悉的藏地底层生活或者说是基层生活。对经济社会发展的实际而言，消费社会更多地强调城市生活方式的变迁，城市文化景观的光怪陆离与喧嚣繁华，以及消费的节日属性、狂欢形态，而随之"扩大到商业中心和未来城市规模的杂货店，是每一个现实生活、每一个社会客观生活的升华物"，如《炸裂志》即是对中国当下的消费社会背景下乡村迅猛崛起为城市的荒诞化描述。相对而言，田园风情则成为人们表

---

① 阿来：《河上柏影》，人民文学出版社，2016，第2页。

达文化寻根、情感返祖的有效捷径,是人们对抗城市化、返归精神、情感原乡的现实方式。但是,阿来敏锐地意识到消费时代不仅是在视听觉方面、消费意识和消费观念方面充斥着人们的生活,不仅是存在于城市快节奏、高效率的生活之中,而是作为一种不可逆、不可抗的生活之流弥漫于整个华夏大地,包括乡村和城市。因此,当阿来以消费时代为背景展现藏地乡村乡民的生活状态时,打破了人们的藏地想象而还原于生活的现实窘境,就更具有震撼力和冲击力。即便是现代生活资讯和交通如此发达的今天,一般人对于藏地的认知还处于蒙昧或模糊的想象状态,或将之视为香格里拉般的一方净土,或将之视为寻奇的绝佳场域,对藏地普通人的日常生活还缺乏深入直观的认知。阿来通过《山珍三部》撕裂了人们的文化想象,还原了藏地普通人日常生活的琐碎、新鲜乃至是芜杂的一面,追逐金钱、地位、权势等体现人们世俗身份的现实剧目同样在偏远藏乡不间断地上演。《三只虫草》中的调研员甚至诱迫小学生桑吉奉献出费尽千辛万苦挖来的虫草,以作为其恢复权职的工具,而虫草也随着权势的递增,不断地游走于各种交通工具之间,直至抵达权势的顶点;《蘑菇圈》中的松茸由乡间贴补口粮的替代品一跃成为不同人群实现自我现实目的的牺牲品;《河上柏影》中的岷江柏亦逃脱不了被砍伐、被掘根而产生经济效益并最终走向消亡的命运。阿来通过这些高原植物映射着形形色色的社会历史和现状,勾连起人们的生活世界,艺术化地再现了藏地的百味人生,糅杂了他的生态认知、历史感知以及对世情兴衰的复杂丰富的情感体验。

由此而言,消费时代或者说消费社会并非阿来所关心的症结所在,而是他的文本叙述的现实背景,对物欲的抨击、对人心的复杂性的揭露或许是阿来写作的初衷所在。无论哪个时代,物欲追求都是人们生命中不可避免的现实处境,但若能在追逐的过程中实现心与物的平衡,拯溺沉沦的灵魂、"对人性保持温暖的向往"则是阿来的写作宗旨或目的所在。

二

《山珍三部》的书写顺序依次是《三只虫草》《蘑菇圈》《河上柏影》,其中可以看出阿来极力构建一套生态话语体系的努力和实践。

就作品的叙述视角而言,《三只虫草》以儿童桑吉的视角审视高原物象,多带有童真童趣以及对生活的故作深沉的认知和充满希望的追索。《蘑菇圈》则以阿妈斯炯饱经风霜的双眸回顾历史,直面现实,尽管带有乡老智慧的影子,但残酷的现实屡屡打破了阿妈斯炯的习惯性或者说是传统生活化的理解方式。同样,阿妈斯炯对眼前发生的一切不解。《河上柏影》观照的是以知识分子自居的王泽周的生命历程及其生命体验,即便是生活在都市,依然连接着乡村的文化脐带,而回归乡野,却又感受到外力对质朴乡野的强烈冲击。维系情感、乡恋的岷山柏最终连树桩都被人们的欲望所吞噬,隐喻着人们将来只能在图片上回思往日家园,在歌吟中传唱着对过往岁月的追忆,更多地带有无奈的反思的意味。由儿童、成人、老人形成《山珍三部》的代际书写,单从每个叙述个体出发,是一个相对完整的生态故事,有其时代的特色,展现出消费时代的某些图景;而将三者结合起来,则以祖孙三代的生态叙事,勾勒出近60年来随着现代化的进程而出现的生态窘迫局面。由此而言,《山珍三部》是以三代人的目光直面高原藏乡的历史和现实情貌,既梳理出完整的山野向山珍变迁的发展路径,也铺排出自然、淳朴的田园牧歌式生活状态跃迁到喧嚣、芜杂的消费角力场的现实镜像,体现出阿来力图全景式地展现藏地生态危机以及引发的人们的生态困惑的创作意图。而在写作手法上,明显地可以看出《山珍三部》承嗣《空山》的建构手法。尽管《空山》以"机村传说"为中心勾画藏地乡村机村近50年的发展历程,带有村庄史的意味,但其中的故事都与时代文化语境有着密切的关联,可以说是以牵一发而动全身的方式展现机村的社会历史变迁。《山珍三部》看似书写的是几个毫不相干的小村庄,但彼此之间由于有"物产"的被消费语境而带有相关性,写作的都是藏地小村落,展现的皆是村落中的人与物产之间休戚相关的联系。因此,在某种程度上可将《山珍三部》视为对"机村"书写的绪余,三者相互映照构成了一幅完整的藏乡风俗画。

从物产的书写角度出发,不同的人群对物产的认知不同,故其价值取向或行为方式相互碰撞、龃龉甚至产生矛盾,以此展现出世情的复杂、丰富。《三只虫草》中的乡民们挖虫草的目的是改善自身的生活状况。生长在草原的虫草似乎天然地就成为人们谋取富裕生活的工具,因此"挖虫草的季节,是草原上的人们每年收获最丰厚的季节"。但为了保护自然生态,在实行了"退牧还草"的生态保护举措之后,牧场的范围压缩,相应的畜牧数量也不得不压缩,使得搬迁到定居点后的牧民们的收入在一定程度上减少。因此,虫草就显得尤为珍贵,因为虫草对应的是"一家人的柴米油盐钱,向寺院作供养的钱,添置新衣服和新家具的钱,供长大的孩子到远方上学的钱,看病的钱",将虫草等同于"钱"。在此,阿来将虫草塑造为维系牧民日常生活开支的象征。对于儿童桑吉而言,收获虫草意味着在省城念书的姐姐就可以和城里的同学一样打扮得"花枝招展",还意味着奶奶看病的医药费有了着落。但在面对虫草时,年幼的深受草原文化熏染的桑吉却有些"纠结","是该把这株虫草看成一个美丽的生命,还是看成三十元人民币"?这一"纠结"的刻画似乎为草原上的牧民挖虫草找到了合理的依据,尽管内心愧疚,但为了生计不得不采掘虫草。寺庙中的喇嘛们以护佑为名,强行向村民索取虫草,徜徉在精神世界的脱离尘俗的僧人们也免不了世俗的习气;而官员们则以各种名目搜购、索要虫草,作为其升迁的贿赂之物。虫草成为显示世俗面相的映照,不再是天然的植物,而成为人们生活的符号化的象征。

至于松茸等草原上的蘑菇之类,在藏民的传统世界中,一概称之为蘑菇,并无高低尊卑的区别,皆是自然的馈赠,破土而出的蘑菇是春天、生机的昭示。进村的工作队关于"不能浪费资源"的"新的对待事物的观念"则打破了传统生活方式的宁静,机村的乡民们意识到蘑菇的烹饪方法是"文明,饮食文化"的体现,人们带着不解、无奈的心绪逐渐接受了所谓的新兴的生活方式。但吊诡的是,新兴的农业生产方式并未带来乡民们渴求的富足生活，反而因为违背了基本的生活、生产规律而走向饥荒，松茸则成为人们艰难度日的果腹之物、救命之物。而在荒诞的时代，松茸则成为人们生活的罪证；在开放的年代，松茸华丽变身，成为馈赠佳品，甚至成为支撑机村经济发展的重要物资。阿妈斯炯的一生就伴随着松茸的价值的不断更新而发生着变化，她发现的三个蘑菇圈不同于桑吉眼中的不可再生的虫草，而是每年都在生长，每年都为阿妈斯炯带来新的惊喜，而阿妈斯炯眼中的松茸是带有神性的存在，是果腹之物、亲情象征，更是证明她具有独立生活能力的体现。但随着消费观念的侵袭，人们以霸占、劫掠阿妈斯炯的蘑菇圈为自己的事业，尾随、跟踪阿妈斯炯是一种较为质朴的劫掠方式，而将现代仪器放置于阿妈斯炯的身上，借助发展经济的名义利用阿妈斯炯最后的蘑菇圈，则是从根底体现了消费时代藏乡民众生活观念的巨大变化。因此，阿妈斯炯失去的不仅仅是赖以维系生活、维护情感的蘑菇圈，更是传统藏乡生活习俗、生活观念的消亡殆尽，或者说民族根系生态文化的破损。

相比于桑吉的单纯、阿妈斯炯的固执，《河上柏影》中的王泽周不仅在血统上是"混血儿"，而且在文化上亦是"混血儿"，他竭尽全力维护自身的精神平衡的工具是思考，他一直在反思生活中的一切现象，一直避免陷入生活的尘俗，却不能脱俗。但是，现实情况一再迫使着王泽周不得不一次又一次地远遁甚至蜷缩于自己的心灵世界，舔舐内心的创伤，体味人生的无常。母亲的出身、父亲的逃难、家庭的贫困、事业的委顿等一切都困扰着王泽周，使他陷入一种西西弗斯般的现实荒诞境遇，他始终都在挣扎，但一直都逃脱不了生活之网的束缚，唯一安慰他的似乎只有村口深扎进巨石的岷江柏。王泽周不断地寻觅岷江柏的历史，不断地挖掘岷江柏所隐含的文化意义，这不只是在寻觅整个村落的历史，更是试图勾连起整个民族的精神发展史，并试图以一以贯之的民族文化血脉对抗日渐强盛的消费文化现实，"文化旅游资源开发这种现代性的行为可能导致的现代性信念的瓦解"，是王泽周更是阿来等现代民族知识分子的文化自觉和文化反省。当苍翠浓荫、枝繁叶茂的岷江柏最终走向消亡，王泽周与岷江柏一样,在消费文化和文化消费的语境中成为明日黄花。

因此,《山珍三部》散发出浓郁的悲壮气息。悲壮得以生成的原因,在于阿来精神世界的纠结甚至是困惑。生于斯而长于斯的桑吉、阿妈斯炯、王泽周深爱着这片脚下的热土,眷恋着母亲般哺育他们成长的草原、山地、河谷,他们野蛮而倔强地生活在相对恶劣的自然环境中,但他们又是如此的惬意、自足。当这种封闭的生活情态为外在的强力所打破,他们似乎成为无根的浮萍,拔剑四顾心茫然,他们竟然找不见敌手,无从释放他们压抑已久的情绪。但同时,阿来又是充满希望地看待新生事物。他把希望寄托在儿童桑吉身上,桑吉没有如阿妈斯炯一样的历史负担,也没有像王泽周一样磨难般的生命体验磨难,暂时的困惑激励着他走向更高远的世界,在摒弃痛苦、仇恨之后,以全新的面貌再造藏乡的和谐,这似乎就是阿来所谓的"人性的温暖"的书写价值所在。

三

阿来的文学创作一直以来都直面现实人生,不讳言生活中的阴暗面和人性的卑微面,尤其是对所谓的社会强权表达出强烈的愤慨与不满,以激浊扬清的叙述品格体现了当代文学创作参与社会建设的担当精神。

社会强权本是抽象的概念,文学创作赋予强权以鲜活的面容,就《山珍三部》中的强权而言,表现于信仰领域和政治生态。"我国各少数族群大多生存生活于地理位置偏远、交通通信闭塞的高山峡谷,大漠纵横、河流密集的边缘区域,正是这种环境下形成了他们对生态环境的感知方式、认知方式和思维方式"[①],同时造就了各少数民族的自然信仰。当自然信仰与宗教信仰相结合,宗教的强力性就在日常生活中占据上风。如,《三只虫草》中村里的群众上山采挖虫草还未结束,喇嘛就以"年年虫草季,大家都到山神库中取宝,全靠我等作法祈请,他老人家才没动怒,降下惩罚"以及"山中的宝物眼见

---

① 李长中:《生态批评与民族文学研究》,中国社会科学出版社,2012,第5页。

得越来越少，山神一年年越发地不高兴了，我们要比往年多费好几倍的力气，才能安抚住他老人家不要动怒"①，其中表达出民众获得大山的赠予全都是凭仗喇嘛与山神之间的沟通。为此，以所收获的虫草作为喇嘛们虫草季开山仪式诵经作法的报酬就成为惯例。但这一年，喇嘛们先后两次到桑吉家索取供奉，说明以宗教信徒自居的脱俗的僧人们未能免俗，以宗教的神权，利用老百姓的信仰，攫取民众的劳动所得。在《蘑菇圈》中，法海舅舅通过担任商业局局长的外甥为宝胜寺挣得了前、后山的保护权，而后组织"年轻体壮的僧侣们组成了巡山队，每人一截长棍，把守住每一条上山的小径。除了寺院附近的村民，其他人不准上山。而且，这些村民采来的松茸，都统一销售给寺院，再由寺院转售给松茸游商。寺院在村民那里压低两成，又在出售时加价一成，……又多了一个生财之道"。阿来冷静地展现出在市场经济潮流中，该寺庙已不只是僧人们的清修之所，而转变为营利性的商业组织，"没有管理不行，管理不好也不行，没有生财的办法不行，生财的办法少了还是不行"②。

关于政治生态，在阿来以往的作品有所涉及，但《山珍三部》对此有明确的表达。近几年来，当代文学高举反腐的大纛，直面官场出现的一些不良现象，代表作如周大新的《曲终人散》等。阿来在其文学作品中亦对某些不良的政治强权进行了辛辣的批判和讽刺。例如，《三只虫草》中原副县长、现任调研员的贡布"心里不痛快"，主要是干部调整之后，他不但没有当上常务副县长，反而成了县里的调研员。根据惯例，"一个干部快要退休了，需要安顿一下，就给个调研员当当"，心里预期的落差导致贡布上任后宣布取消惯例的虫草假，这一举动毫无疑问是要向乡民们彰显他的权势，塑造自我在位者或上位者的形象。而当朋友告诉他，"弄些虫草，走动该走动的地方，至少还可以官复原职"，为了收购更多的虫草，他又宣布"给学校放了一周的虫草假"，并辅以"草原上的大人小孩，都指望着这东

---

① 阿来：《蘑菇圈》，长江文艺出版社，2015，第141页。
② 阿来：《蘑菇圈》，长江文艺出版社，2015，第82页。

西生活"的托词。贡布的虫草送给了县里的部长和书记，书记的虫草送给了"省城的老大"，而"省城的老大"的虫草则"去往首都，然后去了一个深宅大院的地下储藏室"。至此，虫草的旅行暂时告一段落，虫草所折射的官场丑态也暴露于阳光之下。最终的结果是调研员贡布"调走了，当县长去了"，实现了他的宦途理想。其他人呢？阿来没有提及，似乎也不用提及，正如作品中书记老婆所言的"……读过《红楼梦》吧，一损俱损，一荣俱荣"。

而阿来《山珍三部》中最后完成的《河上柏影》更是提取出官场"实用主义"的生态情状，塑造了实用主义者贡布的多重面相。就学期间的贡布游手好闲，不务学业，却留校任教，进入学术领域打造全新的文化身份。"学而优则仕"的贡布回乡担任副县长，主管旅游开发，率领多吉以开发旅游资源的名目过度消费藏地的自然资源和文化资源。在决策者的视野中，经济发展高于一切，为此，所有的物产都具有开发的价值。当贡布开发失利，则抽身离开官场，回返于学术界，"拿到了博士学位，听说接着又博士后了，接下来可能出任那所学院筹建中的一个新研究所的所长"，继续以隐含的权利、以文化开发的名号实现他们的经济目的。而贡布真正的身份则是手工合作社的幕后老板。如此，贡布集官员、学者与商人于一身，将政治、学术与经济有机地融汇在一起，在不同领域游刃有余、获利不尽。在经济利益的诱导下，人们认同了现代幸福生活的想象，摒弃了传统的生活方式。当村民们围观岷江柏的被肢解时，"没有人叹息，当那些树枝与树身断开，在空中剧烈摆荡时，人们也没有发出惊呼"，当树木倒在地上，"静默无声的人群站立不动，没有人想要去看看躺在地上的树干的样子"，当树木被吊装上卡车，"卡车载着柏树干，树干上坐满了失去这个村的人们离开了。他们离开，永远也不再回来了"，因为"神树被肢解，被切割，但什么事情都没有发生"。传统文化在现实强力面前失去效用，不再能统括人们的精神世界。因此，消亡的不只是岷江柏，还有人们的象征精神的消亡。阿来用"树影"隐喻过往精神皈依的坍塌，"过去的影子如伞如盖，现在却只是几道直通通的黑影在波浪里摇晃。像一个踉跄的醉汉，像一个将要轰然倒下的巨人"。

第三节　现代秩序与伦理困境

陈忠实以为"作家倾其一生的创作探索，其实说白了，就是海明威这句话所做的准确而又形象化的概括——'寻找属于自己的句子'。那个'句子'只能属于'自己'，寻找到了'属于自己的句子'，作家的独立的个性就彰显出来了，作品的独立风景就呈现在艺术殿堂里"①。在陈忠实看来，"自己的句子"是作家个性的彰显和作品风格的生成，亦是作家走向成熟的标志。因此，"寻找属于自己的句子"理应是所有作家毕其文学生涯而追求的文学荣誉。"寻找"从某种意义上说是对"自己"不间断的发现，而"句子"则是作家深度认识自己所得的精粹，蕴含着作家的生活体验、人生感悟和独特的艺术表达方式。由此而言，"寻找自己的句子"就是不断突破已有的"自己"而塑造新的"自己"的过程，具有"周虽旧邦，其命维新"②的品格。

"寻找自己的句子"亦展现出作家们苦心经营自我文学世界的努力。以藏族作家的中短篇小说创作为例，拉萨的次仁罗布二十多年来游走在西藏的历史和现实的天空下寻找、发掘当代西藏民众的生活琐细，康定的尹向东编织着夺翁玛贡玛草场的世事纠葛、梳弄着康定城心灵激荡，而甘南青年作家王小忠近年来也在尝试着寻找属于自己的"文学甘南"。王小忠在《有关兄弟的话（创作谈）》中传递出他的创作起点：

> 甘肃省甘南藏族自治州的农牧业结合地带，隶属于历史上的安多藏区。就在这片高海拔地区，我的祖祖辈辈们艰难地生活

---

① 陈忠实：《寻找属于自己的句子》，上海文艺出版社，2009，第177页。
② 朱熹：《诗集传》，凤凰出版社，2007，第204页。

着,他们谈论着人生无常,叙述着命运多舛。这块贫瘠的土地养育着成千上万的民众,可在社会经济飞速发展的当下,大家拼命挣扎的同时,也渐而迷失了方向。生活方式的改变和观念的更新,加之外来人口的迁移和融合,以及旅游大力开发的今天,使这片土地原有的游牧文化在不断丧失的同时,渐而多出了形同城市的文明,以及文明掩盖下的难以说清的复杂与颓败。①

祖先留下的生活方式遭遇了"形同城市的文明"侵袭的危机,在王小忠的眼中,甘南呈现出"难以说清的复杂与颓败"。他的甘南"兄弟们都处在'被绑缚'与'想挣脱'的精神状态之中",他试图以"撕开'兄弟'一词中被天然'温暖'包裹着的现实'寒冰'的决绝与勇气"为突破口,展现甘南人生活的变化、精神的挣扎、灵魂的漂泊。

王小忠在创作小说之前,着力于诗歌和散文的写作,先后出版了诗集《小镇上》和散文集《静静守望太阳神》。他在提纯诗情、萃取画意的过程中,不断地发现甘南乡土精神世界的裂隙。可能基于此,他放下了迷幻的抒情之笔,而抓起了沉重的现实之笔,勾勒出现实甘南的文学景观。王小忠生于20世纪七八十年代之交,算得上是改革开放的同龄人。这一代人未曾经历过新中国成立以来所发生的重大历史事件,他们直面的是一个急剧变化的时代。他们生长在乡村,曾经历过乡村淳朴温馨而又相对缓慢的生活节奏;求学于城市,也感受过城市文明的迅捷凌厉,恣肆激扬过青春。这两种生活经验的对撞,使得他们成为乡村的身体与现代的心灵扭结在一起的社会个体。他们某一天忽然发现他们的乡土家园改变了容颜,不复旧时的光景;他们惶惑无措,但愈加萧索的现实迫使他们追索、探求自己的文化根脉,进而以文学的方式表达现代的强行闯入与传统的黯然无力;他们怀恋传统的温情但又畅享现代物质生活;他们的创作呈现了身心矛盾、自我分裂的特点,或许这就是这一代乡土底色的作家们文学伦理的基本形

---

① 王小忠:《有关兄弟的话(创作谈)》,《红豆》2018年第7期。

态。另外，王小忠曾有八年的基层教师经历，他对偏远农牧区基层教师的付出和渴求感同身受，也看到了挣扎于理想与现实之间的教师们的辛酸与无奈。因此，当王小忠借助小说表达他的乡土之恋和乡土之思，势必要以他的生活经历、情感遭遇等个体的心路历程为基础。检视王小忠的小说，以内容而言，大致可以分为学生时代的青涩记忆、教师生涯的理想坚守、乡土记忆的明日黄花、家庭危机的阴云笼罩及传统生活的现实破败等方面，这些亦暗合王小忠的成长历程。基于此，王小忠的小说中渗透出浓郁的乡土伦理书写的意味。

一

《黑色文胸》① 是王小忠青春记忆书写的起点。情感炽热而又敏感的青年学生徐羽飞热恋着年轻女教师沙丽，不同于学生之间的情感交往，师生之间囿于世俗伦理的藩篱，只能以讲义、苹果作为他们之间交往的信物。由此，讲义成为师生间精神交流的媒介，苹果成为师生间物质来往的工具。而对于青年学生徐羽飞而言，讲义抑或苹果都是情感隔膜的象征，并不是灵肉交融的表现。尤其是沙丽与徐羽飞在仅有的一次亲密接触后，两人陷入了深深的自责，都选择了离开学校以平息情欲之火。分别之际，徐羽飞窃取了沙丽老师的黑色文胸，他的情欲表达以文胸的象征而达到了极致，文胸是展现女性身体属性的重要标志，是沙丽女性魅力的表征，是性的张扬与表达；但文胸又是保护女性身体的重要物件，是隔绝师生间热恋的最后屏障，徐羽飞携带着带有双重意味的文胸仓皇而走。沙丽并未因为文胸丢失而怨怪徐羽飞，反而避而不见，以留言的形式表达内心的不舍与现实的无奈。师生间的恋情戛然而止，如同"盘子里的苹果"，即便"居住在同一个盘子里"，却注定无法相拥，只能彼此张望，而留下美好的记忆。《黑色文胸》以隐晦的方式展现出青春情欲的滚烫而不得。师范生徐羽飞带着青春记忆而奔赴了新的人生旅程，"一个秋天的傍晚，我拎着那个黑色的皮包回到家乡，院子里菊花怒放"。那么，等待徐羽飞

---

① 王小忠：《黑色文胸》，《北方文学》2012 年第 11 期。

的又将是怎样的人生路途呢？王小忠从两个方面进行了铺陈，一个方面是走向草原教师生涯的徐羽飞，另一个方面是陷入情欲世界而无法自拔的徐羽飞，或者可以说一个是带着日神精神的徜徉在理想与现实境遇的徐羽飞，另一个是在酒神精神的牵引下走向人生迷醉、迷惘的徐羽飞。

　　王小忠接续创作了《遥远的雪花》《愿望》《遥远的秀玛》①《最后的评语》等作品，在这几篇作品中的年轻教师们从师范院校毕业后满怀着激情走向散布在草原上的中小学，他们热爱教育事业，尽其所能地向学生传递知识，但教育考核的数量化、学生学习状态的懒散化、学校教学秩序的功利化等情态使得他们的激情消泯，再加上教师生活的清贫又使得他们的家庭陷入了一种缺乏温情的困境。事业与家庭的双重压力促迫着他们艰难选择，或者逃离现有的生活环境而走向更为遥远的"秀玛草原"去实现自我的教师职业价值，或者铤而走险背离职业操守以实现自我的生活价值。于是，《遥远的秀玛》②中的乔高申请到草原更深处的学校去支教，期望实现教育理想；《遥远的雪花》③中的孙军去银行行窃而被刺身亡。在这两篇以"遥远的"命名的作品中，王小忠为人们展现了走出校门的徐羽飞们面对严酷的生活伦理，胸中的理想逐渐破灭的历程。

　　或者说是"黑色文胸"的情欲充斥在内心深处的徐羽飞的人生境况。《再前进一步》中，表妹琪琪洋溢着青春激情的身体开启了"我"的情欲之旅，如同"黑色文胸"的诱惑功能一般，让"我"在情欲之路上纵横驰骋，但表妹的伦理身份又让"我"望而却步。于是，琪琪的朋友紫蝴蝶就承担起情欲表达的功能。若让"我"在情欲之路上一往无前又当如何，王小忠对此没有把握，为了阻隔情欲恣肆地突破伦理藩篱，他在《再前进一步》中设置了小玲儿的角色。小玲儿是寡妇，生活自食其力，对生活充满热爱和对"我"的期望。

---

① 《愿望》与《遥远的秀玛》内容完全相同，故作一篇计。
② 王小忠：《遥远的秀玛》，《民族文学》2015年第8期。
③ 王小忠：《遥远的雪花》，《西藏文学》2011年第2期。

"我"游移在表妹琪琪家的铁门前、小玲儿的家门前以及茶楼紫蝴蝶的房门前,琪琪已经转变为茶楼的老板,不再回家,那青涩的青春回忆已成为过往云烟;小玲儿恬适闲淡,生活依旧波澜不兴,家里院外彰显着生命的坚韧;茶楼里的紫蝴蝶游走在各色男人之间,期望实现"龙门跃"以改变生活处境。就此而言,"黑色文胸"的诱惑与保护功能共同发挥作用。几经周折,"我"最终选择了"黑色文胸"的诱惑,弃绝了小玲儿的痴情与期待,撕碎了象征知识的"许多证件","然后放开脚步,向省城的方向走去。眼前是茫茫黑夜,身后是茫茫黑夜",从"黑色文胸"走向"茫茫黑夜",意味着"我"选择走向更为浓郁的人生情欲之路。

至此,王小忠彻底完成了师范生徐羽飞的"黑色文胸"之情欲表达,表现出出生于草原的乡野青年即便拥有现代文化知识,依然无法摆脱黑色命运的人生羁绊,或走向遥远,或走向暗夜。由此,我们也能看到乡土知识分子王小忠青春记忆的黯淡与茫然。那么,他将如何救赎日渐消沉的灵魂,换句话说,他如何破解"何以为家"的伦理迷思呢?这是王小忠们必须面对的伦理困境——不仅是人生路径的选择,也是文学伦理的择取。他们势必要继续"寻找属于自己的句子"。

二

为了破解伦理迷思的僵局,王小忠选择回归原乡,力图以淳朴、蛮霸的生命原力来拯溺"黑色文胸"的人生迷境,在祖辈繁衍、生长的甘南大地上寻找精神的慰藉和灵魂的归属。于是,他先后创作了反映草原生活记忆的《我的故事本》和对乡土生活回顾的《堡子记》[①],这可能与王小忠的临潭人的身份有密切的关系。临潭地处青藏高原东北边缘,是农区与牧区、藏区与汉地的接合部,是多民族文化生活融合的所在。因此,王小忠从小耳濡目染,既熟悉藏民的游牧

[①] 2011 年第 5 期《凉山文学》刊发的《枪王阿米》《赌王刘拐子》及 2013 年第 10 期《黄河文学》刊发的《堡子的故事》,与 2018 年第 7 期《青海湖》刊发的《堡子记》有明显的承嗣关系。但在内容上,《堡子记》更为丰富些,故择取《堡子记》为对象。

生活，也知晓农区的耕读生活。这两种生活方式毫无隔碍地融汇在王小忠的乡土记忆中，或可说，王小忠的乡土记忆更为驳杂、粗粝，也为深度开掘创造了良好的基础。

《我的故事本》① 追述的是父辈的故事，次第描述了索南丹柱的传奇故事，草原的游牧、森林的砍伐和山野的狩猎，这都是个人与自然的抗争，彰显的是个人的伟力和自然的凛然不可侵犯。尽管海明威所谓的"人生来并不是被打败的，你尽可以消灭他，可就是打不败他"，展现的是虽败犹荣的抗争精神，但在实际的抗争中，索南丹柱一次次地走向失败。若探究索南丹柱失败的根源：一方面固然是自然的无与伦比的强大，人在自然面前渺小无力，即便是暂时的胜利，也无法改变最终的失利结局；另一方面也可以看出索南丹柱内心的挣扎，他既遵循祖先的教诲，又渴望改变生活现状，两相对抗，陷入焦灼。索南丹柱的每一次冒险都有确定的目标：为了保护牧场牲畜，索南丹柱与群狼斗争；为了改善住宿条件，索南丹柱进林砍伐橡子；为了补贴日常家用，索南丹柱上山打猎。而一旦既定目标无法实现，索南丹柱即刻抽身而退，再去寻找新的生活方式。这也说明索南丹柱这一代人并没有延续祖先的生活方式，拘执于某种生产行为，而是以一种变通的生活智慧应对生活。而索南丹柱最后一次的抗争依然是"心里充满了对美好生活的向往。同时，占有的欲望也使他变得粗野而残暴"，表现为"开始做起屠宰生意"，但是妻子的病又使得他一次次走向破产的边缘，索南丹柱最终要对抗的竟然是命运。索南丹柱一生为了生活奔波，人生经历波澜起伏，他最大的希望是儿子道吉才让能远离父辈的冒险生活，定居下来，好好念书；而道吉才让自小生活在康多峡牧村，基本远离父亲索南丹柱的生活方式。王小忠的《我的故事本》本来是要找寻祖辈的荣光，最后却发现父辈认为他们最大的荣光竟然是孩子们远离自己的生活。显然，王小忠并未在过着游牧生活的先辈中找寻到答案。

---

① 王小忠：《我的故事本》，《青年文学》2011 年第 6 期。

《堡子记》① 不再演绎父辈的故事，而是父辈追寻更早的父辈的故事，故事的时间向记忆的更深处延伸，已突破了《我的故事本》中母亲所讲的故事的范围。"故事"是传奇，是掌故，是过去的记忆，也是过去的荣耀，但同时"故事"又是农耕时代、游牧时代人们围炉夜话，聆听长辈讲述的农夫的耕种经验和水手的航海传奇。一旦生活、生产方式发生变化，人们眼中的世界发生了变化，"故事"的生活指导意义渐次失去其价值，那就势必会产生新的与生活实践密切相关的"故事"。《堡子记》所追述的则是人称锉墩子的何三斤讲述的堡子的历史，追述者又是曾聆听过何三斤讲故事的老者，因此，就出现了一位老者在讲述另一位老人所讲述的故事。在时光顺序中，过去的影像在清晰的描述中渐趋模糊，成为历史记忆，诸如堡子的夯筑、堡子面临的匪患、堡子里的好汉、堡子里的风流韵事、堡子间的争斗等，这一切都随着堡子为新村所替代而成为过眼云烟，"堡子只是一个遗留下来的名字，呈现在大家面前的是一个亮亮堂堂的全新的村子。奇怪的是村子里人也少了许多，村道上空空荡荡，田野里更是空空荡荡"，土地荒芜，"满山遍野都长出了蒿草，不见一棵庄稼"，这就是新的堡子传奇的开端。王小忠在农耕记忆中依然没有找寻到他所需要的精神宽慰，反而更加重了他的忧伤。

"前事不忘，后事之师"，王小忠回溯到故土的"青草更青处"，希望"满载一船星辉"以破解"何以为家"的伦理迷思。但在事实上，无论是父辈的艰辛卓越的抗争，还是何三斤渐行渐远的乡土感怀，都昭示着传统生活智慧与当下生活现实之间的隔膜。祖先的智慧并不能解决当下的生活伦理困惑，王小忠的"寻找自己的句子"注定要回到甘南大地的现实，直面生活本身。

三

既然乡老们的乡土记忆无法荡涤内在的伦理困惑，无法安置精神家园的安适，王小忠就开始从破裂处入手寻找无以为家的伦理现状。

---

① 王小忠：《堡子记》，《青海湖》2018 年第 7 期。

为此，王小忠立足于生活中的某些不正常的现象以展开他的寻找之旅。在寻找的过程中，王小忠采取了非常讨巧的方式，他采取故事嵌套的叙述模式，借助他人之口引发的自我感怀来描述生活现状。而在当下的生活中，能充分地接触到甘南民众生活情态，以及熟知甘南的地方性经验的当属基层干部。为此，王小忠首先将目光投向基层干部的经纬人生体验，多层次、多角度地勾勒某些社会乱象，《朵朵》系列小说即其探索的开端。

《朵朵》[①] 由若干篇作品构成，每一篇皆立足一个话题，在故事的展开中表现出王小忠对现存某些现象的伦理批评。朵朵是一名基层公务员，因工作便利容易接触到各种类型的人和事，此种以朵朵为中心的游移的写作方式能最大限度地展现王小忠的观察视野的宽泛和深入。《传染病》描摹了离家出走的村妇五月赴深圳打工而后染病，接受民政局救助，并要挟民政局每月按时为其发放救助金；《失踪的猫咪》描写的是农村重男轻女的生育现状，结果老人去世时陪在身边的竟然是一只猫；《相信轮回》描写的是女性情感世界的空虚，展现出男权秩序对女性尊严的践踏；《日光温室》呈现的是地方政府套取补贴的堂而皇之的行为；《要人命的项链》则讲述了旅游市场的乱象，看似便宜的项链其实暗藏杀机，伤害人们的身体，引发旅游市场信任危机；《医嘱》展现的是医院的潜规则，引发患者的医疗信任危机；《大字报》表达的是职场女性的窘境，即不但承受着和男性一样的工作压力，还存在着道德指责的隐患。王小忠通过叙述，将众多的社会现象以伦理的形态加以展现，表达出期望改变当下社会伦理的文学努力和社会担当。尽管目前刊发的《朵朵》系列只由七篇小说所构成，但我们有理由相信，王小忠类似于《米格尔大街》的素材积累方式和文学表达方式，势必要成为他关照甘南现实、表达甘南伦理情态的重要依仗。

《朵朵》的书写为王小忠深入了解社会现实开启了一种探索模式。在悉心涵咏之后，他把《朵朵》中的伦理情态在作品中细致地

---

① 王小忠：《朵朵》，《雪莲》2014 年第 1 期。

呈现。由此而言，《朵朵》在王小忠的创作序列中具有举足轻重的孵化作用①，如关于女性沉沦，王小忠在《秘密城堡》②中接续《传染病》中五月赴深圳的叙述方式，展现了农村女青年张彩乐的城市沦落过程，填充了《传染病》中叙述的缺失；关于女性情感世界的空虚，《血色的月亮》③接续了《相信轮回》中朵朵和小马豢养宠物排遣情感缺失的书写，呈现了结婚后丈夫外出，妻子被男人们侮辱的伦理丑行；关于老年人生存问题，《出逃》④在一定程度上是对《失踪的猫咪》的续写，展现了九月被媳妇撵出家门被迫打工的故事。由此来看，《朵朵》具有与《黑色文胸》同样的文学延伸和探索价值，是王小忠拓展文学路径和实践文学多样性的阶段性基点。当他把《朵朵》中的若干单一伦理问题整合起来，在更为宏大的文化背景下审视这些现象的时候，也就生成了呈现王小忠关注现实问题及表达生活伦理关怀形态书写的写作个性，他的"寻找自己的句子"的旅途就向前迈出了一大步。

《朵朵》的结尾是饱经世事磨砺的朵朵希望与她的忠实听者"我"一同步入婚姻殿堂，这在一定程度上也显示出王小忠的写作重点是以家庭为中心的辐射性的社会问题书写。依据是2012年，王小忠发表了小说《暖流》⑤，这在王小忠的整个小说创作中是非常温暖的一篇作品。何香、徐细舟夫妇生活不宽裕，但家庭中充满了活力和希冀，即便是女儿雪儿的手指被炸伤，夫妻俩依然坚定生活的信念，认为凭借自己的努力一定能改变生活的面相。在结尾处伴随着"春天就来了。春天来了多好"的期待中，"细舟猛地搂住何香和雪儿，他感到一股暖流如电般传遍他全身"。但在《西藏文学》2016年第4期刊发的《他们的苦衷》中，王小忠在结尾处增加了新的故事情节，

---

① 尽管《朵朵》发表于2014年，但是《朵朵》中的《传染病》发表于2011年，这意味着王小忠的《朵朵》系列的写作或者说是思考最晚在2011年已初见端倪。
② 此作还曾以《我们的秘密》为题刊发于2015年第7期的《朔方》。
③ 2015年，以《血色的月亮》为基础，经过修改的《你不知道的心愿》刊发于《滇池》第5期。
④ 2016年，以《出逃》为底本的《九月》刊发于《贡嘎山》第6期。
⑤ 王小忠：《暖流》，《翠苑》2012年第4期。

着重展现徐细舟外出打工期间妻子何香与村委会主任马利之间的暧昧情节，这说明王小忠意图突破家庭温情叙事的限制，以家庭为窗口，展现社会伦理的复杂与多样。而在家庭关系尤其是夫妻关系中，情感的背叛是最突出的伦理问题。为此，王小忠先后发表了《隐形婚姻》《流窜客》《九月》等作品，从不同角度反映婚内出轨的乱象。《隐形婚姻》[①] 书写的是常出公差的丈夫剑外出期间的出轨行为，以及妻子对丈夫行径的无望而引发的出轨报复，表达出夫妻之间既渴望婚姻的稳定，又渴望能够寻求情感的刺激；在表面平和的家庭假象的掩盖下，夫妻的内心中却激荡着情欲的洪流，表达出当代婚姻关系扭结的松散。《流窜客》[②] 在一定程度上是对《隐形婚姻》初次出轨遭遇的补充，女性以身体换得金钱的近似卖淫的行为，却被程刚们以扶贫救济的说辞所掩盖，或者说，人们往往为自己的不轨行为寻求合法性的依据，以躲避自我道德法庭的审讯。而《九月》[③] 中王燕的丈夫辛刚不但出轨，甚至与妻妹合谋欺骗妻子，王燕能够原谅辛刚出轨，但无法容忍辛刚与王茜出轨的伦理丑态，也就是说，人们难以忍受姻亲与血亲的不伦行为。王燕最终在神思恍惚中遭遇车祸，这说明情感背叛已成为家庭生活的痼疾，而传统的伦理秩序在当下生活中几乎完全失去效能。家庭的出现是人类社会的巨大进步，而以血亲和姻亲连缀在一起的家庭则是社会保持相对稳定的基石。若家庭处于摇摇欲坠的边缘，那么社会如何保持其相对稳定呢？这是王小忠社会伦理观念中无以为家的又一深重思考。

四

新世纪以来，非物质文化遗产的确认、申报、保护已成为中国人耳熟能详的话题，各种类型的非物质文化遗产保护项目层出不穷。但是，不可否认的是，在现代社会生产方式的冲击下，非物质文化遗产

---

① 王小忠：《隐形婚姻》，《西藏文学》2013 年第 6 期。
② 王小忠：《流窜客》，《满族文学》2016 年第 6 期。
③ 王小忠：《九月》，《贡嘎山》2016 年第 2 期。

大都面临着后继乏人的尴尬局面,如何在传统生产方式与现代生活方式之间取得融通成为人们关注的焦点问题之一。王小忠将目光投向甘南草原深处的传统技艺,试图探究在现代化语境下,传统技艺如何传承的问题,以及由传统技艺的传承所引发的伦理问题。

2013年,王小忠发表《小镇上的银匠》①,该作以老银匠择取徒弟为线索串联情节。老银匠嘉木措手艺高超讲诚信,他最在意的是银饰手艺的传承和女儿拉姆草的婚嫁,认为这两件事是合二为一的,手艺是他一生心血的象征,女儿是他血脉的传承,这两者之间须臾不可分割。南木卡觊觎的是嘉木措的手艺,且心术不正,故无法成为银匠手艺的继承人;道智在意的是拉姆草的美貌,对银匠手艺同样不感兴趣,故亦无法成为嘉木措的继承人。而外地来的小银匠折服于嘉木措的手艺,甘心放弃机器铸造银饰的生意,而专心学习手工打造银饰的手艺。最终小银匠继承了银匠手艺,与拉姆草成婚。《小镇上的银匠》故事情节简单,主要侧重老银匠嘉木措的塑造,展现老银匠技艺高超,且见识不凡。关于银匠手艺,老银匠认为,"打做佛像才是一个匠人真正的手艺,它不但饱含着虔敬,而且还有善良和慈爱。当你真正成为一个手艺人之后,面对那些无论慈祥或狰狞的佛像的时候,你都会听见他们在说话,他们在说世界上最善良的话"。这也就是说,只有心地善良、充满虔敬的人才能成为真正的银匠,在光彩夺目的银饰里潜藏着人们的慈爱与谦卑。在小说最后,小银匠穿着老银匠"那件满是窟窿眼睛的羊皮围裙",意味着他不仅学到了银匠手艺,也继承了银匠精神。王小忠在《小镇上的银匠》中以理想的方式使得传统技艺得到传承,传统工艺的精神得以彰显,暂时解决了"何以为家"的伦理困境,即继承传统、着眼当下、保持内心的谦卑与平和。但在事实上,王小忠亦在《小镇上的银匠》中表达出他的担忧,"小镇上游人络绎不绝,外地人纷纷扬扬云集到这里,街道变得宽阔了许多。大部分牧民也搬了过来,不去放牧,专门做生意。隆达、经幡、首饰、藏刀、狼牙……应有尽有"。小镇的面貌发生了变

---

① 王小忠:《小镇上的银匠》,《民族文学》2013年第9期。

化，小镇人的精神世界也随之相应地发生或迅疾或缓慢的变化，现代化的冲击无处不在，如何葆有本心和初心，就成为草原上的匠人不得不面对的问题，也就引发了相应的伦理迷思，也成为王小忠深入探索的新的起点。

接续《小镇上的银匠》的是王小忠 2015 年发表的《羊皮围裙》[①]。在《羊皮围裙》的结构格局中，《小镇上的银匠》相对完整地作为其中的组成部分，而故事的裂隙就是从小银匠继承手艺、打造佛像之后呈现的。小银匠不安分于匠人的生活，渴望获得更多的现实利益，游走于商场与官场之间。当他"连羊皮围裙都装了起来"时，意味着小银匠要放弃银匠手艺与银匠精神，而回转为小商人的面相；拉姆草依然徜徉在牧场与羊群之间，在天地间舒展个性和心灵。因此，小银匠和拉姆草的隔阂开始凸显出来，也就是说两种生活伦理观念开始发生碰撞。及至小银匠远走美仁草原，开启新的生活模式，或者说完全恢复了商人的本性，不仅有家不回、移情别恋，甚至要以法律诉讼的方式瓜分拉姆草父女的房屋，最终小银匠败诉远遁。在两种生活伦理的交锋中，看似小银匠失败了，其实真正失败的是拉姆草父女所秉持的草原生活伦理。于是，拉姆草陷入无法自拔的情感泥潭中，在悔恨、自责中艰难度日，甚至产生了远离红尘遁入空门的念头；老银匠嘉木措不愿再从事银匠工作，更不愿意收徒授业，而将羊皮围裙"放在柜子里"。至此，"羊皮围裙"所代表的善良、虔敬、忠实、诚信的匠人信条在老银匠的三个徒弟的连番攻击下已是千疮百孔，草原技艺、草原伦理似乎已被人们弃之若敝屣。但王小忠似乎并未放弃对于草原伦理的追索，他执拗地以为随着旅游业的兴起，现代商业化的伦理与传统草原伦理必能尽弃前嫌，而生发出新的适应现实生活的全新的伦理新形态。因此，当小镇又一次焕发生机，当老主顾们先后光临，当小镇的游客日渐增加且对手工制品的需求愈益强烈，当得知政府"要给老手艺人特别的待遇，不能让手艺失传"，这一切新的变化激发了老银匠嘉木错的匠人情怀，他找到了"羊皮围裙"，

[①] 王小忠：《羊皮围裙》，《红豆》2015 年第 7 期。

并且"那件羊皮围裙周身的小窟窿都被他认真地缝补了起来"。在新的历史机遇下,羊皮围裙所象征的技艺和伦理将绽放出新的光彩。

但若是草原技艺伦理与现代生产伦理发生龃龉,又会发生怎样的情态呢?王小忠在《小镇上的银匠》中以小银匠看到老银匠的手工饰品而震撼的情节描写,表现出传统技艺完胜现代机器制品的观念;在《羊皮围裙》中,王小忠描述了小银匠将手工银饰品与机器银饰品摆放在一起出售的场景,传达出两者所象征的伦理争斗并未落幕。及至《缸里的羊皮》①,王小忠极力渲染手工技艺与机器制作之间的冲突及对人心的伦理冲击。楞木代擅长手工羊皮袄的缝制,班玛次力在服刑期间学会了机器缝纫技能,两人合作生产羊皮袄后,楞木代提供的是泡制、鞣制后的羊皮材料,班玛次力进行的是最后的机器成品加工。看起来两人的合作是草原传统技艺与现代机器工艺的合作,但实际上,机器成品加工截断了传统缝纫技艺的成品阶段,也就是说传统的草原缝纫技艺遭遇了挑战,不再是完整的缝纫流程。由于劳动分工的不同,人们看到的是班玛次力的成品加工,而逐渐忽视了楞木代前期羊皮材料的传统工艺制作技能,证据就是班玛次力逐渐取代楞木代而获得了牧场上最好的缝制羊皮袄匠人的声誉。楞木代的"心里憋满了气",以为他所做的"泡皮子、揉皮子、铲皮子"的工作"明明是学徒干的活"。在这一回合的较量中,手工技艺完败于机器工艺。而班玛次力明显看不起楞木代的前期加工,不仅没有帮忙,反而冷嘲热讽,并且拒绝传授给楞木代机器缝纫技能。于是,裂隙又一次产生了,两种伦理的对抗拉开了帷幕。随后,班玛次力放弃了缝纫工作,远走他乡寻找新的生意。楞木代无法按时完成主顾的业务,声誉更是一落千丈。又随着羊皮被贩卖到工厂而批量生产的皮袄流行在草原上,楞木代的手工缝纫技能彻底为人们所遗忘。在人们的漠视、生意的凋敝中,楞木代将这一切的结果归罪于班玛次力,认为"破坏市场,让皮匠在草原上彻底消失的凶手就是劳改犯班玛次力"。楞木代与班玛次力的合作意味着两种生产伦理的交融能创造出超越手工制

---

① 王小忠:《缸里的羊皮》,《红豆》2016年第6期。

作的生产利润，而羊皮被送进工厂后的批量生产，又意味着机器化大生产取代分工协助的作坊式的生产模式，传统技艺在机器化的打击下逐渐走向没落，也表征着传统手工生产伦理的凋敝引发草原固有社会伦理的渐趋消泯。至此，王小忠不得不面对草原手工业为机器工艺所取代的现实，无奈地眼见草原传统生产伦理的远去。如果说"羊皮围裙"还在表明王小忠对草原伦理复苏的期待，那么泡在"缸里的羊皮"则意味着草原手工生产方式及其伦理形态的黯然退场。王小忠对"羊皮"的两种态度显然隐喻草原伦理在现代化生产、生活中的尴尬景象。但是，如果班玛次力们掌握了现代机器工业生产技能，草原伦理会呈现出怎么样的面貌？对此，王小忠没有深入探究，或者说他正处在探究之中。

此外，王小忠的著作中涉及的非物质文化还有中医药。在《锦旗上的眼睛》和《虚劳》中，王小忠以中医药为镜子影射人心的复杂与多样，展现现代社会伦理的多种面相。《锦旗上的眼睛》[1] 中鳏夫大夫魏红精通针灸之术，在治疗杨艳产后乳痈的过程中，内心的情欲渐渐复苏，及至最后一次治疗时，魏红与杨艳相拥在一起。这一幕为学徒银秀所见，魏红担心自己多年的清誉付之流水而陷入深深的焦虑状态。他开始逃避银秀，逃避熟悉的人群，"渐渐喜欢上独自去村口的那条小路上，他可以想想自己的心事，可以给自己说说不愿意让别人听见的话。魏红喜欢上了孤独，也喜欢上了想象和猜测"。而在治疗银秀的高烧时，魏红使用了针灸之术使银秀恢复安宁，却也因耽误银秀的及时治疗而致使银秀"脑子被烧坏了"。为此，魏红开始反省自己的行为，最终得出"作为大夫，良心和职业操守才是值得终身相守的"结论，希望在有生之年能治好银秀的疯癫。在《锦旗上的眼睛》中，魏红徘徊于医生的职业伦理与个人的道德清誉之间，内在世界天人交织，承受着情欲的煎熬和职业道德的纠结，意味着王小忠试图从职业操守与社会身份的角度来看待社会个体的伦理归属。

---

[1] 王小忠：《锦旗上的眼睛》，《飞天》2015年第8期。

而在《虚劳》①中，王小忠展现的是本为清修之地的天伦寺在市场经济中变为名利场的故事。僧人不枯钻研中医药学，本为治疗母亲的病痛，却在无意间治疗了张老板等人的疾患，为寺庙带来了可观的布施。为此，不枯在寺庙的地位直线上升。这就成为一个悖论，弘法之所竟以创造财富的多少作为衡量个体价值的标准。而虔诚的母亲依然要求不枯将苦心积攒的钱财交给智慧长老作为功德，智慧长老将不枯作为摇钱树，要求他答应众位老板的请求进城作法、治病；最终不枯以"虚劳"为由拒绝智慧长老的要求而还俗。不枯罹患的"虚劳"是因"烦劳过度，加之饮食不节，实为精气有损"，通过药物治疗和自我调理可以恢复身体健康。但是天伦寺的"虚劳"又该如何诊治呢？又能开出怎样的药方呢？王小忠似乎为我们的生活诊断出"虚劳"的伦理病灶，而至于如何治疗，只能是仁者见仁、智者见智了。由此而言，《锦旗上的眼睛》与《虚劳》都是以药石隐喻社会生活的病灶，而解决此种社会病患只能从净化人心、涤荡风气入手，方能建构新兴的适应当代人生活方式的伦理秩序，才能安置人们"虚劳"的身心。

王小忠的中短篇小说创作始终关注现实，审视人心，立足甘南一隅而辐射广泛。他在何以为家的伦理迷思中挣扎、跋涉，显示出文学即人学的人文情怀。王小忠还不断地求变，从不同层面展现社会生活的面相。尽管他所呈现的生活区域狭小，或在草原定居点，或在草原边缘某个小镇，但他善于捕捉生活世相的点点滴滴以昭示社会伦理的嬗变。尽管王小忠渴望突破"兄弟"一词的束缚与羁绊，渴望能在更为宽广的境地展现他的文学甘南，但不可否认的是，离开"兄弟"，王小忠还能找到回家的路吗？他的何以为家的伦理迷思生发的基点还是甘南吗？因此，对于王小忠而言，既脚踏甘南大地，又能与甘南保持适当的距离，方能呈现出处于急剧转型期的伦理甘南的面相。

总体上看，在新世纪藏族汉语文学城乡共生的文学话语形态中，

---

① 王小忠：《虚劳》，《青年文学》2015年第5期。

城市都处于潜隐的背景状态，作为不出场的存在；乡村、乡土处于显在的层面，多呈现出前现代的样貌。作家们更多地是从乡村、乡土的一面表达对城乡共生的不平衡状态的描摹，表现出对城市所代表的现代文明的警惕和反思，看似陷入乡土保守主义的立场，其实质则表达了对符合中国伦理实际的现代文明的热切希望。

第五章　家族记忆的藏式"中国故事"

家族是以婚姻和血缘关系结成的社会单位①，家庭是由婚姻、血缘或收养而产生的亲属间的共同生活组织②。也就是说，家族或家庭是人类社会血亲关系的具体表现，是血缘的社会历时的绵延和共时的延展。20世纪八九十年代以来，中国当代文学中的家族小说创作如火如荼，文学实践引发文学思考，研究者们爬梳、整理家族小说概念存在的合法性，以及文学具体实践的文学史意义和价值。许祖华认为，家族小说作为一种小说类型，其基本特征就是写"家族的生活"，这是家族小说的"特指性"，"也是它形成自己一系列规范的基础"，而且"家族小说的取材往往具有相当的时间跨度和'历史'的背景，即使是以家族的'现在'为中心描写家族生活，也往往通过追溯家族的历史，将现实与历史结合起来，让现实的生活在历史的基础上展开，形成'编年史'般的格局"③。叶永胜强调，所谓家族小说，是指以家族生活（宗法伦理、婚姻爱情、家族兴衰等）为叙事中心，展示家族框架中的人物生存状态，并由家族而辐射及社会，反映社会生活和人生画卷的小说，具有惊人的艺术总括力④。大致来说，家族小说是以"家族"为核心的历时和共时的文学书写，具有社会延展性的功能。另外，家族小说的书写以其时间的长度和跨度，

---

① 《辞海》（第六版 缩印本），上海辞书出版社，2010，第868页。
② 《辞海》（第六版 缩印本），上海辞书出版社，2010，第867页。
③ 许祖华：《作为一种小说类型的家族小说（上）》，《重庆三峡学院学报》2005年第1期。
④ 叶永胜：《重审当代家族小说的叙事结构和时空意识》，《百家评论》2018年第1期。

具有较大的代际绵延和空间展现的容纳性；家族小说要维持其家族的生命延续，又极为强调物理空间和文化伦理的承嗣性。因此，家族小说的容纳性和承嗣性也就带有了文化记忆的文学表达和建构的意义。

文化记忆研究的代表性人物扬·阿斯曼认为文化既有共时性，也有历时性。共时性强调把文化"视为进行协调和组织的系统"，历时性强调文化的"稳定作用和再生产的功能"，而形成文化"历时的身份正是记忆的功能"，或者说文化本身就是一种记忆，"是由一个社会建构起来的历时的身份"①，因为"记忆同时具备存储和重建两大功能，通过不断的编码和繁殖（并非大量同一性的复制），文化得以存储在深层次的记忆中，并在记忆中被唤起的过程中一次次地再生产"② 出文化文本。但是记忆本身无法诉说、无法被体验和感知、无法被直接描述，故此，人们通过记忆媒介的方式展现记忆的社会变迁状况。其中，文字是人类重要的记忆媒介，人们借助文字记录了当下，而在将来，文字记录的情态又变为历史，成为后世了解此前某一时期的重要依据。于是，历时性的时间片段就成为后世共时性的公共资源，并在不断地阐释、还原的过程中将记忆外在化，也将过去与当下联系，文化的传承在记忆的再现和再生产中得以实现。也就是说，人们"从以往的人和事当中进行选择，加以整理和完善，使之成为构架当下的牢靠和辉煌的奠基石，这些业已经过加工的过去成为每个社会成员尊重的价值和遵从的规则"③。

当代中国的家族小说无论展现的内容如何，时间跨度的长短，皆是以"家族"为核心，展现的是"家族"的历时发展变迁。若从"家族"而言，则带有文化记忆的特点；若从文化本身而言，又是在当代以文字的形式传达出对历史的认识；当其被视为公共资源时，又具有了共时性的文化组织和协调的功能。因此，我们认为家族小说隐含了文化记忆的某些特质，故或可称之为"家族记忆"小说。

---

① 扬·阿斯曼：《"文化记忆"理论的形成和建构》，金福寿译，《光明日报》2016年3月26日第11版。
② 闵心蕙：《断裂与延续——读"文化记忆"理论》，《中国图书评论》2015年第10期。
③ 金福寿：《扬·阿斯曼的文化记忆理论》，《外国语文》2017年第2期。

若以此来审视新世纪以来的藏族汉语文学中的"家族记忆"小说，我们会发现一些迥异于内地小说的特点。其中，最值得关注的大概就是家族的结构生成。内地的家族记忆小说，如《古船》《白鹿原》《红高粱家族》《故乡天下黄花》等，皆是以农耕文化作为依托，展现出某一家族在20世纪的风云变幻中的艰难跋涉和不屈的精神世界，传达出的是一个或几个家族随着时代变迁的阵痛和蜕变。而藏式汉语文学中的家族记忆小说则呈现出完全不同的格调。首先，在藏族民众的生活中，有其名而无其姓者为多数，大部分人只知其三代，其余不知，因此，所谓的家族概念在一般民众的世界中难以形成；其次，就目前藏族民众生活的地区而言，主要是西南和西北地区，这些地区的生产方式或为农耕或为游牧，农区可能会有家族的生成，而牧区很少有家族的生成；最后，藏族民众的传统记忆方式多为口耳相传，在流传的过程中有些记忆逐渐消失，甚至湮灭，因此，大部分民众的家族记忆处于失落状态。这就构成藏族民众的家族记忆仅限于某些特定人群，如土司、贵族等家族。为此，阿来的《尘埃落定》①可谓是当代藏族汉语文学土司文学书写的基点，生成了藏式家族记忆故事的写作范式。新世纪以来，藏族汉语文学中的家族记忆书写主要有梅卓的《月亮营地》《太阳石》、亮炯·朗萨的《布隆德誓言》、达真的《康巴》、泽仁达娃的《雪山的话语》、尹向东的《风马》、才旦的《安多秘史》、尕藏才旦的《红色土司》、洼西的《乡城》系列书写等，主要展现的是安多草原部落的爱恨传奇和康巴地区土司家族的明日黄花，"以民族志的方式呈现土司时代藏区风云，具有文学与史的双重价值"②。

---

① 参见朱水涌《论九十年代的家族小说》（《厦门大学学报（哲学社会科学版）》2001年1期）、曹书文《论中国20世纪90年代的家族小说》（《云南社会科学》2006年第1期）、祝亚峰《当代家族小说的叙事与性别》（《东方丛刊》2008年第1期）、杨经建《家族文化与20世纪中国家族文学的母题形态》（岳麓书社，2005）、曹书文《中国当代家族小说研究》（中国社会科学出版社，2010）等。

② 彭超：《区域·族群·国家认同——当代藏文学中的土司书写》，《西南民族大学学报（人文社会科学版）》2018年第4期。

第一节 草原部落的史诗书写

尽管人们习惯上以"康巴的汉子，安多的马，卫藏的教"称谓藏地三区，但是关于这三区的形成是在"元世祖至元初，设立吐蕃等处宣慰使司都元帅府，亦称朵思麻宣慰使司元帅府，治河州，掌军民之务，辖区包括青藏高原藏族地区，约在1280年设乌思藏纳里速等三路宣慰使司都元帅府，其后又设朵甘思宣慰使司都元帅府，吐蕃等处宣慰使司都元帅府亦称朵思麻宣慰使司都元帅府的辖区就大致上相当于安多藏区"①。就是说，元代已经出现了具有行政色彩的安多地区。民间的三区划分滥觞于行政区划。但是安多地区的人口较少，"大族不过千户，中族不过百户，小族则不过数十户"②。因此，有学者认为"部落制度作为安多藏区的基本社会存在形式，直到20世纪50年代"，且认为：

> 将一个独立性部落，视作相对于其他部落都是一定地域范围内对资源具有直接控制权与支配权，从而具有自身独立权力组织系统与集体认同的社会集团。那么就可以将独立性部落作为基本单位，大致包括四个层级，即独立性部落是独立的、完整的社会单元，总头人主要有世袭和推举两种方式，他所在的分部落构成了独立部落的基干；分部落具有一定的独立性，但隶属于独立性部落，因而头人具有世袭和任命两种形式；支部落为过渡形式，不存在独立性，头人一般由分部落头人任命；小部落一般由具有血缘关系或亲属关系的家庭组成，是最基层的社会生产与生活单

---

① 陈庆英：《安多区域史研究的回顾和展望》，《江汉论坛》2017年第3期。
② 转引杨红伟《安多藏区的社会特质与区域史研究史路径》（《江汉论坛》2017年第3期）之注释三。

位，基本形态在牧区为帐圈，在农耕区为村庄。①

因此，安多藏区的家族就不仅局限于由传统的血缘关系组织成的社会单位，而是以部落为基本单位的社会结构，安多的家族记忆筑基于部落之上。这就为我们理解当代藏族汉语文学中有关安多藏区的家族记忆提供了可资借鉴的基础。

一

安多藏区有着以部落为基本单位的社会结构模式，因而涉及部落的起源，以证明部落存在的合法性。在文学表达中，生于斯、长于斯，深刻受到安多地方文化影响的作家们，在其文学表达中，首先面临的就是叙述的合法性问题，即部落存在的依据及其构成方式，否则文学的虚构叙事是难以成立的。在这一点上，又具有民族史诗叙述的起源特点。

青海藏族作家梅卓在《太阳石》中为我们展现了伊扎部落的起源。首先是关于藏人历史上第一位赞普的来源：

他们问他从哪里来。

他指指身后。

他们不懂他的语言，通过他的手指，认为他是从天上来。

于是，他们搭起担架，将这位上天派来的人抬回部落。他便是藏人历史上的第一位赞普。

梅卓没有采用常见的关于藏族起源的"猕猴与罗刹女"的叙述方式，而是从赞普"天上来"的自我言说来确认其身份的尊贵。另外，梅卓在叙述中透露出，大地上原本有人的存在，但缺乏管理人们的首领。因此，当赞普降临，就意味着藏人部落结构的基本生成。接下来，梅卓面临的问题就是如何确证安多藏族与赞普之间的关系。于是，梅卓通过松赞干布贬谪与其有嫌隙的兄弟前往安多地区的方式，

---

① 杨红伟：《安多藏区的社会特质与区域史研究史路径》，《江汉论坛》2017年第3期。

力证安多部落存在的源溯:

> 其弟于某年夏天来到赤雪佳措碧湖之畔,发现这片广袤的土地上,水丰草美,人杰地灵……于是便心生慈悲,在此娶妻,生有三子,一家人在黄河上游流域广牧牛羊,遍植庄稼,成为一方领袖。

说明赞普松赞干布之弟的地位是通过自身及家庭的努力和垂范而获得的,但未经过王权确认的"领袖"更多的是民间身份,为此,梅卓继续铺叙"多年以后,松赞干布心系其弟,遥想召唤,但其弟留意甚坚,赞普为表自己的悔意,特赐封其弟为安多地区大如巴王"。如此,大如巴王就获得了王权的认可,成为赞普在安多地区的代理人。而大如巴王的三子又"娶妻生子,各守一方",逐渐繁衍,"三公子的子女共二十九人,二十九人又生子二百八十六人,这二百八十六人各据一方,在赤雪佳措碧湖之盘,逐渐繁衍为二百八十六个部落,其中有几个部落又化为更小的部落,宫闱三百部落"[①],这就是安多藏区众多部落的来源,也说明这些部落存在的合理性。若就家族世系而言,这些部落之间本就是血亲的关系,属于同一宗族。因此,安多部落的故事本就是家族内部的盘根错节的事情。故此,《太阳石》中所叙述的伊扎部落源自有溯,并非空穴来风。而在叙述中,梅卓直言"伊扎部落坐落在黄河上游谷地之中,酋长是一位老千户。千户为爵位名称,世袭而来"[②],因此,伊扎部落作为一个独立的部落单位而存在,它的"下属有四个小部落:亚赛仓、松仁仓、亚浪仓和恰姜仓"。此外,千户城堡位于亚赛仓,故千户既领导伊扎部落,又实际管理亚赛仓,而将其他三个小部落委派他人管理。如果部落首领千户实力强大,各下属小部落如众星捧月般侍奉首领;一旦千户实力不济,极有可能引发下属部落的不臣之心,引起祸患。由梅卓的设计中可以显见,伊扎千户的势力旁落,表现在"伊扎和沃赛常

---

① 梅卓:《太阳石》,太白文艺出版社,2006,2版,第1页。
② 梅卓:《太阳石》,太白文艺出版社,2006,2版,第2页。

常为草山等纠纷而常年不睦",故"伊扎千户为使两部落和睦相处、共同兴旺,特意把自己心爱的妹妹下嫁给沃赛部落头人",伊扎千户采取和亲联姻的绥靖策略以安抚逐渐强大起来的下属部落,引发了后续故事的发展。

部落起源的叙述,多是从历史建构的层面说明部落社会组织存在的合法性,及其在安多藏地人们家族记忆中的重要作用,但单有历史的溯源,还不能使部落成为一个相对稳定的社会单位,还需要实现精神层面的价值依托,使人们得到部落归属的文化认同。这就涉及安多藏区部落独立建构的另一个重要的依托——山神崇拜。"山神崇拜是安多藏区最重要的自然崇拜之一,也是其原始信仰中最具个性特征与最基础的崇拜形式。安多藏区不仅每座山峰上都驻有神灵,每个部落,甚至每个分部落、支部落、小部落都有各自大小不等的山神"①,表现了安多藏区的空间理解。梅卓的另一部长篇小说《月亮营地》对山神崇拜有明确的描述:

> 艳阳高照。炫目的太阳使大地更加容易进入黑夜。沉浸在黑夜里的山山水水在月亮的清辉中格外宁静、安详,这一方自由的集散地因此被称作月亮营地,人们还以月亮的名字命名了这里的山河水:达日神山和达措神湖。……达日神山是一位身披银银铠甲、手执银剑银旗的战神,也是青藏高原著名的十二位护法神之一。达日神山前矗立着信徒们奉献的经幡旗帜和石刻经文。每当轮回到十二生肖中的马年,远远近近的牧人就会骑上马儿、带着家人纷纷赶来,参加十二年才有一次的祭山盛会。②

祭达日神山是月亮营地部落人们确认自我身份的标志,也是区别于其他部落的独特标志。因为祭祀的是战神,意味着参与盛会的只能是男子,以证明部落男子的孔武有力,有实力、有能力保卫部落的平安,"就在前一天傍晚,营地里的青壮年男子们都已披挂整齐,来到

---

① 杨红伟:《安多藏区的社会特质与区域史研究史路径》,《江汉论坛》2017年第3期。
② 梅卓:《月亮营地》,敦煌文艺出版社,2009,第1页。

达日神山脚下的一处平台上,他们要在这里度过一个与女人分离的夜晚"①,以虔诚之心静待黎明的降临,领受战神的泽被。而在来日的祭祀中,又有一套固定的仪轨:

> 直到清晨,身穿节日盛装、肩披彩绸、头戴红缨高帽、帽上斜插两支口剑、腰悬利刃短刀的男子们,在法师的祝福声中,携带柏树树枝走上一座略显平坦的山顶。山顶山已由煨桑的柏香飘散。在营地里享有无上荣誉的年老法师正手敲龙鼓,高声大呼达日神山山神的尊名。……在法师的带领下,男子们将背上山的柏树枝敬献给火堆,同时也敬献上自己对无上山神的一份敬意。随后,便开始跳起祭祀山神的舞蹈。桑堆的前方,架着一顶当年的青枝绿叶编织的软轿,轿子正中端坐着镀银粉、贴银箔的达日神山山神……舞者祈祷过山神,再依次向东方、南方、西方、北方拜下,帽子上的红色缨穗深深垂向大地,他们祈求山神以及诸位护法保佑,消除人间种种灾难,保护人们安居乐业。②

祭山是月亮营地非常重要的精神活动,必须在德高望重的法师的引领下才能举行,这明显就是古老的宗教元素的体现,是藏族群众万物有灵观念的体现;桑烟缭绕中,娱神的舞蹈期望得到山神的眷顾,是期望通过某一种特定方式实现人神之间的交流目的;之后,依次向东南西北四方祭拜,则是认为在主神的周边遍布各种类型的掌管生活不同方面的神灵,祈求得到众神的护佑,求得生活的平安。此种祭山行为是民众部落认同的具体表现,有助于团结互助、共同抵御自然风险,也是部落民众以主神为中心的心理空间的外延,是一种部落空间文化认知和理解的表现。

群体性的祭神活动之后,紧接着就进入关乎个人勇力的展示环节,确证自我在部落中的存在意义,这是雄性力量的展现,也是获取部落民众拥戴的方式之一。"祭山盛会的高潮在于神秘莫测的口剑穿

---

① 梅卓:《月亮营地》,敦煌文艺出版社,2009,第2页。
② 梅卓:《月亮营地》,敦煌文艺出版社,2009,第2页。

刺",此时的行为主角已由神变为人。为此,法师须得到部落首领的许可,才能进行下一步的行为,"法师停止敲鼓,他把目光投向身后"的阿·格旺老人。而阿·格旺获得此种特权主要有两个方面的原因:其一,他"带领众人创建了这座像月亮一样美丽的营地,在这里,他辉煌过,他拥有所有的权利,他是这营地的无冕之王",这也暗示了格旺以他的智慧和勇力带领部落民众创建了家园,开辟了幸福生活,但"无冕之王"的称谓说明格旺的地位是来自民间的认同。其二,"他入赘营地最富有的阿家,在自己的名字前面冠上阿的姓氏",说明格旺获得了官方的认可,因为在藏地只有贵族才有姓氏,姓氏是权威的表现,当格旺变成了阿·格旺,他就实现了身份的飞跃,获得了部落头人的荣誉。因此,"口剑穿刺"是政权与宗教权力之间妥协的结果。故阿·格旺的形象显得与众不同:

  老人戴顶狐狸皮绲边的灰色春帽,一袭水獭裘装紧紧包裹着他肥胖的身体,他的表情是严峻的,微微眯起的眼睛深藏在一副水晶石眼镜后面,脚下蹬着的名贵靴子端端正正站在一方与众稍有些分离的地面上。①

  种种表象极力彰显他作为世俗权力者的威严、尊贵。在得到阿·格旺的认可后,"青年男子们勇士般涌向法师","法师口中念念有词,把手伸向第一个挤到他面前的年轻人头上的帽子。法师从帽子上取下两支口剑,在自己嘴里含住,两只手的拇指捏住年轻人的双颊,然后取一支剑深深插入左颊,再取另一只插入右颊,两支箭头分别从嘴里呈十字形穿出,插剑仪式宣告结束",而"近百名年轻人戴着这样的十字形口剑继续加入舞蹈者的行列,以超人的胆识博取达日山神的喜悦"②,以此表现年轻人们以身体的奉献作为交换,渴望得到战神青睐的激情,也是部落培养年轻人尚勇、尚战精神品格的体现。同时,第一个获得法师"口剑穿刺"的年轻人能在部落中获得人们的

---

① 梅卓:《月亮营地》,敦煌文艺出版社,2009,第2页。
② 梅卓:《月亮营地》,敦煌文艺出版社,2009,第3页。

尊敬而树立自己的威信。因此，祭山不仅仅是单纯的祭祀行为，更是提高部落凝聚力、体现部落向心力的重要行为。

通过对部落起源叙述和祭山仪式中部落勇士的传奇展示，安多藏区的部落记忆的草原伦理表达才能得以进一步展现，部落记忆的元叙述的史诗性建构才能得以开启。

二

既然部落作为安多藏区的基本社会单位，那么部落就要面对两个方面的考量，内部的考量是权力之间的承嗣或更迭，以及治理；外部的考量是与其他部落或其他社会单位之间的交流与沟通，或者是以商贸等和平的方式，或者是以纷争、打冤家等形式。这两种考量就使得部落的文学书写不得不从这两方面展开叙述，以完成叙述的史诗性建构。

任何一种社会结构内部都有其权力机制，也都面临着权力的交替。部落内部的权力交替往往得到更高一级权力机构的认同或者是默许。第一种是权力的世袭。以梅卓的《太阳石》为例。伊扎老千户的权力来自世袭，以父权子承的方式代代相传，因为伊扎部落属于安多古老的三百部落之一，其合法性来自松赞干布之弟安多地区大如巴王的世系，是血亲在权力更迭中的作用，这也说明部落民众对于世袭罔替的权力传承方式的认可。

第二种方式是篡权上位。《太阳石》中的索白谋害了舅母千户夫人、篡夺了本属于表弟嘉措的千户爵位，但索白的篡位采取的方式是先代行其事。因父亲、母亲突然逝去，千户独子嘉措陷入悲痛之中，但部落的内外事宜还得处理，于是跟随老千户多年且有丰富部落事宜处理经验的索白，理所当然地成为丧礼期间的部落主持人，"代表表弟嘉措，以伊扎部落酋长以及亚赛仓城堡主人的身份向官员敬献了哈达，因为嘉措实在不能出门迎接客人，他仍然沉浸在巨大的悲痛之中"。由梅卓的叙述语言，我们可推知，一是嘉措在人们的心目中是当然的部落继承人，"千户是世袭的爵位。多少年来，千户这个名分从未离开过亚赛仓城堡里居住着的这个家族。如今千户的独生儿子仍在为父亲的去世而痛哭,人们理所当然认为新千户爵位的获得者非嘉措莫属",或许嘉措也认为如此。二是人们以为嘉措因悲伤而无法接待客人,但来访的是省府派来吊唁部落千户的官员,来访者的官方背景本应引起嘉措的强烈关注,但事实上似乎没有,令人生疑。三是索白代行酋长之职,本无可厚非,但索白通过贿赂卫队长朵义才,而获得与"那位傲气十足的官员单独接触、面对面地直接交谈的机会",具体"交谈"内容,我们不得而知,但通过"官员喜欢这样的交谈,有了第一次这样的机会,官员同样希望有第二次和第三次,索白也同样毫不吝啬地给予,最后皆大欢喜",索白在与官方的沟通中获得了意想不到的收获。最终"省府里依照惯例颁发了伊扎部落新千户的封位书",说明千户的职位需要得到政权的认可;而结果却是"由于索白对伊扎部落的团结和强大做出的努力,理将千户爵位封给索白……"。官方的认可中使用的词汇是"封",而非"传",说明伊扎部落归顺于"省府"的管辖,权力更迭须得到"省府"的认可。此外,"省府"的权限非常之大,已然打破了部落世袭的传统,而采取了遴选的方式,选举"省府"认可的贤能之士担纲千户爵位。为此,部落民众"惊恐了",以为"伊扎部落快结束了,千户封位竟然传到了别人的手上"。

当世袭制度遭遇遴选的危机,当"省府"的"封位"遭遇不信任,原有的部落记忆遭逢变故,这就引发了部落民众的恐慌。索白的辩护词值得玩味:

> 我属于伊扎部落,我虽然生在沃赛部落,但我是在这里长大的,是老千户像父亲一样把我抚养成人。如果说我曾经是孤儿的话,那么我现在不是了,我有一位伟大的父亲,他就是老千户。①

首先,索白阐释了一个事实,即他出生在沃赛部落,但他的母亲是老千户的妹妹,与伊扎部落有血亲联系,所以他并非"别人",而

---

① 梅卓:《月亮营地》,敦煌文艺出版社,2009,第4页。

是亲人；其次，沃赛部落现任头人，即索白的叔叔谋害了他的父亲、母亲，抛弃了索白兄弟，是伊扎老千户抚养了索白兄弟成人，伊扎于索白有养育之恩，而"沃赛这样对待伊扎千户妹妹的后代，伊扎部落与沃赛部落势不两立，我与沃赛更是势不两立"，以部落间的仇恨试图赢得伊扎部落人们的认同；最后，"省府"的"封位"说明官方认可索白与老千户之间事实上的父子关系。因此，索白认为他继承千户之位有其正当性。同时，索白任命伊扎千户老管家的儿子完德扎西为新管家的行为，在一定程度上缓解了人们的不满，"他们认为千户的儿子虽然不再是千户，但是管家的儿子肯定仍是管家"。索白以他熟知部落世袭传统的智慧，通过任命世袭管家的方式，让人们看到他依然对部落世袭制度报以敬畏之心，让人们在恍惚中意识到部落世袭制度依然有其强大的生命力，最终索白安然度过危机，实现上位。

在才旦的长篇小说《安多秘史》中，还提及另一种权力更迭方式，即转世。这种方式与安多部落王国的历史有密切关联。安多部落王国是在数百年前由"名叫查朗的勇猛无比的部落王族族长，经过千百次的征战和搏杀，终于打败了割据一方的诸多部族，统一了地域辽阔的千里安多草原，建立了强大的安多部落王国"，但王国建立后不久，查朗王病亡。"部落王国的贵族为追念查朗的功绩，经再三协商，从一座远地的寺院里请回了出家做高僧的查朗的兄弟朗玛，朗玛于是还俗做了安多部落王国的第一世部落王"。① 由此而言，估计查朗王是无嗣，因而王位不能实现父位子袭，于是退而求其次实行兄位弟袭。由于"朗玛部落王是高僧出身，所以在执政期间，依旧以佛身要求自己，终身未行婚娶之事，由此，就留下一个何人继承王位的问题"。而朗玛部落王遗命采用"转世制度"，因为他坚信"得道的佛身出身"的他的"灵魂会转回人世的"，并且指出在部落王去世十八年再去寻访"灵魂转世人"，而"没有部落王的十八年，部落王国的政务由王府王爷代行执掌"②。这说明安多部落王的权力延续取法

---

① 才旦：《安多秘史》，青海人民出版社，2014，第3页。
② 才旦：《安多秘史》，青海人民出版社，2014，第4页。

于藏地的活佛转世制度,这种"佛教民间化的过程,不仅与藏传佛教的形成同步,也是佛教在不同阶段建构文化权力策略的体现;佛教对藏族祖先记忆的重构,借助于文化权力的误识功能,不仅使宗教认同成为藏族认同机制形成的重要途径,也使祖先认同成为强化政教合一统治的重要手段"①。但在部落王的遴选中,王府王爷实则有很大的权限,有自由操纵的空间。如第六世部落王格拉丹东下世后,主持部落政务的札登王爷偷窥了转世寻访认定的证物,而导致天机泄露,引发一场权力争斗。而究其实,此种部落权力的更迭其实暗含部落贵族内部间权力相互斗争、相互协调的因素,并非正常的权力嬗递方式。

权力的更迭主要发生在部落上层,与部落民众的生活关联不大,因为无论是谁成为部落的首领,对于民众而言,依然在岁月中跋涉生活。因此,作家们的写作会在上层争斗与底层生活之间游移。安多部落多以游牧为生产方式,无法实现生活、生产的自给,需要通过商贸的方式与他人实现物品的交换。而在茫茫草原上,进行商贸行为的多为马帮,他们实现的是物品之间的运输与交易的功能。而商贸的地点也多在节庆的地点,因此,草原上的节日庆典也是商贸节点。如昂旺文章的《嘛呢石》中描绘的商贸盛会:

> "新寨嘉那布群"是玉树新寨村的宗教祈福节,迄今已经有二百多年的历史。随着嘛呢石的日积月累,这里声名远扬,朝拜者也相继增多,久而久之演变成最大商贸盛会。经过岁月的凿刻,在结古这一唐蕃古道上,它成为久负盛名的贸易集散地上的一个华章。②

唐蕃古道实现了商贸的交流,因商贸需求而使得唐蕃古道上的来往马帮经久不衰。在集市上,"茶叶、皮张、哔叽、酥油、青稞、布

---

① 杨红伟:《藏传佛教格鲁派上师论与甘青藏区政教合一制》,《青海民族大学学报(社会科学版)》2015年第3期。
② 昂旺文章:《嘛呢石》,北岳文艺出版社,2014,第10页。

匹、土豆、盐巴、硬糖以及冬虫夏草等物品应有尽有。来自内地、西藏，甚至外国如尼泊尔、印度的商户们，紧贴着街面，搭起大大小小的帐篷，与大大小小露天的摊贩交错，星罗棋布"①，物品的繁多说明商贸交往的深入和深远，草原深处的生活并非以固有的部落内部伦理为单一方式，而是超脱"部落的道德"②而生成新的文化空间。譬如，在商贸的行为中，青年男女之间的爱恋，就是作家们惯用的写作方式。在《嘛呢石》中，扎西彭措与代吉侃卓的爱情即为明证。

三

安多草原的部落记忆在史诗般的建构中依照自身的伦理规则有序行进，但随着20世纪中叶中国政治情态的变革，原本作为荒远之地的安多草原亦被裹挟进历史的潮流中，这是书写草原部落传奇的作家们收敛的根据所在。

梅卓的长篇小说《月亮营地》和《太阳石》、昂旺文章的《嘛呢石》、才旦的《安多秘史》中的安多藏地皆受到了青海马氏集团的侵袭，破坏了固有的部落生存状态。面对这一生存窘迫，部落首领各有其心事，各求自保，尽管在一定阶段内屈从于马氏集团的强权，但当面临部落生死存亡之际，部落内部、部落之间同仇敌忾，为保护家园做出最大的努力。例如，《月亮营地》中的阿部落、章代部落、宁洛部落在付出惨重的代价后，"三个部落合为一体的马队浩浩荡荡，在章代·云丹嘉措和宁洛头人的带领下，高声祈求着护法神和战神的护佑，呐喊着胜利的哨声，朝敌人仓皇逃走的方向追去"③；《太阳石》中扎伊部落和沃赛部落尽管最终覆灭，但沃赛部落头人的儿子嘎嘎和扎依部落的阿琼已然成婚，两个部落的恩怨已随着先人的亡故而泯灭，他们携带着嘉措留下的风马和伊扎部落权力象征的太阳石，率领着生还者寻找经营衮哇塘的草原强人"汉子嘉措"，继续开辟新的部

---

① 昂旺文章：《嘛呢石》，北岳文艺出版社，2014，第10页。
② 于式玉：《于式玉藏区考察文集》，中国藏学出版社，1990，第329页。
③ 梅卓：《月亮营地》，敦煌文艺出版社，2009，第239页。

落生活空间,续写新的传奇;《嘛呢石》中的扎西彭措在爱人代吉侃卓被逼跳崖后,毅然离开草原,"踏上了去答吾的革命之路"①;《安多秘史》中执政一年有余的假部落王看清了马家兵烧杀掳掠的面目,率众人迎接解放军的和平解放。正如马克思所谓的"一切坚固的东西都烟消云散了",横亘在安多草原的部落传奇在20世纪50年代落下了大幕,但部落的记忆以文学的形式流传在安多草原。

第二节　康巴土司的历史寓言

新世纪以来的康巴藏族汉语文学中出现了一批以土司家族为中心的文学作品,究其产生的原因主要有三个方面。

第一个方面是文学潮流的引领和推动。20世纪60年代,加西亚·马尔克斯发表的《百年孤独》展现了以布恩迪亚家族为中心的加勒比海小镇马孔多的百年兴衰,在历史叙述中寓言式地表达了外来文明对地域土著文化的侵袭,乃至土著文化的黯然失落甚至是文化失忆。该作自20世纪80年代起就对中国当代文学产生了深刻的影响。及至阿来的《尘埃落定》,通过麦其土司家族几十年的风雨飘摇与挣扎抗拒,展示出在时代的变迁中原有的合理性存在发生变形,变作历史的尘埃,转化成人们的历史记忆。《尘埃落定》以历史寓言的方式展现土司家族及土司制度的黯然退场,此种文学建构方式直接影响了后来者的土司写作。

第二个方面是"土司学"渐成显学,人们对土司文化的研究日渐深入。例如,关于"土司",李世愉认为是伴随着土司制度而出现的概念,"由于明代开始专设土官衙门,如宣慰使司、宣抚司、安抚司、招讨司、长官司等,这些地方行政机构即属该管之土官,故渐有

---

① 昂旺文章:《嘛呢石》,北岳文艺出版社,2014,第215页。

'土司'之称的出现,指由土官管理的诸司"①,故"土司"应为"土官管理的诸司"的简称,应为行政机构或部分。至于今人所谓的"土司"用来指称的是"元明清政府在云贵川滇等省任命的世袭地方官"②。而土司制度,"是由元代以前封建王朝应对边疆及其以远地区夷狄的治策发展而来。羁縻治策的基本特点,是封建王朝承认边疆及其以远地区与王朝腹地间存在差别,对前者必须以相对宽松、灵活的方法应对,不能强求形式及策略上的整齐划一,以此保证或维系封建王朝对边疆及其以远地区的有效控制"③,实现的是西南地区及与之类似的其他所谓蛮夷地区"以夷制夷"的低成本、高收益的治理策略。而康巴地区存留大量的"土司"时代的历史遗迹和历史故事,因此,展现土司故事就成为康巴作家们参与区域性文化建设的重要职责。

第三个方面是康巴作家地方文化记忆的自觉意识的提升。康巴地区是茶马古道的必经路线,在历史上,沿路出现了众多的集镇和城镇,是多民族商贸的集散地,而商贸所依托的锅庄又属于土司所有,故地方史的书写与土司息息相关。另外,清朝末年,由于西方列强如英、俄等国觊觎西藏,"加紧了对西藏的争夺,与此同时,康区土司也发生了骚乱,为了达到固藏之目的……再次实行'改土归流'",就是著名的赵尔丰"改土归流"。由于其"规模大,范围广,政治变革空前……朝廷在康区最终实现了直接统治,为祖国西南内陆边疆的稳定奠定了坚实基础"④,也在一定程度上加速了土司制度的覆灭。这是康巴文化记忆中浓墨重彩的一笔,也为土司家族历史记忆的文学书写奠定了基础。

---

① 李世愉:《土司制度基本概念辨析》,《云南师范大学学报(哲学社会科学版)》2014年第1期。
② 李世愉:《土司制度基本概念辨析》,《云南师范大学学报(哲学社会科学版)》2014年第1期。
③ 方铁:《土司制度及其对南方少数民族的影响》,《中南民族大学学报(人文社会科学版)》2012年第1期。
④ 马国君、李红香:《清末康区"改土归流"的动因及后续影响》,《云南师范大学学报(哲学社会科学版)》2012年第3期。

一

《尘埃落定》塑造了两种土司的形象：一种是传统土司，如麦其老土司，他延续既有的土司施政方式，对内通过对辖地民众的残暴野蛮统治以保障土司家族的既得利益，对外以联姻、打冤家的形式以实现辖区的稳定甚至是谋求辖区范围的扩大；一种是新兴土司，以二少爷为例，他审时度势，能根据形势的变化及时地调整施政方式，以获得民众的认同，实现土司家族利益的最大化。近年来的康巴藏族汉语中的土司形象的设定基本延续阿来的话语轨迹。

第一种类型是传统土司形象，他们的暴虐引发反抗，隐喻着土司统治包含着自我覆灭的因子。亮炯·朗萨的《布隆德誓言》塑造了翁扎土司多吉旺登残暴凶残、骄奢淫逸的形象。他为了掩盖自己的身世，杀掉了亲生父亲和同父异母的妹妹；为了获得土司的职位，谋杀了哥哥阿伦杰布，并意图霸占嫂子泽尕，后又追杀侄儿朗吉；为了取乐，将小曲登堆入雪塔中冰冻而死；为了发泄怒气，无理由地责打家里的仆人，直至打累了为止等。作者以想象的方式展现了土司灵魂的丑恶和行为的卑劣。亮炯·朗萨的写作方式与新中国成立以后对封建当权者的描述相似，意在说明拥有强权者的伦理污点，从而为被侮辱者的复仇寻求伦理的支点，意图展示复仇的合理性，也就是说，作者在二元对立的结构模式中展开故事结构。此种言说方式与达真《康巴——一部藏人的心灵史诗》（以下简称《康巴》）中所描述的降央土司的行为如出一辙："布里科的科巴（农奴）人对降央土司的印象是：财狼中的恶霸"，降央土司在老土司去世后，先是"勾结比父亲小二十六岁的第四房太太拥珍琼珠……当着母亲和弟妹公然同居……娶拥珍后妈为他的妻子"，先后杀害了两位年幼的弟弟，独霸了土司的威权，并且自言"我对土司二字最通俗的理解就是，拥有最多最广最肥沃的土地，拥有数量庞大的畜群和科巴，拥有更多更贵的珠宝和金银，能吃最好最美的事物，能睡更鲜更美的女人，能吞并相邻的弱小土司……"①。达真亦从伦理的角度展开对降央土司的批判，也为马帮主尔金呷等人的复仇创造伦理基础。

面对土司的狂暴与无耻，科巴们无能为力，而反抗者如翁扎·朗吉是在逃亡的途中为桑佩岭马帮主所收养，尔金呷则在危难时被康巴大藏商达仓所提携，这二人皆是借助外力逃离土司的管辖空间，在历经各种艰险后，获得了报复的资本，才返回土司领地展开复仇之旅。此种相似的写作方式说明，尽管人们备受屈辱，朝不保夕，但在土司的领地中不可能完成复仇，只有远走他乡、汇聚起足够的人力和财力，方具备复仇的力量，因为土司在其领地中拥有完全的经济权、政治权和军事权，异己分子在如此严密的权力结构中无法存活。而一旦具备了足够的力量，占据伦理优势的复仇者振臂一呼、应者云集，就变成反抗暴政的领袖，复仇就转变为两个阶级阵营的斗争。无论最终能否完成复仇，也势必会加速土司统治的覆亡。例如，《康巴》中尔金呷与降央土司的最后一战，在付出惨烈的代价后使降央土司家破人亡；《布隆德誓言》中的朗吉在抗争之路上赢得越来越多的支持，最终攻占了翁扎土司的官寨，完成复仇，残暴的土司们最终因其残暴而付出了惨痛的代价，被扫进了历史的垃圾堆。

第二种类型是希冀改良的土司，以挽大厦于将倾。这种类型的土司充分意识到土司统治方式的弊端，试图凭借一己之力来改变现状，但他们的行为往往因为不合时宜而走向失败。《布隆德誓言》中的第五十二代土司翁扎·阿伦杰布热衷于办学，"想让没有进过寺庙的所有孩子都能识字，都能懂一些五明学中的历数学、研究工艺技术的工巧明、文学修辞类的声明学等"②。他的目的就是试图"祛除暴虐以仁施政"，意图"以仁德成为贤君"③。阿伦杰布试图通过怀柔方式赢得农奴的恭顺，此种改良方式理论上能够缓和以土司、头人为代表的阶层与农奴阶层间的尖锐对立，但实际上这种自我改良因其伤害了土

---

① 达真：《康巴——一部藏人的心灵史诗》，浙江文艺出版社，2009，第68页。
② 亮炯·朗萨：《布隆德誓言》，外文出版社，2006，第116页。
③ 亮炯·朗萨：《布隆德誓言》，外文出版社，2006，第117页。

司集团内部大部分人的利益，最终不能得以实现。而《康巴》中康定土司云登格龙清醒地意识到：

> 自从爷爷辈，朝廷像被蝼蚁镂空的堤坝一样，崩塌泄洪，汹涌而来的法国人在康定最好的地段修建了大教堂；清真寺的唤礼楼下的穆斯林兴旺发达；陕商、晋商、川商、滇商、徽商占据了最好的店面并疯狂地使之延伸。生意场上，这些移民拼命似的跑在了云登家族属下的几十家锅庄前面。面对这一切，仿佛自己家族只有招架之功，空前的失落唤醒了云登对祖辈荣誉的眷念，眼下，他必须依靠大智慧来稳定基业。①

面对迅猛的社会变化，云登土司恢复祖先荣耀的意图愈益强烈，受到第十二代德格土司登巴泽仁修建"集宁玛、噶举、萨迦、格鲁、本波五大教派于一体的"智慧院而壮大家族势力的影响，为践行"睦邻友邦，亲汉近藏"的训诫，他要在康定建出比巴宫更加宏大的"巴宫"，能"集佛教、伊斯兰教、基督教和汉地的儒、释、道的庙、坛"②等于一体的包容性更为宽泛的"巴宫"。这种看似狂妄的想法其实透露了云登土司试图把康定的宗教权力牢牢掌握在自己家族手中，进而与自身所拥有的朝廷赋予的政治权力相结合，将家族的势力渗透到康定生活的每一个角落，这样不仅稳固了家业，还能"将康定变成一个没有仇视和血腥的大爱之地，让自己的名字同登巴泽仁一样，在康定的天空与日月同辉"③。本着这样一种宏大的抱负，云登土司将一年一度的"领地巡视的大权交与了长子绒巴多杰"，因为在他看来"领地巡视"是昭示当下的权威、获取眼下的利益，而建筑康定的"巴宫"则是为了实现家族的永久利益。及至 20 多年以后，海外游历回来的三女婿刘康生告诉云登土司有关万国博览会的事宜，云登才为自己的宏伟构想命名为康巴宗教博物馆。但是，在清末民

---

① 达真：《康巴》，浙江文艺出版社，2009，第 8 页。
② 达真：《康巴》，浙江文艺出版社，2009，第 7 页。
③ 达真：《康巴》，浙江文艺出版社，2009，第 25 页。

初，各种政治势力走马灯似的在康定轮流坐庄，土司制度基本在康定烟消云散了，云登土司的"构想随历史的浮沉在风的吹刮下变得七零八碎，辉煌随风而去"①，他最终实现家族荣耀的计划完全失败了。

因此，无论是乖戾的土司，还是改良的土司，在历史的烟尘中，土司制度最终走向了颓败。这与《尘埃落定》中麦其土司家族中的人一个个走向了死亡的隐喻取径相同，尤其是二少爷的死意味着土司时代的结束，"血液慢慢地在地板上变成了黑夜的颜色"②，色彩斑斓的土司时代已然成为黯然失色的过往记忆。但近年来，康巴藏族作家的土司家族记忆不同于阿来《尘埃落定》的结局处理方式，不但展现了土司的后人们的生活样态，而且呈现了土司的后人们依然要在新的天地中生活并创造属于他们自己的华彩的景象。《布隆德誓言》中的翁扎土司的大小姐萨都措经历了家族的荣光与衰微后，毅然放弃了翁扎女土司的名分，追求心灵的安宁，"她开始广施财物，不求回报，给寺庙捐赠，特别善待穷苦的人……她深深记住了喇嘛格西说的话，虔诚祈祷，祈请三宝护佑，驱除心灵深处的惶恐，洗净罪恶……转经筒和念珠成了她不可缺少的伴随，转经成了她生活的必须"③。她从世俗世界中退出，转而经营精神世界。《康巴》中的降央土司家族在仇杀中无一生还，马帮主尔金呷的大女儿阿满初逃离草原，改信天主教，但无法放下心中的仇恨，直至30多年后，大儿子王震康探寻布里科得知降央家族的惨剧后，方心怀释然。阿满初在康定生活了20多年，已与布里科草原的生活渐行渐远，而成为康定新生活的经历者和建设者。至于云登土司家族，尽管土司的印信、号纸被收缴了，但依然在康定城过着富足的寓公生活，家族的影响力依然为康定人所认可。但随着时间的流逝，格央宗夫人的生活离不开诵经和麻将，土司二少爷顿珠一如既往地热切追逐着留声机、电影院、照相馆、电灯、水电站等新兴事物，云登土司家族的传奇成为人们的回

---

① 达真：《康巴》，浙江文艺出版社，2009，第234页。
② 阿来：《尘埃落定》，作家出版社，2012，第381页。
③ 亮炯·朗萨：《布隆德誓言》，外文出版社，2006，第373页。

忆。这种处理方式着眼于生活本身，可能意在告诉我们，生活并不会因为过往而停滞，但人们会在过往记忆的负重中继续前行。

二

土司制度本是元明清中央政府治理中国南方少数民族地区的政治举措。当土司制度走向没落，如何治理这些地区就成为时人和后人关心的话题。达真在《康巴》中对康巴藏区的治理问题展开探讨。

长篇小说《康巴》除了展现康定城的云登土司家族和嘉绒草原的降央土司家族外，还引入了郑云龙家族的故事。20世纪初，锡良就任四川总督，从小生活在成都永庆巷的回族人郑云龙为替恋人李玉珍雪耻，杀死纨绔子弟钱清财，亡命康定，立志"一定要在远离故乡的康定，闯出一片属于自己的天空"。至此，郑云龙及其家族就与康定藏区结下了不解之缘。

康定城是多民族杂居的西南边城，"数百年来孕育出包含着藏、汉、回民族多元文明的折多河，却奔腾不语地塑造着藏汉茶马重镇——康定的交融而复杂的意蕴"①。郑云龙最初的康定想象是茶包背夫杨大爷所描述的气味，即"康定是一个藏汉回等民族杂居的地方，藏族喝酥油茶，汉族吃米饭，回族吃牛肉，当这三样东西混在一起以后，这就是康定"的味道。他的康定初印象是：

> 眼前的一切犹如梦境，身着藏袍的男女，穿长衫马褂的汉人，戴着白帽肩上搭满兽皮的回族人员混杂在一起，这些人有的三三两两在聊天；有的牵着梳有彩辫的马来回过往；有的藏人干脆席地盘腿而坐，围在三块石头支起的火炉边什么也不干地喝茶聊天，旁边的空地上全是驮茶包的骡马；成群的野狗在牛马的粪堆上翻刨着，眼前的一切显得杂乱而吵闹，像兵荒马乱时的避难地。②

---

① 达真：《康巴》，浙江文艺出版社，2009，第2页。
② 达真：《康巴》，浙江文艺出版社，2009，第18页。

呈现在郑云龙面前的是一个全新的世界，栖身汪家锅庄使他意识到"身处藏地，从前在汉地的一大堆生存的经验变成了垃圾"①。为了安身立命，为了生存，郑云龙努力地适应着锅庄的生活。如果说锅庄生活满足了郑云龙的基本生存，那么康定跑马山脚下大石包街的清真寺则慰藉着他苦闷的精神世界，"一种大累之后的茫然所带来的恕罪感让他有找到父亲的感觉，眼泪不知不觉地流淌出来，夺眶而出的泪水犹如一句句心言在向真主倾诉，倾诉童年的不幸，少年的不幸直到青年的不幸"。在清真寺中的郑云龙卸下了生活的面具，袒露心灵世界，甚至可以说是在疏泄着内心的愤懑与痛苦。买友祥阿訇谈及两百多年来从陕、甘、青陆续迁来康定落户的回族人有近4000人，不仅"带着自己的信仰并把自己的信仰场所建立在全民信佛的地方，并且在两百多年来从未同汉人、藏人发生过争执和冲突"②，他们的生存之本是"勤劳和克己"③，为郑云龙打开了心窗，"感觉到该十年吃完的粮食一顿就吃完了"，坚定了他在康定顽强生活的信心，"因为这里有上千的穆斯林兄弟"，这为他融入康定多元文明奠定了基础。

由于康定城是茶马古道重镇，商业气息浓郁，即便与康巴基层藏区有关联，也无由呈现基层藏区的社会治理情态。为此，达真在《康巴》中设置了由于恋人为康定军粮府的刘总管所辱而自尽，郑云龙冒名参军，进而参与了清末若干次平定民乱的战斗的环节。关于康巴地区民乱的原因，赵尔丰认为，一方面是受到英国人挑拨的西藏上层直接引发了民乱，另一方面是历代统治者的边疆治理方略存在误差，一味地依仗土司，而未实行教化④，容易产生民乱。民乱发生，则采取以暴制暴的平乱方式，虽能求得一时安宁，而非长久之计，必须有大智慧、大勇力者全盘统筹、悉心经营、稳步推进，方能逐步解决。郑云龙在围攻章浪寺的战斗中，以一曲缺少川剧锣鼓伴奏的

---

① 达真：《康巴》，浙江文艺出版社，2009，第57页。
② 达真：《康巴》，浙江文艺出版社，2009，第62页。
③ 达真：《康巴》，浙江文艺出版社，2009，第77页。
④ 达真：《康巴》，浙江文艺出版社，2009，第131页。

《单刀赴会》兵不血刃地平服众僧,其原因是暗合了"藏军打仗前要请喇嘛诵经,跳神,焚烧草做的敌人"的习惯。而郑云龙歌唱着"冲入寺庙那股面红耳赤的气势,像英雄格萨尔手下的一员大将"①,以此震慑住了章浪寺一干僧人,这其实透露出要尊重藏区的文化习俗,体现了琼泽堪布所谓的"康巴智慧"的"和平共处宽容"的精神,而非以武力征服身体,甚至是消灭身体以求取和平。经此战役,郑云龙被视为"眉心处有一个菩萨"的军人,获得了藏民的崇拜。郑云龙又在陆丰华的安排下学习藏文,并同巴当当地的土司、活佛、达官显贵、名流富商建立了联系,为他以后的社会治理埋下伏笔,正如陆丰华所谓的"要想管理好这么多的民族,就必须熟悉各个民族的语言、宗教、习俗"②。

经过多年的藏区戎马生活,郑云龙意识到"要掌握一方天高皇帝远的土地,就必须牢牢地抓紧手中的枪杆子,就必须同当地的土司、头人、寺庙、活佛搞好关系"③,也就是说,要治理边地,第一要有武装,第二要尊重当地的风俗,获得当地民众的拥护,如此才是"康定智慧"的体现。而郑云龙形象地将之称为蜘蛛布网计划,如他迎娶"大头人索兰达杰的女儿为妻"的举措就赢得了康南土司头人的信任。郑云龙采用了康定土司间常用的联姻的方式巩固了自己的地位,实现了治下秩序的井然。然而,在收复太德寺的战役中,郑云龙因炮击寺庙,失去了藏民的拥戴;在经营多年的巴当防区被人侵袭后,恼怒中的郑云龙不顾众人的哀告,枪杀哗变者,失去了当地民众的支持。失去民心的郑云龙也就失去了"眉心处的菩萨",也宣告他多年的康南治理计划的失败。郑云龙康南治理失败的关键在于民心背弃,但深层次的原因是郑云龙依然过分依赖土司、活佛及土著显贵,与民众之间隔着一层,而没有如赵尔丰所谓的"向愚民的土司制度开火"及"广兴教化,兴办实业,发展生产"④,因此,一旦触及了"土司、贵族、

---

① 达真:《康巴》,浙江文艺出版社,2009,第155页。
② 达真:《康巴》,浙江文艺出版社,2009,第196页。
③ 达真:《康巴》,浙江文艺出版社,2009,第229~230页。
④ 达真:《康巴》,浙江文艺出版社,2009,第131页。

寺庙的切身利益",就功亏一篑。达真通过郑云龙的生命历程,隐约传达出要想治理好康巴,首先得熟悉康巴,既不能完全以武力取胜,又不能过分依仗土著势力,而应是在尊重地方性多元文化的基础上采取行之有效的方式。

第三节　边地空间的家族记忆

从城市规划的角度看,帕特里克·格迪斯认为:"每一座城市都被无数的朦胧景象所环绕,每种景象都可能纵横交错、复杂多变。这种模式看似简单,实则复杂,常常像难以阐明的迷宫般,且当我们对其观察的时候,一切均在不断变化之中,每时每刻,不仅如此,这种特别的网络已经重新自我地编织起来,形成新型且巨大的联合体。而在这迷宫似的城市联合体中,并没有纯粹的观众。"① 也就是说,城市是不断被组合的、不断被更新的景象的聚合,试图借助抽象的概念、符号无法把握城市的本相,而经验式地描述城市,方会发现城市的温度和质感,因为城市不仅是各个历史阶段建筑物的集合,更承载着人们的情感、记忆和体验,是生命景象的表达和体现。正如杜威所言,"经验本身具有令人满意的情感性质,因为它拥有内在的,通过有规则和有组织的运动而实现的完整性和完满性"②。由此,我们会发现城市形象其实就是生活其间的个人的体验性、记忆性、情感性的外在建构与表达,或者说城市活跃在生存在其间的每一个人的具体行为之中,人们与地域空间的互动生成了活的城。而尹向东自幼生活在康定小城,切身感受着康定的风俗物志,体验着康定的日常百态,咀嚼着康定的传奇历史,康定的水土哺育着尹向东的成长,形塑出属于

---

① 帕特里克·格迪斯:《进化中的城市:城市规划与城市研究导论》,李浩等译,中国建筑工业出版社,2012,第2页。
② 约翰·杜威:《艺术即经验》,高建平译,商务印书馆,2005,第40页。

康定的尹向东；携带着如是的文化基因，尹向东在《风马》反哺出一个活泼灵动、充满人间气息的康定，塑造了一个承载着丰厚历史记忆的康定，展现出一个属于尹向东想象与回味的康定城。

一

夺翁玛贡玛草场是尹向东文学书写难以割舍的文化根基，也是尹向东文学叙述的起点。他以夺翁玛贡玛为窗口，驻足民族生活的当下，回望民族的历史，展望民族生存的未来境况。从某种意义上说，尹向东以夺翁玛贡玛作为其母体文化的象征，在一系列的文学书写中试图向世人展现别样的母族文化情致。在长篇小说《风马》中，尹向东仍然将叙述的起点设置为夺翁玛贡玛草场，但此时的夺翁玛贡玛不再是莲花胜境般的存在，不再是民族生活的温情家园，而是化身为部落仇杀的斗场、逃亡的起点，以此尹向东出离了夺翁玛贡玛草场而顺势走向了康定，走向了人生更大的斗场。因此，康定在尹向东的文学塑造中承担的实际上就是夺翁玛贡玛草场的功能，而将之连接在一起的则是仁青翁呷和仁真多吉兄弟俩的逃亡，他们携带着夺翁玛贡玛草场的文化基因走进康定，并在若干年的康定生活中逐渐远离草原生活而融入康定的城市生活。《风马》着重描述了这兄弟俩生活方式转变的全过程，并间接地展现出康定城几十年的历史嬗变历程。因此，《风马》带有人的城和城的人的书写意味，具体说来就是康定城与康定人的故事。若尹向东仅以仁青翁呷和仁真多吉的城市之旅作为描写对象，则更多地带有乡下人进城式的新奇，如刘姥姥进入大观园般的眼花缭乱，难以真正深入城市生活的内核。难得的是，尹向东还设置了日月土司家族的历史兴衰，以此呈现康定达官贵人从王谢堂前回归到寻常人家的过程。如此，尹向东通过两个家族的兴衰荣辱，构设出康定的历史情貌，也完成了《风马》的历史想象和城市志的民间书写。

关于康定的书写，尹向东首先从俯瞰城市入手，全景式地向读者展现背山枕河的康定城的地理和历史风貌，缀联起不同人士眼中的康定形态，并铺衍出故事的两条线索。一处是仁青翁呷、仁真多吉兄弟俩初次见到康定，尹向东以他们的口吻向我们展现康定城的地理环境，"三座大山相挨，形成一个极深的峡谷，河流在星光照耀下像一条白色的哈达蜿蜒流淌在峡谷的底部，河水的声音喧响不停。河两岸排列着许多房屋，在朦胧星光中，这些房屋像滚落河岸的乱石。这是一个隐在大山深处的城镇，站在山脊，城镇如此之小，深深地陷在大山的折缝中"①。他们以新奇的眼光由外而内、由上而下地观察地理意义上的康定城，由于还未曾与康定有任何关系，因而他们仅从"他者"的视野打量着这未知的空间，语气冰冷而坚硬。而他们回想故乡夺翁玛贡玛时，则"看见草原黄昏里绚烂的云层堆积远山，天空中霞光闪耀，毡毯般的草地上牦牛安静不动，一只鹰悬于空中也不动弹……"②的蠢动生命的律动景象，两相对映，体现出康定在他们眼中的陌生感。另一处是日月土司家的大儿子江升即将离别故土时俯瞰康定，"站在石上，看见峡谷底部，折多河奔涌着从折多山一路倾泻而下，雅拉河也从雅拉沟里淌出，两条泛着白浪的河流汇聚于郭达山下，相拥相抱交汇一块儿再共同奔流。两河相汇，像一个人字躺在地上。沿河两岸，排列着两层楼的木质板房，一色青瓦铺顶，木质板房的檐头及窗框都镌了花鸟。许多板房像四合院那样或大或小地围聚一团，中间是院落，铺满大青石板的院坝，这些大青石板也延伸到康定城的街上。大大小小的院落形成了康定的特色，这院落被称为锅庄"③。相较仁青翁呷、仁真多吉的康定俯瞰，江升所见掺杂着明显的经验式的回顾，因而能从模糊的视相中得以细致、亲切地展现康定的地理风貌和城市景观，甚至是房屋的局部装饰。又因为江升家族世代生活并管理康定城，难免"忆起祖先那些近似传奇的故事"④，这为他的俯瞰增添了历史情怀和传奇韵味。再加上"他时常想象飞到高空俯瞰康定的样子"⑤，这是基于对康定的熟悉，希望能从全新的角度重新审

---

① 尹向东：《风马》，作家出版社，2017，第 6～7 页。
② 尹向东：《风马》，作家出版社，2017，第 3 页。
③ 尹向东：《风马》，作家出版社，2017，第 15 页。
④ 尹向东：《风马》，作家出版社，2017，第 15 页。
⑤ 尹向东：《风马》，作家出版社，2017，第 16 页。

视康定，或者说是希望突破康定既有空间的局限，而在心灵世界创设出全新的康定形象。由此而言，尹向东采用由外而内进入康定城和由内而外出走康定城相结合的叙写方式，有意识地要将康定作为叙述的中心所在。

仁青翁呷、仁真多吉兄弟由俯瞰康定而开启他们的康定之人生旅程，康定在他们的世界中的形象逐渐清晰，他们将要把康定城融汇在血肉肌理中，建构属于自己的康定；江升的俯瞰康定则开启了他远离康定、栖居木雅的生涯，康定以记忆的影像形式遗存，因而他的康定是旧有记忆的不断发酵。因此，仁青翁呷、仁真多吉眼中的康定鲜活而又不断累积，江升心中的康定则需要不断咀嚼、需要外力的推动才能复刻其想象的样貌。尹向东就以一出一入两组人的康定俯瞰拉开了故事的帷幕，也开启了故事叙述的路径。仁青翁呷、仁真多吉从外在视角逐渐感知康定的温暖，熟悉康定的掌故，他们眼中的康定是一座现实之城；江升及其家族更多的是从内在审视康定的日渐远去，他们以忧郁的神情、哀婉的心情回味着家族记忆中的康定城。故此，《风马》中有三个康定城：一个是地理意义上的康定城，一个是不断被外来者们所熟悉的康定城，还有一个是带有家族记忆的康定城。三座康定城交相融合生成了《风马》中那被时光镌刻着的带有历史沧桑、文化交融、民族汇通意味的康定城。

二

《风马》以夺翁玛贡玛草场的仇杀作为叙事的起点，隐含着仁青兄弟被迫逃离传统生活方式而带有走向人生道路探索的意味。为了安身立命，他们兄弟俩随遇而安，因此，仁青翁呷、仁真多吉的流落康定似乎是偶然的，但在尹向东的设计中又是必然的。一方面，在尹向东以往的文学创作中，夺翁玛贡玛草场故事与康定故事基本上相互独立，各有其相对完整的叙述伦理。而在《风马》中，尹向东试图将两者融汇在一起，并以康定为叙述中心，将乡野与城镇结合起来，因此，其落脚点在康定，不仅延续了以往草场叙述的逻辑起点，又实现了城与乡、传统与略带现代的生活方式的融合，能涵盖更为广泛的内容。另一方面，就地理位置而言，康定地处四川盆地西缘山地和青藏高原的过渡带，属于汉藏经济、文化结合地带，又是川藏茶马古道重镇。因此，《风马》中仁青兄弟俩一路逃亡，尽管不辨方向，但路过的"山越来越大，草原越来越少，到后来，我们进入一片茂密的原始森林"，可见他们兄弟两人是一路向东逃亡，经过梯次型的草原与森林之后而发现隐匿"在大山深处的城镇"。对于他们而言，发现的不仅是一座城池，更重要的是发现了处于文化结合点上的全新的生活方式。如此，康定就定格在仁青兄弟几十年的人生岁月中，他们的生命历程、人生体验将随着这座城镇而波澜壮阔。这似乎才是尹向东为他们所设计的人生路径。

康定城中接引仁青兄弟的是汉名为王怀君、藏名为夺嘎的康定孤儿，接引环节是他者熟悉陌生地方必须经过的并带有地方知识启蒙性质的转折阶段。正是在王怀君的接引下，仁青兄弟开始步入康定的城市生活，以懵懂的眼光打量这一全新的生活领域。而当他们对康定有了一定的了解之后，完成接引任务的王怀君就自动退出，无论以何种理由，都将隐退到他们的生活之外。尽管在第三部中，王怀君再次出现，但也不过是以一个远离康定生活的茶马古道的背夫面貌出现的，而他的出现是为了凸显经过多年的康定历练之后的仁青兄弟引以为自豪的康定生涯，带有某种情感上的炫耀和报复的意味，即仁青兄弟康定之旅的接引人竟然在若干年之后对康定的生活如此陌生，他们换位成为王怀君康定之旅的接引人，生活的翻转、角色的对调则沉淀为深入骨髓的康定情怀。

王怀君的另一个贡献是为仁青翁呷、仁真多吉起汉名。在后藏、卫藏地区，藏族群众一般只有藏名，很少有汉名。但在康区，由于多民族之间的经济交流、文化交融等多方面的原因，藏族民众尤其是城镇居民大多既有汉名又有藏名，而王怀君认为，"在康定，都习惯喊汉名，人人都有自己的汉名，我也为你们取个汉名吧"①。汉名似乎是康定人的生活名片，是来自草原的习惯牧场生活方式的兄弟俩融入

---

① 尹向东：《风马》，作家出版社，2017，第25页。

康定生活的标志。名字不仅是一种称谓,具有个体区别性的社会属性,还具有延续特定生活方式的文化意味。在尹向东的作品中,名字带有族群认同的文化意义。譬如《牧场人物小辑》中的汉人罗银初转变为洛彭措,看起来是名字的转读或者说是误读,但对于汉人罗银初而言,这是不可理解的,因为名字是人的社会代码,不可更改。然而,他多年的努力无果,汉人罗银初不得不默认了藏名称谓洛彭措,更值得称奇的是,变为洛彭措的汉人罗银初竟然在多年之后完全失去了汉语表达的能力,完全变为一个满脸皱纹、须发尽白、手摇转经筒小声诵着经文、脸上挂着让人看了心里特别安静的笑容的藏族老头。冰冻的罗银初当初吸吮仁青志玛的乳汁才复苏,这似乎是暗示着汉人罗银初的消泯和藏人洛彭措的出世,在藏文化的乳汁中,洛彭措获得重生。但在《风马》中,藏人仁青翁呷、仁真多吉转变为仁泽民、仁立民则明显带有适应习俗、从众的意味。罗银初变为洛彭措,还经过若干年的挣扎,而仁青翁呷、仁真多吉转变为仁泽民、仁立民则毫无反抗,瞬间认同了汉名的称谓,并以此作为在康定岁月的标记,"在康定不过一天时间,夺翁玛贡玛所发生的一切只仿佛是上一世的事那样遥远"①。这也体现了尹向东迫不及待地希望开启仁青兄弟俩的康定生涯,强行割裂了他们本应该有的激烈的情感反应,即便是仁青兄弟俩年纪小,缺乏辨别是非的能力,但瞬间认同汉名泽民、立民的意义似乎不太现实。由此可见,尹向东此处的书写略带仓促、有些慌乱。

另外,《风马》中有两个细节似乎展现了尹向东的汉名设置的初衷。一处是仁泽民到了贡嘎岭,给别人介绍自己时"你没给他讲自己的藏名,你说你叫仁泽民,讲这个名字时你脑袋里犹豫了一小会,从康定来到贡嘎岭,虽然不是回夺翁玛贡玛,那种亲切和喜悦一点不亚于回到家里的感觉,你本顺口想说自己叫仁青翁呷,话都到了嗓子眼,你忽然止住了,那感觉有点奇怪,好像那会儿说出自己的本名,

---

① 尹向东:《风马》,作家出版社,2017,第27页。

就在康定白白度过了这许多年"①。此处体现了仁泽民徘徊于汉名与藏名之间的纠结，他有"回到家"的喜悦和亲切，特定的环境唤醒了潜藏多年的草原情怀，并让其意识到自己的藏人身份，或者说贡嘎岭的草原风情唤醒其藏人的族群意识。然而，为了凸显身为康定人的地域优越感，为了以后"对大家炫耀，讲种种新奇的见闻"，为了让"听的人也常带羡慕的目光"②，他选择了汉名，以证明自我的康定社会身份。显然，在这里，地域空间身份完胜族群认同。另一处是当兄弟俩失散多年后重逢时，兄弟俩相互喊出的却是对方的藏名，此时的感受是"近二十年的时间里，夺翁玛贡玛草原的名字早已沉入我们的脑海的底部。如今猛然叫起，既陌生又满含着异样的亲切"③。藏名蕴含的是潜藏在内心深处的对故乡、对血脉的深深眷恋，不经意间的流露、无意识的称呼霎时间表露出兄弟俩的族群情怀和血缘亲情。然而，颇有兴味的是接下来的聊天，哥哥却以汉名称呼弟弟，似乎瞬间远离草原的记忆而融入康定的生活。由此可以看出，尹向东在《风马》中希望仁青兄弟完成连缀草原文化与城镇文化的任务，既不要脱离族群的文化身份，又能深入渐进康定的世俗生活。但从其整个文本来看，尹向东的努力似乎并未实现。

满怀着成为康定人的念头，仁泽民、仁立民"学会汉语，尤其是哥哥，他会说咬舌头的普通话。我们熟知康定的一切"，"越了解康定，我们就越有许多遗憾"。其中，清明时节跟随锅庄主扫墓的景象，给他们带来了对未来生活的无限憧憬。康定的祭奠仪式明显是汉藏的结合，既有藏式的悬挂风马，又有汉式的焚烧纸钱，还在坟茔边聚餐、回顾祖先的艰难创业。在仁泽民、仁立民兄弟的意识中，"在康定有自家的坟地"是获取康定身份的又一象征。居于康定，安于康定，葬于康定，成为这兄弟俩康定生涯的追求。如果说，改名开启了泽民、立民兄弟重生于康定的序幕，那么安居则成为他们获得康定

---

① 尹向东：《风马》，作家出版社，2017，第152～153页。
② 尹向东：《风马》，作家出版社，2017，第13页。
③ 尹向东：《风马》，作家出版社，2017，第145页。

合法生存地位的重要表征。

仁泽民、仁立民所生活的锅庄又是一个具有特定文化意味的空间所在。锅庄是康定作为茶马古道重镇的重要标志之一。锅庄是藏汉的物资集散地，也是藏汉文化的交流场所，锅庄主充当着沟通藏汉之间贸易交流、文化交往的中介角色。在锅庄中生活、工作，既没有脱离藏族的生活方式，又便于接触汉地的生活情态，进而丰富康定的文化认知。从此之后，仁立民感受着康定发生的一切，诸如战争、风流韵事、科技的使用等一切影响康定人生活方式的事件。但看过热闹之后，"一场兵变并没有扰乱康定普通人的生活秩序。政权的更替也没有打乱他们。……兵变之后该经商还得经商，我该割草还得割草"①，康定人的生活依然按照其固有的节奏有条不紊地进行，外在的喧嚣对于康定而言似乎是过眼烟云。在变与不变之间，尹向东着重关注的是普通人看似处变不惊，其实内在世界狂澜迭起的生活样貌，并通过仁立民的眼光，描述锅庄中的四个缝茶同事以及康定永远的风景——洋汉儿、半脸西施、高爱民等人的生活经历及其生活姿态，进而将触角伸向康定生活的隐微之处，以呈现康定的人情物态。此种细致的生活化的表达方式深化了康定的文化表达空间，为读者营造出充满人间温情的康定氛围，康定的形象愈发清晰。而在此深入认识康定的过程中，仁立民愈发康定化了，愈益以康定人自居，直至与青措结婚，才实现了安家康定的宏伟抱负。"房子建好了，我们在慢慢种上地，从今以后无论这座城市多动荡，我们都能安定地生活"②。仁立民是康定世俗化生活的亲历者和见证者，脚踏实地实践自我的生活理想，尽管生活艰辛、创业艰难，但他以一己之力实现了早年的愿景。

与仁立民相对的则是哥哥仁泽民的生活方式。当安静的锅庄生活被仁立民和卓嘎的私奔事件所打破，仁泽民方才意识到"来康定这许多年了，我完全游离于康定之外，还是一个地道的牛场娃"③。仁

---

① 尹向东：《风马》，作家出版社，2017，第50页。
② 尹向东：《风马》，作家出版社，2017，第307页。
③ 尹向东：《风马》，作家出版社，2017，第147页。

立民的出走唤醒了仁泽民的"成人"意识，也驱逐了他强烈的家族复仇责任意识。为了摆脱"牛场娃"的自我身份界定，仁泽民远离了锅庄生活，开始了他的康定冒险生涯，踏上了一条富贵险中求的人生道路。尹向东塑造了仁泽民由复仇者向冒险家的形象转变，如拉斯蒂涅一般，洒落最后一滴良知之泪后决绝地走向名利场。其实，仁泽民只不过是转移复仇的对象罢了，由夺翁玛贡玛的仇家郎卡扎部落转移为世俗的鲜活的找不见具体复仇对象的康定生活，这也反映出仁泽民力图融入康定生活的努力。从此之后，他不甘于现状，不依从于习惯的伦理道德的羁绊，渴望通过自身的努力改变命运。而现实中不断的沉浮起落虽然张扬着他们生命的活力，但也消磨着他们生命的激情，当荣誉的光环散尽，当往日的传奇不再，仁泽民之类的野心家、冒险家也在逐步地沦落，势必消逝在康定的城市记忆中。

三

与仁泽民、仁立民兄弟不断地"康定化"不同，日月土司家族则日益边缘化，日益走向衰落。世事的变迁使得土司家族往日的辉煌不再，被裹挟进康定的现代化潮流中，土司一家的抗争带有悲剧的色彩。"在过去，康定，以及所辖的地方都是"[①] 日月土司家族的私人财产，其合法性由来已久，深入人心。日月土司家族的统治经受了传统和现代的瓦解，象征康定由来已久的稳定社会结构遭到强力破坏。就家族内部而言，土司职权的继承问题首先破坏了家庭的和谐。母亲早逝，父亲续弦，幼小的土司家族长子江升被迫远走木雅，远离康定浮华生活的江升逐渐习惯了冷寂，但也为江升奠定了冷眼观望康定的基石。从外部来看，一批又一批强权者觊觎康定的统治权，不断地消解康定的固有秩序，试图塑造全新的康定形态。或者可以说，江升的远走与赵尔丰的改土归流预示着日月土司家族统治的衰落。为了挽救衰弱的家族统治地位，土司一家开始不断地抗争，由此，土司家庭内部的矛盾让位于土司家族与现代强权之间的斗争。随着土司家族成员

[①] 尹向东：《风马》，作家出版社，2017，第14页。

的不断丧生，如叔叔起事未果被斩，父亲经受牢狱之灾而亡，弟弟江科远离故土郁郁而终，江芳入赘他乡渴望强力整合各方力量不果而被杀，康定愈发成为家族成员的明日黄花，往日的辉煌不再，往日的一切手段、一切运作方式都不适应康定的发展情态。于是，冷眼默观世态炎凉的江升回到了康定，在形式上继承了土司的职位，蜷缩在土司宅院中，治病救人，使得土司家族回归到康定普通人家的生活轨道上，土司家族的故事成为康定传奇过往的标志。

值得玩味的是尹向东关于土司家族与仁青日布之间关系的书写。仁青日布是用珍贵药材制作的藏药，不仅有其药用价值，更带有象征意味：一方面，仁青日布非常珍贵，为权贵所有，而且人手只有一颗，是权力、地位的象征；另一方面，仁青日布只在生命最后时刻服用，"有可能起死回生，如果没能复活，这药也会让魂魄走向善道，遗体不再僵硬"①，是生命轮回的象征。在《风马》中，由于江升的叔叔是被砍头而亡、弟弟江芳被流弹击毙而亡，他们两人属于暴毙，没有机会展现仁青日布的功能，因此，尹向东无意凸显仁青日布的圣药功能。而在日月土司江意斋、次子江科和小夫人临终时，尹向东则极力渲染仁青日布的特殊功效。当江意斋走投无路，"他不知道该怎样离开这世界，不过想到生命尽头的时候他自然想起了那颗放在呷乌里的仁青日布"②，为了获得重生，"他将药生硬地咽下去"，结果卡在喉部深处，窒息而亡。本来用来维系生命的圣药，却断送了土司的性命，隐含着土司所认可、信奉的生命信条、生存原则在残酷现实面前的虚弱与无力，也暗含着"一切坚固的东西都烟消云散"的历史观。随着社会的变迁，习俗遭到了强力的破坏，在破旧立新的过程中，土司承担起悲剧者的历史角色。江科则无力承担历史的悲剧者的角色，他的生命在远离康定的瞬间已经定格，"远离故土，远离母亲"也使得江科远离了纨绔，远离了母亲、故土的温情，自觉意识到自己所负载的家族复兴责任的重大。然而，他未曾有所作为却抱病

---

① 尹向东：《风马》，作家出版社，2017，第48页。
② 尹向东：《风马》，作家出版社，2017，第47页。

返乡而亡，母亲、表亲等人将仁青日布"溶进水里后往江科嘴里倒，不过药水沿着他嘴角全部淌出来，滴在被子上"①，圣药仁青日布无力挽回江科的生命，也不能保持他容颜的安定，带着无限的遗憾，江科走到了生命的尽头。而小太太同样在生命的尽头无法享用有着"特殊功效"的仁青日布，"黄褐色的药水怎样倒进嘴里，就怎样从另一侧嘴角尽数淌出"，此刻的江升意识到"生命不过是一勺无法咽下去的药水"。对于日月土司家族而言，"这神圣的药，这带着魔力的药，饱含日月土司家族命运"的药，只是土司家族希望的寄托，无法改变家族走向衰败的历史命运。随着家人的先后离世，江升对仁青日布的理解也在不断地深化，也不断地消解仁青日布的神奇功效，顽强守旧的土司家族如同不变的仁青日布一般，最终无法与现代化的军事、经济形态相抗衡，即便抗衡也更多地带有悲剧色彩。此处，我们发现尹向东对历史的认知是宽容的，并没有以习以为常的社会进化论简单地将历史进行对比，而是将目光投向历史的真实面向，对明日黄花的土司家族报以无限的同情和悲悯，体现了尹向东的人性关怀和人文温情。

尹向东通过对草原家族和土司家族命运沉浮的书写，展现了进出之间的康定的历史命运，吟唱出关于古旧康定的一曲哀歌。当人们经历人生的起伏，正在或已经走向生命的终结，而康定依然屹立在三山两水间，凝视着历史的变迁、人生的无常。

四

《风马》中除了对两个家族史的叙写之外，还着重展现了康定的城市志书写。尽管在家族史的书写过程中，城市记忆亦得到了充分的书写，尤其是互文式的城市记忆的书写，但此种城市表达更多地带有个人体验，而不能代表整个康定人与康定城之间复杂隐微而又深沉的依恋关系。尹向东清醒地认识到这一点，于是在《风马》中不断地穿插康定的人文、风俗、民情乃至历次大的社会动荡对康定及康定人

---

① 尹向东：《风马》，作家出版社，2017，第69页。

的影响，不断地细化康定的文化肌理，充实康定的历史文化内涵，进而达到创设出全新的康定想象的文化意图。

《风马》中有关康定人文方面的书写，既包括城市的历史诞生传说，也包括民间关于康定山川的历史传说，同时还包括关于康定城内的建筑故事和各锅庄的历史沿革等。例如，关于康定的诞生，传说早期的康定"仅有的一些石房都建在跑马沟中。那时候四面的山上也都是原始森林，野兽还统率着整个康定"，"后来山沟暴发泥石流……所有的石屋都坍塌了"，"整个跑马山沟都给毁了，沾满黄泥的乱石头堆积在沟底"，日月土司的先祖"领人们来到折多河两岸，重新搭建石屋。这些石屋构成一个原始的城市，人们狩猎、种植，又开始了正常生活。这地方处于汉、藏的要道之上，生意往来的人路过康定都要在这里修整些时候……因此，康定的藏名达折朵里，包含着打尖的地方的意思……来往客人也给康定带来商机，并渐渐成为生意中介性质的城市。汉地商人不懂藏语，藏地商人不懂汉语，都来康定找锅庄主，锅庄主既当翻译，又帮忙寻找买家卖家"，而"多年后……一阵声响从地底传来，声响带着大地的震动迅速让整个康定都摇摆起来，许多石屋在晃动中纷纷倒塌……整理废墟，重新起屋造楼，结合过去的经验，康定的房屋才有了现在的模样，木质穿斗，上覆青瓦"①。根据民间传说，尹向东梳理出康定的城市发展史，由原始部落依沟而居发展到沿河而居，由边远小镇到通衢都市，从远古走来，康定人不断地改变着康定的城市定位，不断地在与自然的抗争乃至妥协中更新自我的样貌，体现出康定人顺势而为、豁达变通的心理个性。再如康定的山水民间传说，主要是以爱情故事为主。《风马》先后提到关门石传说以及珠穆朗玛峰仙女扎西泽仁玛与郭达山山神当京多吉列巴的爱情故事，前者讲述了美丽的姑娘和野人之间冲破世俗的阻隔，历经艰险，一年通过石门仅得相会一次的故事，后者讲述了仙女与山神忠贞不渝、长相厮守的故事，都表达出对美好的爱情生活的讴赞，对冲破世俗阻隔的勇气的颂赞，体现出康定人热爱美好生

---

① 尹向东：《风马》，作家出版社，2017，第83~85页。

活、崇尚自由恋情的情感世界。另外，《风马》中还有大量的关于康定城建筑的描写，如教堂、桥梁、锅庄的结构布局等，为读者全方位地、立体地展现出康定的城市布局及其历史文化意蕴。

有关风俗方面的书写，《风马》着重展现康定地区处于汉藏文化交融地带的民俗特点。民俗风情体现在人们的日常生活当中，是活生生的生活样貌。因此，尹向东在《风马》中力图还原日常生活的本来样貌，譬如，清明扫墓祭祖、婚嫁仪式、新年庆贺等生活中必不可少的日常行为，以及带有独特文化意味的布弄都木仪式等。《风马》关于清明扫墓叙述的是仁青兄弟随锅庄主罗有成去上坟的经过，首先是将风马旗绕在坟地边的树上，其次在坟地生火熬茶，罗家的人则分扎纸钱，将"粉红、紫色镶边、洁白折皱的吊钱系于棍上，安插到坟头"，再次整修坟墓，烧纸钱，点清油灯，撒"斯折"，最后在坟前空地上会餐、回顾先人创业的艰辛等，其中汉藏方式融会贯通，并无阻滞。其后又通过八斤的讲述记载了康定上坟的特点，"康定上坟有一个习惯，新坟是清明前十天内去，满三年后的老坟则在清明后十天，所以清明后十天里子耳坡坟地十分热闹。加上康定人上坟讲排场，沾亲带故的约好时间一块儿去，好吃的好喝的全都带上，在山上热闹一天"，以此与罗家上坟构成对照，意在说明康定的清明扫墓并非悲悲戚戚，而是打通了生死之间的界限的共同欢愉行为。再有对待布弄都木仪式的态度体现了不同族群人士之间观念的差异性。所谓的"布弄都木仪式是当欠户再无能力偿还欠债，债主就会邀请左邻右舍的长者，先对众人公布欠债情况，再由欠债人起誓，最后债主当众将欠条销毁，表明从此之后他也不再上门逼债，这些债由欠债人下一世偿还，所以这个也叫来生账"。这从表面上看是债主当众取消了八斤所欠的债务，实际上是把债务累加到他的下一世。对于藏民而言，今世受苦难是为了来生更幸福安康，若将今生的债务推移到下一世，意味着来世的苦痛，而对于八斤的汉族妻子、来自雅安的桂枝而言，债务的取消则是非常值得高兴的事情，认为"这样的好事他还灰着脸不高兴，好像非得让人在年关逼债才过瘾"。由此反映了尽管在汉藏交融地带，但有些植根于民族内心深处的观念难以深入融合，体现了不同的民族的心理特性。

在《风马》中，尹向东描述了20世纪前半个世纪康定的历史变迁，主要是通过一些与康定有关的历史事件、历史人物将之连缀在一起，完成康定城市志的书写。依照时间顺序，历史人物有赵尔丰、尹昌衡、殷承献、陈遐龄、刘成勋、刘文辉、李抱冰、张大千等，重大历史事件有改土归流、四川起义易帜、军阀混战、红军长征、全民抗战、西康省成立、内战爆发等，影响康定人生活、值得记忆的事件有将军桥的修建（拆旧换新）、安阳人开办的医院使用电灯、李抱冰修建康定机场以及几次兵哗等。如此，康定就与20世纪前半期中国的历史沉浮交织在一起，康定故事不只是隅于西南边陲封闭小城的岁月更迭，而且带有了中国20世纪故事的大背景，康定的城市故事也就获得了更为深广和丰厚的历史意味，可以说，康定的故事是整个20世纪中国故事的缩影。但康定故事又有其独特的城市记忆，它的城市发展史、家族繁衍史甚至是街头巷尾的流言蜚语等都更多地带有康定的气息，是一代又一代康定人铸就的康定性格的表达。同时，康定的地理位置又决定了康定人皆具有汉藏甚至是多民族融合之后的中华性，这是《风马》的价值所在，也是康巴作家文学创作意义的旨归。

另外，尹向东以"风马"命名其康定故事值得玩味。就以其所写作的内容而言，似乎可称之为"康定往事""康定记忆"或"康定××"之类，因为尹向东着重写作的是康定近五十年的沧桑岁月，其关键词是"康定"，而非其他。他以"风马"命名，若揣测其意，或与风马的实际功用有关。风马藏语为"隆达"，在藏区随处可见，一般有两种形式：一种用于悬挂，称之为风马旗；一种用于抛洒，称之为风马片。但无论何种风马，其上皆有身驮三宝的骏马、陀罗尼咒语、六字箴言、佛教经文和各种佛像图文等内容，以达到与神灵沟通、获得神灵庇佑的祈福功效。尹向东的用意大概是他的康定书写是对康定过往的缅怀，是对一代又一代饱经苦难又自强不息的康定先辈的致敬，因而以文学作品为风马展现康定故事。此外，康定故事尽管已在风中远逝，但康定的传奇势必留在一代又一代康定后人的记忆中，如风中的风马般传播着的康定故事。

新世纪藏族汉语文学的家族记忆基本上属于历史家族的文化回望，更多地展现的是各种类型的家族的凋敝。尽管凋敝的原因形形色色，但不可否认的是藏族固有的生产方式在现代风潮的侵袭下走向破落，维系家族存活的各种既有优势逐渐失去光泽，在技术革命和社会革命的双重冲击下，家族完成其历史使命，而仅剩下文学和文化回望的记忆价值，在人们不断的重述中彰显其辉煌与衰落。另外，值得注意的是，在藏族汉语文学中，新兴的家族如当代的商业家族始终未曾出现，或许，在以后的文学创作中，此种类型的家族书写将不断涌现，以丰富藏式"中国故事"的家族书写样貌。

第六章　文化地理的藏式"中国故事"表达

　　陈晓明认为，莫言小说表现出"与乡村血肉相连的情感和记忆"的"在地性"的文化特质，在于"它始终脚踏实地在他的高密乡——那种乡土中国的生活情状、习性与文化，那种民间戏曲的资源，以及土地上的作物、动物乃至泥土本身散发出来的所有气息……"①，强调莫言小说的乡土性和民间性。郭宝亮以"在地性"概述近五年来中国当代小说的创作特点，强调"在地性"是"作家经过对生活的观察、体悟，从而行诸笔端的行为"，并由此才能实现"讲述中国故事和中国经验，并自觉地向中国叙事靠拢"的文化意义②。赵勇从词语的意义上指出"在地性"实质上是相对于"全球化"而言的地方性，"隐含着地方性与全球化之间的互动与交往、矛盾与冲突"，表现在文学创作中的"在地性"，"首先是一种写作姿态。这是一种植根于本乡本土的写作，紧贴地面的写作。从现实土壤中生长出来的紧迫问题，常常成为其写作动因。其次，在中国的当下语境中，对于城市而言，'在地性'的'他者'应该是全球化，但是对于乡村世界而言，这个'他者'更应该是城市，是一个'地方'之外的全省乃至全国。最后，'在地性'写作既是记录当下的写作，也是介入当下现

---

　　①　陈晓明：《"在地性"与越界——莫言小说创作的特质和意义》，《当代作家评论》2013年第1期。
　　②　郭宝亮：《文学的"向外转"与"在地性"——近五年来小说创作的一种趋向》，《文艺报》2017年8月30日第2版。

实的写作"①。相对而言，赵勇的"在地性"言说不仅指出了"在地性"的全球文化视野中的地方性形塑特点，突破了"在地性"认知的单一乡土视野，并强调了"在地性"书写的"介入"文学品格，基本囊括并扩充了陈晓明和郭宝亮的"在地性"文学观点，某种意义上也体现了"中国故事"文学表达新的理解方式。

若从"在地性"来看新世纪藏族作家汉语文学创作，我们会发现作家们已经开始有意识地立足于各自的地方性生活经验进行文学"圈地"。譬如，次仁罗布近年来以"八廓街"为地域空间的童年记忆书写、扎西才让的甘南桑多河空间想象的营造、耶杰·茨仁措姆的香格里拉卡瓦格博的空间开拓、尹向东的夺翁玛贡玛草原和康定城市书写的结合、洼西彭措的乡城小说的历史追溯系列、雍措的凹村乡野记忆系列散文、琼吉的拉萨知识女性诗歌抒怀等，这些作家主动地从各自的生活空间入手，表达他们文学"在地性"的想象和塑造。另外，这些作家致力的文体包括小说、诗歌、散文等，也就是说，"在地性"不只是小说创作的专属概念，而应是文学书写的普遍属性，各种文体合力表现文学的文化地理空间的"在地性"想象和塑造。

在推动新世纪藏族汉语文学的"在地性"书写方面，不可忽略的是地域作家群落对"在地性"文学书写的推动作用，其中引人注目的是康巴作家群和甘南作家群。尽管这两个作家群不只有藏族作家，还包括其他民族的作家，但他们合力营造出较为稳定的"在地性"文学表达。目前，阿坝、玉树等地的作家们也在有意识地凝练各自的"在地性"文化认知，期望展现出文化多样化的"在地性"文学姿态。对此，阿来关于"文化多样性的表达"实际上深化了"在地性"文学书写的含义，他认为地方性的"文化多样性表达"不仅包括"不同民族文化的多样性表达"，还包括"一个民族内部的多样化的表达"，而"这种多样化的文学书写同时也是要完全依从于个人的深刻体验与

---

① 赵勇：《"在地性"写作，或"农家子弟"的书生气——鲁顺民与他的〈天下农人〉（下）》，《名作欣赏》2016年第19期。

表达这种体验时个人化的表达"①，而最终文学的"在地性"强调的则是个体"在地性"的深刻身体体验的个人化表达，唯其身体体验的深刻性、文学表达的切身性，方能实现"在地性"的文学实践。

第一节 甘南大地的歌声

张清华在谈到中国近五年的诗歌创作时认为，当今时代"诗人的职责已无法成为荷尔德林和海德格尔意义上的'拯救'，但可以尽可能地寻求一种'对称'，以客观的映衬与诚实的对应来彰显变化的时代"②。诚然，诗歌在当下不再具有振聋发聩的艺术影响力和社会号召力，而更多的是诗人们沉潜于生活中的生命体验的独白或独语，确实需要寻找各自的"对称"，但通过"客观的映衬和诚实的对应来彰显"的内容应该是多样化的、具体化的、独特化的，而非"变化的时代"所能简单囊括的。譬如，甘南诗人丹真贡布、伊丹才让、完玛央金、阿信、桑子、扎西才让、敏彦文、瘦水、嘎代才让、王小忠等代表性诗人③，着力打造的是甘南的地域文化、地域情怀的想象性塑造和表达，侧重点在甘南，而他们所谓的甘南既是地理行政区划意义上的甘南。也是诗人情感体验世界中的带有强烈个人兴味的甘南，因此，他们所寻找并极力营造的甘南是历史的、现实的、理想的、想象的、集体的、个体的等相互杂糅、交织、共融的甘南，亦可以说，他们合力打造出一个文学的甘南世界。然而，在文化甘南、想象甘南的整体"对称"中，值得关注的是诗人们个体性的"对称"。我们可以此为突破口，进入诗人们瑰丽多姿的甘南想象世界，展现他

---

① 阿来：《〈康若文琴的诗〉序》，载康若文琴著《康若文琴的诗》，中国文联出版社，2015，第2页。
② 张清华：《或许语言新的可能性正被打开》，《文艺报》2017年8月25日第6版。
③ 安少龙：《神性高原的多元抒写：甘南新生代诗歌述评》，《青年作家》2012年第9期。

们"对称"的类型、形态、方式及其诉求。

就当前甘南诗人群而言,扎西才让是最活跃的诗人之一。一方面,他二十多年来坚持诗歌创作,而且基本上是以桑多为中心营造他的诗歌世界,以带有叙事意味的诗歌呈现桑多的风土人情、日用百物,立足于普通人的生活品位、人生况味。另一方面,扎西才让近年来先后斩获各种类型的诗歌奖项,入选第二届甘肃"诗歌八骏"。他的创作成绩斐然,同时,他在诗歌创作中并未刻意渲染民族属性,但这不代表他没有民族情怀,他只是将之沉潜为个人生命情怀的底色,作为诗歌创作的基石。因此,以扎西才让为对象,不仅彰显他的创作个性,而且以他的诗歌创作为跳板进入甘南诗人群的内在世界,进而呈现甘南诗群的文学风貌和文化诉求。

一

《大夏河畔》是扎西才让2016年出版的诗歌结集。关于这部诗集的创作缘由,扎西才让并未有直接的言说,但可以从扎西才让《桑多河畔》的创作手记中窥其概貌:

> 桑多河在我故乡甘南的地图上,名叫大夏河,藏语名桑曲,史书上叫漓江,是甘肃省中部重要河流之一,属黄河水系。大夏河流经甘南后进入了临夏盆地,注入刘家峡水库。这条全长200多公里①的河流,滋养了她的流域的文明,丰富了甘肃省藏族、汉族、回族、东乡族、土族等民族的文化。因此,大夏河不仅是地理意义上的水系概念,更是一个文化概念。我想……对大夏河畔的自然生态、社会人文和历史现实诸多方面的内蕴,作深度发掘和诗意展示。②

首先,桑多河与大夏河为同一条河流,汉名为大夏河,藏名为桑曲,是甘南的重要河流,不仅造就了瑰丽多彩的自然风貌,也生成了

---

① 1公里=1千米。
② 扎西才让:《关于〈桑多河畔〉》,《散文诗》2017年第3期。

风景别致的人文景观;其次,流注黄河的桑多河流域的文明是中华文明的重要组成部分,涵盖多个民族文化,属于民族融合的文化交流、集散场域;最后,扎西才让意图通过桑多河的书写呈现他的文化诉求,即"深度发掘和诗意展现"。而实际上,扎西才让出生于甘南藏族自治州临潭县杨庄——"从甘南州临潭县的新堡乡往北,沿着山沟前进五里①的山区,是个二十来户的小农村"②。即便如此,我们没有必要纠缠于扎西才让的家乡究竟是否在大夏河畔,因为他已把对故乡的眷恋之情融汇到大夏河诗歌的书写之中。因此,《大夏河畔》中的大夏河就不再是现实的大夏河,而是浸润着扎西才让浓重原乡情怀的文化地理空间的所在。它既是地理的,又是文化的;既是体验的,又是想象的,更是一种构建式的诗意存在。

  扎西才让早期只是单纯地"把很深的忧愁,淡化成浪漫的田园风景"的"小杨庄"式的书写③,属于故土记忆式的书写类型,如《白鬃马穿过草地》《甘南一带的青稞熟了》之类的早期作品。后经过一段时间的文化体验和文化思虑,扎西才让自觉地意识到个人的文化基因和文化使命,因此,在原乡的道路上他越发深沉,他不再"穿过甘南""掠过草原"④,而是停驻在大夏河畔,静观冥思,回望远观,通过"血缘归属之歌""嵯峨孤寂的生命之歌""深情沉郁的故土之歌""悠远缠绵的爱情之歌""忧伤无助的双亲之歌"表达"对民族、故土和亲人永不磨灭的爱的印记"⑤。他以《七扇门》为名,梳理自己的成长轨迹,意为推开一扇门就是他以及生活在大夏河畔的人们的生活、情感形态。然而,"门"的隐喻在事实上拒绝了他人的进入,如"围城"一样将自我封闭,将故乡封存在记忆中,不

---

① 1 里 = 500 米。
② 陈大为:《白鬃马穿过甘南——论扎西才让的原乡写作》,《西藏研究》2016 年第 6 期。
③ 陈大为:《白鬃马穿过甘南——论扎西才让的原乡写作》,《西藏研究》2016 年第 6 期。
④ 刚杰·索木东:《像豹子一样掠过草原——扎西才让诗集〈七扇门〉读后断想》,《文艺报》2013 年 9 月 13 日第 2 版。
⑤ 扎西才让:《永不磨灭的爱的印记》,《文艺报》2013 年 9 月 13 日第 2 版。

容他人染指。因此，尽管《七扇门》看似打开了通往故乡的大门，并且是多个大门，但实际上所展示的却是极为有限的、封闭的情态，无法充分展露扎西才让深厚迂曲的原乡情怀。

基于此，扎西才让重新审视桑多的地域空间价值，"桑多镇的北边，是大夏河……"（《大夏河的四季》），"在桑多森林里，做那猎人之梦——"（《猎人之梦》），"当我沿着大夏河又回到了桑多山上"（《世外的净地》），"有人路过桑多镇，看到桑多的樱桃红了"（《桑多少女》），"桑多镇外，草原深处，梦被牧羊人搂在怀里，睡去。我们在志书里看见它们来到了阿尼玛卿山脉，齐聚在桑多山下，已经不是埋头吃草的样子"（《桑多梦》）。于是文化视域中的桑多镇出现了，面向大夏河，背依桑多山，周围环绕着森林、草原、雪山，以及一条穿镇而过的路。如此，雪山、草原、森林、河流都沾染上桑多的印记，都成为塑造桑多灵性的外在依托和内在依恋。桑多的历史和现实在此交汇，桑多成为活泼泼的桑多，也成为扎西才让纵横驰骋的文学自留地——他可以随时随地进入桑多，也可以随性随心塑造桑多。尽管我们没有足够的证据证明扎西才让曾受到鲁迅、沈从文、奈保尔、莫言、格非、迟子健等中外作家的影响，但20世纪以来，中国当代作家营造自我想象"对称"的写作思路已为人们所熟知，并为后来者所不断效仿。但在诗歌世界，围绕着某个具体空间——尽管同样是想象的空间——的诗性书写还是不多见的。由此，我们可以说，扎西才让已突破了空泛的地域甘南对他的写作局限，已突破了"故土情结、民族情结和亲情情结"的单向度束缚，而在更为宽广的视域中形塑全新的鲜活的甘南形象。这样，不仅以往的诗歌在进入桑多后也圆润无碍地成为桑多立体结构的某一链条或组成部分，而且以后的诗歌亦会不断增加与增强桑多的广博和深厚，况且扎西才让也明确意识到：

在诗歌写作的过程中，我发现这种文体不能完全表述我对世界的观察和认知。我知道，某些东西，必须通过故事来加以阐释和传达，才能使读者理解我的所想所思。……所以，我尝试着用小说来表达诗歌不能表达的东西，比如生活的广阔与狭窄，人性的复杂和多面，生命咏叹的复调和错位等。①

从近几年扎西才让发表的小说来看，无论故事发生地是在杨庄、尼玛村，还是在桑多，似乎我们都能看到桑多镇、大夏河的影子。如《牧羊人的爱情》（《民族文学》，2014 年第 4 期）、《阴山上的残雪》（《贡嘎山（汉文版）》，2015 年第 2 期）、《牧羊人桑吉的爱情》（《滇池》，2015 年第 10 期）、《喇嘛代报案》（《滇池》，2015 年第 10 期）、《那个叫观音代的诗人》（《北方文学（上旬）》，2015 年第 3 期）、《来自桑多镇的汉族男人》（《西藏文学》，2016 年第 1 期）等，都是与桑多镇有着内在的千丝万缕的关系，都是对诗歌中的桑多的扩写或者说是扩张，意味着扎西才让试图扩大桑多的写作领域，试图通过桑多的叙述书写完成诗歌中跳跃式的一带而过，却无法深入言说的某些细节性的描写。

另外，扎西才让不仅在小说中书写桑多，而且更主要的是在散文及散文诗中不断地重复桑多的故事，有些甚至可以看作是其对桑多诗歌的注解。这集中体现在《诗边札记：在甘南（66 则）》（《文学港》，2016 年第 10 期）、《桑多河畔》（《美文（上半月）》，2017 年第 6 期）、《桑多镇秘史》（《文学港》，2017 年第 8 期）等作品中。如在《桑多镇秘史》开篇有如是的记述：

再和谐的族群，到了一定的时候，就会自然而然地分裂开来。譬如我母亲的祖先，在西藏待久了，和兄弟闹起矛盾。结果呢？被对方排挤，在偌大的西藏无法容身。于是，只好离开西藏，从高处往低处走。走了好多地方，都感觉不是西藏的那种氛围。那就继续走，到了一个叫桑多的有河的地方，有点感觉了："这地方，还可以，可以休憩啦！"休憩了一段时间，觉得越来越舒坦，于是我的先人说："停下来吧，就在这桑多河边，建起桑多镇。让远道而来的回族商人，带来粗茶、盐巴和布料。让那

---

① 胡沛萍、扎西才让：《渴望写出智性又唯美的作品》，《滇池》2015 年第 10 期。

在草地械斗中丧生的扎西的灵魂，也住进被诅咒者达娃的家里。不走了，你们要与你们的卓玛，生下美姑娘扎西吉，养牛养羊，在混乱中繁殖，在计划中生育。"就这样，一待就是五百年，直到皮业公司出现，草原被蚕食。①

而在《大夏河畔》之《第三桑多镇》则有《新的小镇》一诗与之对应：

> 先人说，停下来吧，就在这桑多河边，建起桑多镇。
> 让远道而来的回族商人，带来粗茶、盐巴和布料。
>
> 让那在草地械斗中丧身的扎西的灵魂，
> 也住进被诅咒者达娃的家里。
>
> 不走了，你们要与你们的卓玛，生下美姑娘扎西吉，
> 养牛养羊，在混乱中繁殖，在计划中生育。
>
> 直到皮业公司出现……草原被蚕食。
>
> 羊皮纸上的一百年，只待史官重新书写，
> 在那情欲弥漫的书桌上，在那热血沸腾的黑夜里。

两相对照，我们会发现散文式的表达交代了桑多人的族群由来及其迁徙桑多的过程，而主体部分则都是以先人的训诫口吻书写，是以圣哲或是先知的面相表达对先人英明决策的讴歌。而平静的生活被打破，无论是诗还是散文，都以"皮业公司出现"为隐喻。藏民族或者是生活在大夏河畔的其他游牧民族本就逐水草而居，即便是定居在水草丰茂的河边，也是自给自足或者是一种与天地、自然和谐相处的生活方式，而"公司"等现代产物的出现直接导致代表原初生活方

---

① 扎西才让：《桑多镇秘史》，《文学港》2017年第8期。

式的"草原"被蚕食,在新的生活迁徙中,谁能代表"先人"言说呢?谁又能在"一百年"后书写现代化的这一段历史呢?由此,我们或会发现,尽管散文的方式能娓娓道来事情的前因后果,但诗歌却能将无限的哀思、伤情、怜悯在简短的字词中加以强烈表现。因此,这两者在扎西才让的世界中是相互补充的,互为对照,构成个体写作上的文体和思想的互文。而从整体上看,散文《桑多镇秘史》对应的就是《大夏河畔》中的《桑多镇》,而散文《桑多河畔》则对应的是《大夏河》,至于《桑多山》《桑多人》《桑多魂》则在《诗边札记:在甘南》中都有某些细节方面的对照。扎西才让可能会在将来进行类似于《桑多河畔》《桑多镇秘史》的散文化的书写,揭开某些诗篇神秘的面纱,进一步丰富、形塑新的桑多形象。

二

扎西才让的诗歌创作路径大致是采用感兴—叙述—感怀的写作方式。感兴本为中国古典诗学中的核心命题,关于感兴的价值,当代学者陈伯海认为"感兴""便是诗歌生命的发动",即"心物交感",而只有超越性的生命体验才能上升为审美感兴,才能促动诗歌生命的勃发[1]。扎西才让基本上一直生活在甘南,故乡的花草树木深深镌刻在他的心灵深处,他不时地在内心深处咀嚼回味故乡的味道,多年的城市生活又让他对所生活的城市有了相当多的了解。他不再从道德评判入手看待生活中存在的一些现象,而是以无限的同情、怜悯看待人们的生存样态,如其所言"很多年了,草原上长满阴性的矢车菊,美化着九月的草原,使得青藏高原边缘的这个中国小镇,有了隐约可闻的怀旧气息。很多年了,小镇收留那么多的牧人、匠人和马客,也允许一个有着浑圆臀部的外地红发女郎,在夜里接纳了无数无家可归的浪子。很多年了,我时常梦见小时候偶遇的那只白额母狼,梦见她变身为背水的女人,来到这个小镇上,与我们生活在一起。很多年

---

[1] 陈伯海:《释"感兴"——中国诗学的生命发动论》,《文学理论研究》2005年第5期。

了,某些商人和政客,总是渴望淘尽心中的豺狼虎豹,移空脑袋里的狐狸和蝙蝠,与小镇的人们一起侧耳聆听——那发自空响的檐雨。很多年了,雨水带不走草原上的守护神,他们逡巡在各自的领地,有时化为彩虹,有时变成晚霞,有时,就像我们身边这些闭目养神的老人"①。多年的感受、多年的耳濡目染、多年的不懈思考理解使得扎西才让能将甘南的日常生活转化为审美世界中的桑多情思,成为他诗歌写作、散文写作的创作原动力。因此,在扎西才让的诗歌中,物感的存在似乎不是那么鲜明,他看似瞬间进入诗歌世界,其实是多年的情感荡涤、情感浸润才使得他能携带着相当浓烈的情感和鲜明的形象迅速进入写作。而在写作中,扎西才让渲染情绪的方式主要是叙述,或者讲述故事,或者铺叙某种情绪,以达到迅速起兴的艺术效果,最后再以作品中的感怀引发读者的心怀。通过如此的方式,扎西才让将他的感兴转移到文字中,又通过读者的阅读再次将文字转化为新的感兴。在此过程中,扎西才让所选择的物象都是生活中随处可见的,并不新奇,但他将自我的情绪投射到物象上,通过叙述不断增加、扩大该物象的情感内涵,最终让其膨胀而不至于爆破,但已接近情绪喷发的临界值,使得读者在阅读之后迅速被感染,进而达到引发读者感动、感怀的艺术效果。

以《大夏河的四季》为例,起首句"桑多镇的北边,是大夏河……"作为单独一节存在,无须更多的言辞,只是陈述一个事实,但空间感马上在读者的头脑中幻化出来。而"大夏河……"的表述,将无尽的言辞掩映在"……"之中,又引发人们的审美惊奇,希望探其究竟。接下来三节分别叙述了春天、秋天和冬天的大夏河的姿容,也相应地展现了"我们"应和着大夏河时节的"安静""暴怒""冷冰冰"。这三个季节在时序上有前后差别,但扎西才让无视时序的存在,只是冷静地叙述人与河的关系。这三节属于并列关系,像三个生活片段般地并列存在,但我们明显看到夏天的缺失——而这正是扎西才让的有意为之,以两节的篇幅递进式地呈现夏天的大夏河、夏

---

① 扎西才让:《桑多镇秘史》,《文学港》2017年第8期。

天的桑多人的生活境况,"喧哗,热情,浑身充满力量","在这里逗留,喟叹,男欢女爱"。而最后一句"埋葬易逝的青春"看似有煞风景,其实应和着时序的变化,青春的短暂、岁月的流逝在看似颓废的语句中蕴含多样的情怀。首先,大夏河与夏天相应,因为有"夏"而交织在一起,是时间与空间的杂糅;其次,夏天与春、秋、冬天本应并峙,而人为地将其对峙,构成一种叙述的紧张;再次,看似放大了夏天的体量,实则意在表明就在人们对夏天的期待中,对其他季节的漠视中,大夏河走过了它的春夏秋冬,"人生代代无穷已,江月年年望相似"的生命兴味溢于言表;最后,我们发现"桑多镇的北边,是大夏河……"才是主角,流动的大夏河与看似变动不居的桑多镇构成对照,而生活其间的人就在如是的山河流动中一代代走向衰老,又一代代展现青春面相,生命流逝的体验与读者相互应和,实现感怀的目的。再如《晚风里的桑多山》,情绪更为隐秘,但也不难理解。首节"山上,星星可以被人摘下来/像钻戒那样佩戴"并无特色,但童心懵懂之状已呈现;第二节"山下,河流如银色哈达,一把抓起/就能搭上我们的脖颈",从山上到山下,视角在游移,童心继续萌发;第三节"晚风里的桑多山/已经像只熟睡中的疲倦的豹子",晚风又一次说明时节,而将山比作豹子,比喻新奇,把山的生动活泼加以形象展现,又把星光辉映下的山的姿容进行全新的摹写。这三节一直在铺陈,并且这三节构成一首诗足够表达情绪。但扎西才让的目的不在此处,因此,他没有驻足,而是将残酷的现实展现出来——"明天我就离开这里,离开这里/仿佛早已若无其事",真相表露,重复"离开这里"。扎西才让有过"离开"的体验,离开故乡赴兰州读书四年,离开故乡在城市工作多年,因此,"离开"的体验是深刻的。但他把"离开"的伤痛强行压制在心头,而以"早已""若无其事"表达看似无所牵挂,看似无所谓的情绪,而实则"仿佛"一词将不忍离开、不想离开又不得不离开的愁情烦绪表露无遗。如此,再回看所谓的童心,才发现原来那只是安慰自己的手段,或者说是慰藉自我的方式,明知不可而心向往之,试图将故乡的记忆永远镌刻在心灵深处。该诗以离乡、怀乡等人的原初情感为抓手,引领读者情绪的变迁，实现感怀。

而在一些叙事诗中，扎西才让则直接从叙事起兴，把激烈或平凡的生活场面加以艺术地呈现，极尽其能事渲染场景氛围，不断地加重、加深场景以引发人的基本情绪，而在诗篇结尾则以总结的方式引发人们情绪的升华，由个别性跃升为具有普遍性的情思，让人们徜徉于情感的巅峰，感受心灵的震撼或涤荡效能，也就是所谓的"卡塔西斯"的艺术效果。如《上楼梯的母与子》一诗，首句"我的姑姑拉姆/正在牵着她的儿子上楼梯"。该句很平淡，应和着题目——《上楼梯的母子》，我们猜测可能是孩子尚在年幼，着重展现母子天伦之乐的情态。但倏忽接下一句"这个患有小儿麻痹症的/十五岁的大孩子"，其中对孩子的形容是"大"，颠覆了读者的幼儿想象，而孩子的形容前置定语是"患有小儿麻痹症的"，姑且不说孩子的身心痛苦，此处在开始强化母亲的难以言表的内心世界。下一句"个头还不到她的胯部/他艰难地拖曳着自己的右脚"则更为残忍地将事实显露出来，十五岁的男孩子个子过于矮小，艰难行走于母亲身旁，又一次加重母子俩的痛苦，想见其景象令人不胜唏嘘。但接下来，扎西才让的写法如同惯有的套路一样，以"我"的视角来看待这一生活片段，"她的背影结实而高大/他的背影……哦，我的可怜的弟弟！"庸俗的理解方式可能是这首诗要表达对不幸的母亲的坚毅品格的赞美，但是扎西才让并未停留，而是继续升华我们的情感。"楼梯顶端，房檐勾勒出了方形的天空/那片蔚蓝伸手可及，而他们/正在走向那灵魂一样清澈的天幕"，空间在上升，情绪在上升，他们接近清澈的灵魂使得读者先前的猜测、同情瞬间消散了，他们竟然成了我们灵魂的引领者。他们坦然面对一切的平静搅乱了我们的心绪，在短短的楼梯上，我们彻底被征服了，读者的情绪既得到了释放，又得到了飚飏。

三

扎西才让在诗集《七扇门》中以《诗是……》为自序，表露了他诗歌创作的初衷，该诗与西班牙诗人古·阿·贝克尔的《诗是什么?》有异曲同工之妙。贝克尔以"诗"为媒介,书写处于热恋中的青年男女"基于某种羞涩感,二人话到嘴边,又讲不出口","凡需要言情说爱之处,统统以诗作了替代"①。同样,扎西才让赋予"诗"无上的荣光,指称一切存在。如"诗是高原,是雪域"言明他的关注空间节点在于青藏高原的高天厚土,"诗是父亲,是母亲"言明他诗歌中蕴含着浓郁的亲情关怀,以及由亲情延展开来的爱情、友情、乡情、世情等世俗情感,而"诗是你,是我,是他/是怅然无语的第一人称/是礼拜日之后的黑色黎明/是深渊里的歌声令人心碎"则言明他的诗不只是个人的吟咏,而是生活在这片土地上所有人——"你""我""他"——的心声,更表明对生活在这片土地上的人的无言关注,尾句"诗是……当你深爱着她们时/因喟然长叹而决堤的泪水"直接表明他的诗是爱之诗,是饱含着复杂情绪的泪水的结晶。其中,"怅然无语的第一人称"颇值得人们关注。扎西才让试图以"第一人称"的口吻描述所见、所思、所感,真切地完成他的桑多书写和桑多建构。吊诡的是,此"第一人称"竟然"怅然无语"。既然扎西才让要在诗中表现和传达某些景致、情致,某些世故、世情,为何又选择"怅然"且又"无语"呢?

《说文解字》解释"怅"为"望恨也"②,现通解为"失意;懊恼"③。那么,扎西才让"失意;懊恼"缘何而生?在《大夏河畔》出现以下的诗句:

> 我不说话,也不思考问题。我徒步行走,世界静静的……我终于停止行走,驻留于河岸。我仍不说话,渐渐趋向呆痴。面前的时间,哗哗的,川流不息。(《面前的时间》)

> 我结束了冥想,离开窗户坐下来,又回到原来的愚笨的神态。(《冥想》)

> 哦,此生有你如月亮朗照,我愿意做你月下的一枚彩石,静

---

① 张孝评:《中国当代诗学论》,西北大学出版社,1995,第3页。
② (汉)许慎撰,(宋)徐铉校:《说文解字附检字》,中华书局,1963,第222页。
③ 《辞海》编辑委员会:《辞海》(第六版缩印本),上海辞书出版社,2010,第205页。

卧在你生命的长河里,久久地,久久地,不忍离去。(《你怀里的野花——致少女扎西吉》)

我独自站在桥头,傻子一样坚持着,直到那些红桦的金色叶子在天空中一片一片地落尽,那些当归、芍药和枇杷的花朵,也在风中慢慢枯萎。(《斜阳桥头》)

——我想我已到了能独立思考的年龄。——我沉默,因为那些往昔,我无法面对。(《失败的人从南方回来》)

在上述摘录的诗句中,可以发现一个孤独者的形象,一个与周围世界格格不入者的形象。难道扎西才让苦心经营的桑多只是他精神的庇护所?然而,我们在他的诗歌中还能看到更多的世俗喧嚣、人世浮华。显而易见,孤独地游离于火热的生活之外并非扎西才让的追求,或许答案就在《我的寂寞》和《沉默者》之中。

《我的寂寞》原刊载于《诗刊》2006年2月下半月刊,先后收录于《七扇门》和《大夏河畔》。该诗描述了"我的寂寞"的样态,"在幽暗的长廊里爬行""在冰凉的长椅上蜷缩",长廊、长椅似乎是城市公园里的物象,而"凝滞的空气"和"安静的秋霜"则是"我的寂寞"的外形,"直到月出""直到日出",当沉睡在内心深处的深爱的"桑多山的精灵们"活跃起来,当鸟雀们的鸣叫"唤醒了'我'对故乡的记忆",至此,"我的寂寞"才会短暂地消失,"我"才会迎来片刻心灵的宁静。在此诗中,扎西才让为我们塑造了一位远离故土而又渴望亲近故土的人士的形象,他在回望、怀想中惆怅,在对故乡的怀恋中无言,故土成为他生命中永远难以言说的隐痛。《沉默者》原名《沉默——在投影世界的电视机前》,在诗中"我长大成人,也开始仰望人类曾深思过的星空"。"我"像祖辈一样思虑宇宙的星空、思想的星空、人生的星空,但桑多同样不是化外之地,"电视和报纸上,血腥的事离我不远,残酷的世界像动荡不息的大河。别人在河里沉浮,挣扎,也呼号;我在岸边,在岸边,愚笨又茫然"。冷眼旁观世界的残酷,人生的悲惨,"我"无能为力,陷入对生存、生命等命题的深重思索之中,但获得的是更为深重的无力感。于是,"我"对自我产生怀疑，对自我的价值产生疑惑，"选择沉默"。而扎西才让聊以自慰的是还有桑多可以寄存星空迷梦，还有诗可以慰藉心灵。同时，他也同样意识到"这诗篇，是无力的舟楫，是暗淡的星辉"，但毕竟又看到了希望，尽管希望渺茫，但那"一点点热""一点点寒"毕竟寄寓人类的愿景展望，毕竟代表着人们不懈的挣扎与无尽的渴求。

由此可以看出，扎西才让"怅然"的，一方面从小我而言，是故土之思、原乡之情，是一种愧疚，一种依恋；另一方面从大我来看，则是基于人类的责任意识而引发的对当前人类生存处境的无言抗议。因此，扎西才让在《大夏河畔》营造的桑多不仅缓解了其对故土的依恋之情，重塑了高原风情，而且通过塑造一幅幅鲜活的生活画卷来表达对于安宁、和平、火热的世俗人生的赞美，故而扎西才让伫立在桑多不仅回望人类的过往，还在期盼着人类的未来愿景，或者说，他沉默地守望着内心的那方不容玷污的心灵净土。这或许不只是扎西才让诗歌中所表达的，也是甘南诗群的共同期待。

第二节　雪山褶皱的心语

新世纪以来，藏族汉语文学创作尤其是小说和诗歌创作领域势头强劲，方兴未艾，取得了令人瞩目的成绩，尤其值得关注的是女诗人的文学书写。一方面，接受社会主义教育的女性们强力发声，逐渐夺回被有意或无意遮蔽的话语表达权，展现出女性自身的文学建构和表达的希冀和努力，体现她们在现代社会文化建设中的独特价值。另一方面，女作家们表现出别样的创作风范。大致而言，她们的书写多从民族和性属的角度出发，昭示文学创作的新的可能性，即从边缘书写开始逐渐渗透到社会生活的方方面面，体现出"处于边缘位置的藏族女性作家以其鲜明的族别意识与坚挺的女性意识和毫不媚俗的姿态显示了与主流女性文学串座的不同特色"①。例如，早期的完玛央金、白玛娜珍、康若文琴等女诗人更多的是从女性的视角来展现生活的多姿，发掘潜隐在女性心灵深处的不为男性作家们所关注且男性作家们也无法关注的精神世界。而新世纪以来涌现出的一批藏族女诗人的视野更为宏大，更乐意编织属于自己的精神空间。她们自信而不自闭，自足而不盲目，既有民族文学的强力支撑，更有现代女性的博大视野。但不可否认的事实是，大多数女诗人多坚守一隅空间，侧重对某一地域空间的营构和把握，我们可以说她们的格局略小，但不能否认她们经营的用心与精致，如那萨、白马玉珍、旦文毛、扎西旦措、琼吉、白玛央金、斯琴卓玛、白玛曲真等，皆从自身周遭生活捕捉诗意、寻绎诗语，演绎诗化人生。

从文学地理的分布范围而言，西藏、青海、四川、甘肃的藏族女诗人数量较大，文学创作无论是数量还是质量都比较可观；相对而言，云南的藏族女诗人稍逊一筹。但是，近几年以来，由于多方面的合力，云南籍藏族女诗人的创作量有所提升，其中迪庆藏族自治州德钦籍女诗人和欣的诗歌创作颇为值得关注。

和欣，藏名为耶杰·茨仁措姆，生于 1972 年，云南迪庆德钦奔子栏镇夺通村学贡人。她在 11 岁前一直生活在学贡，后随家人迁居香格里拉，接受系统的文化教育，毕业于昆明师范学校，从事教育工作，后调入迪庆文联从事编辑工作，开始专职文学创作和摄影工作。就和欣的生活经历而言，她除了在昆明读书外，基本生活在迪庆州府，丰厚的地方生活体验塑造了她诗歌创作浓厚的香格里拉地方风情趣味，童年离开乡村到城市生活的生命体验又使得她的诗歌带有浓郁的乡恋情调，行走迪庆寻摄景观之美又使得和欣的诗歌充满自然的和谐之美。和欣的故乡学贡为雪山环绕的平坝草甸，属于半农半牧区，于是，农耕文明与游牧文明的交织造就了和欣既向往田园牧歌式的生活方式，又善于思索多样化碎片式人生体验的况味，呈现出一种热烈

---

① 徐琴：《文化身份的建构与书写——当代藏族女性文学研究》，中山大学出版社，2017，186 页。

而不失内敛、澄澈而不失纡曲、机敏而不失深沉的文化秉性。

一

和欣的乡愁书写未必如传统的游子思亲那样，展现时空并置中对故土的深深思恋，也不像余光中邮票式的隔海吟咏，而更多的是像福克纳所谓的对"邮票般"故乡的在地性的依恋表达。和欣童年离乡进入城市，尽管在一定程度上割裂了她与故土间的亲昵感情，但儿时的乡土记忆始终盘桓在心灵深处，尤其是在接受了现代教育之后，作为知识女性的和欣愈发渴望在故乡的母体中获得精神的慰藉，愈发渴望重温故土的甜蜜生活韵致。因此，一旦某些形态的物象与她记忆中的故乡相契合，就不能不引发她的依恋，引发她的故土情思。在和欣的诗歌中，物理空间不是生成她乡恋的基本条件，而无法回去的忧伤才是她故土依恋的缘由所系。

和欣将对故土的情思物态化、形象化，在想象的空间实现她的依恋。例如，《我的木屋》中"我的木屋"不仅是一种实物，更是负载她复杂情思的寄托。尽管"尘封的记忆/早已了无踪影"，故乡在和欣的记忆中只是模糊的影像，儿时的记忆在岁月的风尘中早已失去了生活的底色，唯留下黯然神伤的印记，但"那个古老的部落/像风牵挂的笑容/带着你前世的回眸"，一旦由个人的思乡蝶化为思虑感受更为博大的文化原乡情怀时，和欣便开启了民族的地方史志回顾，顺延着"月光迁徙的足迹"寻找"祖辈的回声""祖母的歌谣"，她的眼光就由世俗性、现世性而蜕化为历史的凝眸，她就在地方性、个体性经验的书写中绽放其丰富多元的时间之美。但现实毕竟是人们无法挣脱的，而梦就成为人们的精神替代物，就成为心灵皈依的真实写照。于是，在《梦中的牧屋》中，和欣进一步将"木屋"转化为"牧屋"，这不是简单的修饰词语的变化，更是和欣对草原牧歌的诚挚情感的表露：

牧屋走进我的梦里/我坐在/有星星一样野花点缀的牧场上/夕阳绯红/轻轻地拢着木屋/我和牧屋/就在夕阳下等待/夕阳细密

/丝丝缕缕牵着梦/和梦中的牧屋/安详静谧/牧屋/把风藏在密林之中/走进我的梦里

北宋文人王禹偁在《黄州新建小竹楼记》中曾言小屋的恬适生活为"送夕阳，迎素月"①，和欣则在梦中建构出故乡的"牧屋"的意象，独坐牧场赏夕阳晚照，绯红而细密的光照掩映着牧屋前的诗人，在安详与静谧中企盼回到故土，感受草原的温暖与甜馨。诗人沉浸在过去的回忆中难以自拔，待月华初上，和欣开启了新的寻找。于是，在《三颗沙粒》中，她从"月光染白的露水中/寻找爱人抛掷的三颗沙粒"。所谓的"三颗沙粒"或者指称的就是《金刚经》中"如一恒河中所有沙，有如是沙等恒河"所意指的"过去心不可得，现在心不可得，未来心不可得"②。在现实的物象中，和欣期望把握不可得之过去心、现在心和未来心，过去的毕竟存在于记忆中，即便模糊仍夹杂着温馨，如同"母亲剪切的脐带穿过指尖"的瞬间，现在的如同月华下正被注目的"露珠"，尽管温润，但转瞬即逝化为记忆，而未来的则是不可把握的，但在时间的流逝中亦会变为现在，转为过去。和欣所追索的并非如佛陀所意指的恒河沙的哲学意味，而是产生恒河沙意味的现实基础，"太阳每天从寸头的玛尼堆经过/我和清晨一样爱过雪山/以及雪山上的雪莲"。她着重展现的是生活的美好、体验的新鲜，在朴素的生活中感受恒河沙的日常旨趣和现实表达，因此，她自信在生活中的"雪山下/我又找回了/爱人抛掷的三颗沙粒"。

相比较以上较为虚化的乡愁依恋，和欣更为关注生活中现实的物象，在其中寄予她现世的情怀和往日的不可追索，如《青稞架》。所谓的青稞架是云南香格里拉藏区一带出现的打有孔眼用来插置圆木以晾晒粮食的器具，在滇西北高原的平坝草甸上较为常见。和欣从这一器具中发掘出故乡的人性之美、亲情之淳，回望记忆中的故乡，形塑

---

① 王禹偁：《王黄州小畜集》，载《四部丛刊》缩印本，上海书店出版社，1989。
② 陈秋平译注：《金刚经·心经》，中华书局，2010，第82页。

梦中故乡的样貌,"风牵不到手的地方/阿妈的眼睛在唱歌/阳光温暖的指尖上/阿爸的弦子在舞蹈"。丰收的时节,父母在草坝青稞架上晾晒粮食,在和煦的阳光、欢快的节奏中畅享生活的扎实与美好,"白云捧起银碗/一路酒香四溢/雪花歇脚的站台/满地是牛奶",而这一切皆属过往,当下对过往的描述愈诗意、愈迷人,愈发展现出过往的不可得,愈发衬托出故乡温情的遥不可及,即带有"昔我往矣,杨柳依依;今我来思,雨雪霏霏"所表达的"一倍增其哀乐"的情怀。至于其他诸如自然景象的描写,则更将故乡的依恋之情表露无遗,如《雪花》:

　　雪花离开天空/奋力地落下/像开满野花的牧场上/奔跑的羊群/听由远而近的蹄声/像婴儿的啼哭一样美妙

这一节展现飘飘洒洒的雪花的姿容,以羊群奔跑的块状形容雪花的迅疾猛烈,以婴儿的啼哭描摹雪花的声响,从视觉与听觉两个方面呈现雪花奋力挣脱天空回归草原牧场的形态,展现弥漫在天地间的苍茫、壮美甚至还带有些许的期待。而第二节则抒写欢愉之情"这浩浩荡荡的雪花/仿佛要将人世间所有的幸福/一片一片地抛向大地"。雪花成为幸福的使者,携带着人世间幸福的元素洒向草原,于是和欣热情地欢呼"那就请摊开双臂吧/只要我们还留有一丝温暖/落下的雪片就会植入我们的肌肤/浸透干涸的心田",但前提是我们的心中还有温暖,还有向往幸福的期待,那么,雪片就会化作我们身体的一部分,就会滋润大地上人们的心田。至此,《雪花》一诗所要表达的情感似乎已经完成,但和欣似乎并不满足,她吁请人们再等等,吁请雪花再猛烈些,"再等一等/等雪花染白树头/染白村社/染白家的方向/我们就会看到/幸福是白色的",等白雪染遍大地上的一切,遮蔽大地上所有,在白茫茫的天地间,我们就消泯了空间的物理距离,而与故乡直接相连,就更容易感受到故乡的幸福。在此诗中,和欣大胆地想象将无边的乡愁以莽莽草原上的漫无边际的雪加以物化的呈现,更渲染出乡愁的无边与对幸福的期许。

二

和欣的乡恋是贯穿她整个诗歌创作的主线，渗透进她其他类型诗歌的写作，带有元写作质素的特点。在诗集《我的卡瓦格博》中，还有大量的时节书写作品。时节既包括时序，也包括节令，既是自然运化的表达，也是人们对时节认知情感的展现，蕴含着时光的飞逝、世事的唏嘘，以及无法掩盖的对原乡的热烈讴赞。

和欣时节书写大致包括两个方面的内容。其一，关于一天时序的诗化展现，如《这个清晨在属都湖畔》《写在七夕的午后》《蓝色冬天的午后》《在春天的傍晚与腊普河相遇》《黄昏的草原》《落日》《故乡的夜》等，基本涵盖一天之中的清晨、午后、傍晚、黄昏、落日、夜晚，循环往复构成时间的线性流动。在清晨的属都湖畔，和欣关注的是"把所有湖光山色包裹严实的/阳光都无法穿透的/晨雾"，所有的一切都被浓雾"凝固""囚禁"，天地之间、山水之间充斥着"纯净的流动的白"，晨雾笼盖一切景象而成为更混沌的、更富有质感的存在，于是"自己和自己都没有了距离"[1]，身体与心灵、精神与世俗融为一体。在灵性的自然面前，和欣实现了精神原乡的内观与反视。当阳光穿透晨雾，在七夕的午后，和欣尝试着回想昨晚的鹊桥仙会，竟然发现"一片树叶竟然大过整个宇宙"[2]。当我们将目光投置于银河之上的鹊桥时，和欣看到了比理想更贴近生活的现实世界，一叶障目原来遮蔽的并不是远方，而是脚下的大地。尽管生活需要诗与远方，但更值得关注的则是我们脚踏的大地和支撑我们伫立大地的精神依托。而在冬日的午后，和欣则展现出一副慵懒、闲适的姿容，"这个午后/白云浅浅地/露出亲切的目光对人注视/一杯沏开的红茶/海浪一样的波纹玫瑰色的点缀/一把藤椅/冷暖相遇/记忆与遗忘的空间/仿佛寻找握在手里的物件"[3]。手持红茶依偎在藤椅上的诗人悠闲

---

[1] 和欣：《我的卡瓦格博》，云南人民出版社，2017，第98页。
[2] 和欣：《我的卡瓦格博》，云南人民出版社，2017，第63页。
[3] 和欣：《我的卡瓦格博》，云南人民出版社，2017，第50页。

地欣赏冬日的蓝天白云,而不时掠过的浮云则幻化出她对往事的追忆,伴随着"风声稀疏/血液微微颤动",诗人在追念着什么,她的眼前又幻化出哪些物象,我们不得而知,但唯一确定的是她在记忆深处寻找着曾经遗落的某些事物。在傍晚,无论是邂逅腊普河,还是置身于哈母谷草原上,和欣都在关注夕阳之美,因为她看到了"希望的落日"①。落日寓意着夜幕的降临,另一种生活状态的开启,也让她在静谧的夜晚畅想故乡的样貌,"在大山深处/河流般弯曲的学贡/月亮枕着杂拉神山和纳托神山/慈祥的目光像流水一样/漫过山头/落满一地的月光/撞击着母亲分娩时的黑羊毯/守望千年的香柏桑烟弥漫/时光浮出水面/整条河飘散着玉米和杏子的清香/童年的脚印还透着水气/线条映出核桃破皮的笑容"②。和欣念念不忘的学贡以及萦绕在学贡周围的雪山只有在夜幕来临,月上中天才会出现在她的世界,只有驱逐了世俗的烦扰,她才能更好地沉浸在自己的世界,梳弄故乡的那些往事,慰藉她的乡恋之情。

其二,有关一年时序的作品,依照所写时序而言分别是《三月里一场安静的雪》《春雨》《五月》《六月》《在六月里》《六月的草甸》《蒲公英》《狼毒》《杜鹃花开时》《绿绒蒿》《七月的雨水》《七月在雨崩》《秋天》《秋天那些事》《秋日的最后一句叮嘱》《落叶的诉说》《九月》《立秋之后》《还好秋天没有说话》《108个秋天》《秋天太像我的母亲》《一场突如其来的冬雨》《冬至》《走进冬天》《那些藏在冰晶里的美丽》《在冬天的阳光下》《余下的三季》等。

在藏族传说中,香格里拉是充斥着鲜花和牛奶的仙境般的存在,是被雪山包裹着的世外桃源,是人们向往的所在。自从英国作家希尔顿《消失的地平线》问世以来,香格里拉尤为世人所追索。但实际上,香格里拉尽管为群山环绕,草甸青青、河流弯弯、风光旖旎,但一年之中有半年为冬季,春、夏、秋三个季节非常的短暂。自幼生长

---

① 和欣:《我的卡瓦格博》,云南人民出版社,2017,第140页。
② 和欣:《我的卡瓦格博》,云南人民出版社,2017,第42页。

在此种环境中的和欣悉心捕捉每个季节的美,向人们展现一年之中不同时节香格里拉不为外人所知的别样的风情。

在三月的滇西高原,一场春雪不期而至,预告着春的气息,尽管"初春的嫩芽还未探出双眼/飞舞的雪花却落满一地/鹰翅上的春天高原一样的辽阔",高原上的春孕育于雪的怀抱,昭著于鹰击长空的欢愉,以一种刚性的姿态展现其承嗣"冬天色彩"秉性,唯一不同的是缺乏冬雪的"冷艳",而带有更为温润的光泽和"包裹亿万种鲜花的梦"①,静待春色满园。四月的高原迎来一场盼望已久的春雨,大地瞬间改换了颜色,"你从远方来了/满载着人间四月的缤纷/满载山野经幡的低鸣/高原开始泛绿/牛羊成群结队"②,新的希望诞生了,生命的绿色势不可挡,生命又一次绽放光彩。五月的"原野纤细妖娆","云朵撩开裙裾/花萼中悄然邂逅/阳光弹奏的季节/像经咒一样穿过村庄/青稞苗芬芳吐绿"③,被春光加持过的青稞在原野上汲取阳光雨露而郁郁葱葱,"绿叶中的黄花/开满原野/那么娇柔"④ 的狼毒花被人们发现了,"覆盖了这片高原","扮靓了大小湖泊","惊扰了冬后的山林"的杜鹃花"带着大地的乳香"⑤ 开放了,而蒲公英"金黄的小花"强力"撕开冬天的一角","勾勒出春天的线条/诉说着/子宫里那段温馨的故事",五月的"原野一片欢腾"⑥。六月延续着五月的芬芳,"是石板上长草的季节"⑦,"生命在大地的肌体里奋勇穿梭""唱响雪山深处六月的赞歌"⑧,生命的伟力令人咋舌,"我的高原如启封的牛奶坛子"香气四溢,生机四溢,"经卷一样打开的牧场/牛羊马群信步走来",迷人的高原,迷人的绿意盎然。和欣似乎对六月情有独钟,在诗歌《在六月里》,她将六月亲昵地称为"我

---

① 和欣:《我的卡瓦格博》,云南人民出版社,2017,第80页。
② 和欣:《我的卡瓦格博》,云南人民出版社,2017,第27页。
③ 和欣:《我的卡瓦格博》,云南人民出版社,2017,第81页。
④ 和欣:《我的卡瓦格博》,云南人民出版社,2017,第55页。
⑤ 和欣:《我的卡瓦格博》,云南人民出版社,2017,第71页。
⑥ 和欣:《我的卡瓦格博》,云南人民出版社,2017,第111页。
⑦ 和欣:《我的卡瓦格博》,云南人民出版社,2017,第9页。
⑧ 和欣:《我的卡瓦格博》,云南人民出版社,2017,第93页。

的公主",盛赞为"一场生命的盛宴在六月"。六月"扬起长袖抚弄蕊蕾/半开的花朵娇羞动人"①,而六月的草甸上,"各色小花也都开了/六月的草甸看不到草的影子","花仙子飘然而至"②,生命在草甸上尽情地释放活力。

七月的香格里拉尽管温润,但"七月流火"已是不可扭转的节奏。尽管雨水已然在滋润着高天厚土,但毕竟心生凉意,于是在略带伤感的七月,和欣目及"我的牧场和雪山/说着海的语言/讲述着族人的故事",沉吟"七月的雨水/月光都停在了草叶上",感慨沧海桑田。"我在高原/拾起一枚海螺的足迹"③,由惊叹生命的喧哗进而转为追思生命的价值,"七月我在雨崩/积雪河流安顿的七月/紧握阳光和雪山/我紧握血肉模糊的内心"。原来,七月不只是六月的延续,更是阳光与雪山交汇的所在,也是诗人历经雪雨风霜的内心世界的写意,尽管血肉模糊,依然希望紧紧把握七月最后的光彩,淬炼诗意的家园。

如果说和欣钟爱六月的草长莺飞,偏爱七月的星空凉暮,那么秋对于她来说则是别有一种复杂的韵味。她更热情地拥抱秋天的"热烈""斑斓美丽"和"红透了的叶子"④,感动于秋天如"姐姐/那金色的发卡"般"指尖滴落的阳光"⑤往事,倾听着《落叶的诉说》,铭记着《秋日的最后一句叮嘱》,感念着《秋天太像我的母亲》,但《还好秋天没有说话》,只是温婉地展现"像阿妈手中的108颗念珠/捻过季节斑驳的纹路"般"光润圆实"的最终"回到青稞架"上的秋天。和欣的秋天既不同于汉武帝刘彻《秋风辞》中"怀佳人兮不能忘"而引发的"少壮几时兮老奈何"的喟叹,也不同于欧阳修《秋声赋》中的秋思,更不像刘禹锡《秋词》所谓的"自古逢秋悲寂寥,我言秋日胜春朝。晴空一鹤排云上,便引诗情到碧霄"之豪壮,

---

① 和欣:《我的卡瓦格博》,云南人民出版社,2017,第104页。
② 和欣:《我的卡瓦格博》,云南人民出版社,2017,第112页。
③ 和欣:《我的卡瓦格博》,云南人民出版社,2017,第10页。
④ 和欣:《我的卡瓦格博》,云南人民出版社,2017,第11页。
⑤ 和欣:《我的卡瓦格博》,云南人民出版社,2017,第12页。

她只是在感怀岁月的流失,以女性的视角展现岁月的自然过往,没有怨言,没有执念。《岁月流失》最能表达此种情怀:

> 秋天就住在那片银杏叶上/我是看过三十八次叶黄的女人/翻过山门用风尘洗刷脚背/或用冰雪抚拭尘埃/我的三百零六块骨骼没有了韧性/没有了牵挂/蝉鸣淹没在喧嚣声中/这个冬天来临之前/我只能像松鼠那样/备足泡皮的核桃/在巢穴中安然度过

她看淡了岁月的容颜,以闲适之心应对自然的运化,如迟子建在《额尔古纳河右岸》中所言的"我是雨和雪的老熟人了。我有九十岁了。雨雪看老了我,我也把它们给看老了"。丰收的季节、繁荣的季节、落寞的季节,无论是怎样的秋天,和欣只蜷缩在自己的秋天里,捕捉秋色、品味秋意、感受秋怀,安静地等待下一个季节的来临,安静地看待生命的流逝。

《黄帝内经》所谓"春三月,此谓发陈……养生之道也;夏三月,此谓蕃秀……养长之道也;秋三月,此谓容平……养收之道也;冬三月,此谓闭藏……养藏之道也"①。因此,在中国人的文化观念中,冬季休养与敛藏本就是生命的规律,没有必要为冬季的萧索、冷清而神伤,万物的养藏只是为来年的发陈做准备、蓄积力量。而在和欣的故乡,冬季长达半年之久,已远远超过"冬三月"的时令节点,因此,冬季不只具有"养藏"的意义,更是和欣发现美、感受美、塑造美的场域。在《一场突如其来的冬雨》中,和欣关注的并不是"冬雨",而是"冬雨"所带来的"冬天"的信息,以及她的生命反思:

> 或许我能告诉你的/不只是这场突如其来的冬雨/还有明媚的春天/或者骚动不安的夏天/秋天的绚丽我们避而不谈/其实,每个季节我们都无法躲避/就如我们无法抗拒老去/在这些季节里/按部就班胜过所有的努力/因为季节从来没有背叛过我们/我们选

---

① 张志聪:《黄帝内经素问集注》,康熙刻本。

择在冬天里/即使寒冷/或者被封冻

既然我们"无法躲避"任何一个季节,那我们就顺应自然的运化之道,和自然一道"按部就班"地在时光里行进。人们在季节的更迭中追随着生命的意义,甚至幻想着能脱离当前的季节而跃进到自己喜爱的季节,但季节已然沉默不语,一如冬雨的突如其来,默默地行进在自己的节奏里。因此,我们与冬天之间的关系,无论是主动还是被动,都是不可扭转的,而如何才能在"寒冷""封冻"的季节畅想生命的欢愉,或许才是我们应该瞩目的所在。和欣将期望寄托在《冬至》中,以人格化的方式描述冬的到来,把一个时令的到来看成一个老朋友的造访,"当他用双臂抱紧高原/这个昼短夜长的时令/将所有流动的液体冻结",于是"湖面将被冰封",生命似乎失去光泽,但是"冰封之下深情的湖水/知道/他们会同阳光一道醒来/他们紧紧相依的臂膀/将年复一年/直到/湖水不再等待"。湖面将要冰封,湖水终会解冻,在冰封与解冻之间,湖水始终与阳光同在,而成为生命中永恒的话题。在真正地进入冬天后,百无聊赖的心绪在和欣的诗中展露无遗,"如果可以请让我种植冬天一样的寒冷/封锁自己也封锁周围/冰冻之后/所有生命是否依然/和我一样/无可奈何"。在冬天,和欣看到了"成群飞临的秃鹫/骨骼紧抱的灵魂/被一只只秃鹫带离/冬天的原野/岚烟袅袅"①,冬天如秃鹫的盛宴般检视着生命的顽强与脆弱、强盛与颓败。相比较上述略带伤感的冬季书写,《那些藏在冰晶里的美丽》和《在冬天的阳光下》则展现出冬季的另一种魅力。和欣唯美地呈现冬天的阳光的温柔和纯净,"冰凌羞怯地隐藏到岸边/冬用梦一般柔滑的波光抖落冰霜/一潭碧水沉默不语/偶尔零星的泡沫绕过/在被眼睛碰撞的苔藓上/自由游动/白云牵手问候/把蓝天铺到水面/我伸出手/搂紧阳光/天空就温柔地躺在怀中"②。阳光、湖水、天空、白云共同构成一幅立体画卷,自由、温情、浪漫、和谐是

---

① 和欣:《我的卡瓦格博》,云南人民出版社,2017,第 26 页。
② 和欣:《我的卡瓦格博》,云南人民出版社,2017,第 97 页。

其中的格调；同时，和欣还关注到了"冰晶中的美丽"，看到了别的季节不曾拥有的魅惑，"风中的冰晶"妖冶、执着、莹润，而"冰晶中的美丽"如情人的眼神恍惚、迷离，实际上冰晶是阳光和清晨紧紧依偎的爱的结晶，冬天又是生成别样爱情的季节，让我们看到了与其他三个季节截然不同的爱的生成与表达。

和欣在时光中悉心梳理情感，编织情思，她用心地感受时光飞逝中隐微而纡徐的心理变化，忠实地记录下自己的时光心语，不去刻意遮掩她的心怀，真诚地袒露心曲，以其赤诚之心书写高原节气的绵长与她的怀恋。

三

和欣不止以女性的柔婉铺陈雪山乡情的无限爱恋，还在诗歌中展现亲情的深沉和追怀，以母亲和女儿的身份不断地勾画出弥漫于天地间的圣洁的亲情。

对女儿的爱，和欣在《写在女儿的十六周岁生日》中表露无遗。她以为女儿是上天的馈赠，是她生命中最为辉煌的成就，能握着女儿的手陪伴她一起成长是最为幸福的事情。因此，她感慨"那一天/一万盏酥油灯打亮黎明的天空/白度母点化千年的莲枝/送来我前世刻骨铭心的你/雪莲圣洁露珠待放"。女儿的降生是圣洁的，女儿是命运对她的眷顾，而"第一声啼哭/连起了我们生命的起点"，让母亲和女儿从此"水乳交融"，难以分开。但生命的成长不可阻遏，她告诫十七岁的女儿"展开翅膀去搏击吧/充实人生的旅程/记得保持高原一样的高度和宽广"，希望女儿永远保持高原女儿所具有的品格，欢愉地翱翔在生命中。在这种情感的促发下，和欣在《写在母亲节》里抒发了一位母亲的生命感想，首先"感谢上苍/赐予我的/山泉一样的女儿/人生路漫漫/与你携手走过的岁月/一路花香鸟语"，其次"感谢女儿/赋予母亲/花瓣一样丰盈的日子/女人如此多彩/像康乃馨一样绚烂/清香慰人"。女儿和母亲之间不仅是血缘联系，更是精神的联系，不仅是女儿成就母亲的快乐，也是母亲在陪伴女儿成长的过程中享受到了母亲的欢乐。因此，和欣坦言"在这个母亲的节日里/

作为母亲是那么幸福"。

同时,和欣还是一位女儿。面对日渐走向生命尽头的父母亲,她感叹着时光飞逝摧折了父母的容颜,庆幸亲情水乳交融般的黏合。在《缘》中,和欣这样表达:

阿爸的佛珠/阿妈的象牙镯/我的手
我的体温/阿妈的呵护/阿爸的祈祷
一只手/迎向前方/明镜安详
我带着前世的嘱托/今世的缘/在白度母慈爱的微笑间/悄然归落/从此/阿爸的手/阿妈的手/我的手/朝向同一个方向

当"我"在阿妈、阿爸的呵护、指引中渐渐成长,"我"深深地意识到我们"今世的缘"其实是冥冥中自有安排的。在亲情白度母的微笑中,"我"的手延续着父母的手指向的方向,如同"我"的女儿将沿着我的手指向的方向在前行。生命本来就是如此,在不断地更迭、不断地承嗣,一代又一代延续下去,而维系在其中的则是不变的父母与子女之间深深的爱与眷恋。于是,和欣以《想念母亲手中长长的松明火把》忆念母亲的温暖:

黑夜里/母亲手中长长的松明火把/亮着亮着/驱赶着恐惧
记忆里/母亲手中长长的松明火把/亮着亮着/燃烧着希望
时光里/母亲手中长长的松明火把/亮着亮着/照亮了幸福
母亲手中长长的松明火把/穿过黑夜/穿过白昼/亮着亮着/照亮一生一世

松明火把在母亲的手里,永远都闪耀着光芒,照亮了女儿的路,温暖了女儿的心。但再长的火把总有燃尽之时,美好的愿望在惨烈的生命序列中是惨白无力的。当面对天人永隔,和欣更是掬起一捧雪山泪,哀悼亲情的流逝。《2011年1月21日——于父亲的祭日》和《父亲》两首诗以泣血之笔表达痛失慈父的伤恸,那一声"阿爸——"的哀泣道尽了雪山女儿无尽的悲伤,"无力与您道别"、不得不"强忍在心里喷涌的泪水/怕您路上阴雨密布",唯有"让时光在脑海里回流/让酥油灯传递女儿无尽的思念"①。和欣将对父亲的哀悼物化为"一把栎木柄斧",浮现在心头的是成形了的木碗、糌粑盒和大木盆,还有"村头田角的栅栏",这些曾经带有父亲劳动气息的物件令她回想起"我又看到您/抡起的斧子"。尽管和欣经历着捶心之痛,但她能迅速地将这种私己之感转化为天地间的博深的情感,不仅告慰亡父,更是对人生未来之路的希冀——"深夜/风轻轻地送来/群山的回音和前世的初心/我又听到阿爸说/酥油灯亮了"②。所有像父亲一样亡故的亲人们、族人们都走在酥油灯点亮的路途上,所有的雪山儿女都在父辈的酥油灯的指引下顽强地走在各自的人生旅途中。

令人诧异的是,和欣的亲情书写有母亲对女儿的叮咛、有对母亲的思恋、有对亡父的哀悼,唯独缺少对于爱情的描摹。我们不能说和欣没有爱情,更可能的是正是在爱情的滋养下,她生成了更为博爱的胸怀。或许是人到中年,曾经的激情爱恋已转变成琐屑的日常生活的呢喃和相视一笑的平淡温柔。

四

英国作家弗吉尼亚·伍尔夫倡议所有的女性尤其是女性作家们应该有自己的一间小屋,应该在心灵深处为自己安置一个书写、释怀、表达的空间,应保持自己的独立、自尊,应该有自己的私语和心语。这或可理解为,伍尔夫号召女性从自身属性出发描写自己的真实的内在生活。就和欣而言,她可能并没有如伍尔夫所指称的女性主义文化立场,但她的性属身份决定了她的思考能从女性视角出发,去感受、思索生命褶皱中潜藏的意义,去营构她自己的私语小屋。

和欣的私语大致来说可以分为两种类型,分别是静思与物语。所谓的静思,是和欣每每夜深人静时,在梦与醒之间深情仰望星空和窗外,塑造她的私人空间。所谓的物语,往往是由外在的某些景象所引发的情思,寄语于物,令她低徊吟咏,难以自抑。

---

① 和欣:《我的卡瓦格博》,云南人民出版社,2017,第65页。
② 和欣:《我的卡瓦格博》,云南人民出版社,2017,第67页。

和欣在《试着放下》一诗中表达出我们初始可能对人生寄予无限的想象和厚望，但实际上"或许/要去的没有方向/没有目的/只是/在出发的时候/假设了太多的理由"。为此，我们要清醒地认识到"其实/不是所有的承诺都需要兑现/不是所有的愿望都需要实现"。理想毕竟不同于现实，我们所能做的就是"走好每一段路程/就会是最精彩的"，其中渗透出浓浓的中年感喟，表达了如辛弃疾所谓的"少年不识愁滋味，爱上层楼。爱上层楼，为赋新词强说愁。而今识尽愁滋味，欲说还休。欲说还休，却道天凉好个秋"的心路历程。当我们淡然述说"天凉好个秋"时，其实并未泯灭内心的挣扎、纠结，只是将之潜藏在心底更深处，待夜深人静时舔舐心灵的痛伤。其中，和欣在静思中表现出一种"孤独"的意味，此种孤独并不是人生失意的展现，而是历经人世浮沉后世事洞明的澄澈与清明，如《我的孤独是一碗馨香的蜂蜜》：

> 时光和时光行走过的足印/密密麻麻如四月的花瓣/绽放或者凋零关乎一场雨/亦如我纷扰的思绪/唯有孤独/让我抵达内心/孤独选择了我/我不说黑夜的烦琐和白昼的无奈/我不背叛喧嚣和失落的雨滴/我会撕开内心的薄膜/赤脚行走/用黑夜照亮内心/拿采撷百花的手/调制我的孤独

孤独之于和欣是非常可贵的，只有孤独才能让她回到内心深处，直视精神的创痛，展现真实的自我，才有可能绽放出绝美的精神之花。于是，她自诩为"黑暗中的舞者"，"打开帷幕紧握黑夜的心脏/独自起舞/沉醉的狂笑"甚至"抛弃一切的光亮和所有/犹如延伸的藤蔓/交织着黑夜的灵魂"，以至"孤独的狂欢"，抛弃一切假面具，沉溺在自己的世界中，尽情地释放自己的激情，坦露自己的狂野。

对于夜晚的喜爱，是和欣诗作中较为明显的特点，她书写的夜有《停电之夜》的"我行我素的世界"、《一朵花在雨夜绽放》的"不分彼此""振动宇宙深处的隐蔽"的"雨花"、《一个夜晚微醉的自己》的"时间不再用岁月度量/星光却令人刻骨铭心"的夜晚、《又在黑夜的心脏中醒来》的"梦里"及"梦中的梦"的梦与我的交织迷乱、《鸢尾叶片上滚动的露珠黑夜的表白》的"分明听到了黑夜的表白/比白天更白"的惊奇发现等。每逢暗夜，和欣似乎就进入迷狂状态，带有了酒神狄俄尼索斯式的精神气质，充满活力、睥睨一切，打破世俗的束缚，绽放生命的原初伟力，一改白日的闲适、安静，在半醉半醒之间急切地多方面地塑造自己的形象。或许，和欣也在黑色的夜中寻找属于她的光彩人生。和欣的《无题》或许给出了答案，"有些疼痛来自面部/比来自心里更让人难受/扭曲的形体/无法站立行走/但扭曲的表情/一目了然/说好放下/却越装越多/也不知道/何时/足以沉重/拉下面子"。原来夜色为她提供了拉下世俗沉重面子的遮蔽，能让她不再关注面部的疼痛而反观心里的痛楚，夜色成为她斑斓心理的底色。

　　但夜晚的和欣还有另一面，就是愈加深沉。她打开心窗，仰望星空，静静地感受来自心灵深处的呼唤，心不再役物，也不再为物所役，心与物达成了和解，精神得以裕如。这方面的诗有《站在你的窗前》《仰望星空》《窗》《沉默》《临窗的位子》等。在和欣的诗语中，窗具有独特的文化意义，既能让和欣保持清醒，意识到她与某些存在有着一定的距离，她与窗外的一切没有办法完美地融合在一起，但同时，窗又为和欣提供了放飞情思的路径，她幻想着窗外的一切存在的影像，而又不至于迷失自我。因此，"藏一片素心在清风的一角/无论花开花落/劫一段心语在来时的路上/无论潮起潮落"，将她的素心寄清风明月，在人生旅途吟唱一段又一段的心语，何关晨昏暮晦、烟花云雾，"你留下的那扇窗/把岁月擦拭得一尘不染/我不知道/还能有多少个我/站在你的窗前/等一阵风/看一段路"[①]，"那扇窗"看过了多少岁月的流失，而"岁月"又摩挲过多少窗前的风尘。尽管"岁岁年年人不同"，但"江月年年望相似"，只待有缘人听风看路。而打开窗子，欣赏"窗前走过的季节/像一部打开的经书/字里行间飘动着白雪/雪花纷纷扬扬/赶着牦牛背上的岁月/踩着阳光饱

---

① 和欣：《我的卡瓦格博》，云南人民出版社，2017，第19页。

满的足迹",即便是"走远的风/摇摇手/树叶飘零/窗口阳光依旧"①,无论经历多少的磨难、沧桑、繁华与落寞,和欣依然坚信窗口的阳光依旧饱满、灿烂。故此,和欣珍视窗口的位子,那是她与自己静静对话、对视的场所,因为"临窗的位子/与你相遇的人/与眺望的眼神/在此守候/窗外的美丽以及过往",又因为"静坐临窗的位子/内心与外界的距离/被一扇玻璃隔开/喧嚣/宁静/以及晨钟暮鼓/尽收眼底又成过眼云烟/一座城连同临窗的位子/一起老去"②,在向外看和向内看的过程中,优雅地老去。但要注意到,和欣的这些充满阳光的话语其实是在暗夜独坐窗前的想象性表达,窗外的景色愈加迷人,愈衬托出和欣内心世界的迷离和恍惚,如同她在《仰望星空》中所谓的"在月光中穿行/追赶云朵的脚步/星空迷失的方向/是张开翅膀无从飞抵的高度"。那是可望而不可即的理想所在,现实的人们只能通过"捧一掬月光点儿盏灯/化蝶展翅"的美好幻想来慰藉孤独的心灵,灌溉干涸的心田。

相对于静思的私语而言,和欣的物语更为散漫、更为自在,草原上的花鸟、湖面上的虹霓、雪山上的云朵等诸如此类美好的存在皆可使她惊奇,让她看到另一种明媚的所在。她热烈地拥抱这些美好的自然物象,热情地讴歌。当然,和欣的赞美和咏唱不同于他者猎奇的目光,也不同于失意者忧郁而又故作明朗的语调,她的物语发自内心,带有经验叠加式的特点,纯粹是在建构她所认知的世界,所理解的世界,如《雪花》《雾》《春雨》《空谷》《下雪了》《浮在浪尖上的云朵》《一首歌》《一只鸟》《雨》《掠过一片天空》《彩虹》《湖》《马背上的云朵》《冰》等诗。从这些高原上或是日常生活中常见的物象中,和欣不仅看到了生活的多姿多彩,而且从中悟出了生活的某些真谛。换个角度而言,这些物象只是引发和欣感悟的因缘,而她的感悟才使得这些物象更具有情感和思想的光彩。以《浮在浪尖上的云朵》为例:

---

① 和欣:《我的卡瓦格博》,云南人民出版社,2017,第70页。
② 和欣:《我的卡瓦格博》,云南人民出版社,2017,第116页。

> 厌倦了空阔深远/厌倦了平淡无奇/厌倦了舒适无忧/厌倦了娇纵溺爱/放弃拥有/选择一次新的生命历程/纵然山高谷深/纵然冰封雪冻/纵然血枯魂飞/也要做一朵浮在浪尖上的云/平静中孕育野性/咆哮中积蓄力量/安宁中搏击风浪/瞬息中追逐久远/做一朵浮在浪尖上的云/逐浪而起/随浪而落

此诗以浪尖上的云朵为题,大概指的是波浪翻滚至顶点而形成的翻卷的浪花,而非漂浮在天际的白云。艾青在《礁石》中曾描述过被"一个浪,又一个浪"冲击的礁石,意在赞美礁石的顽强和沉稳;和欣描述的则是翻卷的浪花在大海上自由翱翔的样态,是对自由的赞美。尽管生命极其短暂,依然难掩瞬间的璀璨,浪象征人世沉浮间恣意享受生命的片段式的欢愉。浪以花的形态存在,心以云朵的姿容显现,自由而畅快,如"划过空寂虚幻的世界/织成一朵黑色的玫瑰"[1]的一阵风,又如"误入陌生的世界/忧伤的翅膀/划过重重的希望之门/颤抖着环视/这个凝固的世界"[2] 的一只鸟,"翅膀轻盈地触摸天空/旷野无垠/在云朵上熟睡/峰峦叠嶂浸润着梦中的浪涛/暗流打开在风中",最终"思想的味觉/如掠过一片天空/自由浩瀚无边"[3],以"我看到了彩虹凝聚的光芒/跨过了盛夏漂泊的雨燕"[4] 表征和欣的物语情思。

和欣的物语依托滇西高原的物象,又不拘执于物象,而是以审美之眼捕捉外物的某一瞬间的形态,剥离物性而附着人心的诗意追求。她的女性情怀表达在观物成像的过程中细腻、舒展而不做作,她不刻意追寻宏大的社会意义,而着力于挖掘细微处呈现出的诗化的人生意境。当她决意展示女性的身份时,则强调"你是花我是爱花的女人/双手靠向你的时候我温暖如春/我采摘雨露积蓄月光/为清晨醒来停留你的眉梢",这里的"你"以虚指的形态出现,无所不包而又没有确

---

[1] 和欣:《我的卡瓦格博》,云南人民出版社,2017,第90页。
[2] 和欣:《我的卡瓦格博》,云南人民出版社,2017,第91页。
[3] 和欣:《我的卡瓦格博》,云南人民出版社,2017,第102页。
[4] 和欣:《我的卡瓦格博》,云南人民出版社,2017,第109页。

切的指向,概指生活中的一切美好事物。而和欣又极为张扬地展现自己的宽博和慷慨,"爱花的女人把自己埋进泥土/然后生根发芽抽枝长叶/直到/和你一样/成为一朵花/等待更多女人的爱"①,"花"样人生是她对女人们的忠告,只有她们的生活永远以"花"自喻,才能绽放出她们的异样光彩。

五

在《我的卡瓦格博》中,和欣还收录了她近年写作的部分有关行走的诗歌。对于诗人来说,行走不仅是拓展生活、积累素材、蓄积情感的方式,更是跳出惯常的生活空间而进入原乡与他乡的抗争、交融及至生成新的文学写作创新点的方式所在。因此,行走或郊游具有体现、发现诗意的文学价值。但若诗人进入某一种完全陌生的空间,心灵世界尽管受到冲击,但未曾与以往的生活经验相融通,则草率写作,唯有将身体性的经验与心灵的感怀完美融汇,方能创作出优秀的作品。以和欣的行走诗歌而言,大致分为三个嵌套的同心圆,其一是行走于香格里拉的山水之间,感怀自然的纯净与心灵的飞扬;其二是行走于其他藏地,感受藏式风情的差异,融通民族情怀;其三是远足他乡,在视听的震撼中回望静谧与温润的故乡。

行走故乡可能与和欣的摄影编辑工作有关。作为《香格里拉》杂志编辑部的摄影编辑,和欣经常下乡采风,为期刊采录各种类型的摄影作品,在此过程中,香格里拉的风情一次次地冲击着她的心灵,促使她写下了有关地方风物的诗歌作品。检视《我的卡瓦格博》,其中涉及的地方性景观有纳帕海(《纳帕海就留给羊群吧》《马背上的云朵》)、独克宗(《在独克宗遇见"鹿"》《在独克宗》)、杂拉神山与纳陀神山(《故乡的夜》)、腊普河(《在春天的傍晚与腊普河相遇》)、石卡雪山和哈母谷(《黄昏的草原》)、维西塔城的启别村(《启别的银杏》)、属都湖(《这个清晨在属都湖畔》)、伊拉草原(《牵马走过伊拉草原》)、雨崩(《七月我在雨崩》)、缅茨姆(《飘过

---

① 和欣:《我的卡瓦格博》,云南人民出版社,2017,第136页。

小村上空的雨滴》)、卡瓦格博(《我的卡瓦格博》)等,这些都是香格里拉地区最有特色的自然景观和人文景观,附着着故乡的气息。因此,在这些作品中,和欣尽情地抒发她对故乡的眷恋和自豪,不断地深化她的乡恋之情。而且,对以上这些景观,和欣不止一次地前去采风,四季不同的自然景观充盈着她的眼帘。当她以诗的形式再现或表现这些景观时,就不可避免地采用了摄影技巧中的画面生成技法,或从局部入手,细致地展现景观的风情,或从整体着眼,铺陈景观的全貌。即便是不展示自然风情,亦表达出浓厚的自然风光之情韵,实际上体现了刘勰所谓的"屈平所以能洞鉴风、骚之情者,抑亦江山之助"[①] 的喟叹。正是香格里拉的地方风情成就了和欣的故土行走诗意书写。

藏地行走的诗歌在《我的卡瓦格博》中有对西藏景观书写的《色拉寺从秋天的黄昏走向我》《大昭寺》《尼洋河》《纳木错》《卡若遗址》,对甘南书写的有《夏泽滩草原》。关于西藏书写,和欣在《向西的路》一诗中表达了她寻找民族文化之根的情绪,通过身体感受展现对西藏神山圣水心向往之热望,因此,她的西藏行走带有西行朝圣的意味:

向西的路上/那些用身体丈量大地的族人/与大地贴得很近/每一次呼吸都连着前世与来生

向西的路上/我解开全身的骨骼/头顶蓝天/颈连河流/四肢伸向群山/脚踏大地

向西的路上/天空纯净/剔除了我头部的垢污/河流清澈/疏通了我颈部的脉络/群山贫瘠/消解了我四肢的臃肿/大地博大/坚定了我行走的勇气

向西的路上/我放走秋天的叶片/将自己重组/身体不再那么沉重/高高的西藏/我将抵达/尽管我不能像族人那样/尘土飞扬而了无牵挂/但我依然走在向西的路上

[①] 刘勰著,范文澜注:《文学雕龙·物色》,人民文学出版社,1958,第695页。

在西行的路上，和欣目睹族人们通过身体的苦修期望实现来世幸福的希冀，在此感召下，她的身心得到了卡塔西斯般的净化与陶冶，在与天空、大地、河流和群山的亲密接触中，和欣的内心深处涌现出难以自抑的精神回归之情。因此，无论是大昭寺、色拉寺还是纳木错这些极其带有西藏元素的景观扑面而来时，和欣的激情不同于其他游客的审美惊奇，她并不诧异，而是在近距离的接触中进一步感受到精神的澄明与涤荡，"触摸遥远的内心"①，"托起心灵的翅膀"②，"只带走安静/然后静静地离开"③，但内心的狂热无法自已。因此，她希望在尼洋河"做我的右手/贴着我的胸口/抚平我狂乱的心跳"④。而在参观昌都地区的卡若遗址时，和欣又一次为民族文化的灿烂辉煌而震惊。"久远的记忆/刻印祖辈的掌纹/用手轻轻地触摸/冰冷的尘土/我的体温是否可以传递/绿松石红珊瑚沉默不语"⑤，为她的朝圣之旅欣喜雀跃。至于行走甘南，这让和欣领略到了与故乡的山水不一样的草原气息，感叹于"八月的牧场/我触手就碰落了/十万头牦牛/十万只绵羊/十万只锅庄的音符"⑥，夏泽滩草原水草丰茂，牛羊遍野，欢快的音乐响彻整个草原。这种描写方式迥异于和欣的香格里拉地方风情的书写，其中既有她所熟悉的高原生活的影子，也有令她着迷的另类风情。因此，她说，"我在碌曲夏泽滩草原/从你梦中走来/却走不出我一夜的无眠"。其中的"你"当然指的是香格里拉境内遍布的高原草甸，而在与夏泽滩草原的对比中，和欣无法言说清楚两者的差异，因此"一夜的无眠"。

和欣于2014年9月在中国作家协会北戴河创作之家举办的鲁迅文学院第十三期少数民族文学创作培训班学习。尽管学习时间不长，和欣还是在此期间创作了《给我一枚海浪》《核桃树下的梦》《山海

---

① 和欣：《我的卡瓦格博》，云南人民出版社，2017，第31页。
② 和欣：《我的卡瓦格博》，云南人民出版社，2017，第33页。
③ 和欣：《我的卡瓦格博》，云南人民出版社，2017，第30页。
④ 和欣：《我的卡瓦格博》，云南人民出版社，2017，第30页。
⑤ 和欣：《我的卡瓦格博》，云南人民出版社，2017，第34页。
⑥ 和欣：《我的卡瓦格博》，云南人民出版社，2017，第35页。

关》等作品。这次短暂的远足可能对和欣的诗歌创作观念是一个极大的提升，但更重要的是和欣在此期间感受到了不同于藏地风貌的渤海湾风情。如在《山海关》一诗中，和欣明显逾越了香格里拉的地方志书写，构想山海关的前世与今生，表达出一种更为博大的人文关怀；在《核桃树下的梦》中则书写她在北戴河学习期间与学友们结下的"雪山一样的高度"的深厚情谊，但是该诗情感过于充溢，而负载之象又太过单薄，缺乏以往诗歌的真诚动人，或是远离故乡、欠缺琢磨所造成的；而《给我一枚海浪》则书写了目睹北戴河的盛景而引发的她对故土的思恋，"我在远离故乡的北方/拥抱大海""遥远的渤海湾/请给我一枚海浪/让我聆听雪山的呼唤"。可以说，和欣身在北戴河而心系香格里拉，香格里拉才是她精神的港湾，她又一次表现出浓得化不开的乡愁和乡恋。

从总体上看和欣的行走之诗，我们会发现，只有在香格里拉眺望卡瓦格博，她的心才有所皈依，她才能放飞诗情。因此，和欣是属于香格里拉的诗人。正如她在《我的卡瓦格博》中所袒露的，"五月的翅膀/带露的花朵/雪瓣的回忆/诉说/和你的相见/我的卡瓦格博"，"云朵之上/雪莲之中/亘古的冰舌/守候/和你的相见/我的卡瓦格博"以及"今生笃定/不离不弃/我的卡瓦格博"一样，香格里拉是和欣诗歌创作的情缘所在，只有在这里，面对着雪山、草甸、河流、古城、驿站，仰望着高原的星空，脚踏着草原的芬芳，和欣才能创作出她的乡语、时语、情语和私语。

第三节　嘉绒天空的飞鸟

康若文琴是土生土长的马尔康人，除短暂外出学习，基本上一直生活、工作在阿坝地区。阿坝藏族羌族自治州位于四川省西北部，地理上处于青藏高原东南缘，横断山脉北端与川西北高山峡谷的结合部，甘青地区与四川盆地的过渡带，文化上是长江文明与黄河文明的汇集带，也是边地文化和内地文化的结合部，被费孝通先生誉为"藏彝走廊"的关键地区之一。康若文琴深受阿坝地方性文化的熏陶，在作品中一再表达她对故乡的热爱、对本民族文化的眷恋。

一

2014年，康若文琴采取时间回溯的方式，结集出版了她在1988年至2013年间书写的116首诗，并将诗集命名为《康若文琴的诗》。在这部诗集中，康若文琴的"在地性"文学意识还处于自发状态，着重呈现的是她多年来的生命轨迹和文学创作心路历程。例如，创作于1988年10月的《落叶》，当时康若文琴18岁，该诗以青春少女的细腻和敏感表达对时光流逝的喟叹，略带一些怜惜，伤感而不伤心，由自然景象的更迭遥想生命的喧嚣和落寞。"大雁并不在意/这一寸绿色的丢失/携眷南飞/笑容随季节脱落枝条/融在枯叶里"，而期待来年的春色满园。再如创作于1990年7月的《愁如细雨》，表达的则是如雨丝般细密的心灵之语，如雨雾般朦胧的情思，纯粹属于即景生情而形于言的感物之作。我们在这两首诗中丝毫没有体认到阿坝地方文化的深刻表达。及至于1992年10月创作的《高原的高度》，康若文琴似乎开始审视脚下的这片热土，将"草原""高原""雪线"等带有地域性的词汇融入诗歌中，但在情感世界上还是缺乏基本的文化认同，更多的是切己性的感受表现。

1994年在康若文琴的创作生涯中具有特殊的意义。是年，康若文琴似乎恍然间意识到她所处的地域空间与她的文学创作之间的关联，开始有意识地将目光投置于她所生活的这方天地，表达她的"在地性"的爱恋、沉思等。如在1994年1月创作的《拉伊》，康若文琴方表达出民族文化身份的自我认同痕迹。"拉伊"在藏语中是情歌的意思，诗歌以叙述的方式展现出"寨子"里"卓玛"的爱恋，"拉伊放牧高原/天地在卓玛的眼中/比牛奶还温润/季候风抚麦地演绎五色/酡红醉上夕阳的脸庞/卓玛一不留神/牦牛就踩乱可寨子上空的炊烟"。卓玛歌唱的原来不是男欢女爱的情歌，而是高原生活的赞歌，她是以情人式的眼光回眸高原生活。至此，我们发现康若文琴开始脱离个人的内在世界的书写，而把眼光投置于高原的生活情趣，并极力赞美草原田园牧歌式生活方式的恬适与娴静。而《放飞日子》中"记忆是一方筛子/筛岁月成串串紫透的葡萄"的诗句，或许意味着康若文琴开始整理往事，整理记忆，开始从纵深层面展现其岁月记忆的紫葡萄。在《最初的守望》中，康若文琴的故园情思爆发，她找到了情感的基点，并不加抑制地任其流溢。"我在经幡的呼吸里逡巡/千百年来一直等待/触角伸向青稞的腹地/冻土带裸露紊乱和空白/我杂草丛生的家园啊/太阳的花蕊刺伤我"。猎猎的经幡声应和着祖先千百年来的心灵回响，大地上的青稞维系着人们与高原的血肉联系，杂草丛生的家园徜徉在太阳的温柔中，她从心底深处爆发出守望家园、守望心灵的呐喊。她要做高原的歌者，热情地歌唱高原的雪月风花、日月更替。

1997 年，康若文琴开启了她的文学行走书写。她由城市走向《黄昏的梭磨峡谷》。尽管城市本就在梭磨峡谷的边缘，但此种行走的意义重大，标识着康若文琴不再局限于紫葡萄的记忆，而开始用脚步丈量所生活的地域，用心灵去感受故土的温暖。1999 年，康若文琴走近《俄而模塘草原》、仰望《扎嘎瀑布》、徜徉在《长海》边、感受着《热尔大草原》的温馨与寂寥，这些皆为阿坝地区标志性的地理景观。康若文琴在行走的过程中进一步强化了其阿坝文化感知，并由衷地发出"能用什么留住草与草的情话/能用什么留住牛羊的眷恋"的喟叹，似乎康若文琴的"在地性"情思有了进一步的深化，由外在自然景象刺激所生成的情感转化为对渐渐远去的传统生活方式的追恋和反省。但是，康若文琴毕竟是生活在现代化气息较为浓重的城镇，人们生活世界的多样性和开放性，与内在渴望安宁、抚慰的情绪之间势必产生一种矛盾和冲突。于是，远离自然景观、蜷缩于城镇的康若文琴迅速变换身份，沉溺于内在世界的表达，代表作有《流逝的时光》（2000 年 12 月）、《雪野》（2001 年 1 月）、《风中的侏儒女郎》（2001 年 8 月）、《黑夜在手中开放》（2001 年 12 月）、《圣诞夜，我想说》（2001 年 12 月）等。在时光的流逝、夜的朦胧、风的摇摆等孤寂的情境中，康若文琴袒露心声，表达她对生命、时序、人生的感慨，即便其中有关涉高原、草原、高原小镇、白云等的词汇，但多是作为一种景致出现，多附着于某种难以言表的情绪，而缺乏独立性。至此，我们可以说，康若文琴的诗呈现出两种"在地性"的格调，或者说是摇摆于两种创作情态之中。当她置身草原、湖泊等自然景观中，表现的是阿坝地域性的文学风貌；当她回返城镇生活时，又迅速转换生成当代知识女性的内省反视。她游离于自然与城市之间，至此，她的"在地性"书写还未完全定型。

  2002年之后，可能由于工作调动的缘故，康若文琴又游走于山水、草原、牧场之间，开始主动摒弃城市形态的"在地性"表达，而完全转向了自然及乡野的"在地性"。这一时期的诗作如《在残冬与初春间穿行》（2002年3月）、《风吹过》（2002年5月）、《黑虎羌寨的下午》（2002年7月）、《一米跋涉》（2002年10月）、《风从山谷来》（2003年3月）、《无人的村庄》（2004年9月）、《走在山水间》（2005年5月）、《漫步扎嘎瀑布》（2005年9月）、《风儿吹来》（2005年10月）等，主题词多为"穿行""走过""漫步"等行走性的词汇。或许我们可以说，康若文琴在行走间愈发体认到阿坝自然地理风貌的多样性，愈发认知到她的文学创作与山水之间的关联。而值得注意的是，康若文琴于2005年11月创作的《致阿苾》。"阿苾"在嘉绒藏语中是外婆的意思，尤其是其中的诗句"阿苾日夜捻着羊毛/下雪了/回来吧/青稞酒浅回低唱拉伊/捎回的茶叶也熬成了酥油茶"，似乎是康若文琴内心的独语。在故土的"青稞酒"和"酥油茶"的召唤下，康若文琴完成了写作的蜕变——"下雪了/回来吧"，或可说这是康若文琴真切认知到她所立足的文化基础和文化空间的价值所在，多年的精神漂泊终于试着返航至故园的乡土、乡野，而"阿苾"形象的书写更是赓续故土的根性依恋。于是，康若文琴真诚地讴赞《我的阿坝草原》（2006年8月），以明其心志。"藏羚羊走过的地方/笑容溅得酥油草一地/花朵熙来攘往/拉伊嚼咬得草原晃晃悠悠/跌宕在梦与非梦之间/马匹却坦坦荡荡只恋花香"。"阿坝草原"成为康若文琴的梦幻之境和依恋之地。《莲宝叶则神山》（2006年9月）中"亘古的牛毛帐篷枯荣着岁月/时光昏黄在酥油灯前，诵经声中/等待，还是艰难地跋涉/黑色的帐篷任凭风吹雨打/世界已把莲宝叶则的历史遗忘/只有雪山多褶的皱纹记得/只有石砝台斑驳的沟壑记得"。在当下的生活样态中，民族的、历史的、地域的辉煌过往逐渐湮灭在现代生活节奏中，康若文琴试图唤起人们对过往的遥远记忆，重塑人们的精神根基，她表现出一种传承地方性文化的意识，而在"我打马走来/莲宝叶则/你有颗不设防的心"中，更是希望人们走进自然、走进历史，寻访人们的精神之源。即便是此后康若文琴创作的有关城市书写的诗歌也多以自然乡野的"在地性"为依据，审视现代生活的驳杂与飘忽，如《初春，日干乔草原》（2012年4月）：

草原还在沉睡，初春时节/风被关在雪山之外/没有一丝云的震颤/抑或一声虫鸣/酥油草以褐色蛰伏/旷野如无前生也无来世
地铁站口人头攒动/没有通道指向春天/人群从旷野走向旷野
空空的天地/潜伏于白的昼和夜的黑/鸟叫、虫鸣都耽于静默/如迷，如野趣
六点的太阳，初春的温床/敲打心隐秘的角落/我在旷野中疾驰/天地包裹万物

诗歌以初春草原的蛰伏与地铁站的喧嚣构成对照，草原的蛰伏是为了更为恢宏的绽放，草原在积蓄力量待时而发，草原的绚烂值得期待，而地铁站口尽管时时人声鼎沸，却远离春天的光润，人们行色匆匆如无根的浮萍游走于城市的各个角落。不同于庞德《在一个地铁车站》所谓的"人群中这些面孔幽灵一般显现/湿漉漉的黑色枝条上的许多花瓣"中的花瓣样的人物面相的塑造，诗歌从城市喧嚣的旷野中走向更为喧嚣的旷野，心灵不得安宁，身体不断游走，而作品中的抒情主人公因有着"日尔乔草原"的心灵照拂，无论走在草原还是走在城市，都能感受到"天地包裹万物"的富足和踏实，表现出一种浓郁的心灵"在地性"的情致。至于她在2013年创作的诗歌作品，基本顺应如是的表达样态，尽情地渲染依偎于"在地性"而生成的精神愉悦的幸福感和获得感。

《康若文琴的诗》是康若文琴的第一部诗集，也是她精神历程原

生态呈现的心灵地图，追踪其中的兴味，使我们更靠近康若文琴的心灵世界，更能感受到她在"在地性"写作路途中的跋涉、超脱和纠缠。

二

2015年12月，康若文琴第二部诗集《马尔康 马尔康》出版，收录的主要是其在2012年到2015年之间创作的诗歌。与《康若文琴的诗》相比，《马尔康 马尔康》收录诗歌的"在地性"意识更为明显，所建构的"在地性"的文化意图更为直接和明显，康若文琴从多方面营造"邮票大小"的故乡的面相。或许《康若文琴的诗》编年式的诗歌追溯是康若文琴对其二十多年的诗歌创作生涯的回顾和总结。当厘清历史记忆或完成纪念仪式之后，康若文琴意识到她的诗歌创作必须深深扎根在阿坝的土地上才有其特色，确切地说，扎根在以马尔康为中心的地域空间，她最熟悉的这片土地，其中既有神话、传说的心灵迷幻，也有碉楼、寺庙的沧桑遗迹；既有她幼年时的纯真体验与记忆，也有她成年后的困惑和感动。这里是康若文琴温馨的家，是她安放心灵的居所，也是她扬起想象的风帆的港口，更是她歇脚回望的终点。马尔康成为康若文琴难以割舍的地理空间、精神空间、文化空间、情感空间的地方性所在，她也在地方性经验和形象的想象性塑造中完成了她本人的"在地性"的"在"。由此看来，《马尔康 马尔康》是康若文琴"在地性"得以生成和表达的标识。

康若文琴的《马尔康 马尔康》分为五辑。第一辑《边界——从蒲尔玛启程》侧重从周边的自然景观和历史遗迹入手，展现马尔康的外在的地貌形态。康若文琴以"边界——从蒲尔玛启程"为题，表达了马尔康在康若文琴的世界中是以蒲尔玛为起点的，或者说是由蒲尔玛铺衍开而生发出马尔康。造成此种表述的原因，并非地理方面或者行政区划的缘故，主要是因为康若文琴的个人体验。蒲尔玛为四川省阿坝藏族羌族自治州马尔康市松岗镇的下辖村，是康若文琴妈妈的故乡，康若文琴七岁之前一直生活在蒲尔玛村，后到松岗镇生活，直至升学离开。也就是说，康若文琴的马尔康或者说是阿坝的空间记忆源始于蒲尔玛村，因此，她在诗集中以蒲尔玛为起点就顺理成章了。关于蒲尔玛记忆的诗歌，主要有《蒲尔玛的雨》。雨水滋润了花草，花草点缀了牧场的美丽，造就了牧场的富足，也点染出人们对美好生活的基本渴求。"酥油茶开了，卓玛的心也香了"，多是想象性的根性描述。关于松岗镇的诗歌则有《茸岗甘洽》。在嘉绒藏语中，"茸岗甘洽"就是松岗街的意思。由于"记忆挤满茸岗甘洽"，故康若文琴深情地呼喊"我爱茸岗甘洽，人间天上的寨子"。顺延蒲尔玛、松岗街的记忆书写，康若文琴开始营构出马尔康的诗歌景观地图。

关于自然景观方面的诗歌有《嘉莫墨尔多神山》《梭磨峡谷的绿》《婴儿冰川》《洛格斯神山》《枯树滩》等诗歌，展现了马尔康周边的地理环境，以及人们对自然的原生性崇拜，尤以《嘉莫墨尔多神山》为最。墨尔多神山环绕的地区被称为嘉绒藏区，险峻的自然环境造就了其独特的文化景观，也生成了人们的精神皈依。"阳光吹响法螺／马尔康、赞拉、促浸、丹巴／河流银光闪耀／一路南下／核桃树低垂时光／火塘与世无争"，其中"赞拉、促浸、丹巴"分别指称的是分布在墨尔多神山周围的小金川、大金川及甘孜州的丹巴县等嘉绒藏族聚居地区。一直以来，人们在神山的护佑下，围坐在"火塘"旁，恬然自得，"与世无争"。其中的"河流"特指的是梭磨河。梭磨河是马尔康地区的母亲河，"梭磨河，水和土做的铜镜／流过洪州、保宁都护府、婆邻甲萨／历经西戎、哥邻、嘉绒"，它饱经沧桑，默然注视沿岸所发生的一切；而梭磨河冲刷出的梭磨峡谷，春天翠绿葱茏，"扶绿坐上时光的船／随从的是梭磨河／枯萎和成熟如影随形／河床的包容让梭磨河常绿／春风一开放绿就青葱／掩映的碉楼越发老了"。在时光之河上，散布在梭磨河和梭磨峡谷周边的喧嚣与辉煌的建筑日益成为人们凭古吊昔的场所。康若文琴顺畅地由对自然景观的塑造转向对人文景观的塑造，如《莫斯都岩画》《寺庙》《大藏寺》《午后的官寨》《有关碉楼》《松岗碉楼》《苍旺土司碉群》等诗歌。这些诗歌所描写的对象多为马尔康历史上某一辉煌瞬间的遗存，通过与它们的对话，康若文琴穿越历史，书写对脚下热土的思恋，流溢难以自抑的情思。如"几千年也换不回/一个浅浅的回眸/除你之外，一切/终敌不过时光/"(《莫斯都岩画》)、"停顿，为了回忆/更为了出发/弦拉得越满，走得越远/如这一刻，寺庙静默，群山回响"(《大藏寺》)、"还是这碉楼/汉子一样站着的石头的碉楼/在时光里打了一个盹/如今便走进了书本/与长城一起/像一位拖着长髯的老者/供人观瞻/却无言以对"(《有关碉楼》)等，皆为对时间的流逝的感怀和怅惘，释放情感世界的跌宕起伏。在康若文琴的情感地图中，所有的这一切最终都汇聚在了马尔康，也就是说，无论是自然景观，还是人文景观，最终都要落脚在康若文琴的马尔康。于是，我们看到了《六月的马尔康》的姿容，"马尔康早早醒来/夜雨催欢了梭磨河……碉楼低垂长影的睫毛……晨光中的马尔康……马尔康从不躲避欢乐……"。马尔康既是古老的，又是年轻的，携带着嘉绒过去的荣光，走进新的历史时期，马尔康也开启了新的历程，康若文琴大声吁喊：启程，马尔康！

第二辑《嘉绒，关于自己的颂词》着重展现的是康若文琴所理解的马尔康浓重的嘉绒藏族的民族文化心怀。与第一辑的侧重外在形象的展现式的描摹不同，第二辑着重从心灵层面展演马尔康的内在。如此，前两辑采用外在表象和内在精神相结合的方式，立体地呈现了马尔康的面相，塑造了马尔康的空间文化形态。

贯穿《嘉绒，关于自己的颂词》的作品当为《达萌》：

发觉甩不掉影子/小益西四面疯跑/大哭大叫——达萌

从此，影子跟随/绰号相随

叫他达萌的人越少/他就越爱看影子/甚至伸手去抓/生怕一躺下，影子就没了

某一天，老益西说/有没有影子他都在/不叫达萌，也不叫益西

"达萌"在嘉绒藏语中是"影子"的意思，"益西"在藏语中是"智慧"的意思。康若文琴在《达萌》一诗中，似乎在追问人们"影子"和"智慧"的源泉问题：肉身化的个体如何在纷扰的世事中确

认自我的精神存在？人们如何从小聪小慧迈向群体大智慧？康若文琴的自觉追问，引发了她对嘉绒民族文化的溯源，于是，《毗卢遮那大师》出场了，"你的声音如早起的阳光/唤醒山巅的茸毛/灵魂飞升天外/声音落地，大地回响/从东到西"。毗卢遮那大师把"南来的梵音"播撒于嘉绒藏区，后人蹑武大师智慧的影子创设着属于自己部族的安静与辉煌。而对于康若文琴来说，她所效仿的影子就是《阿吾云旦嘉措》。在爷爷的"造业"教诲中，康若文琴日渐感受到了追随先人智慧的影子的重要性，并试图向后人传承"造业"观念。尽管人的生命是有限的，但民族的生生不息本就是"造业"的具体表达。再进一步，具体到民族的生生不息，女性的生殖力不可忽视。于是，康若文琴赞颂火塘边的阿妣，"阿妣火塘边生/青烟一眨眼就追到了头"，尽管生命短暂，但"阿妣说，她的头巾会染成一朵花/来世，她还是一个女人"（《阿妣和火塘》）。而注目"阿妣点燃灯，在我看得见的地方/一把把茶壶，一口口锅"使得康若文琴意识到"我看到我的过往，打探命运中的风雨/以及黑夜散发的光"（《阿措阿妣》），深切感受到女性传承民族精神的历史壮美。进而，康若文琴注意到了《梭磨女土司》的志业和萧索、《茶堡女人》的衰老与期待，以及遍布马尔康的坚韧如荞麦花一样的女人的隐忍、坚强、美丽和绚烂的生命光泽，如《女美发师》《画师》《牙医》等。但当康若文琴面对一群尼姑时，她既为她们放弃做母亲的行为感到惋惜，"你们都有做母亲的天赋/康乃馨和莲花，美丽的植物/你们选择后者"，又从母亲的角度出发，希望所有母亲的孩子们平安康健，"母亲节，看见你们/作为母亲，我想去高高的寺庙焚香/求佛保佑，母亲的孩子们"，表达出对生命多样选择的尊重，对世俗生命的关爱。由此来看，第二辑所谓的"关于自己的颂词"，既是关乎民族的精神颂歌，又是对嘉绒女性伟大品行的自我讴歌。

第三辑《叫出你的名字，纳凉的盛典》主要是对民俗和民间生活样貌的展现，将蕴涵在日常生活中马尔康的生活情趣以"盛典"的名义加以诗性的展现，如立经幡、祭风马、观沙画等祭祀行为，又如藏历年、燃灯节、若木纽节、清明节等节庆习俗，再如酥油、碗、火镰、藏靴、花腰带等日常生活用品，还有生产工具如连枷、水磨、晾架等，几乎囊括了嘉绒藏族传统生活的方方面面，表现了康若文琴的民族"在地性"的特点。唯有参与民族传统生活样式而生成切身性，方能书写出质朴而又感人的诗歌作品。例如，其中的《夯土谣》是关于夯土的诗歌，而夯土是中国传统的建筑方式，曾流传于华夏各地。康若文琴的《夯土谣》展现出夯土过程中的集体劳动的豪壮、劳动号子的齐整以及人与人之间关系的融洽，"夯土时，一定要大声歌唱/歌声夯进土墙/新房才温暖"。同时，夯土也并非是随意的建筑行为，在村寨中，夯土筑房主要是为结婚所用，所以"唱一回夯土谣/寨子，就恋爱一次/人就年轻一回"，在夯土谣的歌声飞扬中隐含着对村寨人丁兴旺、生活富足的期待。

第四辑《隐约的万物，低语》展现的是马尔康生命之歌的低回婉转，带有生命物语的特点。在诗歌中，康若文琴关注更多的似乎是扎根在大地上的草本、木本植物，以此隐喻她与故乡的"在地性"血脉联系。康若文琴常关注的植物有青稞、麦子、剑麻、梨树、苹果树、桃树，以及荒草等，这是马尔康常见的作物，也是与人们日常生活密切相关的植物。其中，青稞、麦子属于农作物，这两种作物的长势直接决定着人们的口粮问题。因此，《海拔三千，青稞和麦子》及《麦子在奔跑》极力塑造的是高海拔地区的青稞和麦子穗子饱满、"锋芒毕露""怀着成熟的心事"，谕示农业丰收。但其中有一个问题值得反思：为何康若文琴关注的是丰收阶段的农业作物而不是还处于萌芽状的或成长状态的作物呢？对此，康若文琴没有进一步的说明，但根据她对剑麻和野草的书写或可揭示出其中潜藏的某些可能性。剑麻和野草一样，尽管无人照料，依然野蛮而顽强地生长在高海拔的地区，康若文琴在这些植物的身上看到了不屈不挠的生命蛮力。例如，在《剑麻》中，康若文琴塑造了剑麻抗争而落寞的生命轨迹：

我从山脚走过，总听到/剑麻成长的喘息/枯灯下，自拔需要多大勇气

四周的山一脸土色/一生努力换不来关注的一瞥/四季更替/

空手来去，谁能容易

　　生成剑的形象/却没有出现在疆场/因为有根/修炼从来都是磨难

　　剑麻不管不顾地生长，不停地拔高自己，不断地超越自己，但相对青稞和麦子饱满的穗粒而言，剑麻并不能给人们提供食材，亦不能帮助人们御寒。在人们的世俗观念中，剑麻之类的存在更多的是青稞和麦子等粮食作物的天敌，欲除之而后快。剑麻时刻处于生命的危亡境地，唯有壮大自己的根系、挺拔自己的身姿才能幸免于难。所以，剑麻如饥似渴地生长，最终它的茎叶似剑傲然指向苍穹，作为它不屈的注脚，但它的根依然深深扎在广袤的藏东大地，默默地修炼，"怀揣着改天换地的心"的"剑麻一路追来/寒风节节败退"，直至"在旷野中，羞怯开放"，剑麻的生命伟力粲然绽放。在这组诗中，康若文琴以象征手法凸显马尔康地区的人们在艰难的生活处境中昂扬向上的精神姿态，激情四溢地宣扬一种剑麻生命精神。

　　除了生长在野外的植物，康若文琴的诗歌也提及了生长在院落四周的桃树、苹果树、梨树等木本作物，尤以其中的《一树梨花》最为独特：

　　月光开在枝叶间/三五成群/夜清凉/落了一朵，又开了一朵/月光落在小路上/还有一地软语

　　从此，月光一直在树下徘徊/风在哪里/香就在哪里

　　月照梨花清明透彻，梨花上的月辉朦胧，枝叶间撒漏的月光斑驳，随着月的行走，梨花上月辉、枝叶间的月影也在变换着姿容，与洒落在地的梨花一样暗了一朵又亮了一朵，经过梨花熏染的月华温馨雅致，在梨花间梦幻般地穿行，留下了永难磨灭的美好记忆。从此，月亮寄梦于梨花，等待着梨花的再次馨香，期望穿行于风过梨花月留香的梦境中，这何尝不是康若文琴对于故乡的依恋，对于回不去的乡愁的诗情展现呢。另外，康若文琴还描摹了寺庙中的流浪狗、院落中的藏獒、草原上的白羊等动物，着重展现人与动物之间亲密联系，以

及作为生命的众生平等、休戚相关。

通过第三辑和第四辑，康若文琴完成了对马尔康生动、活泼形象的想象性塑造，向人们展示了一个充满生活情趣的、充沛生命灵动的马尔康。

至于第五辑《风吹门》则可被视为康若文琴在完成对马尔康的地方性身体美学形态的建构之后，漫步马尔康，徜徉在马尔康的清风明月中，以"心语"的形式实现个体精神的飞升。例如，关于磕长头，康若文琴解读为"匍匐在地，你的身子/等于你与幸福的距离"（《匍匐在地》），彰显肉身化行为的美学意义；关于铺天盖地的大雪，康若文琴泰然处之，"雪单薄，遇上谁，谁丰满/却经不住阳光，一声叹息"（《大雪压境》），考察的是喧嚣与瞬间的辩证关系，正如《坚硬》中"牙齿生来强硬/一直与柔软为邻/……邻居却笑到了最后"所表现的生命的软与硬的关系一样。我们或者可以说，康若文琴在扎稳了脚跟后思索更为形而上的问题，进一步扩充了马尔康的空间指向，实现了马尔康实与虚的结合，最终使得马尔康的空间所在与康若文琴的"在地"完全融为一体，而实现了"在地性"的文化形塑。

三

康若文琴诗歌创作指向的"在地性"生成，从一定程度上是对阿来地方性文学书写的具体实践，也指明了阿坝作家群落的文学生发方向。无论是苏格拉底所说的"真正认识自己的人，才是最有力量的人"，还是老子所谓的"胜人者有力，自胜者强"，都强调对自己及自己立身的所在有清晰而明确的认知，亦即海德格尔所谓的"有此在而有世界"，个体置身的身体性的时间和空间构成了行为的所在。而在所在的实践境遇中，人们逐渐认识了此在的价值，也实现了所在应有的文化价值。若沿着此种思维方式来看康若文琴的"在地性"诗歌创作，则它们体现了身体的此在性和所在的身体化的有机融合，或许这也是当代藏族汉语作家们"在地性"文学创作的共同追求。

第四节 羌塘草原的赞歌

作家马丽华在《藏北游历》中曾说，藏北在她的视野中，不再仅仅是一个地理概念，同时也是一种意味、一种境界。因此，从根本上说，藏北是马丽华行走的心灵发现，是融汇着想象和游历的地理和心理结构生成。但在作家旦巴亚尔杰的世界中，藏北就是他的家，羌塘是他的精神命脉所系，也是他舒展精神想象的基点。尽管旦巴亚尔杰在拉萨生活了近二十年，但羌塘草原对于他的精神结构具有源初性的文化意义，广袤的草原上遒劲的风、嘹亮的歌声、苍茫的回响时时沁入他的心，塑造了他高原游牧之子的根心与苗情。

旦巴亚尔杰，1962 年出生在藏北那曲牧区，1989 年毕业于西藏大学藏语言文学系，先后发表了藏文长篇小说《遥远的黑帐篷》（2004）、《昨天的部落》（2014），以及中短篇小说集《放飞的风筝》《羌塘美景》等。其中，《遥远的黑帐篷》荣获 2001 年西藏第三届新世纪文学奖、2009 年"珠峰文艺奖"金奖，《昨天的部落》荣获 2015 年全国藏文文学奖、2016 年第十一届少数民族文学创作"骏马奖"。旦巴亚尔杰坚持母语创作，作品多在藏语文学界刊布，一向为其他语种的读者所忽略。但值得欣喜的是，藏族作家、翻译家班旦先生勇挑重担，主动担负起旦巴亚尔杰藏文长篇小说《遥远的黑帐篷》的汉译工作，并已于 2019 年完成，让更多的汉语读者了解旦巴亚尔杰的藏北情怀，让人们穿越青藏高原的河流、村庄而停留在广袤辽远而又蕴含着生命强力的羌塘草原——高原中的高原、屋脊中的屋脊。

一

《遥远的黑帐篷》是旦巴亚尔杰创作的第一部母语长篇小说。关于小说的创作，旦巴亚尔杰称，1991 年夏季，他在天津与两位曾在西藏新闻出版和宣传部门工作多年的"老西藏"相遇，"在宴会上他们让我唱一首藏族酒歌。我不会唱地道的酒歌，便大大方方地唱了一首强盗之歌"，也"萌生了创作一部反映强盗生活的小说的念头，且在处理烦杂的行政事务之余，脑子里形成了小说的基本轮廓"。由此看来，旦巴亚尔杰的《遥远的黑帐篷》在他的创作世界中等同于强盗之歌，他要把强盗之歌中所蕴含的精神伟力借助文学的形式加以表达，演绎羌塘草原生命不屈的传奇，展现羌塘汉子们驰骋草原、纵横往返的生命最强音。1995年，旦巴亚尔杰正式创作《遥远的黑帐篷》，历时五年完成创作的作品于1998年到2000年连续三年连载于《西藏文艺》，2004年由民族出版社出版发行。也就是说，《遥远的黑帐篷》从酝酿到写作，再到正式刊发，历经了近十年，并根据读者的意见，将作品名称由《血溅赤峰》改为《遥远的黑帐篷》。

《遥远的黑帐篷》描绘的故事时间直到小说的结尾才出现，如"那些佛敌现在已经到达江孜一带"，再如"他掉转马，跟随如同高举喷焰宝刀的帝释军队的霍尔三十九族军，奔赴在西藏历史上名垂四方的爱国抗英战争前线"。这几句话大致暗示了故事发生的时间当在1904年江孜保卫战前后，也就是说，旦巴亚尔杰叙述的是在19世纪末期、20世纪初期发生在羌塘草原上的故事。但是，即便我们知晓了故事发生的时间，但对于我们的阅读而言，并无实际的帮助，这是因为旦巴亚尔杰写作并非是为了展现爱国抗英的英勇才铺叙藏北草原所发生的故事。他的目的就是要体现题目中所谓的"遥远"，时间上的遥远，那是发生在百年前的草场纷争，那是未曾经过所谓的现代化侵袭之前的藏北草原上发生的爱恨情仇，那是张扬着血性、饱蘸着强力的生命赞歌。至于"黑帐篷"，则是青藏高原藏族牧民的生活必需品，它是牧民们用牦牛毛手工编制而成的，既是藏族牧民抵御风霜雪雨的工具，更是牧民之家的所在。因此，黑帐篷是家的代名词，是温馨生活的象征。当"遥远"与"黑帐篷"组合在一起，旦巴亚尔杰试图呈现羌塘草原上牧民对于家的思考，确切地说是对幸福生活的追求与企盼。"黑帐篷"不仅以物的形态从过去走向了现在，还作为家的意象恒久地矗立在牧人的心头。因此，《遥远的黑帐篷》是一曲家园的赞歌。

《遥远的黑帐篷》的故事情节并不复杂，主要以原央秋部落长旺钦及其子占堆的逃难流浪历险及至最后实现荣归故乡的历程为线索，采取故事嵌套的形式，展现了旺钦流亡之路上所遇到的各色人物的生命轨迹，以及他们之间合流后精彩纷呈的草原生活景象，为我们描绘了藏北草原的风土人情以及人们内在世界的丰富隐微，塑造了不同人物的性格特征，向世人展现了所谓的"强盗"风范，形塑出羌塘牧区别样的地域风情和人文景观。

　　一般情况下，人们所指称的强盗主要是指凭借强力劫掠他人的财物的人，但强盗往往有两种面相：如果是不分青红皂白只以劫掠为目的的，可称之为匪盗；如果是讲究盗亦有道者，或劫富济贫者，则可称之为侠盗或义盗。而在《遥远的黑帐篷》中，所谓的强盗指称的是《强盗之歌》所吟唱的强盗：

> 强盗我没有帐篷，
> 蓝天是强盗帐篷。
> 强盗我没有伙伴，
> 叉子枪是强盗的伙伴。
> 强盗我没有座骑，
> 白脸野驴是强盗坐骑。
> 强盗我没有伙伴，
> 蓝色子弹是强盗伙伴。

以及：

> 强盗我没有帐篷住，
> 白片石是强盗的帐篷。
> 强盗我没有伙伴，
> 叉子枪是强盗的伙伴。
> 强盗我没有伙伴，
> 骏马是强盗的伙伴。
> 强盗我没有头领，
> 蓝天是强盗的头领。

由以上两首较为相似的《强盗之歌》，我们或会发现所谓的强盗指的是缺乏基本的生活生产资料而行走、漂泊、流浪在草原各地，借助于叉子枪而获得生活资源的人。第一首《强盗之歌》是旺钦在冰天雪地中为了抒泄内心的愤懑，在仇恨的驱使下，在苍茫天地间呼喊《强盗之歌》。第二首《强盗之歌》是不修边幅、骄纵蛮横的匪徒们面对官府的质问而对自我身份的吟唱。他们并不以身为强盗而感到羞耻，反而认为这种行为体现出草原男子的勇力和威武。因此，在《遥远的黑帐篷》中，强盗指的既是埋藏在内心深处的愤懑的内在表达，渴望突破既有的伦理规程而实现愿望的这种类型的人，也是处处以强盗的行径自处的匪盗。于是，当旺钦看到尼夏所放牧的牛群时，生发出觊觎之心，以强盗的行为自处，并以"盐驮子不是恩重的父母施与的，而是家财"为借口，试图抢夺尼夏的坐骑和放牧的驮牛，这明显就是一种赤裸裸的强盗行为；当发现尼夏并非贪生怕死之辈，反而是个"胆子很大，不怕死的人"时，旺钦竟然一时惺惺相惜，要与尼夏结为朋友，并许诺要给他一个女人，以此俘获尼夏的信任。就尼夏而言，自身的经历非常悲惨，在旺钦的鼓动下，选择了背叛部落主，以实际的行动完成了强盗身份的蜕变。但是，当旺钦所栖身的绒巴德萨部落遭到强盗劫掠，旺钦等人则站在正义的一面，组织人马跟踪、追杀匪徒，其理由为"家财"被四个土匪打劫了，为了夺回属于自己的财物，旺钦等人不得不与土匪抗争。同样的行为，同样的性质，在不同的个体中为何会产生如此明显的伦理差异呢？同样的问题也在旺钦的仇人赞贵喀肖的行为中有所体现。首先，赞贵喀肖因豁嘴求爱不成将怒火转嫁到旺钦、央姆等人身上，流浪多时的赞贵喀肖竟然勾结土匪，血洗旺钦所在的央秋部落，几将央秋夷为平地，手段极其残忍，明显就是不择手段的强盗的行为。然而，在外出参加宴席时，赞贵喀肖与同座的富家子弟起争执，在回家的路上遭遇其埋伏，先是哀告，但在遭受富家子弟"你从我们胯下来回爬三次，我们就饶你不死"的凌辱以及上嘴唇被拉破之后，赞贵喀肖奋力与对手抗争，最终杀死了对方三人，自己身受重伤，强挺着骑马回家，最终亡于马上。赞贵喀肖行为的前后对照，让我们看到了他刚烈、英武的一面，也体现了他的土匪行径和强盗心性扭结在一起的特点。

由此来看《遥远的黑帐篷》中所谓的强盗之歌，更应该是强人之歌，讴赞的不仅是身体强壮、武器精良、技艺精湛之人，也是精神世界坚韧劲健、乐天知命、勇于也乐于践行草原伦理的人，更是生命强力的体现。

二

作为草原强人代表的旺钦的生命历程反映出草原伦理的实践性意义。从旺钦的生命轨迹来看，大致可以分为三个阶段：个体的成长与央秋部落的盛衰、携带儿子占堆的流浪生活和完成复仇后的幸福生活。

第一个阶段的旺钦是草原伦理的认知和幸福部落的营造。旺钦从小生活在央秋部落，尽管其所在的部落偏远，甚少受到明显的藏地文化的熏染，但草原的习俗规约着央秋部落子民的成长。例如，旺钦在童年时代遭遇病患，在流浪瑜伽师的指点下，身体逐渐恢复健康，这其中有明显的隐喻意义。个体的生命与草原的信仰是同一的，缺乏明确的草原伦理的心理塑造，草原儿女的生活乃至生命就是脆弱的，是无法抵御恶劣的自然环境的侵扰的。只有把身心与草原融为一体，才能接受草原的加持，才能迎来生命的新生。为此，旺钦家庭的搬迁就具有了与草原亲密接触、服从草原意志的隐含意义。而接受瑜伽师的建议，央秋部落的族人们历经千险攀爬上格念伦吉孜莫山，祭奠护法神纽觉坚，从内心深处接受护法神拉格念神的庇佑，就让族人们获得了福泽之力。再看旦巴亚尔杰关于格念伦吉孜莫山的描述：

> 从远处看，这个雪峰细如矛尖。但上面有一湾面积与牧民的小畜圈差不多的湖泊，清澈干净，圆如十五的月亮。形状如曼茶罗一般非常神奇，到处都像天然花园般神奇的这座山令人神往。一时间人们纷纷议论着欣赏起这座山的美景，说：这不是被称为天堂的地方吗？会不会是世界中心的须弥山？

自然形态的峰峦在牧民的世界中转变成精神的象征，藏北的山水以神圣的面相进入牧民的内在世界，成为人们精神世界的依恋。我们暂且抛开山水自然信仰的现代观念，先追随着牧民的目光来看他们生活的周遭世界，充满神奇的力量，弥漫信仰的伟力。这种力量使得牧民们对自然心怀感恩，融入自然的怀抱中，因此，旺钦的强力之一就是藏北草原所赋予他的与自然融通合一的信仰之力。故而，在旺钦以后的生活中，一旦有所祜求，首先想到的就是家乡护法神的庇佑，渴望精神世界的安宁。

  成为央秋部落首领后的旺钦，率领着族人们在自然的怀抱中不仅依照祖辈留存的生活习俗恬适地生活，而且根据部落的实际情况，"旺钦继承祖业以来，形成了一个好的传统，即冬夏两季牧场大伙儿共用，家庭贫富相互调剂，男女佣人也不分你家我家，谁家忙，就帮谁家干活"，因此，部落一天天强盛起来。直到次公如本带领的藏兵进驻。在旺钦的眼中，藏兵使用的武器闻所未闻，"那些戍边军携带着叫叉子枪的武器。这种有两个角、用木头和钢铁打制的武器，那一带的牧民别说是见过，连听都没有听说过。这个枪装上火药和铅弹一射，能打死三箭程以外的动物"，相对于使用传统的弓刀工具的央秋部落而言，"叉子枪"是先进的武器，是新式强力的象征；另外，来自圣地拉萨的这些戍边藏兵，让部落的牧民们心怀敬畏，认为他们是高贵的种群，故此，旺钦们竭尽全力地侍奉他们。但这些藏兵们的所作所为令央秋牧民渐生反感，他们的胡作非为打破了草原的日常生活伦理秩序，因此，旺钦设计清除了他们，并以歌唱的方式表达出人们的心声：

  "哎——

  啊日啰——

  哎玛荣——

  当我还是孩童时，

  不懂得星星狡猾，

  羡慕闪亮的星星。

  明晃晃的太阳升起时，

蓝莹莹的天空欺骗我。
当我还是孩童时，
不懂得草甸狡猾，
羡慕草甸和花儿。
冬日的寒气袭来时，
狭小的土地欺骗我。"

牧民们以被蒙蔽、被欺骗的孩童自居，而将藏兵们的行为视为忘恩负义，是对草原伦理秩序的挑战，为此，牧民们的报复行为就具有了合法性，为了谋求幸福安宁的生活，即便是将藏兵们残忍处死的行为也都成为理所当然的了。

而更大的灾祸是部族的罹难。因赞贵喀肖的私欲，央秋部落遭受了灭顶之灾，旺钦的家园被偷袭，妻子被掳掠。盗匪的不择手段的行径又一次破坏了草原伦理秩序。旺钦在逃亡时，选择首先救护稚子占堆，而不是首先救护妻子央姆，这一行为暗示着在旺钦的草原伦理中，夫妻之间的关系即便恩爱，也是可以重新选择的，而儿子是家族血脉的传承，应该首先受到保护。因此，草原强人伦理的又一个表现即是家族的传承。而旺钦的逃亡本身也说明在草原伦理中，面对强敌，适当的退避乃至逃亡是合理的，等待力量蓄积后，再来完成人生的翻转是被认可的。

旺钦的流浪生涯是从携带着儿子、胸怀着仇恨开始的。在逃亡的过程中，旺钦和儿子占堆经历了暴风雨的洗礼，这在一定程度上是对旺钦和占堆强人品质的又一次锤炼。这父子俩经受住了严苛自然的考验，坚定了活下去就能实现复仇还乡的信念。为此，他们射杀野狐狸、猎杀野牦牛，在男人的武力游戏中，开启了新的生活模式。

流浪的过程中，旺钦父子在马熊的引导下邂逅孤苦无依的沃玛吉。这一戏剧性情节的设计，反映了旦巴亚尔杰在处理旺钦父子流亡生涯中的尴尬境遇：既要让这父子俩在浓茶谷获得暂时的休憩，又要让他们的心志因无法走出浓茶谷而变得恍惚和无力。于是采取因信仰护法神拉格念神而获得新生的解脱方式，将马熊带走叉子枪而不伤人设定为护法神的指示,试图强化草原信仰的稳固性。但在邂逅沃玛吉的过程中,旺钦先是表现得非常谨慎,后知道沃玛吉孤身一人后,竟然生出了通过与沃玛吉组建家庭的方式渡过难关的念头。要知道,此时的旺钦父子俩离开央秋部落走上逃亡之路,只有一月有余。旺钦的决定看似荒唐,实则反映出草原伦理中维系生命强力的特点,即活着就有希望。而对于沃玛吉、琪哭尼夏而言,他们能够并且愿意与旺钦组合在一起,也是由于各自所遭受的生活的磨难。旦巴亚尔杰隐含的意味可能是,只有在困境中、磨难中,人们才有可能同仇敌忾,因为相同的目的组合在一起,为实现生命和生活的强人草原伦理奠定基石。因此,旦巴亚尔杰在《遥远的黑帐篷》随后的章节中设计了沃玛吉生产的过程。在众多的藏族文学作品中,女人的生产很少能成为作品着力书写的重点,因为女人生产被视为不洁的象征,但在旦巴亚尔杰的草原伦理中,女人们的生产恰是保存生命、延嗣生命的体现,是表达强人伦理前后承继的有效方式。如此一来,旺钦的家庭成员增加,他的家庭实力也相应地获得增强,正如尼夏所谓的"一次生两个孩子真是奇迹。这个也许是我们人畜兴旺的好兆头"。而对家庭凝聚力的表现,旦巴亚尔杰通过剪羊毛的家庭劳作方式加以体现:

  平日里十分寂寥的这一隅羌塘小地方,今天剪羊毛的现场极其活跃。这给了辽阔无垠的大地以一线生机。
  旺钦的两只袖子都脱掉后,一如生锈的红铜似的上身,肌肉泥塑般鼓突。上面的青筋暴露,似一条蛇蜿蜒而行……他唱起剪绵羊毛歌,把羊毛刀在磨石上象征性地磨三下,将身子弯成弓一般,开始剪起绵羊毛。尼夏也把两只袖子脱掉,在腹部打个结,带有挑战性地朝旺钦看一眼……唱毕,一只绵羊的毛也随之剪完了。他把这只绵羊放开,又从羊群里抓一只,把它摔到地上,捆住前后腿,开始剪起毛来。……他们没有标准的羊毛刀,只得用腰刀剪毛。尽管用起来很不方便,效率也很低。但他们三个人个个都干劲十足,没多大工夫,就把一半绵羊的毛剪完了。……旺钦……面朝占堆说:"儿子,该你唱剪羊毛歌了。别这样垂头丧气的，高兴点，高兴点没有什么坏处。"占堆毫不谦虚地唱道："不要把无罪的牲口绑得太久，夏季的草仅仅是三天的过客，夏季的河水也和夏季草一样。"曲终，羊毛落地。那只绵羊被放开。他跑过去，一下子抓起一只绵羊的腿，把它拉了过来。旺钦觉得占堆已经长大成人，跻身男子汉的行列。他为此而感到极大的欣慰。他看了占堆一眼。……经过一天半的艰苦努力，他们终于剪完了所有绵羊的毛。他们给羊群里最为壮实的种绵羊的犄角缠上绵羊毛，用红土在身上画"卐"符，与羊群间隔一定距离，再泼上酪浆；给羊毛刀缠上绵羊毛，向空中挥舞着，高声呼喊吉祥口号道："愿战胜敌人！愿远离疾病！愿白财绵羊成百上千地增长。"

家中的三个男人相互竞争，在劳动中展现强力，也表达出丰收的喜悦，最后的吉祥口号更诉说着他们的心声：只有家庭和睦、人畜兴旺，才能战胜一切外敌，远离灾祸，家财万贯，朴素的思想正是草原家庭伦理的显现。

当家庭与其他部落发生潜在的摩擦时，旺钦的表现是一切从家庭利益出发，宁可放低姿态求得谅解，而并非逞勇斗狠。这就与"无敌八兄弟"的争强好胜、咄咄逼人构成对照。旦巴亚尔杰在此种常见的草场纠纷中体现出如是的草原伦理，若相互谅解，则部落祥和、幸福安康；若恃强凌弱，则家庭破败、家道中落。这是一种非常简单的对应伦理关系，即和则胜、分则败的草原法则，但看"无敌八兄弟"经过一场斗争后凋零为"无敌三兄弟"，又在旺钦等人的打击下完全灭亡。其中，有一个细节值得注意，即当旺钦在无敌兄弟认输后，准备放弃杀害他们的念头时，无敌兄弟却被珠塔偷袭，最终被部落长强杀。这一事件表明在草原伦理中除恶务尽的观念，也即部落长和达娃老人所谓的"'过于同情，怨恨就断不了'这句话多么有道理。对这种狼一样的人不值得同情"的观念。

而当家庭内部出现纷争，旺钦却显得有些无能为力。《遥远的黑帐篷》中沃玛吉的丈夫尼夏被土匪杀害，当旺钦擒拿住凶手，几经盘问竟然发现凶手是沃吉玛的前夫次角，如此，旺钦就要处在次角既是杀害沃玛吉丈夫的凶手，又是沃玛吉的前夫的两难境遇，如果不为兄弟尼夏复仇明显是对不住兄弟，如果为兄弟复仇则会让沃玛吉处于更为艰难的处境。我们由旺钦的心理活动可见其两难抉择，"他是杀害我朋友的凶手。我不报朋友的仇，朋友会不会在中阴狭道上埋怨我，骂我是个无耻之徒？他曾经无情地抛下沃玛吉，一个人走了。要是沃玛吉见了他不但不会高兴，而且因为他是杀害自己两个孩子的父亲的凶手，就跟他拼命怎么办？如果她能忘掉过去的冤仇，不管从衣食住行哪个方面看，次角回到她身边，她和两个孩子都会有个倚靠。这岂不是件好事吗？"在旺钦的思考中，我们还发现一种草原伦理的端倪，即亡者已逝，即便再伤心难过，已成过往，最重要的是生者的问题，因此，旺钦事实上已把是否报复次角的权利移交给沃玛吉。然而吊诡的是，沃玛吉看到尼夏的尸体"只是哭喊，却没有闹腾"，而看到次角时则"从头到脚连连打量一番，没有露出半点不满情绪，说一声：'走'，便带上两个孩子，与次角一起回家了"。即便沃玛吉不知道杀害尼夏的是次角，那么几年前次角对她的伤害也应该在她的心灵深处留有印记，但沃玛吉犹如什么事情也没有发生过一样，把次角带回家，就像欢迎胜利归来的尼夏一样，难道真如部落长所言的"你不是沃玛吉的男人吗？再说一个女人会有报仇的想法吗？她怎么知道你是杀害她男人的凶手呢？"一样，草原上的女人们在丈夫死亡后，并无像男子一样复仇的勇气和决心，而是顺从地投入另一个男人的怀抱。这岂不是与旺钦的妻子央姆即便被赞贵喀肖所强霸，也依然挂念丈夫和儿子构成对照吗？因此，关于沃玛吉的态度问题，我们还应该从《遥远的黑帐篷》所秉持的草原伦理的角度加以解释。次角意识到自己犯下了不可饶恕的过错，抛弃沃玛吉在先，杀死沃玛吉的丈夫在后，他以悔罪的心态接受沃玛吉加诸他身上的一切惩罚；而沃玛吉表现出草原女性的宽恕品质，认为即便杀死次角也无法挽回尼夏的生命，与其这样，还不如让次角承担起尼夏未尽的丈夫职责、父亲职责，共同抚育两个孩子的成长，使雪嘎、鲁嘎的成长过程中不至于缺乏父爱。由此可见，草原女性的家庭伦理和亲情伦理区别于男性的生命强力伦理选择。这就与旺钦与央姆团聚后，不得不承担起抚育赞贵喀肖的幼子有相同之处。

在获悉赞贵喀肖因琐事而亡的消息后，旺钦等人的报复行为戛然而止，旺钦、央姆、占堆一家团聚。而旺钦的感慨"没有比人的一生更奇妙、更不公平的。有时成为你死我活的仇敌，有时却变成仇敌儿孙的养父，在一个家庭里，用一口锅吃饭，在同一个炉灶上烤火"，则表现出另一种草原伦理：因为人生无常，命运多舛，更应该珍爱每一个人的生命，使得每一个生命都获得幸福生活的权利。基于此，旺钦激烈的内心斗争是"把我们融酥一样宁静的部落变成血海的是赞贵喀肖，他的财产哪怕是一根细绵羊毛线也不想用。他攥住羊羔皮袍两头，险些把它撕成碎片。但细心一想，自己与心爱的伴侣央姆遭到狂风般的命运的劫难，但是最终得以团圆。所以这次我得依着她。特别是对于这个冤孽鼻涕虫来讲，子承父业是西藏高原人的习俗。如果不给他留些份子，业果上讲不通。于是，他挑选出五六张白色羊羔皮，给那个孩子也做了一件袍子"，认为所有的一切皆是命运的考验，人所能做的只有遵从命运的安排，放下心中的执念，而获得心灵的澄澈。这样的思维方式使得旺钦、占堆等人迅速放下心中的仇恨，以更为博大的关爱拥抱生活。这又体现了草原伦理中的宽恕与救赎的特质。

同时，我们也要注意到，当知晓"那些佛敌现在已经到达江孜一带，正在施行抢夺寺庙和百姓的财产、奸污妇女、屠杀儿童等过去连做梦也不曾梦见的暴行。所以不仅是政府军，连寺庙僧尼也拿起武器，在与黄头发妖魔军战斗。塔工和纳仓的部队也已经抵达前线。在雪域佛教面临生死存亡的关头，我们是出于无法忍受的气愤自愿而来的"。藏北草原的汉子们义愤填膺，不仅选择捐枪，而且参加霍尔三十九部族的队伍，开拔前线。如此一来，藏北草原的生命强力就转化为在民族危亡之际奋力救亡的民族情怀，个体的命运与民族、国家的命运联系在一起，实现了他们精神的跃迁。

三

《遥远的黑帐篷》在细节方面的描写也非常引人入胜，这表明作者旦巴亚尔杰熟悉草原生活，并善于从草原生活中择取文学素材。其中，最值得注意的是文中反复出现的"虱子"书写，而虱子多出现在沃玛吉身上。第一次关于虱子的书写着实令人忍俊不禁：

> 这时肚脐下面的丛林间一阵瘙痒，她伸手一探，摸到了一只死到临头，到了该用大拇指和食指夹死的地步的老虱子。可它却要死要活地扇动着两只触角。她把这只老虱子放到手掌里看。老虱子在打转，如同一个盲人在荒野里游荡。她像看到一台不曾看过的节目一般注视它的当儿，刮起一股小小的旋风，弄得老虱子不见踪影。她一边揣摸着老虱子会跑到哪里去，一边找寻。这时它已经跑到旺钦的腮帮上，正在使出全身的力气往上爬。她用拇指和食指抓住它时，它像一个越狱犯重新落入法网一样，在两根手指间挣扎。沃玛吉说："你这么有能耐的话，给。"她用两手大拇指指甲把它夹死了。

在沃玛吉的视野中，老虱子的游荡正如她内心的激荡一样，而老虱子由她的手上转移到旺钦的脸上，体现出她对旺钦的仰慕。旦巴亚尔杰以俏皮的语调描绘了一幅关于虱子的风情画。第二次出现虱子，体现出沃玛吉忐忑不安的心情，在旺钦要教授尼夏打枪的时候，沃玛吉担心丈夫枪法不精，恐怕受到旺钦父子的嘲笑时，顺手从头发上掐出一只虱子。而有意思的是，尼夏似乎接收到了妻子传来的信息，竟然"也伸手从颈部捉起一只肥硕的老虱子，塞进枪口，说'我把这只虱子也跟野牦牛一起枪毙掉'"。如此，通过一只虱子化解了家庭之间的潜藏的矛盾。

虱子本是不干净的表现，在旦巴亚尔杰的笔下却呈现出别样的风味，在他的细致描摹中承担起营造不同的氛围的叙述功能。

另外，《遥远的黑帐篷》中还多次出现歌唱的景象，把藏北牧民的豁达、沧桑、羞涩、智慧在歌声中加以丰富地表现，如旦巴亚尔杰直言"牧区的男女之间除了情歌没有什么可唱的。自古以来,牧区的青年男女通过情歌这一纽带,争取自由和幸福,繁衍后代,为人类的发展尽了涓埃之力"。作者通过珠措与顿珠的对唱将其言说具体化,珠措想了想,唱了一首情歌:

"骏马在草滩上嘶鸣,
黄金花鞍落在家里。
只要金鞍情义不变,
骏马就会加快步伐。"

她刚一唱完,就羞涩地背对着顿珠坐了下来。顿珠对了一首歌:

"布谷在印度鸣叫,
雁子在门隅唧啾。
叫着走近咫尺间,
旃檀梢头来相聚。"

唱毕,他就抱住珠措,解开腰带,亲起嘴……如此这般,他俩彼此相爱,成为只可死别、不可生离的情人。这表现出了草原青年男女情感奔放、自由无拘、真诚可爱的个性。同时,小说中也多次出现了关于草原风光的描写,如"天空湛蓝澄净。一丛丛洁白的云团,宛然绵延不绝的雪山,在四面地平线尽头飘动。阳光灿烂辉煌。草地上,蜜蜂歌唱着在天然花园里飞舞。生长在不断向下飞流的澄澈山涧水边的色钦花、色琼花、沉香、红黄白三色奶瓶花、铃铛花、飞燕草等各种野花芬芳四溢。娇艳的蝴蝶仿佛在与野花竞相媲美,忽而飞旋,忽而享用花蕊,扇动着翅翼……黑马也在享用潺潺流淌的山涧水边的青草和草籽。叮咚作响的小铃铛声给这美丽的自然界以更大的活力……那一片锦缎似的草甸、各色鲜花的芳香、小鸟飞旋着'叮叮吱吱呱呱'唧啾的美妙声音、在天空中轻缓飘舞的洁白云朵,安详、自由、悠闲地徜徉在草甸上的畜群等色、声、香、味、触五妙欲无所不包的自然形成的夏之风景……",为读者们呈现出一幅藏北草原的风景画卷,体现了作者对草原的深深眷恋。

通过诸如上述类型的书写，旦巴亚尔杰完成了对藏北草原的家园书写，向人们展现了别样的西藏风情，未经人工修饰的淳朴、自然、扬厉而又朴素的自然之美、人性之美，与其他藏族作家的农区书写、城市书写、革命书写一并构成藏式中国故事的文学景观。

第七章　儿童视角的藏式"中国故事"

关于儿童视角，吴晓东等人认为，诗化小说中的儿童视角却并非是单纯的儿童视角，无论是《呼兰河传》，还是《幼年》，都是成年人回溯往事的童年回忆体小说，其叙事视角均由一个在场或不在场的成年叙事者构成。也就是说，小说中的童年往事是在成年叙述者的追忆过程中呈现的，这就使文本中的儿童视角成为回溯性叙事中的儿童视角[①]。也就是说，儿童视角是成人回想儿童记忆或者成人以儿童口吻的方式完成的叙事，"以现实与回忆的叠合、成人世界与儿童世界的并存、儿童话语与成人话语的复合构置具有较大时空涵容的叙事框架与文学空间"[②]。故此，儿童视角的作品以儿童为叙述中心，以成人世界与成人想象的儿童世界的对接为叙述模式，以呈现世界别样面相为叙述目的。从类型上看，儿童视角的创作，既包括纯粹的儿童文学，也包括拟儿童的文学创作。儿童文学由于其创作指向面对儿童，极力彰显儿童世界的特点，目的是根据儿童的认知方式和情感表达方式为儿童的成长提供相应的辅助和指导，因此，儿童文学的话语方式要求接近儿童语言，近似符合儿童的心理成长世界。拟儿童的文学创作面向的主要不是儿童，只是文学创作的一种策略，试图通过儿童的视野来展现成人世界的凶残、狰狞、丑陋，或者通过成人对童年世界的回忆，表达某些特定的文学旨趣。

[①] 吴晓东、倪文尖、罗岗：《现代小说研究的诗学视域》，《中国现代文学研究丛刊》1999年第1期。

[②] 沈杏培：《童眸里的世界——论新时期儿童视角小说的独特价值》，《江苏社会科学》2009年第1期。

新世纪以来，益希卓玛的《清晨》被视为第一部藏族儿童长篇小说，展现的是西藏和平解放后，奴隶的儿子巴丹与部落头人日南·僧格等人之间的斗争，协助"金珠玛米"顺利进军、粉碎敌人阴谋的故事。该作品以儿童巴丹的成长过程为书写中心，以阶级对立为模型建构人物类型及人物间的关系，展现在斗争中成长起来的新一代藏族少年的形象。央珍的长篇小说《无性别的神》通过贵族德康家的二小姐央吉卓玛的视角，展现20世纪上半叶西藏社会的面相，百科全书式地展现贵族家庭生活、农奴的悲惨生活、寺庙的灰暗生活以及解放军进藏后的明快生活，被誉为西藏的《红楼梦》。新世纪以来，藏族汉语文学继续开掘儿童视角的文学写作路径，涌现出一批作品，它们或者依托童年回忆在时空的回溯中建构小说文体，或者借助儿童视角表达对现实生活的深重思考，或者着力于雪域儿童文学的开掘，不断推进藏式儿童叙事的新探索。

第一节　儿童视角与童年体验

回忆是人类生活中常见的心理行为，大致地说就是在某种刺激下对储存在头脑中的过往记忆的再次感受和体验，但凡能够回忆起来的，往往在个体的生命历程中承担着重要的功能。童年是社会个体最早的生命阶段，是个体与世界最早的亲密接触时期，童年的生命体验因其体验的初始性而在个人的记忆结构中占据有重要的位置。因此，作家的儿童视角叙述会不自觉地将其童年回忆或筑基于童年记忆之上的童年想象放置于文学创作中，就往往表现出自传性的色彩。

一

藏族作家丹增在21世纪初从繁重的行政事务中抽身而出，回归文学创作。检视丹增近十余年的文学创作，我们发现丹增的创作类型多样，视野宏大开阔，站在文化高扬的角度审视时代文化的新变，本着文化自省的态度思虑民族文化的特性及其发展空间。丹增的创作尤其是散文创作多回顾其童年生活，或许是散文文本属性的原因，文本讲究精诚动人，如《童年的梦》《忆母校　念师恩》《生日与哈达》等作品中所展现出的对其早年生活的回顾，就带有自传的文学意味。但若将这些作品与丹增2010年发表于《十月》的中篇小说《江贡》相对照，或会发现正是这些作品中的童年回忆为《江贡》的儿童视角的表达奠定了基础。一方面，经过散文书写的酝酿与过滤，丹增在《江贡》中的儿童生活的书写更加盎然生趣；另一方面，散文的童年书写又生成小说中的儿童视角叙述。

《江贡》以牧羊少年阿措成长为江贡小活佛为叙事线索，展现了藏北草原上人们精神世界的虔诚，彰显了宗教的世俗价值和信仰力量等社会功能。毫无疑问，江贡小活佛是小说的核心人物，是小说叙述的儿童视角的体现。若结合丹增的童年经历，或会发现江贡的形象塑造带有丹增童年体验的因子。

第一是生活环境方面相似。《江贡》的故事背景是"藏北大地"，丹增出生的那曲市比如县，属于羌塘草原，截至1960年离开故乡，丹增一共在羌塘草原上生活了十三年，故乡的山水风情早已深深地扎根在丹增的记忆中了，因此，《江贡》的地域空间简直可以看作是丹增童年记忆和体验的再现。《江贡》还提到"奔腾不息的怒江在寺庙前日夜流淌，喇嘛们祈诵的经文也如江水滔滔，终日不绝"，这与《童年的梦》提及的"永远流不完的怒江在我家旁边的河谷里静静地流淌了千万年"极为相似。丹增童年的家就位于怒江江畔，他出家修行的寺庙离家并不远，"从古庙中传来的击鼓、摇铃、吹号、敲钹的佛乐声划破宁静的林间传向天际"[①]，童年的记忆中滔滔的怒江水流声与寺庙中僧侣们的诵经声朝夕相处，声响的应和成为丹增童年的记忆之一。

第二是进入佛门的程序相似。丹增的父母亲虔诚礼佛，希望他能"传承佛祖的衣钵"。在他出生的时候，人们传说贡萨寺和羌日寺的

---

① 丹增：《小沙弥》，重庆出版社，2013，第88页。

护法殿的"泉水变成了奶白色",所以丹增三岁时就"被削发剃度,送入佛门"①,这与《江贡》中阿措出生时的"大雪纷飞、彩虹架坡、泉水流奶"的异象相似;五岁生日的时候,丹增准备离开家人进入家庙学习,可能其地位较为崇高,父亲、母亲、弟妹以及其他人等向他行礼,也与《江贡》中阿措被选为江贡活佛的转世灵童而接受亲人和乡邻甚至陌生人的膜拜有相似之处。

第三是寺庙生活相似。丹增在《童年的梦》中追述:

> 我的老师是一个不苟言笑的严厉老僧,在我童年的印象中,他比父亲令我敬畏多啦……我也够顽皮的,父亲在我背诵经文时,案桌上常常要插一支藏香,规定香燃尽了才可以出去玩。可我总是在老师不留神时,悄悄用嘴去吹那支香,三下五除二地就把香吹完了。当然,我这些小聪明总会被老师发现,挨打就是必然的了。最厉害的一次挨打是他用一串佛珠扇我的脸,扇之前还让我把腮帮鼓起来,以让他扇得实在。那一次牙齿和硬木佛珠夹着薄薄的脸面,竟然把我的脸皮都打穿了。

《江贡》中描述:

> 九世达普活佛的教育严厉而呆板……每天要念诵的经文,以一炷香为一堂课时……什么时候香燃尽了,小江贡活佛才可以出去玩……在诵经的间歇时,达普活佛忽然……看见那个机灵的小家伙正撮着嘴、鼓着腮帮吹那根香……一个耳光"呼!"地就扇过来,也不知这个老活佛的手掌有多硬,或者说不知他老人家究竟有多么生气,那一耳光竟然将小江贡活佛的腮帮扇穿了一个洞!因为他手掌上还有那串佛珠。

两相对照,我们显然可以发现小江贡活佛的寺庙生活在一定程度上就是丹增童年生活的真实写照,直到半个多世纪后,丹增仍然对活佛老师的严厉和巴掌记忆犹新。再如《江贡》中江贡小活佛被安排

---

① 丹增:《小沙弥》,重庆出版社,2013,第87页。

为死者超度亡灵,"经房里只有一盏酥油灯,就点在死者的头上方",类似于《童年的梦》中记述丹增"跟随我的喇嘛老师去帮人念经超度亡灵……历练我的胆识,先见死尸,还要陪死尸同眠"等。

两相对比丹增的童年回忆散文与《江贡》,如此多的相似之处,说明丹增的《江贡》包含着他的童年体验和童年记忆,而江贡小活佛身上就带有浓重的童年丹增的影子。因此,《江贡》带有丹增童年自传书写的意味就是确切的。

另外,《江贡》以儿童视角审视羌塘草原的生活,展现出孩童的天真、淳朴的心性。阿措七岁被认定为江贡活佛的转世而被迎请到恰日寺。"出家人的规矩,午后不食。从漫长的下午和夜晚一直熬到第二天早课后才可喝到茶",饥饿难忍,小江贡活佛与小多扎活佛偷吃祭台上的贡品,还谎称是"猫偷吃了祭台上的贡品",一副孩童烂漫的自以为是的样貌;在独自面对死尸的时候,小江贡活佛会表现出他的"颤抖、恐惧、孤单、无助",他渴望"温暖的怀抱"的慰藉;他为穷苦人的生活而落泪,他怜悯麻风病人的痛苦,他祈盼师傅的病症好转,等等。但同时,《江贡》又带有成年人叙述的特色,主要表现在两个方面:第一,叙述时的语调体现出饱经沧桑的成年人的气息,如"那时,生活在这里的藏民,以天上的星星来衡量牛羊的多寡,以水草的丰盈来决定牛羊的迁徙,以季节的轮换来决定庄稼的受众,以佩戴的珠宝玉石来显示家中的财富,以给寺庙的供养来寄存来世的转生,以太阳、月亮、星星、护法神的名字来给孩子起名,以喇嘛上师的咒语来抵御魔鬼的侵害,以亮马和宝刀为男儿的荣耀,以歌声和舞蹈为女子的风情",以"那时"作为叙述的时间起点,明显是站在文本叙述之外以当下的时间进行回溯,而那一连串的"以……"的句式,显然是要总结性地展现藏北大地人们的生活样貌,要从全局上把控作品的叙述基调。第二,与小江贡活佛思维方式不同的成人话语形态,最鲜明的表现是关于转世活佛人选的竞争。"转世活佛的背后在俗界其实暗藏着诸多利益,既有精神、荣耀上的,也有经济、权力上的",一句话就概括出活佛转世的社会利益问题,明显就是成人思维的体现。

总体上看，《江贡》是一篇成长题材的小说，是一代佛子的成长史。成长是文学创作的一个永恒的话题，成长表现了一个民族、一个个体在时间的长河中逐渐走向完善、走向成熟的生命历程，故而，文学史上成长类型的题材众多。但佛子的成长，无论是菩提树下冥想的佛陀，还是一苇渡江的达摩祖师，无论是佛经中，还是传说中，都充满了浪漫的气质，宣扬圣人立地成佛的坚忍、博大，都是人世间绝无仅有的天籁。丹增在《江贡》中书写的不是圣人的成长，而是世间佛子的世俗成长。因此，阿措转化为江贡小活佛，不仅仅是社会地位的变迁，更重要的是人心中的佛祖菩萨观念的觉醒和塑造，是人人皆有佛性的文学表达。我们在小说中看到的是慈悲、虔敬的世俗心灵，是人性与佛性交织的人性的诗意表达。

二

近几年来，藏族作家次仁罗布将目光投向八廓街的童年记忆，先后创作了"八廓街系列"儿童视角小说，包括《威风凛凛》《四眼狗》《赤裸的女人》《念珠》《梅朵》等，展现的是20世纪六七十年代拉萨八廓街的生活状态，引发的是人们对过往岁月的回忆和反思，反思的是时代文化在人们心中的回响。

次仁罗布从小生活在拉萨八廓街的大杂院里，他熟悉那里人们的生活面相，真切感受过大杂院邻里之间的家长里短。他带着拉萨基层生活的现实影响，驻足于对藏民族的精神世界和物质生活的挖掘和展示，如《放生羊》《杀手》《界》《阿米日嘎》等小说皆立足于世俗生活而探求民族心灵的归宿。而他转向"八廓街系列"叙事，似乎是不经意间的回首：

有一次，来到古城八廓街，猛然回头，身边的一切物是人非，童年的记忆寻找不到参照物，过去如碎片一样残缺不全了。过去真的像风一样被刮走，一切被卷走得面目全非。想想，在我闹腾的日子里，这些过去的碎片，安静地躺在记忆的最隐蔽处，不断被日子的灰尘一天天掩埋，有些甚至从此销声匿迹。我从未有过掀翻这个"富矿"的想法。

　　让我停下脚步,重新寻找记忆里模糊的过去,是在去年我大姐去世以后才开始的。最初是因为怀念,从每晚头落枕头,回忆大姐的点点滴滴起始。后来,随着回忆时间的增长,记忆越织越庞杂,以八廓街为点,向四周无限地扩充,绘成了一个广阔的社会群体。当我沉湎在这种记忆里时,很多故人的面庞逐渐清晰起来,岁月的纹路曲径通幽。才发现本以为波澜不惊的这半个人生,因为曾经的记忆、故去或健在的人们而丰富了起来,平淡中发现了许多闪光的亮点。①

　　一方面,21世纪初关于拉萨八廓街的历史街区保护规划出台,"规划将老城区分级为重点保护区和建设控制区,并提出分级控制要求……规划还对重点地区八角街及其周边建筑制定了保护和整治设计导则","规划对街区内人口和土体使用功能进行调整,对道路交通、市政设施和防灾等基础设施进行规划。在保护好老城区整体风貌和城市肌理、保护好街区原有尺度和空间环境的前提下,改善街区市政设施,做好防灾减灾规划,提高当地居民的生活水平,增加旅游接待设施,提高服务水平"②。新的街区规划的实施逐渐远离次仁罗布的八廓街的童年印象,偶然回访八廓街,就会令他不胜唏嘘,无限感慨。但这一时期的次仁罗布还在致力于发现民族生活中一些在他看来更值得关注的话题,诸如伦理表现、底层经验、历史记忆等,还无暇顾及重新审视八廓街。可能是作为一种心理偿还,2011年,次仁罗布曾以八廓街为背景创作了短篇小说《绿度母》③,主动回顾八廓街的生活记忆。此外,次仁罗布因为亲人的离世而陷入缅怀,在回忆中往事浮泛起光泽,编织起往日的喧嚣。次仁罗布猛地发现人生已经走过很长一段距离了,该到了清理记忆和情感的时候了,于是,他回到了八

---

①　次仁罗布:《记忆的书写》,《民族文学》2013年第8期。
②　张广汉:《拉萨八角街历史街区保护规则简介》,《城市规划通讯》2005年第11期。
③　次仁罗布:《绿度母》,《大家》2011年第5期。

廓街，重新整理行装，徜徉在童年回忆的小路迷踪，发现生活的平凡与亮点。

经过几年的思考与写作，次仁罗布对《八廓街》系列小说的书写有了新的认识：

> 我从小就在八廓街里长大，对于那边的人和事都非常的熟悉，对它的点点滴滴变化感受也是极其深刻的。当看到以往八廓街的昔日气息逐渐散去，被现代装修豪华的商铺所替代时，一种怅惘和念旧的思绪就占据了我的思想。曾经街边卖煮豌豆的老太婆、走街串巷吆喝着出售碱和盐巴的牧人、阳光底下懒散地晒着太阳的成群野狗等，都已经从八廓街里消失掉了。更主要的是我所认识的那些人，有很多已经离开了这个世界，他们的后代离开八廓街搬到生活条件更加便捷的社区里去，这里搬进来了其他藏区来的新住户，他们替代了原先的老住户。甚至我们的后代都觉得八廓街就是一条拉萨最繁华的步行街，是世界著名的大昭寺所在地，至于在那里发生的社会变迁、命运改变、信仰更替等波澜壮阔的事情，他们全然不懂。八廓街看似很小，但那是西藏的心脏，在那里发生的一切，可以折射出整个西藏的社会历史变迁，她是浓缩的也是最精华的。为了留存上世纪60年代末到80年代八廓街里的那些形形色色的人，于是我开始创作系列小说《八廓街》，把那些熟悉的人和场景用文字记录下来，表现时代前进的洪流中小人物命运的起伏与跌宕，用文字为他们写下墓志铭。①

由此来看，次仁罗布似乎在为八廓街树碑立传，为曾有八廓街气息的人、事、物留下生活的痕迹。因此，他的《八廓街》系列小说留存的是20世纪60年代到80年代的八廓街记忆。次仁罗布是在20世纪60年代中期出生的，他记述的八廓街近二十年的故事，恰好应和了他的童年、少年、青年时代，而目前发表的《八廓街》系列仅

---

① 次仁罗布：《西藏的心脏》，《长江文艺》2018年第12期。

仅是他童年时代记忆的留存，或者说是以他的童年记忆为底本而进行的文学创作。

次仁罗布的《八廓街》系列作品都围绕着八廓街的瞿林康桑四合院里的人和事展开。《四眼狗》讲述了外号为"四眼狗"的巴桑次仁一次次出卖四眼狗而获利的故事，最后死在了贩卖狗的路上；《赤裸的女人》讲述的是大院里的人们对桑多妮妮悲惨命运的态度，以及推测桑多妮妮犯病的原因；《念珠》以大院里扎桑的丈夫——还俗僧人为中心，展现隐藏在丑陋外表下的人心的善和爱；《威风凛凛》展现的是威风凛凛的嘎玛在家庭中受到妻子益西家暴的故事，展现出嘎玛的君子风范；《梅朵》讲述的则是非婚生子的梅朵在孩子被人领养后精神的失常，以及人们的愧疚感。《八廓街》的叙述基本是通过孩子们的视野来审视些微的社会变化，包括时世的变化和人心的几微浮沉。次仁罗布主要是在这些作品中呈现，他不愿也无意去探究造成这些行为的社会原因或心理原因，只是以孩童的眼光来描述事件的进程。同时，在这些事件的描述中，我们能看到成年"大头"对童年"大头"记忆的思考和反思，因此，每一篇作品的结尾，次仁罗布基本上都采取同样的操作方式，如：

> 嘎玛缠着绷带坐在油灯下，却是那样的醒目，以至于过了很多年后我都无法忘记他……①
>
> 十多年以后，我再去八廓街时碰到了久违的梅朵……再后来，既见不到梅朵，也没有了关于她的一丁点消息。她好像从这个世界上被蒸发掉了一样，也没有人再问津她的事了。②
>
> 一年多后，桑多妮妮从我的梦境里退了出去。也就从那个时候，我努力让她迷人的脸蛋从我的记忆中消隐掉。这一忘记，就忘了三十多年……从此，我再也没有提起"桑多妮妮"这名字。③

---

① 次仁罗布：《念珠》，《黄河文学》2012年第2期。
② 次仁罗布：《梅朵》，《青海湖》2017年第4期。
③ 次仁罗布：《赤裸的女人》，《黄河文学》2012年第2期。

>随着时间的流逝,他俩也从我的记忆里淡忘掉了,十五年后,我在色拉寺的印经堂里撞见了"阿酷啦"……①

在每篇作品的结尾,次仁罗布总要告诉我们故事的结局到底是怎样的,或许,他试图表达的并不是一种因果逻辑,只是表明我们每一个人都是路过别人世界的那个人,每一个人都有自己的世界,即便生活在同一空间,但每一个人所经历的世界不相似,我们可以同情、悲悯,但却无法替代别人的感受和体验。同时,这样的言辞,也表明了次仁罗布的写作游移于儿童话语和成人话语之间,他是站在成人世界中回望童年往事,如同驻足历史遗迹而有感而发,连接过往与当下,而最终落脚点还是在当下。

三

相比较丹增对半个多世纪前童年往事的追忆、次仁罗布对三十多年前的童年生活的提取,年轻的藏族作家此称在短篇小说《糖果盒子》中展现的则是童年的创伤记忆以及这种记忆对于成人人格的影响。依照弗洛伊德的解释,"一种经验如果在一个很短暂的时期内,使心灵受一种最高度的刺激,以致不能用正常的方法谋求适应,从而使心灵的有效能力的分配受到永久的扰乱,我们便称这种经验为创伤的"②。创伤是心灵受到"最高度的刺激"后郁积于内心深处的无意识世界,在日常生活中人们会通过社会意识压抑无意识,但是无意识会通过某种方式如梦、创作的方式,戴着某种符合社会规范的面具进入社会生活。同时,"最高度的刺激"生成的创伤的持久性会通过某种象征物的形态展现出来,或者说这种象征物就是一个诱发个体联想或观想"最高度刺激"的媒介。因此,创伤性记忆的核心是要寻找到象征物,打破象征物所携带的"最高度刺激"的结构图示,以期获得疗治。而对于文学创作而言,寻找到象征物则能使其在虚构的世

---

① 次仁罗布:《念珠》,《黄河文学》2012 年第 2 期。
② 弗洛伊德:《精神分析引论》,高觉敷译,商务印书馆,1984,第 216 页。

界里获得一种解脱，得到一种替代性的满足，进而暂时弥缝"创伤"。

《糖果盒子》主要从儿童视角讲述藏村伦理秩序。此种叙述从两个方面入手。

第一个方面是立足于儿童对藏村秩序的理解。三岁的"我"、三岁的拉姆、四岁的卓玛和五岁的曲品，在游戏中组成了一个藏式的家庭，分别扮演不同的家庭角色，曲品模仿的是父亲的角色，卓玛演绎的是母亲的角色，"我"和拉姆扮演的是孩子的角色。曲品的权威因其扮演的角色而显露无遗，他在指导那三个孩子的行为时，如关于"细粒土"的要求，"怎么搞的，这种细粒土可以用来舂墙吗？里面还掺着那么多的碎石。如果用这种土来舂墙，过一丈就会倾塌。如果建好的房子因为这倾塌，你们谁能负责？"在满足了曲品的要求后，曲品规划了村庄的格局：

> 首先，新的村庄不会像我们现在住的村庄，所有人家都不会住得那么散。我们会聚居到这棵桃树下，每户之间走十步就到了，只要我在我家门口喊一声，你们都能听见。然后，村庄中央必须留出一条大路，大路两侧种上柳树。天气热时，我们可以把家中的父母和老人接到柳树下乘凉。每天干完活后，全村人都可以聚集在柳树下，请老人给我们讲故事，直到很晚才散开。①

儿童的村落视角源于现实村落的格局，并且以他们的理解对现有村落进行了改造。首先，各家各户以桃树或某一对村民生活有特殊意义的建筑为中心而展开，呈现出环形的村落结构；其次，村落的核心人物具有相当的权威，能知道村民的日常行为；再次，村中央的大路是村落与其他地方的连通，不仅有现实的道路的功能，而且隐含着与外界交流的意图，大路作为村落的触角而向四处延伸，说明在孩子们的心目中，村落是他们所认知的想象世界的中心，世界其实就是村落的无限延展；复次，大路两侧的柳树不仅有美化街道的功能，而且还

---

① 此称：《糖果盒子》，《民族文学》2016 年第 11 期。

能体现村落孝老重亲的伦理观念，孩子们出于他们的天性，认为尊敬长者能使村落的秩序更为和谐；最后，晚上听老人讲故事，看起来是孩子们的娱乐，实际上体现了文明的展现和传承在农耕时代是通过老人们的叙事而实现的，具有明显的农耕时代文化的影子。

曲品的父亲权威不仅在于指导其他家庭成员的工作，还在于他所承担的购物的功能，也就是外交和外联的功能，这体现了传统家庭结构中男主外、女主内的伦理模式。而卓玛的母亲功能，其一体现在对曲品模仿的父亲的服从；其二是父亲不在场时，对孩子们的管理和引导。至于年幼的"我"和拉姆作为家庭中孩子的角色，不得不服从于曲品和卓玛的领导，因为在他们关于家庭秩序的理解中，"曲品比我们都大，已经五岁了，自然要当家长"，也就是说家长的特点是年纪大，经历丰富，以其阅历带领家庭或家族的发展。

依照弗洛伊德的观点，"孩子最喜爱、最热心的事情是他的玩耍或游戏……因为在游戏时他创造了一个属于他自己的世界，或者说，他用一种新的方式重新安排他那个世界的事物，来使自己得到满足"①。也就是说，游戏的世界源于现实生活，游戏中的满足是现实不符合理想的替代性的满足，以此来实现现实世界无法实现的愿望，弥合的是现实与理想之间的差距。

第二个方面是现实藏村的伦理秩序。在孩子们的游戏快要结束的时候，脱离了游戏情境的孩子们还原了生活的本来角色，如曲品冰冷地直接向"我"讨要糖果，并威胁"明天一起玩时多带着糖果来就好了，我知道你家有糖。你不带来，我揍你"；卓玛则向曲品揭发"他兜里还有水果糖，不分给我们吃"，透露出残忍的举报者的面相。另外，在"我"模糊的记忆中，父亲死后，人们主动地帮助料理后事，体现了传统村落人心、人情的炽热。

此外，盛糖果的"糖果盒子"成为"我"的心理创伤表征或创

---

① 弗洛伊德：《作家与白日梦》，载伍蠡甫、胡经之主编《西方文艺理论名著选编（下卷）》，北京大学出版社，1987，第2页。

伤性体验,"作为一种存在方式和在某种程度的普遍性中继续存在下去"①,主要体现在两个方面:第一,是依托于父亲与糖果之间的联系。每天出门玩耍时,"他都会给我三四颗糖",在"我"的世界中,只要有父亲就有糖果,就有父爱,糖果是父爱的象征,而父亲不幸离世后,"糖果盒子"就成为"我"慰藉心灵、思念父亲的象征。第二是一起游戏的小朋友要求"我"玩耍时必须带糖果,糖果成为"我"与小朋友游戏的砝码。随着父亲的离世,糖果越来越少,那么"我"与小朋友间游戏的基本条件会逐渐丧失,糖果作为"我"交流的象征的价值会逐渐丧失。因此,"糖果盒子"的双重象征压抑在童年的"我"的心头,成为"我"的创伤记忆,直至成年,甚至到了暮年,睡梦中都担心"糖果盒子"的遗失。

此称通过儿童视角描述了童年期的心灵和情感创伤在"我"成长之路上梦魇般的存在,展现了儿童叙述的伦理策略,极大地拓展了儿童心理小说的空间和范围。

第二节 儿童视角与现实关怀

儿童眼中的世界和成人的世界有不同的色彩,若从接受美学的角度而言,儿童和成人面对世界的时候,世界对于他们的召唤结构和他们对于世界的期待视野皆存在差异,也就导致他们对世界的理解方式不同,生成的世界图式结构也有差异性。新世纪以来,一些藏族汉语作家借助儿童的视角来审视世界的面相,获得了迥异于成人世界的别样世界图景,体现了现实关怀的深入性与迫切性。

---

① 莫里斯·梅洛——庞蒂:《知觉现象学》,姜志辉译,商务印书馆,2012,第118页。

一

　　2015年，阿来发表了中篇小说《三只虫草》①。一石激起千层浪，继《瞻对》后又一次引起了人们的关注。张弛认为，"小说在清朗的笔调下，用儿童的思维审视世事，隐藏着较为沉重的意味。三只虫草的来去是小说的主线。它是桥梁，将大自然的神奇馈赠与孩子的纯良天性融合在一起，又将成人视角、村落之外更大的世界牵引过来，可最终这自然美好之物还是流入由成人掌控的社会"②。路侃认为，"这是一个小学六年级的藏族孩子眼睛中的故事，是一个孩子和虫草之间的复杂故事，是以虫草为媒介和儿童视角发现的社会人生的快乐、忧伤和怪异"③。钟正林解读作品体现出阿来的"生态堪忧和文明失落"④的思虑。陈思广认为，"这是一个充满诗意与温暖的故事。作家的尊重与关爱的情怀，以虫草为媒介，以一套百科全书为纽带，托起了一个藏区孩子对未来的全部梦想与期待"⑤。李康云则认为，"中篇小说《三只虫草》的出现，在对现实与人性关注的基础上，把人与自然资源、游牧与聚居、原乡与文明、宗教与文化（喇嘛与学校）、自然生态和人性生态、欲望与愿望、虫草究竟是虫还是草的所有矛盾都汇聚在了桑吉和他的三只虫草上，所有高原阳光下的不和谐、不平衡都清晰锐利地呈现出来"⑥。论者的言说从不同的角度阐释了《三只虫草》的意义和价值，各有其侧重点，但基本上都涉及了儿童视角的问题，也就是儿童看世界的问题，而且还是儿童看

---

① 阿来：《三只虫草》，《人民文学》2015年第2期。
② 张弛：《春天里醒来的精灵——读阿来的中篇小说〈三只虫草〉》，《人民日报》2015年4月3日第24版。
③ 路侃：《童真视角中的筋骨、温度和锋芒——读阿来的中篇小说〈三只虫草〉》，《中国艺术报》2015年5月13日第3版。
④ 钟正林：《少年桑吉的纠结——读阿来中篇新作〈三只虫草〉》，《文学报》2015年4月16日第8版。
⑤ 陈思广：《洒向人间的博爱情怀——读阿来新作〈三只虫草〉》，载陈思广《阿来研究（第2辑）》，四川大学出版社，2015。
⑥ 李康云：《从阿来的三种写作姿态看〈三只虫草〉的象征意义》，载陈思广《阿来研究（第2辑）》，四川大学出版社，2015。

到了世界存在着问题,并试图依凭自身的努力来破解由问题而产生的困惑。或者可以说,《三只虫草》是一部成长小说,因为桑吉在探究世界的行程中又向前迈出了一步。

毫无疑问,《三只虫草》是以儿童视角为出发点探寻世界面相的小说,而把桑吉的世界作为起点决定了他的探寻方式。因为保护长江、黄河上游水源地而退牧还草的生态决策实施,牧区少年桑吉随家人迁徙到定居点生活,而桑吉则到乡寄宿小学学习,这已然说明生活发生了巨大的变化,桑吉不可能再像他的父辈一样自由地在草场上放牧,徜徉于蓝天白云间。桑吉依靠自己的生活感受和学校教育的知识,发现生活中存在的问题,并试图去解决问题。

《三只虫草》集中展现了桑吉对词语意义的追问。词语即是命名的结果,而命名的过程是人们发现、理解事物的过程,是人们知识结构不断完善的过程,命名与人类的历史相始终。但在具体使用词语的过程中,词语只具有符号的意义,对初学者而言,就迫切地想要知道词语的实际内涵,并对其做出自己的阐释,桑吉关于词语的认识和使用即与此相关。例如,桑吉曾"在城里的学校借读过",他知道姐姐"要穿裙子,还要穿裤子。穿裙子和穿裤子还要搭配不同的鞋,皮的鞋、布的鞋、塑料的鞋",因此,他认为"女生就应该打扮得花枝招展"。对于姐姐"花枝招展,这是贬义词"的说辞,桑吉则"翻开词典"作为回应,"上面没说是贬义词",并认为"这是好听又好看的词","好听"言及的是"花枝招展"一词的声韵调组织起来所构成的声响的音乐性,而"好看"则是"花枝招展"一词所构成的画面感,也就是说桑吉对于"花枝招展"一词的理解更多的是表面上的,依据的是"词典"的解释。至于桑吉对诸如"低调""纠结""就像住在城里""兴旺""又当婊子,又立牌坊"等词汇的理解无不是如此。其中,桑吉从多布杰老师的张扬姿态中意识到"低调"的意思,从家里的猫把线团玩得乱七八糟认识到"纠结"的意思,从对于"城"和"镇"的理解在内心中驳斥爸爸"就像住在城里"的偏见等,桑吉能从生活中找到词语的源头,理解词与物之间、词与意之间的关系。又如,对于"婊子"一词,桑吉的理解是"比如是镇上美发店门前染着红指甲，总对着镜子做表情的懒洋洋的年轻女人"，但对于"牌坊"，桑吉无法理解其意，随即询问言说此词语的卡车司机，司机"皱着眉头想了一阵子"解释为"我说不出来。就像一张奖状吧"。司机的解释不能让桑吉信服，因为奖状是实在的事物，是桑吉生活中常见的事物，而"牌坊"显然是藏区所没有的事物。在生活中，人们使用"牌坊"一词，多使用其比喻义，这就使得"牌坊"一词远离了词汇所指涉的生活实际，对于"不会为看不懂的东西发笑"的桑吉而言，"牌坊"一词他难以理解。

《三只虫草》中"虫草"与"百科全书"的关系贯穿起成人世界与儿童世界的关联，主要表现在两个方面。

第一，"虫草"和"百科全书"都是工具性的存在。"虫草"是野生的植物，这些虫草都在从虫到草的转化过程中。也就是说，在秋天，卧在地下黑暗中的虫子被某种孢子侵入了，它们一起相安无事地在地下躲过了冬天的严寒。春天，虫子醒得慢，作为植物的孢子醒得快，于是，孢子就在虫子的身体里开始生长。长成一只草芽，拱破了虫子的身体，拱破了地表……长成完完全全的一棵草。

但桑吉和牧民重视的是虫草的交换价值，在调研员和商人的眼中，虫草却是交换利益的工具，虫草成为利益的代名词，人们看重的是由虫草所衍生出的价值。"百科全书"在桑吉的世界中是知识的象征，是他走出封闭的工具；在调研员的世界中，百科全书是他骗桑吉的虫草的工具；在校长的眼中，百科全书是学校图书室建设的标志性工具；在校长老婆的眼中，百科全书是哄孙子的工具。因此，从实用主义的角度来看，无论是虫草还是百科全书，都具有相同的工具效能。

第二，"虫草"和"百科全书"是折射现实生活的象征。"虫草"对于喇嘛们来说，是他们祈诵的报酬；对于调研员来说，是获得职位的敲门砖，即虫草是经济时代人们贪恋金钱和权力的象征。"百科全书"折射出知识世界与现实世界之间的距离，桑吉追寻的是"百科全书"的拥有权，通过阅读认识和理解更广阔的世界面相。但在寻求"百科全书"拥有权的过程中，桑吉看到了生活中的"百科全书"，如通过电视，他看到：画面里，蔚蓝的大海无尽铺展，鱼群在大海里像是天空中密集的群鸟，军舰鸟从天空中不断向着鱼群俯冲，人们驾着帆船驶向一个又一个绿宝石一样的海岛。这部片子放完了，是下一部即将播放的新片的预告。一部是战争片，飞机、大炮、冲锋的人群、胜利的欢呼。一部是关于非洲的，比这片草原上的人的肤色更黑的人群，大象、狮子、落日，还有忧伤的歌唱。

他意识到"电视里也有百科全书一样的节目"。同时，通过找寻调研员的过程，桑吉感受到了在学校无法感知到的社会的人生百态，这是一种更具有根性的、更具有实在感的"百科全书"。两种"百科全书"式的教育，开拓了桑吉的视野，作为图书的"百科全书"隔绝了现实基础而显得超凡脱俗；根植于生活的"百科全书"，更凸显出生活的多面与人心的多样。

《三只虫草》中"虫草"的游历本就是县委书记所谓的《虫草旅行记》，在桑吉纯真的儿童世界外还有一个真实的成人世界。

百年前，鲁迅所谓的"救救孩子们"的呼声并未停歇，实际上是对成人世界败坏儿童心灵的无情的嘲讽，但是阿来的本意是"写出这一切后，人性的温暖。即便看起来，这个世界还在向着贪婪与罪过滑行，但我还是愿意对人性保持温暖的向往"[①]。最后桑吉"原谅校长了"，也原谅了所有人，希望世界在知识、心灵和现实的和解中获得新生。

二

阿来《三只虫草》中的桑吉安于生态安置点的生活，展现的是现实生活的冷峻厚实，采取的是向外看的写作策略。而青海玉树藏族青年作家秋加才仁的短篇小说《数汽车的孩子》采取的是向内观的方式，以儿童视角展现了生态搬迁所引发的社会问题，以及纠结于牧区生活和城镇生活的人们的心理状态，以文学的方式从文化角度反省

---

① 阿来：《文学更重要之点在人生况味》，载《河上柏影》，人民文学出版社，2016，第2页，前言。

生态移民过程中出现的一些新问题，现实思考指向非常明显，现实关怀的情感异常强烈。

秋加才仁出生、成长、就学、工作于青海玉树地区，这使得他深切地感受到玉树地区的三江源生态保护和发展举措的任重而道远。所谓的三江源指的是长江、黄河和澜沧江的发源地，其区域包括青海省玉树、果洛、黄南和海南4个州的16个县和格尔木市唐古拉山乡，总面积36万平方千米。20世纪90年代以来，"三江源区域内自然生态遭到严重破坏，生态环境急剧退化，水源涵养能力急剧减退，导致三江源中下游广大地区旱涝灾害频繁、工农业受到严重制约，并已直接威胁到长江、黄河流域甚至更广范区域的生态安全"[1]。为此，国家于2003年1月将青海省三江源自然保护区升级为国家级自然保护区。2005年，国务院批准《青海三江源自然保护区生态保护和建设总体规划》，正式启动三江源自然保护区生态保护和建设工程，主要包括退牧还草、退耕还林、水土保持、小城镇建设等。与此同时，国家还在三江源的核心地区以及生态退化特别严重的地区实施生态移民工程。生态移民的属性，说明移民是基于生态考量的原因。但从原住地迁移到迁入地，移民们势必面临着物质生产和生活方式转变的重大挑战，还面临着原住地文化与迁入地间的地方文化之间的融合等问题。

秋加才仁在基层工作多年，真切地感受到移民们的生活问题，并以此为题材创作了《数汽车的孩子》，通过纳罗的儿童视角记录了生活的变化。搬迁前，儿童纳罗的生活悠闲而又自在，"躺在草滩上""看着天空中红彤彤的晚霞，那些幻化成各种形状的神奇之物，是唯一能给纳罗带来快乐的礼物"。在冬季牧场，"纳罗也不用一天到晚都跟在牛群的后面"，这"是游牧人最安逸的季节"。但搬迁突然打破了人们的生活，汽车的轰鸣令纳罗害怕，整齐划一的安居房令纳罗困惑。当纳罗告诉视察的领导"不喜欢没有草原和牛群在一起的感

---

[1] 百乐·司宝才仁、韩昭庆：《试论三江源生态移民的文化变迁》，《复旦学报（社会科学版）》2007年第3期。

觉",领导的回应是"我们要放下传统的生活方式,要让孩子上学,再也不能让下一代跟在牛羊的后面"。在纳罗的眼中,生态安置点陌生而又冷漠,而在领导的眼中,只有现代生活方式取代传统生活方式才能让移民们享受到幸福,但人们对幸福的理解方式不一样导致观念之间存在差异。另外,政府承诺,"你们放心,没有了牛羊国家会给你们补偿,每户人都不会挨饿受穷,还会给年轻人提供就业的渠道,发工资"。但由于没有及时跟进,"幸福社区"的前牧民们、现在的居民们无所事事,静等政府的扶持,于是,平静的生活出现了裂隙,也使得人们的内在世界频增疑惑。

首先是社区的偷盗现象频繁出现。"整天在社会上闲逛的孩子们"不仅"连门口流浪的狗都拿走卖掉",而且还有人偷宰放生牛,而偷盗者竟然都是移民的孩子们,"村里的人虽然痛恨他们干出这样违背教义丧失良心的坏事,但想想那些孩子原本不是这样的,在花花绿绿的城市中他们学会了喝酒抽烟,他们曾经也努力地学习适应这个城市,可是除了干那些繁重的杂活之外他们什么也干不了"[①]。当人们脱离了原有的生存环境,又难以与现有的生活达成和解,那么,他们所秉持的文化信仰体系就将遭遇现实的无情捶打而无力反击。

其次是人们的期待逐渐落空,人们对干部的信任度迅速下降。如果说行政动员还可能在一时激发人心,鼓舞士气,但如果行政无所作为,那么,行政部门和行政人员会迅速陷入信任危机,人们会按照朴素的生活法则寻找生活出路,如"幸福社区越来越多的人开始返回原来的家,那些还有牛寄养在亲戚家里的人,看着已经严重沙化的土地还是相信跟在牛群后的生活不会挨饿,那些没有牲畜的人给那些拥有成群牲畜的人打起了工"[②]。而未曾搬迁前,家家户户都有自己的牧场、自己的牛羊;搬迁后,竟然出现了没有牛羊的状况,这是赤裸裸的嘲讽。

再次是人们迫切需要心灵的抚慰和关怀,而此时最容易滋生新的

---

① 秋加才仁:《秋加的小说》,作家出版社,2016,第8页。
② 秋加才仁:《秋加的小说》,作家出版社,2016,第11页。

崇拜。少年纳罗"发现了一个秘密,每次心烦和难受的时候坐在门口的大石头上,一股舒服的感觉就会油然而生,那是种清凉透顶的感觉"。此外,纳罗能从石头中预测近期发生的事情,于是新的崇拜产生了,或许秋加才仁的本意是要表达石头是回到传统的一个象征,但事实上,在文本中,纳罗的石头具有了烛照未来的功能,吊诡的是就连社区的领导也向纳罗询问"前途的吉凶",可见纳罗的石头所拥有的强大的社会影响力。

最后的结局是人们有的返回牧场,拾起牧鞭,继续延续祖先的生活方式;有的人留在了幸福社区,继续开掘新的生活。这种两极化的生活分野充分说明生态移民工作中存在着各种贯彻和执行不得力、不到位的情况。

《数汽车的孩子》以孩童的视角隐微地对生态移民工作中存在的一些问题提出了批评,说明了文学参与社会生活的深度和力度,也表明了藏族汉语文学在地方性、现实性话语建构中的开拓和开展实效。

三

农村留守儿童是伴随着我国工业化、城市化的快速发展,以及区域经济发展不平衡而出现的社会群体,"农村留守儿童由于长期远离亲情的关爱和管束,容易引起其生理、心理、生活以及社会保障等方面问题"①,"也更容易遭受意外伤害甚至不法侵害"②。为此,农村留守儿童现象的调查与研究成为我国社会科学研究的热点问题。然而,以农村留守儿童为题材的文学创作似乎远远滞后于现实情态。甘南藏族青年作家王小忠曾从事多年农村基层教育,因接触较多留守儿童,曾创作短篇小说《白秀玲的星期天》③来反映此现象。

《白秀玲的星期天》以留守儿童白秀玲的视角来审视农村儿童留

---

① 董黎明、沈梦婷:《父母外出务工对留守儿童心理健康发展影响研究》,《牡丹江师范学院学报(哲学社会科学版)》2018年第6期。
② 岳经纶、范昕:《中国儿童照顾政策体系:回顾、反思与重构》,《中国社会科学》2018年第9期。
③ 王小忠:《白秀玲的星期天》,《四川文学(下旬刊·校园版)》2014年第8期。

守现象。白秀玲年仅十三岁,"爸妈离开家已经有大半年了,他们去很远的地方打工,等到过年时才能回来"。在多瓦村和白秀玲一样的留守儿童还有很多,他们的周末娱乐项目是在涨水后的小河里摸鱼,"这条河里是有很多鱼的,但全是狗鱼,没有金鱼"。没有大人的照顾,年幼的孩子们在河边玩耍随时都有危险,但他们已然乐此不疲,可能这是他们为数不多的娱乐活动,缺乏家长的照顾、从事危险而又开心的游戏可能就是这些留守儿童的生活写照。相比较而言,白秀玲已经"感觉不到孤独,也不害怕,已经习惯了"父母不在家的生活,她喂猪、喂鸡、生火、煮饭、挑水,独自睡觉,独自应对晚上的狂风暴雨、雷鸣闪电,即便感到"孤独和害怕",也必须独自应对,甚至初潮来临,也必须独自面对。"她为自己的惊惶感到可笑,又为它们的到来感到害怕和莫名的激动",她渴望妈妈的陪伴,也为自己的长大而感到欣喜。与白秀玲一样的留守儿童们,他们思念父母,渴望父母的陪伴,又都怨恨父母如候鸟般的来去匆匆。例如,白秀玲的同学李晶在给父母的书信中抱怨父母在她成长过程中的缺失:

> 爸爸,妈妈,你们知道我手中的这支笔有多沉重吗?在我幼小的记忆里,没有你们的身影。奶奶常说,我三岁时你们便离开了我,到很远很远的地方打工,她养我十几年了……每听到这句话,我心里总不好受。爸爸妈妈,你们为什么要把我扔给奶奶,是不是像那些婶婶们说的我是要来的?六岁那年,我上学了。看到很多小朋友都由自己的父母陪着,我常常会羡慕地呆呆地看着他们,直到现在,上学路上有你们的陪伴仍是我的奢望,哪怕一次。过完年后,本以为你们能在家多待几天,本以为你们会陪我去学校报名,但你们还是走了。我在曾经充满了笑声的空荡荡的屋里哭泣了,你们知道吗?……爸爸妈妈,现在我已经长大了,拥有了记忆,你们知道我最怕写的作文是什么吗?我最怕的就是写自己的童年生活。都说童年是快乐的,是绚丽多彩的,是梦幻般的,然而在我的记忆里,童年并不是那样,它只是一张惨白的纸。每次,我总是努力地回忆加幻想——总想从自己惨白的记忆

里寻出一点欢乐，但都没有，有的只是虚构。

父母在孩子成长过程中的不在场对孩子的成长，无论是生理方面还是心理方面都会留下阴影，让他们处于极度不安全的心理状态，敏感而又自卑，而爷爷奶奶的照顾更多的是生活起居方面，不可能深入到孩子的内心世界。因此，这些留守儿童的人格生成可能存在不稳定的因素，认知容易走向偏颇，甚至存在转变为问题少年的隐患。从李晶的抱怨中，我们可以看出她内心的愤懑，童年记忆的苍白以及无处表达的痛苦。但白秀玲似乎是一个另类的存在，"孤独和习惯加速着白秀玲的成熟"，她明白父母出外打工是为了生活过得更好，她认为"在外打工的爸爸妈妈那么辛苦""爸爸妈妈给了我们健康的身体和聪慧的思想，给了我们无忧的生活"；白秀玲选择赋魅父母，而把自己的留守认为是对自我人生的磨炼，如杰克·伦敦《野性的呼唤》中的巴克一样，"它有狡猾，也有忠诚；它带来野蛮，也带来了友情"，因而"真实的生命，多彩，灿烂，生生不息"。白秀玲表现出自强自立、笑对生活的品格，但白秀玲超脱年龄的过分成熟又让人心生疑惑。正常情况下，儿童的心智是与心理年龄基本同步，如果儿童阶段没有经历相应的年龄困惑和茫然，而直接跳跃的话，似乎也不利于个体的健康成长。因此，像白秀玲一类的留守儿童依然应该是家庭、学校、社会关切的对象。

而在《白秀玲的星期天》中学校教育也存在着偏差。学校教育首先应该引导学生认识自身留守儿童身份生成的社会原因和家庭原因，其次应该鼓励学生间的交流及与家长间的主动联系。但在白秀玲就读的学校，李晶式抱怨父母的作文被老师作为范文传诵，误导学生以为如是的家庭关系合理，是父母的远离导致了自己的留守儿童身份；在学校会演中，班主任老师排演的台词以三个带有强烈情感的质问式的语句，诉说着孩子的不满，无形中是在更大的范围内加重孩子们的留守认知。王小忠具有丰富的基层教学经验，他显然意识到这样做无益于留守儿童的成长，于是就借助白秀玲之口向父母倾诉她的欢乐和幸福。白秀玲的即兴演说首先表明对父母打工行为的理解，"你们去打工挣钱是为了我，为了我们的家，都是为了让我们的日子过得更快乐，更幸福"，奠定了温情对话的基调。其次展现的是学校生活的温暖和欢乐，"我在学校很快乐，我们搬进新楼了，有暖气，有热水，食堂里的饭菜很好吃，肉很多，我胖了很多"，从日常生活琐事入手，展现学校物质生活的富足。进而她谈到"老师们教我们唱《隐形的翅膀》，还唱《感恩的心》，还教我们健美操"。《隐形的翅膀》赞颂自强，《感恩的心》颂扬感恩之情，健美操塑造形体之美，这是从精神方面谈学校教育的充分而暖心。最后表达的是孩子寄语父母不要担心，自己已然长大了，能为家庭分忧出力。白秀玲的这一篇演讲入情合理，而肖荷老师的点评：

> 他们，是需要我们关爱的留守儿童们！他们的父母常年在外奔波，为了支撑起这个家，把他们独自留在了家里。成长中缺少了父母情感的呵护与关注的他们，却已在悄然之间长大了。让我们给予他们热烈的掌声，祝愿他们的明天灿烂辉煌，祝愿天下父母平安健康。

王小忠不仅直面孩子们的身份，而且告知原因，同时赞赏他们的悄然成长，最后表达对留守儿童和其他儿童的父母的美好祝福，这样的结语有画龙点睛之用，直面学校在留守儿童教育方面的职责，也表明王小忠对留守儿童问题的思考。

第三节　儿童视角与童心童趣

儿童文学是成人写作儿童的故事，是成人理解和想象的儿童生活，或者说是成人作家的童年记忆的儿童化表达。正如曹文轩的慨叹"我的处境，我的忽喜忽悲、忽上忽下、忽明忽暗的心绪，常常会使我无端地想起在田野上独自玩耍的情形"①,"用神圣、典雅、高尚、悲悯、宽容等加以净化、改造和呼唤"②,以使得孩子们在阅读的时候"希望自己变得更单纯、更美好,更执着于自己的梦想,更属于自己"③。

儿童文学是当代藏族汉语文学缺失的一部分。究其原因,有可能是作家们轻视儿童文学的书写,还有可能是难以把握当代儿童的喜好与趣味。即便是有部分有识之士意识到儿童文学的价值,也多认为传统的藏族文化中的寓言、故事等足以承担这一责任,如以连环画的形式出现的所谓儿童文学,代表作有"八大藏戏系列"④,包括《朗萨伟蚌》《苏吉尼玛》《诺尔桑王子》《卓瓦桑姆》《赤美衮丹》《白玛文巴》《顿月顿珠》《甲萨帕萨》,以图文的形式展现在藏族文化中具有重要传统文化教育和启蒙功能的传奇与故事。

次仁罗布是当代藏族著名作家,鉴于新世纪以来藏族儿童文学的创作的缺失,他应某编辑之邀请,创作了儿童文学系列丛书"雪域童年",有《乡村假期》《桑塔小活佛的故事》《奶奶在天堂里望着我》《神奇的十三岁》四种。对此,土家族著名作家叶梅认为,次仁罗布"以往的作品既包含着藏族历史厚重的底蕴,又不时流露出如高原的天空和雪山般的纯净与天真,这恰恰体现出儿童文学内在的重要特征"⑤。

次仁罗布从事汉语文学创作多年,不断尝试新的写作手法,不断更新小说文体的面相。当用儿童的视角审视民族文化时,他既不拘泥于藏民族文学的传统,也意识到现代文明的某些缺失,因此,他试图为藏族儿童甚至是中国儿童带来一种既是民族又是世界的文学视野,期待当代的儿童们既能在中华传统文化的母体中汲取营养,也能立足

---

① 曹文轩:《三角地》,天天出版社,2013,第1页。
② 曹文轩:《青塔》,安徽少年儿童出版社,2014,第3页。
③ 徐妍:《让更多的孩子走进曹文轩》,载曹文轩著《月光里的九瓶》,青岛出版社,2014,第6页。
④ 该系列由次多改编,次多翻译,强桑绘画,西藏人民出版社于2013年发行。
⑤ 叶梅:《天真与智慧》,载次仁罗布著《雪域童年》,安徽少年儿童出版社,2016,第3页。

当下看世界、识机遇，共创心灵的康健和灵魂的完满。

《神奇的十三岁》其实就是次仁罗布小说《神授》的儿童版。在苍茫的藏北草原上，孤儿亚尔杰被格萨尔的大将丹玛选定去传唱格萨尔的传奇。于是，草原上少了一个牧羊少年，多了一个格萨尔行吟诗人。从此，亚尔杰在草原守护神——一匹孤独的狼的陪伴下，行走在草原的每一个角落传唱格萨尔的故事。尽管这个故事充满了神奇的色彩，但也应和了藏民族关于格萨尔传唱艺人的神授机遇。行走草原的亚尔杰受到了草原民众的欢迎和期待，也收到了来自拉萨的邀请。为了能把格萨尔的故事传播得更远，亚尔杰选择了到拉萨继续说唱格萨尔传奇。离别之际，他难以割舍草原和草原的民众。亚尔杰的进城之路孤独而落寞，"一直陪伴亚尔杰的狼，没有来给他送行"，但为了弘扬草原文化，为了让更多的人熟知草原上的格萨尔，亚尔杰不得不选择进城。在此，次仁罗布表达出一种鲜明的看法：传奇尽管诞生于民间，但要在现代社会播散必须依从于现代科技，以便在更大范围内传播。亚尔杰为了弘扬传统而向现实低头的选择是一种无奈之举，也是一种明智之举。通过少年亚尔杰的神奇遭遇，次仁罗布向孩子们展现了藏北草原生活的形态，也让孩子们看到了传奇从传统走向现代的神奇历程，有助于提高孩子们对格萨尔故事及故事传唱人的认识。

《桑塔小活佛的故事》描述的是藏传佛教中的活佛转世系统的故事。妈妈拉吉怀孕的时候，即有喜鹊陪伴，预示吉兆。在扎西尼玛出生的时候，各种奇异的事情发生了，诸如夏天下大雪，雪花形态各异，"成群的野鹿、盘羊、仙鹤等动物聚集在廓部落的四周"，也预示着扎西尼玛的不同寻常。扎西尼玛像所有草原上的孩子一样，"每天跟在羊群后面放牧，或背着筐到草原山捡干牛粪，闲下来时跟着藏獒玩耍，或者拿着抛石绳驱赶苍鹰"。六岁的时候，扎西尼玛在两个游僧面前显示出自己的神奇。七岁时，他被耶巴寺的定钦活佛选定为桑塔活佛转世灵童。经过一系列烦琐的仪式，桑塔小活佛进入寺庙学习，直至坐床成为一个有智慧、有担当的少年活佛。桑塔小活佛的故事告诉孩子们，要想成就一番事业，光有先天的条件是不够的，还须有后天的努力，只有天分加勤奋，才有可能成功；同时，桑塔小活佛的故事也向人们展现了神秘的活佛转世系统的灵童遴选过程和活佛培养过程。

《神奇的十三岁》和《桑塔小活佛的故事》描述的都是藏族传统文化、习俗在现代生活的表达，着重传统的延续和文化的传承；而《奶奶在天堂里望着我》和《乡村假期》关注的是当代藏族儿童的生活，尤其是他们的心理世界的展现。

《奶奶在天堂里望着我》描述的是亲情的故事，展现的是藏族关于死亡的认识。通过桑珠经历奶奶的去世，我们不仅看到了桑珠和奶奶之间的深厚感情，感受到桑珠一家人祥和温暖的家庭氛围，并且也了解了藏族的死亡习俗，比如祈祷、祭拜活动等，增长了孩子们的见识。同时，它也是一部死亡教育的教材，告诉孩子们死亡并不是可怕的事情，死亡是每一个人必然面对的生命经历，珍惜生命的每一个瞬间，善待每一位亲人和朋友，而在死亡到来之际则要坦然面对、无所畏惧。

《乡村假期》叙述的是城里孩子丹平到乡下度假的趣事。随着现代化的进程，越来越多的人离开乡村，走进城市，享受现代文明的成果，我们的孩子看到的植物都是人工培育的，动物是人工驯化的，与玩具做朋友，在封闭的空间度过童年。《乡村假期》展现的是藏区乡村儿童生活的画面，尽管物质条件相对来说不如城里的孩子，但他们行走在田野、草原上，感受到的是另一种生活的乐趣。他们在田地中劳动，在牧场上放牧，在洞穴中探险。乡村的孩子亲近自然、善待自然、与人为善等品质绽放出迷人光彩，以至城里娃丹平也受到影响，转变了对乡村的观念，转变了生活观念。

次仁罗布极力站在孩子们的角度为孩子们写属于他们的故事。因此，在题材上，他尽量选择小朋友感兴趣的话题，引导他们的自我探索能力；在语言上又切合小朋友的口吻，在平和的叙述中展示生活的样貌。同时，"雪域童年"系列丛书中配有大量的插图，还能让孩子们直观地感受藏地风情，培育他们的想象力。

总体上看，新世纪藏族文学的儿童视角书写多是对往事的回顾，通过成人化的儿童视角展现过往的情感记忆，表达了一种悠远的往事记忆情怀。但不可否认的是，次仁罗布等人近年的文学努力已从儿童视角转向为儿童文学的书写，切实地为儿童读者所着想和服务，以带有浓郁的民族风情的藏式儿童"中国故事"的书写，展现新世纪藏族儿童的精神风貌和内在世界，为藏族文学的深入发展导引出新的话语形态和发展空间。

第八章　藏式"中国故事"的身体建构

依照梅洛-庞蒂的认识,"身体是在世界上存在的媒介物,拥有一个身体,对一个生物来说就是介入一个确定的环境,参与某些计划和继续置身于其中"①。在进一步分析身体本身的空间性和运动机能之后,他强调:

> 身体是我们拥有一个世界的一般方式,有时,身体仅局限在保存生命所必需的行为,反过来说,它在我们周围规定了一个生物世界;有时,身体利用这些最初的行为,经过行为的本义到达行为的转义,并通过行为来表示新的意义的核心:这就是诸如舞蹈运动习惯的情况。最后,被指向的意义可能不是通过身体的自然手段联系起来的;所以,应该制作一个工具,在工具的周围投射一个文化世界。②

美国的约翰·奥尼尔在《身体形态:现代社会的五种身体》中同样引述了上面的话,但其中译本似乎表达得更明白一些:

> 身体是我们能拥有世界的总的媒介。有时,它被局限于保存生命所必需的行动中,因而它便在我们的周遭预设了一个生物学的世界;而另外一些时候,在阐明这些重要行动并从其表层意义突进到其比喻意义的过程中,身体通过这些行动呈现出了一种新的意义核心:这真切地体现在像舞蹈这样的习惯性运动行为

---

① 梅洛-庞蒂:《知觉现象学》,姜志辉译,商务印书馆,2001,第116页。
② 梅洛-庞蒂:《知觉现象学》,姜志辉译,商务印书馆,2001,第194页。

(motor habits)之中。有时，身体的自然手段最终难以获得所需的意义；这时，它就必须为自己制造出一种工具，并借此在自己的周围设计出一个文化世界。①

结合上述有关"身体是拥有世界的一般方式"或"总的媒介"的言说可知，身体本从属于生物学的世界，通过"习惯性的"身体行为指向意义的世界，并创造出文化世界。其中的"习惯"指的是"表达了我们扩大我们在世界上存在，或当我们占有新工具时改变生存的能力"，"它是一个向世界开放的，与世界有关联的体系"②，故此生理性的身体行动在与外在的关联中才会体现出行为的意义。这也就是说，约翰·奥尼尔所谓的"生理身体"与"交往身体"的关系是：

> 身体被视为一种生理课题，它与其他客体一样包围在我们的周围。这样一来，我们的生理身体（即肉体）便能被撞击、敲打、碾碎，进而被摧毁。然而，即使这样讲的时候，我们的语言还是从其赖以栖居的身体中疏离或异化了出来——后者指的是那种交往性的身体存在（communicative bodily presence），对于它，我们不能默认处之，因为在他人和我们自己身上我们都能感觉到它的存在。③

也就是说，所谓"文化世界"其实是依托"生理身体"而建构起来的"交往身体"结构体系。若根据梅洛-庞蒂和约翰·奥尼尔的观点来看，文学活动作为一种"交往身体"的工具投射出一个"文化世界"。因此，所谓文学的身体建构，其实就是文学以"交往身体"为基础创造和建构文本世界的样貌，在文学的想象中展现对自我及世界的理解，而"理解，就是体验到我们指向的东西和呈现

---

① 约翰·奥尼尔：《身体形态：现代社会的五种身体》，张旭春译，春风文艺出版社，1999，第3~4页。
② 梅洛-庞蒂：《知觉现象学》，姜志辉译，商务印书馆，2001，第190页。
③ 约翰·奥尼尔：《身体形态：现代社会的五种身体》，张旭春译，春风文艺出版社，1999，第3页。

出的东西，意向和实现之间的一致——身体则是我们在世界中的定位"①。新世纪藏族汉语文学的身体建构，由于创作主体的"交往性的身体存在"的类型不同，创作文本的类别繁多，意图完整地勾勒其身体建构方式确有困难，但从某些有代表性的"交往性的身体存在"入手，如民间资源的择取、历史古迹的探访、女性情怀的彰显、村庄隐秘岁月的发掘等方面，或可在一定程度上展现其特色。

第一节 重述民间之根

2005年，英国坎农格特出版公司（Canongate Books）发起"重述神话"项目，这是一个由英、美、中、法、德、日、韩等30多个国家和地区的知名出版社参与的全球跨国出版合作项目，中国的重庆出版社参与了该项目。重庆出版社先后邀请国内知名作家苏童、叶兆言、李锐和蒋韵夫妇、阿来，分别以长篇小说《碧奴》《后羿》《人间》《格萨尔王》重述孟姜女、后羿嫦娥、白蛇传、格萨尔王等中国古代神话、史诗故事。所谓的重述，也可称之为"重写"，指的是"作家使用各种文体，以复述、变更原文本的题材、叙述模式、人物形象及其关系、意境、词语等因素为特征所进行的一种文学创作。重述具有集接受、创作、传播、阐释与投机于一体的复杂性质，是文学文本生成、文学意义积累与引申，文学文体转化，以及形成文学传统的重要途径与方式"②。也就是说，重述是对原文本的阐释行为，首先是重述者与原文本的"共谋及共享"，其次阐释者以"居间说话者"的身份通过文本的重述实现"与其他读者的共谋和共享"，最终体现文本阐释的对话性。③

---

① 梅洛-庞蒂：《知觉现象学》，姜志辉译，商务印书馆，2001，第191页。
② 黄大宏：《唐代小说重写研究》，重庆出版社，2004，第79页。
③ 段建军：《阐释、对话、分享：文本阐释本质论》，《社会科学辑刊》2018年第3期。

阿来以藏族英雄史诗巨制《格萨尔》为底本，通过双线并举的方式创作了长篇小说《格萨尔王》，"不仅完全摆脱了史诗基本的思想艺术旨趣，而且还站在一种现代化的立场上，对传统的格萨尔王的故事进行了全新的理解和阐释"①。其中，最值得称道的是阿来引入了格萨尔说唱艺人晋美的叙述。晋美尽管在草原、乡村、城镇传唱格萨尔的圣迹故事，但他清醒地认识到那只是一种历史的传唱，一种历史荣誉的寄怀，格萨尔的故事早已远离我们当下的现实世界，格萨尔故事的圣迹也只是留存于口耳相传之间，表现了当代人们的生存处境与我们视为精神依恋的民间传统故事之间的疏离甚至是背离，人们的传统之根随着现代化的进程的加速而逐渐黯然失色，作品中表现了失望的情绪。

不同于阿来接受重庆出版社的邀请，以"命题作文"的形式进行的小说重述，甘孜藏族青年作家洼西彭措取材于地方志，复演历史人物的传奇故事：

> 《乡城县志》第三百八十三页：布根登真，又名布根·洛桑达洼，藏族，1872年生于乡城木差寨布根家，幼年出家桑披寺。1890年率木差寨民众抗匪，表现突出，受到乡城僧俗拥戴。1894年，清政府驻乡城守备李朝福封其为"乡城步兵统领"。由于有李朝福的提携，布根在消除匪患的战事中逐步建立威望，最终成为乡城三十六寨之首领，名噪一时。
>
> 《乡城县志》第三百八十六页：光绪二十七年（1901年）冬，色尔寨头人沙雅平措买通布根登真的情人，里应外合将其杀死。布根卒年二十九岁。此后，乡城形成多股势力，争斗不休，四方匪患再起，黎民连年遭难。②

以上资料是洼西彭措写作布根登真故事的基础，显见上述材料是

---

① 王春林：《现代性视野中的格萨尔王——评阿来长篇小说〈格萨尔王〉》，《艺术广角》2010年第5期。
② 洼西彭措：《1901年的三个冬日》，《西藏文学》2010年第5期。

后人根据乡老掌故而追录的,并将之置于《乡城县志》。也就是说,这可能是野史入地方正史,其真实性且存疑。但对于洼西而言,他关心的不是布根故事的真实性,而是要以此为基点展现19世纪末20世纪初乡城传奇人物的传奇故事。因此,在《1901年的三个冬日》中,洼西彭措以《乡城县志》所记载为根据,建立起布根登真及其情人与沙雅平措之间的关系,并将重点放在布根身亡后乡城局势的紧张。沙雅平措试图嫁祸于人以平息民乱,又被中追莫莫识破而身败名裂,故事最终演变为兄弟阋墙。洼西彭措描述了1901年12月27日、28日、29日的故事后,在文末又缀了一段,点评乡人并不将此后乡城的纷争"归咎于沙雅平措",反而"随着岁月的流逝,无论谁讲起乡城的过去,沙雅平措和布根登真都是齐名的好汉,故事里的他们几乎没有了正邪善恶的区别"。最后,洼西竟然主动现身,表达对历史变迁的慨叹,"故事外的世界,正铺开一卷卷时代布景,上演着一出出悲喜闹剧,把一个个主角、配角、反角、丑角的欢笑、眼泪、仇恨、幸福一股脑搅拌成黏合剂,把过去、现在和将来不露痕迹地衔接起来,汇入历史长河的滔滔激浪中……"。由此可见,洼西彭措的创作目的似乎是为了引出最后的历史兴怀之感,或许洼西彭措并不认为民间传颂的布根故事完全真实,但他认为历史的重述不在真相而在引发人们的历史思考,因此,作品整体上表现出一种历史哲学式的思考。

无论是阿来的《格萨尔王》还是洼西彭措的《1901年的三个冬日》,作家们的写作毕竟还存在历史"影响的焦虑",而次仁罗布创作中篇小说《界》则是无意间的发现,是从乡老的传言中汲取营养。次仁罗布曾谈及题材来源:

> 2005年盛夏的一天,次仁罗布来到拉萨堆龙德庆区柳梧桑达村桑普寺,独特的自然景观与人文底蕴深深地吸引了他。在桑普寺河沟里有座白塔,一位当地的老先生向他讲述了白塔背后流传的故事:一个在桑普寺学经的小僧人,由于把精力都投入佛学知识的学习上,很多年都没有回家去看望母亲。母亲也常托人给小僧带口信,让他回来看看年迈的母亲。小僧人没能实现母亲的

愿望，于是含怨的母亲投毒将其害死。①

但仅有材料还无法支撑起小说，还需要从多个方面不断地深化主题。为此，次仁罗布阅读了相关的历史书籍，并结合自身的体验、理解和想象，将"小说故事发生的时间定在了19世纪上半叶的旧西藏，那段纷乱的历史作为时代背景，呈现在这种历史的动荡中，底层人民艰难的生活状态"②。而在当时的历史背景下，反映"底层人民"还须设定合理的生活空间。次仁罗布构建了当时最为常见的"旧西藏的庄园"并将其命名为"龙扎豀卡"，通过一个家族三代人的悲惨命运控诉旧西藏贵族的骄奢淫逸和残忍狠毒。妈妈查斯的儿子多佩被强行送入寺庙，随着年岁的增加，查斯希望儿子陪伴自己，但是已成为僧人的多佩认为"待在远离人群的山坳里，心才能静下来，再潜心修炼的话，我们就会摆脱愚昧，会看清着世上的一切是无常的"，即远离尘世的清修能得到心灵的安宁。但是查斯认为，正是童年时儿子的被迫进入寺庙，使得母子感情走向淡漠，为了报复丑恶的社会，为了"要儿子永远和她不分离"③，查斯选择在酸奶中下毒；而多佩已了然清楚母亲的心思，但为了让母亲放下仇恨，有所羞愧，进而走向清明解脱，他还是喝下了有毒的酸奶，既保持了自己的信仰，又维护了母亲的心愿。于是，本应是向"豀卡"贵族复仇的故事转变为亲情伦理的悲剧。次仁罗布可能意在表达历史的书写不能超脱历史的背景，小说的意义则是要指出"人生存的社会当下，他的尴尬、他的艰难、他的挣扎"④。

这三篇小说皆立足于民间的史诗、传奇和故事，采取重述的叙述策略，但在处理方式上迥然有异，这是基于不同作家的"交往性身

---

① 晓勇：《从中篇小说〈界〉谈我的文学我的梦——听鲁迅文学奖获得者次仁罗布讲述》，《西藏日报》2017年4月26日第6版。

② 晓勇：《从中篇小说〈界〉谈我的文学我的梦——听鲁迅文学奖获得者次仁罗布讲述》，《西藏日报》2017年4月26日第6版。

③ 次仁罗布：《界》，《西藏文学》2007年第2期。

④ 晓勇：《从中篇小说〈界〉谈我的文学我的梦——听鲁迅文学奖获得者次仁罗布讲述》，《西藏日报》2017年4月26日第6版。

体存在"的基础不同。阿来受限于史诗的影响,要展现自我的个性,必须突破《格萨尔》史诗的影响,寻找勾连过去和现在的说唱艺人,并通过说唱艺人的反思展现自我的情思。洼西彭措立足于地方志,他无意突破英雄传奇,他着重展现的是民间对英雄传奇的态度,及他的历史观念。次仁罗布从民间走来,如何破解伦理困局是他面临的问题。当他把具体的伦理问题放置于更大的历史文化空间中,个人的甚至是家庭的悲剧就带有了普遍性,由此凸显了作品的批判力度和深重的人文情怀。

第二节 营造古城之韵

近年来,康巴作家以地域群像出现在文坛,先后推出了一大批文学作品。其中的一些作家立足于康定的城市历史记忆,展开文学书写,建立起了城与人的"交往性身体存在"关系,通过城里的人与人的城之间的互动,彰显康定古城的文化空间意味,代表人物有达真、尹向东、赵敏等。

一

康定城地理位置特殊,地处青藏高原与成都平原的交汇之地,历来是川藏交通咽喉之地、汉藏贸易集散地。康定因处于川藏茶马古道的要冲之地,城中遍布着各种各样的锅庄。锅庄是集多种功能于一体的特殊社会文化交往空间,既是行旅居住空间,也是商贸交往空间,还是文化交流的空间。因此,作家们极为关注锅庄的书写:

> 三百年前,云登的祖辈就揣着大明王朝册封的土司封号,从木雅贡嘎"迁都"康定,开始管理大渡河以西、雅砻江以东这片广袤的土地。那时,一群世代忠勇的大涅巴的祖辈就义无反顾地跟随更登席巴·美郎却杰降巴王定居康定,建起了各地属下的

土司头人朝觐云登家族的驿站。随着汉藏茶马互市的日渐兴旺，这些驿站又成了兼职贸易的锅庄，呷玛就是护佑云登家族的最大的锅庄主，一边帮助云登家族管理行政事务，一边经商。传统告诉云登，康定大大小小的几十家锅庄，构成了支撑云登家族的巨大基石，正如马帮口中唱出的："金子一样的'打箭炉'，藏地独一无二的锅庄是土司的腰和腿……"云登曾细想过这些民间传唱的词句，认为这些粗鄙之人居然能如此精准地总结自己家族与锅庄的唇齿关系。①

这些锅庄曾经都为日月土司之用，各有其责，有的锅庄负责在土司出行时专打马伞，有的负责用水或烧柴，有的负责养猪、牧羊等。土司在康定有三座家庙，由锅庄负责保证三座寺庙的烧柴和用水。过年过节，需要跳锅庄舞热闹一番，也有锅庄专门负责。②

锅庄主要服务土司家族，属于土司家族的范围，但随着明清时期川藏茶马交往的频繁，逐渐转换职能，兼职商贸，后随着土司制度的瓦解，锅庄主要以商贸为主。在作家们的描述中，锅庄里的茶工的主要职责就是缝茶包，即"把从内地运来的茶包的篾筐去掉，用牛皮来包装……在缝茶包前，先把带毛的牛皮用水泡软和，缝的时候用小刀把牛皮割成小拇指那么宽的线，然后穿在五寸的缝针的圆孔中"③。至于原因，则是"茶由背夫从汉地背来，一色用竹篾条扎成长条形"④。这种包装方式便于背夫捆扎背负，但到了康定，茶叶由牦牛运往藏地往往达数月之久，为了防止"风吹雨打或者冰雪裹覆"而造成茶叶受损，就必须在茶叶竹篾包装的基础上"再裹一层牛皮"。因此，对于底层民众而言，行走马帮是进出康定的重要方式，缝制牛皮茶包则是在康定获得立足之地的方式。另外，锅庄各种民族各种身

---

① 达真：《康巴》，浙江文艺出版社，2009，第40页。
② 尹向东：《风马》，作家出版社，2016，第15页。
③ 达真：《康巴》，浙江文艺出版社，2009，第57页。
④ 尹向东：《风马》，作家出版社，2016，第135页。

份的人士皆有，人们之间的关系也就是因茶而生、因贸易而生，而且，锅庄面向的是汉藏商人，于是，锅庄也就成了作家们用以观察各色人等、塑造各种人物关系的重要场所。例如，《康巴》中郑云龙及其社会关系，《风马》中的仁立民、仁泽民兄弟及其社会交往，《康定情人》中李家锅庄中人们的喜怒哀乐等。

二

由于康定是商贸重镇，各地的商人如陕商、晋商、川商、徽商、藏商、回商等皆云集于康定，开办商铺，经营贸易，其中在康定的城市记忆中最重要的大概是陕商。究其原因，蜀道的开发极大地便利了秦地与巴蜀之间的交通商贸文化往来，甚至是凿通了中国西北地区与西南地区的联系。"宋代蜀道走向繁荣的主要动因是茶马、茶盐贸易。宋代茶马互市渊源于唐朝而有更大发展"①，陕西商人亦逐渐成为茶盐贸易的主力军，"陕西商旅皆以解盐及药物等入蜀贩茶，所过州军，已出一重税钱。及贩茶出蜀，兼带蜀货，沿路又复纳税"②，此时兴元府（陕西汉中）在茶盐交易中跃升为北宋的四大商业中心之一。而顾炎武认为，"自秦人取蜀而后始有茗饮之事"③，而陕南种植茶树，大致也是随"交通的便利而移入陕西。秦岭山脉为屏障，抵御寒流，故陕南气候温和，茶树就在南部生根"④。也就是说，陕人很早就从事茶业的农事生产和加工。元代废止了茶马治边政策，明代又全面起复茶马贸易，"秦蜀之茶，自碉门、黎雅抵朵甘、乌思藏，五千余里皆用之。其地之人不可一日无此"⑤，于是陕西的商人携带着陕茶进入蜀地参与茶马商贸活动，而康定是茶马古道的重要门户，

---

① 梁中效：《蜀道交通与茶文化传播——立足于宋代的考察》，《成都大学学报（社会科学版）》2009年第3期。
② 苏辙著，曾枣庄、马德富校点：《栾城集》，上海古籍出版社，1987，第788页。
③ 顾炎武著，黄汝成集释，栾保群、吕宗力校点：《日知录集释》，上海古籍出版社，2014，第176页。
④ 陈椽：《茶叶通史》，农业出版社，1984，第46页。
⑤ 中央研究院历史语言研究所校印：《明太祖实录》，上海古籍出版社，1985，第3629～3630页。

于是很多陕西人就留止于此从事商业活动。因此，康定城市的书写中留存有大量的有关陕商的遗迹，如《康巴》中云登家族的大少爷绒巴巡视领地开拔时所见康定景象：

> 绒巴……视线正好与这条康藏著名的茶店街的几十家茶商的招牌平行。绒巴副使向他拱手问好的德胜庄老板顾德顺、贸源昌老板刘茂林、祥云昌老板彦开丰、丰义庄老板……从茶店街左拐进入老陕街，这条街同样是康定富商的地段。"这些陕西人是最勤奋最忠信的外地人。"从前，云登曾牵着绒巴一边同陕帮掌柜打招呼一边告诉儿子，"几百年来，这些人由最初的货郎但便成为家有万贯的坐商，不畏艰险和勤劳是他们发迹的根本，他们同茶商、锅庄几乎控制了康藏的生意命脉……"①

在《康定情人》中记载：

> 康定城里有一条不长不短的陕西街。康定城过去名为打箭炉，陕西人不闯关西来闯炉关，在藏汉杂居的康定城做生意，形成了陕西帮。他们占据了折多河边一整条大街，形成了陕西街。街上全都是陕西人开的百十家大小不一的、各种各样的商号和店铺。他们开的商号并不局限康定一地，在理塘、巴塘甚至缅甸的仰光都设有分号。茶马道上有了商号，生意可以从康定城做到四面八方。②

康定城的商贸发展又强化了其西南重镇的政治经济地位。与此同时，西方的冒险家们也开始涉足康定，主要是科考、传教、商贸等。西方文明的进入打开了康定人的视野，如作家们反复书写的教堂的设立、电灯等新兴事物的出现引发了人们极大的兴趣；由于西藏地方政府与康巴地区发生冲突，引发清政府西南边疆治理方略的更改，更影响到清末民初时期，康定城走马观花式的地方政权的更迭和土司制度

---

① 达真：《康巴》，浙江文艺出版社，2009，第41页。
② 赵敏：《康定情人》，四川文艺出版社，2005，第88页。

的彻底瓦解。这些变革均在康定城市书写的作品中有所体现,也意味着康定城和康定人的"交往性身体存在"在时代风云中不断发生变化。

三

康定在历史的发展过程中,居民包括藏、汉、回、纳西、彝、蒙古族等多个民族,人们的生活杂糅在一起,构成了康定多元一体的文化和生活格局,如康定城"集中了佛教、伊斯兰教、基督教和汉地的儒、释、道的庙、坛"①,又有"酥油茶泡米饭、咸青菜炒牛肉的气味"②。多民族尽管在康定城和谐共融,但彼此间融合的过程也成为作家们关注的城市书写之一。其中,康定作家尹向东关于汉藏家庭之间的相互融通、相互理解、相互尊重的描写即为明显例证。在短篇小说《丢手巾》中,尹向东塑造了在康定城罗家锅庄生活的藏族家庭与汉族家庭之间生活方式的磨合过程。作品对于康定锅庄职能的变迁有直接言说:

> 康定锅庄是旧日茶马古道上以茶易马的媒介,又是各路商人栖脚歇马的店子,由一色的镌花木质板房构成,两层楼,像不规则的四合院。院子里铺满大青石板,藏区汉子牵马赶牛,带雪域的药材、珠宝来康定,住进熟识的锅庄。汉地商人雇背夫,把成捆的茶负在身上,一步一个脚印翻越二郎山来康定,也住熟识的锅庄。他们在锅庄里完成交易,锅庄主当中间人,也当翻译。多年前的康定城,就由大大小小的锅庄院坝组成。不过这都是进入史书的事情了,解放后,修房建屋,大部分锅庄变为钢筋水泥的楼房,剩余的一些也分配给平民做了居所。后来的锅庄更像一个大杂院,居住着不同民族、不同职业的人们。③

---

① 达真:《康巴》,浙江文艺出版社,2009,第 7 页。
② 达真:《康巴》,浙江文艺出版社,2009,第 17 页。
③ 尹向东:《丢手巾》,《民族文学》2015 年第 6 期。

但即便是锅庄院坝成了大杂院,但锅庄的名称没有丢弃,说明锅庄作为一种历史符号深深地镌刻在康定人的脑海中,也就是说,锅庄作为一种融汇不同人而达成交流目的的空间在人们的心里仍旧留驻。锅庄中住着两种类型的家庭:一种是马医生一家,"从汉地调到康定不久,医院要建宿舍楼,就将他安置于罗家锅庄暂住一段时间";另一种是藏族赶马驮脚娃,"他们各自买马,挂靠在群众运输站……把日常用品驮到偏远的乡区,再把粮食驮回来"。另外,马医生的儿子与本巴的儿子泽多年纪相仿,容易产生共同话题,于是,两种社会身份的家庭住在一起,就为矛盾的生成奠定了基础,如美容、戴眼镜、饮酒、清理花叶上的灰等日常小事,两家总会有些相互不适应。但在交往的过程中,马医生逐渐接纳了本巴身上的"山味",本巴也开始向马医生的生活方式学习,如"本巴半个身子都探在窗外,手拿布片,正笨拙地给海棠花叶子擦掉灰尘"。尹向东可能试图展现民族间的生活差异、职业的差异都无法阻隔人与人的交往,但有个前提是要相互尊重和相互理解。如果像儿歌"丢手巾"吟唱的"轻轻地丢到小朋友的后面,大家不要告诉他……"一样,那人与人之间最基本的交往就无从实现。尹向东从人际交往的角度展现了康定多元文化生活的日常化表达,彰显了现代康定城的"交往性身体存在"的某些特性。

第三节　彰显女性之灵

新世纪以来,藏族文学创作涌现出一大批女性作家,代表性人物有益希卓玛、德吉措姆、央珍、格央、梅卓、白玛娜珍等,她们从民族生活的历史和现实出发展现情怀,表达藏族女性瑰丽迷人的精神世界。新世纪以来,藏族的女性作家依然层出不穷,各展其风采。其中,藏族女作家出现了一个比较值得关注的现象,即知识女性的文学表达。她们接受了高等教育,又在高等学府从事教学和研究工作,她们的创作，展现了新世纪藏族女作家"交往性身体存在"的新的文化空间，代表人物有严英秀、白措姆、何延华等。

一

严英秀的创作始于20世纪90年代初期，其于1995年发表的短篇小说《心梦无痕》就开启了她关爱女性、关注女性情感世界的写作风范。随后，严英秀除了偶尔创作诗歌、散文之外，把更多的精力投入文学批评，尤其是女性文学批评。譬如，她评论的中国女作家有三毛、蒋韵、陈映真、叶梅、赵玫、张爱玲、李碧华、丁玲、林白、萧红等。或者正是在对这些女作家的女性经验的分析和阐释中，严英秀受到了鼓舞和刺激，她要展现西北知识女性的精神世界和情感世界。在这种情况下，严英秀就面临着精神起点和情感原点的问题。而严英秀似乎不假思索地延续了《心梦无痕》的写作方式，创作了《1999：无穷思爱》，像揭示谜底一样呈现出《心梦无痕》中"栗"师生恋的爱恋经历及其疗治过程，说明只有爱才能疗治女性精神的创伤。此外，她还展现了另外两个女性的情感历程，追求美好爱恋的简画被爱情和婚姻所抛弃，呼喊出"一开始，总是崇拜。我们狂热地崇拜，心摇神动。然后是爱。然后是失去，彻底地失去。不但失去了爱情，还失去了自信，失去了心灵的激情，失去了生命的创造力。在一场失去的爱情中，我们最终失去了自己"的体味。而多情的张并不局限于家庭，"张从来都是一个到处留情的女人，但她不是坏女人"。世俗的道德压抑不住张寻找爱情的渴望，"张是生活在爱情中的女人。张不在乎爱上什么样的男人，张爱的只是自己的爱情。张永远被自己感动着。被自己为爱死去活来的痴情感动着，被自己为爱赴汤蹈火的勇气感动着，被自己失去爱的痛苦感动着"，"感动"自我才是张看重的心灵震颤。同时，严英秀借助叙述主人公"我"的口吻表达了现代知识女性的精神痛苦，"友谊、精神，女人终其一生寻找的真实而深刻的情感，一份切肤之痛。还有爱情，拨开了一切迷雾，褪去了一切伪饰的一辈子的爱情。我们女人，已然走过了伤痛的花季如今踟蹰在成熟的果园里的女人，到底需要什么样的男人和爱情。什么样的幸福才能驱走我们心头无边无际的寒冷和绝望"①。关于《1999：无穷思爱》，严英秀坦承：

> 唯有这篇作品，其中的人和事都是来自我生活中的真实，它记录了我人生的一段重要心路历程。我上大学时，同宿舍的几个女孩相处得非常好，她们大都比我早一步婚恋，开始了丰富而严峻的人生。参加工作后，单位上又有许多个年龄相仿的单身女同事，那个时候，大家喜欢吃吃玩玩都在一起，完全不像今天这么清淡、隔膜，这么忙碌。应该说，这两拨女伴是对我产生了很深影响的人。她们的情感、生活，我曾是亲历者，甚至是参与者，她们的受伤、失败，我感同身受。我从她们各自迥然的人生中，加深了对女性感情世界的理解和体悟。说实话，很长一段时间里，我都走不出她们的故事，胸中块垒，无以浇释。这些，在作品中都写出来了。这是我1999年的作品，记得写完最后一个字，泪水喷涌而出，继而通体舒畅，有一种完成的感觉。不仅仅是完成了一篇作品，更是完成了某种成长的仪式，我觉得我终于卸下了什么，可以朝前走了。是的，《1999：无穷思爱》对我来说，更像是对青春年少的最后挥别。那种意味，至今缭绕不已。这篇作品，它不太像小说，但从某种意义上说，它几乎是我后来很多篇小说的母体，《1999：无穷思爱》都试图做出自己的思考和表达。当然，现在，回头看看，大都很浅显，毕竟那时候还不满30岁，无论是对一个作家，还是对一个为人妻、为人母者来说，生活都才刚刚开始。②

尽管《1999：无穷思爱》创作于1999年，但直到2009年，它才被发表，这十年可以说是严英秀不断地思考"无穷思爱"，不断地以其中人物的遭遇为底本勾画着女性的心灵世界的十年。因此，"无穷

---

① 严英秀：《1999：无穷思爱》，《长城》2009年第5期。
② 胡沛萍：《面对无穷的可能，和缺陷——作家严英秀访谈录》，《兰州文理学院学报（社会科学版）》2016年第5期。

思爱"或许才是严英秀小说创作的真正基点。为此,严英秀后续写作的作品,皆是关于女性的友情、爱情、事业、家庭;关于付出、伤害;关于挣扎、妥协,关于破碎、救赎,或者是将这一切糅合在一起,展现女性精神世界的荒芜和生活世界的荒诞。

严英秀的小说创作皆凸显出女性的不安全感。不安全感或许是现代女性共有的危机,担心青春容颜的流逝、担心爱情婚姻的破裂、担心事业理想的妥协等。而严英秀试图找寻的就是产生不安的原因,针对不同的个体,她从人物的心灵深处挖掘难以启齿或不愿向外人言说的苦楚,展现女性澄亮眼神中一闪而逝的茫然、惊愕乃至不屑的深层次原因。

由于严英秀的文学创作实践皆立足于城市生活,主要关注的是现代女性的心灵世界,这就与她的民族属性之间产生了距离,即背离了人们常说的"作为藏族作家"中的"作为"。对于民族作家的身份,严英秀认为当前人们的普遍共识是"少数民族作家应该写自己本民族的题材……是少数民族作家的自觉认同,更是研究者们的期待视野所在,他们大多倾向于从地域、民族文化的角度切入,试图发掘其中的民族文化内涵",就是把作家的民族身份与作家写作的民族身份严格地等而同之。这就使得严英秀处于尴尬的境遇:她认同自我的"藏族作家"的民族身份,但她的文学创作"很少涉及藏族题材"并且作品"缺乏鲜明的民族身份表征"。对此质疑,严英秀的辩解是:

> 我认为无论怎样,一个小说家的民族身份不应该比他的小说本身更值得期待,而且,民族性的表现也不仅仅是停留在显在的题材选择上。文学上的身份主义,是弥足珍贵的,您也发现了,我对那些有鲜明的民族特征的藏族作家是无比崇敬且羡慕的。但这一切应该是自然而然的,是从心灵和文学本身出发的。若是为了迎合某种外界的需求,为了文学之外的功利目的,刻意凸显文化的特殊背景,刻意涂抹民族的风情符码,那就和民族文学的初衷背离了。您知道,这样的作家作品还是不少的。认识我的人,都认同我是一个特别地道的藏人。我在《走出巴颜喀拉》这篇

散文中也曾说"没有什么关于我的种种，比我是个藏人更抵达我的本质、我的内里"。我认为不管我写什么，从民族文化内涵的角度探析，我的文学都是藏族文学的血脉分支，是藏族文学的有机构成。时代发展到今天，任何一个民族的文学都不会是一成不变、千人一面的，所以，当代藏族作家的队伍中有一个看似很另类的我，也算是我为自己本民族文学的多样性尽了绵薄之力吧?①

严英秀意在说明文学的民族性不只是题材的择取，更不是"民族符码"的刻意为之，若以消费民族性为民族文学的标志实不可取；因其藏人身份的天然性，严英秀认为她的写作属于藏民族文化表达的范畴，因此，她的创作仍属于藏族文学不可分割的部分。

总体上看，严英秀的现代女性写作极大地拓展了藏族女性写作的"交往性身体存在"的空间，尤其是其中的知识女性心理空间的开掘，也丰富了中国当代文学女性书写的范式，展现了西北女性民族作家的文化自觉。

二

白晓霞，笔名白措姆，文学博士，现为兰州城市学院文学院副教授，研究领域是中国现当代文学、民俗学与旅游教育。她的文学写作主要源于学术研究的激发，"我的本意是想以生活史为表象，在学术研究和田野调查的基础上，能够凭借自己的努力进行一种文化想象式的缝合和串联，从而还原一些我自己生活过的小地方的历史文化原貌，表达一下对我自己经历过的小事情的大思考"②。她力图以知识女性的现代视野来还原她的根性文化生成机制，或者说她通过文学写作的策略回归到母体文化的自我体认和追忆。

白晓霞曾述说自己的民族混血身份：

---

① 胡沛萍：《面对无穷的可能，和缺陷——作家严英秀访谈录》，《兰州文理学院学报（社会科学版）》2016年第5期。
② 白晓霞：《白措姆的眼睛》，敦煌文艺出版社，2016，第153页。

我父亲是青海的土族，四十年代青海马步芳"拔兵"时，我父亲只有六岁，他跟着爷爷步行了几百里路来到甘肃藏区，人生从此改写。我的祖父生活在一个叫作马圈村的地方，有人说这里的土族是蒙古人的后裔，他们来自内蒙；有人说这里的土族是藏人的后裔，他们来自西藏。我曾经独自坐在那个传说中祖先们翻越过的山头，思考自己身上这种混合的血统。①

白晓霞基于追寻祖先血统的内在驱动，采取田野调查和民族民俗文献学相结合的方式，撰写了硕士论文《土族女性社会化问题研究》②，并陷入了民族情缘的追寻中难以自拔：

我想，我们之间可能有着很多相似的地方，比方说，也许，我们都来自一个偏僻而温暖的小山村，在那里度过了自己红彤彤的童年，在大人们看"观经"的喧闹节日里，我们小小的身影互相追逐在积雪的山坡上，我们像神灵一样快乐。那时候，一只粗糙的塑料小狗就带给了我们莫大的惊喜，记得那是一个梦幻般的夜晚，我们彻夜想象着小狗的家乡，会有松树吗？会有秋千吗？会有好吃的青稞食吗？若干年以后，我们来到了都市，面对着满街的小狗哑然失笑，长大了的我们学会了掩饰自己，但童年的情愫在内心温柔地飘升，像风马带着希望升上了天空，我们的内心充满了渴望，渴望关于小狗的知识能像长着透明翅膀的安琪儿，轻盈地飞舞在家乡那仍满是积雪的山坡上，因为，那里，还有许多像我们一样做梦的孩子。③

她在想象的天空铺展土族的根系情缘，于是在博士学位攻读阶段，白晓霞继续选定土族的民间叙述作为论题，展开研究，田野调查生动而丰富。除了完成论文，她还深深地感动于"那些说着、笑着、

---

① 白晓霞：《性别语境中的土族民间叙事研究》，博士学位论文，兰州大学，2009，第124页。
② 白晓霞：《土族女性社会化问题研究》，硕士学位论文，西北民族大学，1999。
③ 白晓霞：《想象中的你们——写给〈中国土族〉的编辑们》，《中国土族》2004年冬季号。

唱着偶尔也哭着的土族阿姑、土族阿奶","她们的聪慧、勤劳让我惊讶,她们的隐忍与吃苦让我心酸。于是,我想用自己的笔写一部关于她们的人生传说"①。由此,白晓霞实现了学术研究与文学写作的双重游弋。

白晓霞的父亲是土族,母亲是藏族,混合血统并没有使她陷入无所适从,反而为她提供了从不同角度审视自我生活的契机。因此,她激情讴歌父亲的故乡和母亲的故乡,在她看来,那可能才是她真正的故乡情缘所在。多民族共荣共生的文化景观塑造了白晓霞开阔的视野、包容的胸怀,严格的学术训练又锻造了她敏锐的学术视野和敏感的问题意识。

白晓霞的散文集名为《白措姆的眼睛》,可能意在表达通过自己的眼睛、自己心灵的涵咏瞩目她生存的大地,关注灵魂的沃土。《白措姆的眼睛》包括"我是白措姆:民族篇""我的青春和兰州:校园篇""我所知道的渭源:渭源篇""我在高原思考人生:哲思篇"四个板块,从不同层面展现白晓霞的人生历程、情感经历和思维境况。白晓霞的文学创作主要以散文为主,间或有民族民俗散文创作,如《我的阿热依玛》中关于藏族女性头饰的描写,体现了"平凡的藏族女子的古旧得已经接近生活温度的阿热依玛的梦"的玄幻与迷离。

整体上看,白晓霞的写作带有田野行走的痕迹,在追问和反思中营构出一种截然不同于简单的游记类的文学气质。她的"交往性身体存在"的文学实践或会启发藏族汉语文学民俗书写质地和格调的新方向。

三

何延华,文学博士,现为兰州理工大学文学院副教授,主要从事中国现当代文学、藏族当代文学及文学人类学的研究。她的文学创作以小说为主,至2018年年底,共发表中短篇小说二十余篇,2014年

---

① 白晓霞:《性别语境中的土族民间叙事研究》,博士学位论文,兰州大学,2009,第124页。

结集出版小说集《嘉禾的夏天》。

何延华的写作大概源于她的故土记忆,即便是她走出故土,进入城市求学、求职,目睹城市的喧嚣与繁华,但在她的内心深处依然迷恋着她的故乡,甚至可以说她从没有真正地进入城市,她一直都站在城市与故土的边缘,惶惑地张望故土村落的变迁,热烈地期待人心的静美。对于故土,何延华描述为"母亲"般的存在:

> 我的脑海里清晰地浮现出了生我养我的那个小山村。她隐藏在黄土高原和青藏高原交汇地带的山川褶皱里,就像无垠的星空里一颗不起眼的小星星。然而对于我来说,她就像一颗珍贵而巨大的宝石,闪烁着耀眼的光芒。我一点一滴感受和挖掘着她的光亮和价值,愈是深入,愈是迷恋,就像深深地眷恋着母亲。①

她在小说中讲述"母亲"的故事,噙着泪感受、体味着"母亲"的伤与痛;她又将故土视为她文学创作的河床、可以不断挖掘的富矿。

何延华在不同的作品中设计了不同村庄的名字,或叫乔庄,或叫乔家庄或叫杏花屯,出现频次最高的是乔庄。我们姑且以乔庄命名她的农村小说,称之为乔庄系列。何延华的乔庄书写大致包括童年体验的记忆、乡土掌故的提炼、现实乡土的想象等,构建起一个以乔庄为核心的辐散范围极广的文学空间。

《嘉禾的夏天》可被视为何延华童年记忆的写作典范,筑基于乡村的生活,何延华展现出乡土生活的艰辛与温情,展现出乡土源初性的痛与爱;《斡河边的乌子》中"乔家村唯一一个放羊的女娃"的渴望只是伏在父亲的背上,感受爱的脊背的宽厚,以负持起干涸的心灵。在这两部作品中,何延华展现了孩童放牧的情节,真实地显现出20世纪七八十年代农村儿童的生活样貌,放羊、拔草、喂鸡等,并期望羊、鸡这些朝夕相处的伙伴在年底能实现自己的梦想。另外,何延华对羊的记忆,还在《证据》中显现出来。乔真老汉一辈子养羊,

---

① 何延华:《嘉禾的夏天》,长江文艺出版社,2014,第234页。

他与羊的感情很复杂,羊是他的朋友、伙伴,也是他养家糊口的工具,适逢卖羊的时候,他手里揣着卖羊的钞票,涕泗横流。

"省际的班车"打破了乔庄的安宁,乔庄的麦场日渐凋敝,乔村陷入了从未有过的安静,乔庄的人愈来愈少、愈来愈老,何延华的故土记忆书写还能走多远?于是,她选择向草原深处行走,从《酸卓玛与甜扎西》的爱恋中寻求温暖,从《赶马的洛桑》的行走中表达挣扎与顽强,从《围猎》中寻找人心的慰藉和人性的回归,从《寻找央金拉姆》的探寻中展现自然的天地和人心是疗治失语的良药。但是,当"省际的班车"再次来到草原,又当如何?何延华面临着新的挑战,她又回到了乔庄,连接起乔庄与现实世界的关系,以乔庄为参照或以乔庄为地理基点,展现现实的丑陋、人心的卑微,纵深地、立体地表达她的现实关怀,如《梦中梦》《那个人》即为此类。

何延华的写作与她的文学研究处于平行关系,她刻意保持两者之间的距离。文学书写中的何延华不断地尝试新的书写方式,如儿童视角、全知全觉视角、第二人称视角、女性视角等,全方位地展现乔庄以及乔庄背后的牧区的故事;但在文学研究中,何延华对红柯的研究、对阿来的研究皆中规中矩,强调学理性、逻辑性。严英秀有女性文学研究的理论功底,有关于女性生活方式的深入思考,白晓霞依托学理走入田野,这两位的文学创作是她们的理性思辨与感性体验的结合。而何延华似乎无视她的文学研究,只面对文学写作,可能这是她深入骨髓的乡土记忆的缘故,暂时不需要理论的辅佐,就会喷涌而出,这可能代表了乡土记忆充沛的"交往性身体存在"的一种写作方式。

第四节 体认村庄之志

现代化进程中,乡土的凋敝已是不争的事实。传统生活方式在城市文明、消费文化的侵袭下日渐远离人们的世界,无论在乡村还是在城镇，人们都面临着日常生活和精神生活的转型问题。20世纪90年代以来，一些作家通过乡土书写的方式展现"乡村现状的关注""传统文化的哀挽""诗意家园的溃败"①，另有些作家如阎连科以志书的形式展现中国现代化进程的乡土寓言。具体到藏族汉语文学，一部分有乡土生活经验的作家试图展现过往的记忆，展现现代化进程中藏乡的变化，如西藏作家罗布次仁的中篇小说《远村》；一部分作家沉溺在过往记忆中，以文学方式展现古旧藏乡的面相，如雍措的"凹村"系列散文；还有一部分作家试图以志书的形式，展现藏乡的历史发展面相，如阿来的《机村史诗》和扎西才让的"桑多镇"系列。而"机村"与"桑多镇"体现了作家们回到前现代文明，并以此为基点审视现代化，展现"交往性身体存在"的寓言话语新实践。

一

2004年，阿来创作的《随风飘散》在《收获》第五期刊载，标志着他的"空山系列"创作的全面开启。及至2009年1月，《空山3》由人民文学出版社出版发行，历时七八年之久的"空山系列"的"机村传说"宣告完成。2018年1月，浙江文艺出版社以《机村史诗》的总名把"空山系列"重新出版。

阿来自言，他的写作目标有两个方面：第一个是"20世纪50年代，整个藏区的社会制度发生了巨大变化，关于这个变化，我们当然得到过很官方的解读。但我想从一些人的命运，以文学的方式入手，来解读、来探究旧制度瓦解的过程，以期发掘出一些更具启示意义的东西。这个想法，通过《尘埃落定》实现了一部分"。第二个是"替一个村庄写一部历史，这是旧制度被推翻后，一个藏族村落的当代史。在川西北高原的岷江上游，大渡河上游那些群山的褶皱里，在藏族大家庭中那个叫嘉绒的部族中，星散着许多这样的村庄……通常，村落史的写法也像传统小说中家族小说的写法，但这种一个故事从头

---

① 赵雷：《家族史·地方志·乡土情——评〈乡村志〉》，《扬子江评论》2015年第3期。

到尾贯穿的写法,在呈现一些东西的同时,又遗落了另外一些东西"①。也就是说,当时完成的《随风飘散》就是阿来"替一个村庄写一部历史"的愿望的实现,是"藏族人村落的当代史"。2005年,阿来谈及《随风飘散》和《天火》组成的《空山》时,已确定无疑地强调:

> 我认为我写的是一部中国的村落史。我在四川阿坝藏区生活了30年,对藏族村庄有着极为深厚的文化、宗教、自然和社会的体验,我写藏族村庄,但它不是写单一民族的,是表现更广大的场景,是对人与自然、政治与文化、社会和谐与进步的整体思考。有人说这部小说是"秘史",其实并非披露神秘,也不是传奇、牧歌式的,而是用特别的手法将被人漠视麻木的伤痛揭示出来。唯其如此,才形成了小说宏大的格局。
>
> 我认为现在乡村生活发生了变化,传统的乡村形式不存在了,有点儿像斯坦贝克《愤怒的葡萄》里的描写。乡村已不能决定自己的命运,被城镇和外面的社会影响,乡村生活的线索常被打断,由另一个事件更替,现在的乡村生活是多线索、多中心的,不能一个事件一以贯之,乡村生活可以说是一幅幅拼图,我的新小说的结构就是一幅拼图。②

大概是在写作《天火》的过程中,阿来意识到单一的藏族村庄书写属于单一的文化空间的封闭,不足以展现藏乡的文化生态,而应该是以藏乡为中心的辐散,以展现更为广阔的社会空间和社会机体,通过袒露为人所漠视的伤痛以引起人们的反思。此外,乡村已经不是传统的保守形态,已不再延续自我的生长态势,而是多线并举的发展面貌,故此要以拼接的方式展现其新的社会图景。所以阿来"采用共同的文化、共同的背景,不同的人和事构成一幅立体式的当代藏区

---

① 阿来:《一部可能失败的村落史》,《当代(长篇小说选刊)》2004年第5期。
② 袁晞:《小说的深度取决于感情的深度——作家阿来谈新作〈空山〉》,《人民日报》2005年4月28日第9版。

乡村图景,即所谓'花瓣式'的结构方式"①来建构《空山》的结构形态。

在《一部村落史,几句题外话》中,阿来对《机村史诗》的自我解读进一步深化。首先,阿来从自我的生活体验出发谈创作动机,认为他与他出生的村庄"在种种涤荡的、时代变化"中共同成长,即便是他离开了村庄,也未曾脱离乡村的联系,"因为家人大多数都还留在那里,他们的种种经历,依然连心连肺"。因此,他要为"这样的村庄写下一部编年史"②。阿来由早期的"村落史"变化为"编年史"的说法,说明他的思想情态已逐渐在发生变化。"村落史"是以村落为中心的历时的书写方式,而"编年史"侧重的是共时语境下的村落变迁表达史,而且此种变迁更多的是时代的变迁,是中国大部分村落在历史发展过程中变迁的折射,已超越了单一的阿来出生的"偏远的村庄"的变迁,无论是其广度还是其深度都有质的跃迁。

其次,关于命名。阿来认为之所以以"机"作为村落的名称,主要是因为在嘉绒藏语中"机"是"种子或根子"的意思。由此而言,阿来在为"机村"的元叙述或元神话辩护。姑且不说人类文明的发展,单以中国社会的发展而言,农耕文明时代造就的村庄是中华文明的根性所系,是塑造中国人精神世界的根本。即便我们进入了现代化,进入了城市化,但文明的根依然在乡村,因为我们生活中物质和精神的"土地和粮食"依然来自乡村。由此来看,阿来在更大的文化空间中理解乡村之于中国人的意义,故此,"机村"的根性意味就愈加浓郁。

再次,阿来通过藏乡"机村"要展现的是"真正的中国经验、中国故事的书写",因为藏乡并"不是一个异族文化样本"。在中华民族的生成过程中,每一个民族都有其独特的贡献,民族间的融合和交流始终并未停歇。尤其在当代中国"乡村的普遍命运是不分文化,

---

① 唐俭:《表现中国当代村落史——阿来谈新作〈空山〉》,《人民日报海外版》2001年5月31日第3版。

② 阿来:《空山》,浙江文艺出版社,2018,第255页。

不分民族的",也是不分地域的,而是"整个国家的,甚至是世界性"①共同遭遇,因此,阿来倡导一种现代意义上的"天下观"。

最后,关于"史诗"的命名。阿来检讨最初命名"空山",只想"让人看到破碎的痛楚"②,令人反思造成目前"机村"的破败和凋敝的原因何在。为了凸显这一点,阿来使用了"史诗"一词。阿来借用哈罗德·布鲁姆的史诗定义"英勇地整夜搏斗,拖住死亡天使,以求赢取更长的生命赐福",认为"中国乡村在那几十年经历重重困厄而不死,迎来今天的生机,确实也可称为一部伟大的史诗"③,是中国精神塑造的中国人的艰难奋斗史、抗争史。

由上述可知,尽管阿来书写《机村史诗》的历程早已结束,但他对"机村"的认知却愈来愈丰富,愈来愈深刻。仅就《机村史诗》而言,通过六部中篇小说和十二篇短篇小说,以"机村"为观察点展现了中国农村从20世纪50年代到90年代的发展历程,审视随着时代文化的变迁,中国人物质生活和精神生活的嬗变,以花瓣式的结构展现当代中国社会的"交往性身体存在"的意义所在。之后,阿来又创作了中篇小说《蘑菇圈》,仍以"机村"为背景,将时间的下限放置于当下,扩大了"机村"的社会空间和文化空间。

二

相比较阿来的"连心连肺"的中国"机村"编年史的写作宏愿,甘南作家扎西才让则倾力于构造"桑多"自我空间的开掘。阿来的"机村"是开放性的,弥漫着变革与守成之间的胶着;扎西才让的"桑多镇"是内敛性的,他意图凸显出生活在"桑多镇"的人的桑多品格的生成和表达。扎西才让以自我为中心,在想象的空间中构筑了一个能安放灵魂的所在,能安置他的文学理解、文学考察的文化空间。扎西才让主要以诗歌和散文诗的创作为主,文体的喜好决定了他

---

① 阿来:《空山》,浙江文艺出版社,2018,第258页。
② 阿来:《空山》,浙江文艺出版社,2018,第260页。
③ 阿来:《空山》,浙江文艺出版社,2018,第261页。

的空间建构取向。他大多择其一点静心营构，力图在诗或散文诗中集中展现他最核心的思虑。

扎西才让认为诗歌最适合抒情，写作诗歌就是"一种想要表达的冲动"，要用"文字记下自己的隐秘的思想"；同时，他认为诗歌创作的过程就是"思想成熟的过程，观念变化的过程，生命完善的过程"①。于是，他不断地发现生活，酝酿情感，斟酌文字，直至完成一首诗的创作。2010年，扎西才让结集出版诗歌集《七扇门：扎西才让诗歌精选》，把他近二十年创作的诗歌进行了整理。可能在这次整理的时候，他发现自己似乎仍然如青春时代一样在甘南的大地上唱歌、跳舞，他是属于甘南的诗人，如扎西才让曾说"我的故土甘南是全国十个藏族自治州之一，地处青藏高原东北边缘……茂密的森林，广阔的草原，奇特的景观，久远的古迹，浓郁的风情，多元的文化，使得这弹丸之地，就像威廉·福克纳的约克纳帕塔法、沈从文的凤凰、贾平凹的商州、莫言的高密一样，成为甘南众多艺术家魂牵梦绕的地方……我和他们一样，也沉吟，也思索，也发现，将笔墨倾注在对故土甘南的描写与歌颂，认定它就是自己灵魂的故乡"②。但甘南不是独属于他的，而是为一大批同时代人所共享的，那么，扎西才让的诗歌创作就面临着严重的挑战，即如何开辟出独属于他的甘南，如何创造出带有他自己独特印记的甘南诗歌。

及至2016年，扎西才让出版诗集《大夏河畔》，他开始展现出属于他的桑多镇，在作品中营造出独属于他自己的诗意空间。他以"大夏河""桑多山""桑多镇""桑多人""桑多情"为目标，将一百五十首诗划分为五个单元，若只看其中的一首诗，或许我们无法做出这样的判断。如《私营老板德本加》：

> 他穿着一身咖啡色的肥大的藏袍，微笑着斜靠在自家门口，
> 露出自信又孤独的样子，确实像个非同一般的商人。

---

① 刚杰·索木东：《我用自己的方式吟唱了十八年——甘肃著名藏族诗人扎西才让访谈》，《甘南日报（汉文版）》2010年10月27日第3版。
② 扎西才让：《永不磨灭的爱的印记》，《文艺报》2013年9月13日第2版。

>他的苹果手机歇在沙发上,他的宝马车睡在院子里,他的穿金戴银的娇媚的女人,站在那檀木雕成的画框里。
>
>他从来不给我谈及他的生意,只愿将我带入他的花园,当他亲手磨好了咖啡后,那浓郁的香味就漂浮在院内。
>
>当他披着斜照立在他的牦牛雕像下,陡然间就有了高原魂的气度。①

这首诗描述了商人德本加的形象,通过对他的姿容、他的财务、他的女人、他的生活方式等方面的描述,我们似乎看到一个成功商人的形象。最后一句描写德本加夕阳下穿着藏袍站在牦牛雕像前,竟然还原了他的民族身份和民族气度,或者我们会进一步解读德本加大概具有像牦牛一般的品性,甚至我们还会延续着这个方向联想得更多。但是扎西才让把这首诗放置于"桑多人"的条目之下,并且与"演藏戏的人""小镇上的女人""思考的男子""第七个人""一个民间画家"等人物共同构成了桑多镇的人物群像。我们又会发现"私营老板德本加"只是桑多镇中的一员,他本身就带有桑多人的特性,他生活在桑多镇鲜活的现实世界,他与其他桑多人的喜怒哀乐构成了桑多镇的情感世界。如此,诗歌中的人物找到了归属,诗歌中的空间因为人物的鲜活而具有生命气息,相得益彰。

同时,这一时期,扎西才让也开始了散文和小说的写作,依然在为桑多镇服务。即便是在他的长篇散文《杨庄:双江河畔的藏村》中,我们依然能看到桑多镇的模糊影像。至于散文《我在桑多的情与婚姻》《桑多河畔》,小说《来自桑多镇的汉族男人》《喇嘛代报案》等,更是直接以桑多镇为背景铺陈情感,展开叙述,把诗歌中的桑多镇演化为文学世界中确切的桑多镇,人世的沧桑、岁月的更迭、情感的萌发,甚至可以桑多为中心、为起点,表达任何一种情感。至此,扎西才让才找到了属于他的甘南,才有可能创设出属于他的甘南文学世界。

---

① 扎西才让:《大夏河畔》,作家出版社,2016,第108页。

2018年，扎西才让的散文诗集《诗边札记：在甘南》出版，其中虽然在展现甘南的生活轨迹和思考状态，但重点还是在桑多镇，其中的卷五、卷六分别是"桑多河畔""桑多镇秘闻录"。扎西才让以"桑多河"作为他的"文学版图中的河名"，延续了《大夏河畔》中桑多河的文学建构。人类文明与水系有密切的关系，无论在何种社会形态，水作为生命之源的地位都是丝毫不能动摇的。因此，找到了桑多河的扎西才让就找到了他的文学甘南语法的文化基石，他的记忆、体验皆可以桑多河为中心进行建构。而实际上，桑多河并非虚构，扎西才让将甘南州夏河县境内的两条河流合并而生成桑多河，其中"一条，是大夏河，藏语名桑曲"，"另外一条，叫多河，也叫格河"[1]，他取其河流名称首字而合成桑多河。既然有桑多河，河边的人们自然就要有生活的空间，于是桑多镇应运而生。然而，扎西才让的桑多镇又包括两个层面：野史中的桑多镇和现实中的桑多镇。野史中的桑多镇以"残缺不全的史书——《桑多镇秘闻》"[2]为基础，勾勒桑多镇的过去；现实中的桑多镇则是当"我"在描述《桑多镇秘闻》所记载的奇闻轶事时不断认识的桑多镇、理解的桑多镇；同时，扎西才让认为只要人类存在，这藏地甘南的桑多镇的秘史，还将会源源不断地产生。秘史将伴随着现实的桑多镇共同构筑起桑多镇的华彩，而且桑多镇不只是甘南的桑多镇，而是整个人类的桑多镇。

扎西才让在他的文学世界中提取出"桑多镇"的文化空间，以此来展现他的"交往性身体存在"的文学空间，并且有意识地拓展"桑多镇"的空间范围和文体范围，实现了扎西才让与桑多镇的融汇合一，也显示了扎西才让甘南书写的独特意义。

---

[1] 扎西才让：《诗边札记：在甘南》，民族出版社，2018，第119页。
[2] 扎西才让：《诗边札记：在甘南》，民族出版社，2018，第151页。

第九章　藏式"中国故事"的文学传播

如果说作家们的文学创作实现的是藏式"中国故事"的捕捉与生产,那么藏式"中国故事"的传播方式及其效果就要考察相关的文学传播体制和机制。当前,学界多以"中国故事"为抓手谈论的是对外传播领域的中国形象,从宏观的指导性的角度谈论"中国故事"的传播策略和渠道①,是基于"中国文化走出去"②的文化渴望与文化焦虑。同时,我们也要注意到"中国故事"的内在塑造特色。所谓的"内在塑造",主要强调的是以中国人喜闻乐见的形式给中国人讲述自己的故事,在"讲故事"与"听故事"的互动中推进和强化中华民族的文化自信和文化自觉,在"讲故事"与"听故事"的过程中实现国内区域间的、地域间的、民族间的、行业间的交流与认同,推动"中国故事"的自我挖掘与自我创新,提振"中国故事"的文化软实力。对于地方性的"中国故事"的讲述,尤其是文学表达的"中国故事"加强自我更新和自我提升能力,加强国内的文学交流,进而推动整体性的"中国故事"的品质,在此基础上扩大与其他国家和地区的交流与传播。

---

① 赵新利、张蓉:《国家叙事与中国形象的故事化传播策略》,《西安交通大学学报(社会科学版)》2014年第1期。
② 胡晓明:《如何讲述中国故事?——"中国文化走出去"的若干理论与实践问题》,《华东师范大学学报(哲学社会科学版)》2013年第5期。

第一节 藏式"中国故事"的刊发平台

目前,藏式"中国故事"的表达平台主要以文学期刊为主,诸如《西藏文学》《青海湖》《贡嘎山》《格桑花》《草地》《香格里拉》等期刊,大量地刊发藏族汉语作家的文学作品。

《西藏文学》和《青海湖》分别是西藏自治区文联和青海省文联的机关刊物,属于省级期刊,受到了藏族汉语作家的青睐。多年来,《西藏文学》和《青海湖》刊发了大量的藏族汉语作家的文学作品,培养了一大批有影响力的藏族作家,如益西单增、降边嘉措、扎西达娃、色波、央珍、梅卓、格央、白玛娜珍、加央西热、吉米平阶、平措扎西、阿布司南、完玛央金、万玛才旦、班丹、格绒追美、达真、列美平措、次仁罗布、尹向东、雍措、扎西才让、央金拉姆等,并为这些作家走向全国奠定了基础。以扎西达娃为例。扎西达娃20世纪80年代在《西藏文学》刊发了大量的文学作品,如《朝佛》(1980年第4期)、《沉寂的正午》(1982年第2期)、《导演与色珍》(1982年第3期)、《江那边》(1982年第5期)、《白杨树·花环·梦》(1982年第6期)、《星期天》(1983年第3期)、《在河滩》(1984年第1期)、《这样的黄昏》(1984年第6期)、《阳光下》(1984年第11期)、《西藏,系在皮绳扣上的魂》(1985年第1期)、《西藏,隐秘岁月》(1985年第6期)、《冥》(1985年八、九合刊)、《妈妈无言》(1986年十、十一合刊)、《风马之耀》(1987年第9期)、《丧钟为谁而鸣》(1992年第1期)、《桅杆顶上的坠落者(长篇节选)》(1994年第2期)等,可以说《西藏文学》是扎西达娃的文学起点,也是扎西达娃文学辉煌的助推器,扎西达娃引起文坛关注的代表性作品几乎全部刊发于《西藏文学》。又如,新世纪以来,藏族汉语文学的中坚作家次仁罗布的文学起点同样是《西藏文学》。自1992年发表《罗孜的船夫》以来,次仁罗布先后在《西藏文学》刊发了《笛手次塔》（1994年第5期）、《情归何处》（1994年第6期）、《传说在延续》（1995年第4期）、《焚》（2000年第4期）、《尘网》（2003年第4期）、《前方有人等她》（2004年第4期）、《雨季》（2005年第2期）、《杀手》（2006年第4期）、《界》（2007年第2期）、《奔丧》（2009年第3期）、《德刹》（2010年第2期）等作品，《西藏文学》同样助推了他的文学成长。

至于《贡嘎山》《格桑花》《草地》《香格里拉》等刊物均属自治州文联的机关刊物，由于地域和级别的限制，多刊发的是当地藏族汉语作家的文学作品，对于地方性作家的成长和地方性文学的繁荣亦起到积极的推动作用，为他们走上更高的文学平台奠定了基础。目前，这些刊物的影响力在逐渐扩大，尤其是藏族汉语作家的投稿热情非常高。

当前，藏族较为成熟的汉语作家积极向全国性的期刊投稿，由于他们独特的"中国故事"的地方性话语建构方式，大量的作品刊发在《人民文学》《民族文学》《中国作家》《花城》《北京文学》《芳草》《诗刊》等期刊。尤其是《民族文学》，作为全国性的专门性的民族文学期刊，近些年来刊发了数量众多的藏族汉语文学作品，包括小说、诗歌、散文等文体，极大地激发了藏族作家的创作激情，推动了藏族汉语文学的整体繁荣。

此外，网络期刊传播方面主要是藏族青年诗人刚杰·索木东主持的藏人文化网文学频道。该文学频道既关注当代藏族文学的发展情态，也注重作家作品的推介，还重视评论界和学术界的声音，使得藏族作家们能迅速地了解文学最新态势。例如，2019年1月2日，藏人文化网文学频道的"文学动态"版块刊发有如下消息：

> 立足新起点　承担新使命　第九届青海文学周举行
> 藏族作家南泽仁获第四届青年散文大赛金奖
> 雍措等三位藏族作家2019年签约巴金文学院
> 四位藏族作家作品获2018年《民族文学》年度奖
> 阿来、扎西达娃位列最具"先锋精神"作家榜

诗与歌的激情 西藏雪域萱歌首次走进南京跨年诗

白玛央金诗集《一粒青稞的舞蹈》出版发行

甘南州文联《格桑花》2018年度优秀作品出炉

多名藏族诗人作品入选《2018年中国诗歌精选》

多名藏族作家加入中国少数民族作家学会

西藏作协2018"深入生活·扎根人民"笔会在申扎举行

三位藏族作家作品位列改革开放40年云南小说排行榜

次仁罗布小说位列2018收获文学排行榜榜单

这主要展示的是近年来藏地及藏族汉语文学的发展态势,向作家们和文学爱好者们传播各种信息,以期能扩大藏族文学的社会知名度和社会影响力。另外,在"名家力作"和"雪域大地"版块中分别设有"诗歌""散文""随笔""小说""其他"子栏目,不时地加以更新,如尹向东刊发于《民族文学》2018年12期的短篇小说《我们回家吧》及陈思广的评论文章《让青春在爱中重新出发》,藏人文化网在2018年12月11日即予以转载。此外,青海湖网站的文学版块也不遗余力地介绍藏族作家作品,推动了安多地区藏族文学及文学评论的发展,极大地展现了地方性藏族文学的发展样貌和发展趋向。

另外,作为我国民族文学旗帜的期刊《民族文学》,多年来致力于向海内外的读者传播中国多民族文学的创作实绩,也在很大程度上引领着中国当代多民族文学的发展航向。为了进一步扩大《民族文学》的文学实效,《民族文学》编辑部先后于2009年创办了《民族文学》蒙古文、藏文、维吾尔文版,2012年创办了《民族文学》的哈萨克文和朝鲜文版,对中国当代民族文学的传播起到了积极的作用;同时,也使得包括藏族作家在内的民族作家的作品能在更大范围内传播,展现了民族作家的"中国故事"表达的意趣和情致。

第二节　藏式"中国故事"的文学推进活动

近年来，藏式"中国故事"文学作品的推进活动如火如荼，包括作品发布、作品研讨会、文学评奖、文学译介等方面，亦极大地推动了藏式"中国故事"的传播，扩大了藏式"中国故事"文学创作的影响力。

在作品发布方面，藏式"中国故事"的传播方面主要是以集束的形式推出一批文学作品，阶段性地呈现藏式"中国故事"的整体情貌。例如，西藏人民出版社推出的"藏羚羊丛书"系列主要以中短篇小说集为主，已出版的有梅卓的《麝香之爱》（2007年）、次仁罗布的《界》（2011年）、万玛才旦的《流浪歌手的梦》（2011年）、班丹的《微风拂过的日子》（2013年）等作品，汇集了以上作家多年的文学创作实绩，展现了藏族汉语文学强劲的小说创作势头。此外，青海人民出版社于2016年出版了"藏地诗歌丛书"，主要是青海年轻诗人的诗集，包括阿顿·华多太的《雪落空声》、德乾恒美的《吐伯特群岛》、那萨的《一株草的加持》、班玛南杰的《闪亮的结》；四川民族出版社于2017年年底以汉藏双语的形式出版的"藏族青年优秀诗人作品集"丛书，包括白玛央金的《滴雨的松石》（赤桑华翻译）、琼吉的《琼吉的诗歌》（尕藏仁青翻译）、蓝晓的《冰山在上》（夺吉华翻译）、王志国的《微凉》（环更加翻译）、唐闯的《归来者的歌》（夺吉华翻译）、扎西才让的《当爱情化为星辰》（环更加翻译）、刚杰·索木东的《故乡是甘南》（才让公保翻译）、嘎代才让的《西藏集》（昂却本翻译）、德乾恒美的《身体的宫殿》（嘎尔玛泽朗翻译）、单增曲措的《格恰》（嘎尔玛泽朗翻译）。这两套丛书的集中出版展现的是当代藏族文学诗歌创作领域的成绩，体现了藏式"中国故事"的诗歌表达情态。

康巴作家群是当前比较值得关注的作家群体。阿来认为，康巴作家群正是康巴大地上的人们的自我书写者的集体亮相①。"康巴作家群书系"目前已出版了四辑,2012年,四川文艺出版社推出第一辑,2013年、2015年、2016年由作家出版社出版第二、第三、第四辑,推出了一批康巴藏族作家的作品,展示了康巴藏族汉语文学的"中国故事"的面貌。其中,长篇小说有《风马》《渡口魂》等,中短篇小说集有《刀尖上的泪滴》《秋加的小说》《失落的记忆》《天空依旧湛蓝》等,散文集有《凹村》《遥远的麦子》《拾花酿春》《边地游吟》等,诗歌集有《坐在一个陌生的清晨》《足底生花》《坐享青藏的阳光》《高原上的骑手》《我的骨骼在远方》等。通过批量出版各种文体的作品,康巴藏族作家们加强了交流,展现了实力,同时也感受到了危机,意识到创作中存在的亟待解决的问题。

在作品研讨方面,近年来,四川大学2011协同创新基地阿来研究中心以《阿来研究》为阵地,先后在成都、兰州、拉萨、理塘等地与当地高等学府、科研院所、期刊编辑部、地方政府联合举办藏族作家作品研讨会,就当前藏族汉语文学的实绩和缺憾展开研讨,在一定程度上提高了学界对藏式"中国故事"的文学关注度。另外,在每年度的中国少数民族文学年会中,一批全国高校、科研院所的研究人员就藏族汉语文学展开批评和研究,极大地拓展了藏族汉语文学"中国故事"的研究格局。还有各省区文联组织的藏族汉语作家作品研讨会,也促进了藏式"中国故事"的文学融通与发展。

在文学评奖方面,近年来,藏族汉语文学创作领域的作家们积极参与各种类型的评奖,多人先后获得了少数民族文学骏马奖、鲁迅文学奖、百花文艺奖,以及各省区自办的各种文学奖项、各类杂志自办的奖项等。随着获奖人数的日渐增多、获奖作品质量的不断提高,藏族汉语文学的"中国故事"的表达亦为越来越多的民众所知晓,传播受众的数量有所增加。

文学译介方面,一批有影响、有特点的藏族汉语文学先后被翻译

---

① 阿来:《为"康巴作家群"书系序》,载尹向东《风马》,作家出版社,2016,第3页。

成外文，在国外发行。例如，阿来的作品已被翻译成多国语言发行，次仁罗布长篇小说《祭语风中》已由中译出版社翻译成英文出版发行等，藏式"中国故事"的表达已走向国际市场。

另外，文学的影视化改编也成为传播藏式"中国故事"的重要途径。影视是当前多媒体时代文化传播的重要方式，通过影视化改编，能够让更多的受众更为便捷地感知和了解藏式"中国故事"的文化意味，进而引发人们的阅读兴趣。在电影方面，近年来，藏族作家万玛才旦对其作品的电影改编最为引人注目；在电视剧方面，扎西达娃、达真的剧本改编较为成功；在纪录片方面，吉米平阶的画外音撰稿得到人们的认同。此外，一大批藏族作家通过摄影、拍摄纪录片的方式参与藏式"中国故事"的建设，代表人物有云南迪庆的一批青年作家，如扎西尼玛、斯朗伦布、扎西邓珠、鲁仓·旦正太等人。

经过以上文学推进活动，藏式"中国故事"越来越为人所关注，研究者队伍越来越壮大，外宣工作亦同步进行，共同推进了藏式"中国故事"的传播格局。

结 语

新世纪以来,藏族汉语文学的"中国故事"取得了显著的成果,涌现出一大批优秀的作家和有潜力的作家,他们通过各自的文学话语实践展现出藏族文学的生机和活力,也在很大程度上促进了藏式"中国故事"的文学表达和艺术探索。或者说,作家们都在努力"寻找属于自己的句子",积极建构自我的文学语法范式,以期创造出专属于自己的藏式"中国故事"或者"中国故事"。作家们从历史表达、乡愁依恋、城乡共生、家族书写、文学地理乃至儿童视角等方面积极地开拓新兴的文学表达空间,在"交往性的身体"建构中展现藏式"中国故事"的文学价值。但是,我们也要清醒地意识到,在藏族汉语文学话语实践中依然存在着各种各样的问题,藏式"中国故事"的表达和建构依然有提升的空间。

第一,当前藏族汉语文学创作队伍年龄偏大,创作者的平均年龄大约在五十岁,也就是说创作的主力军以中年为主。对于作家来说,五十岁左右大概是文学创作的黄金时段,既有丰富的生活阅历和生命体验,又有充沛的精力,重要的是在多年的文学实践中逐渐生成了自我相对稳定的创作风格,并且又不拘执于或定型于某种创作形态,有创造自我、突破自我的追求。目前的藏族汉语文学之所以能取得较大的成绩,和这一批年富力强的作家有密切的关系。但同时,我们也要看到,五十岁左右的平均年龄还是有些偏大,这意味着年轻作家的缺乏,甚至可以说作家队伍面临着断层的危险。目前,活跃在藏族汉语文学界的"80后"作家屈指可数,如雍措、何延华、沙冒智化、嘎代才让、央金拉姆、此称等人,后续力量的短缺成为今后制约藏族汉语文学发展的重要因素。因此，藏族汉语文学界应该着重培养青年作家，着重培养基层作者，引领更多的人参与文学，引入新的文学写作与刊发方式，共同促进作家队伍的整体建设。

第二，当前藏族汉语文学"中国故事"的关注点主要集中在民族史志、地方风俗、自然风情等方面。诚然，地方性和民间化的关切体现了作家们与生活、土地之间的密切关联，体现了藏族汉语文学的根性书写气质。通过对民族的、地方的潜隐资料的挖掘，不同地域的藏族汉语文学作家们向人们展现了藏族当代文学地方文学景观的多样性和丰富性。但是，生活不仅是地方性的和民族性的，生活还在线性地向前延伸，若一味地回头看，可能会忽视当下生活的新鲜。因此，藏族汉语文学创作还有必要关注当下的生活，关注当下的藏族民众的物质生活和精神诉求，关注当下生活中的"蔬菜和粮食"，立足于当下的生活立场，展现当下生活的斑斓色彩。

第三，当前藏族汉语文学"中国故事"写作多站在传统生活的立场而表达对城市文明的警惕，换句话说，藏族汉语文学多年来徘徊于城乡接合部的书写场。所谓的城乡接合部指的是作家们的写作处境，他们已然离开故土进入城市生活，但在内在世界依然认同或者留恋故土的生活方式，但他们的故土又属于记忆中的故土，如此一来，作家们就处于较为尴尬的境地，城市生活难以深度开掘，故土书写又处于记忆的飘忽状态。这就使得当前的藏族汉语文学创作呈现出既要回望故土又无法回到真实的故土而只能采用故土想象的方式展现他们的故土情怀；城市文明或者说是现代文明在目前的藏族汉语文学创作中很少出现，至于现代城市伦理更是难觅踪影，多是以背景的形态出现，并且表露出凶狠的面相。这说明藏族汉语文学依然停留在乡土书写的模式，而没有随着城市化、现代化的社会进程实现文学的城市化表达。

第四，当前藏族汉语文学"中国故事"的创作方式基本延续现实主义的创作路向，采取的是扎根历史和现实的创造方式，在文体建设方面较少创新。在小说方面，值得称道的似乎只有阿来的文学创作在不断地突破既有文体的藩篱，不断地寻求文体的创新，如《瞻对》

采用的是非虚构的文学跨界写作方式，《格萨尔王》采取跨时空的文化对话方式，《山珍三部》采取植物志的方式映射消费时代的社会现实，新版的《机村史诗》以花瓣绽放的范式、乡村志的形态展现藏乡近半个世纪的历史和人文嬗变等；在诗歌方面，扎西才让采用互文体式的写作方式向人们展现了桑多镇的多样风采，表达出建构现代文化形态下乡村多样生活景观融洽的文学努力；在散文方面，雍措的《凹村》致力于开掘童年记忆甚至是文化记忆的乡村面相，在诗性的话语建构中蕴含着淡淡的文化追怀的情思等。这意味着当前的藏族汉语文学创作不但要在题材方面进一步深入挖掘，而且要有意识地探索新的文体方式以适应新时代的藏式"中国故事"的文化表达和生成模式。

第五，当前的藏族汉语文学"中国故事"的传播方式较为单一，主要还是传统的作家写作与出版发行的模式，多媒体的融合还有待加强。尤其是文学与大众传播方式的结合有待探索。即便是如万玛才旦、扎西达娃、达真、次仁罗布等人的影视改编取得了一定的成绩，但与网络时代融媒的时代发展情状仍有较大的距离。

总体上来说，新世纪以来的藏族汉语文学的"中国故事"的话语建构仍然任重道远。这就需要作家们具有世界眼光，在全球化的文化语境中展现藏式"中国故事"的独特文化魅力；要具有中国视野，立足于中国当前经济社会发展的现实，深入开掘具有时代特性的藏式"中国故事"；要在现代意识与传统文化之间寻求新的平衡，既能体现出藏式"中国故事"的民族性与地方性意味，又能在现代化语境中展现藏式"中国故事"主动参与当代文化建设的社会责任意识。

参考文献

一、专著

[1] 益希卓玛. 清晨[M]. 北京：中国少年儿童出版社, 1981.

[2] 阿来. 大地的阶梯[M]. 昆明：云南人民出版社, 2000.

[3] 白玛娜珍. 拉萨红尘[M]. 拉萨：西藏人民出版社, 2002.

[4] 赵敏. 康定情人[M]. 成都：四川文艺出版社, 2005.

[5] 梅卓. 太阳石[M]. 2版. 西安：太白文艺出版社, 2006.

[6] 亮炯·朗萨. 布隆德誓言[M]. 北京：外文出版社, 2006.

[7] 梅卓. 麝香之爱[M]. 拉萨：西藏人民出版社, 2007.

[8] 完玛央金. 触摸紫色的草穗[M]. 兰州：甘肃文化出版社, 2008.

[9] 达真. 康巴[M]. 杭州：浙江文艺出版社, 2009.

[11] 梅卓. 月亮营地[M]. 兰州：敦煌文艺出版社, 2009.

[12] 尕藏才旦. 红色土司[M]. 兰州：敦煌文艺出版社, 2009.

[13] 梅卓. 走马安多[M]. 西宁：青海人民出版社, 2009.

[14] 阿来. 宝刀[M]. 北京：作家出版社, 2009.

[15] 尼玛潘多. 紫青稞[M]. 北京：作家出版社, 2010.

[16] 江洋才让. 康巴方式[M]. 西宁：青海人民出版社, 2010.

[17] 扎西才让. 七扇门：扎西才让散文诗选[M]. 北京：大众文艺出版, 2010.

[18] 王小忠. 小镇上[M]. 北京：大众文艺出版社, 2010.

[19] 次仁罗布. 界[M]. 拉萨：西藏人民出版社, 2011.

[20] 尹向东. 鱼的声音[M]. 成都：四川文艺出版社, 2011.

[21] 格绒追美. 隐蔽的脸：藏地神子秘踪[M]. 北京：作家出版社, 2011.

[22] 鹰萨·罗布次仁. 西藏的孩子[M]. 北京：北京十月文艺出版社, 2011.

[23] 达真. 命定[M]. 成都：四川文艺出版社, 2011.

[24] 万玛才旦. 流浪歌手的梦[M]. 拉萨：西藏人民出版社, 2011.

[25] 亮炯·朗萨. 寻找康巴汉子[M]. 北京：中国书店出版社, 2011.

[26] 格绒追美. 青藏时光[M]. 成都：四川文艺出版社, 2012.

[27] 阿来. 尘埃落定[M]. 北京：作家出版社, 2012.

[28] 多杰才旦. 仓央嘉措[M]. 西宁：青海人民出版社, 2012.

[29] 白玛娜珍. 西藏的月光[M]. 重庆：重庆出版社, 2012.

[30] 洼西彭错. 乡城[M]. 成都：四川文艺出版社, 2012.

[31] 丹增. 小沙弥[M]. 重庆：重庆出版社, 2013.

[32] 江洋才让. 马背上的经幡[M]. 西宁：青海人民出版社, 2013.

[33] 南泽仁. 遥远的麦子[M]. 北京：作家出版社, 2013.

[34] 达真. 落日时分[M]. 成都：四川文艺出版社, 2013.

[35] 班丹. 微风拂过的日子[M]. 拉萨：西藏人民出版社, 2013.

[36] 才旦. 安多秘史[M]. 西宁：青海人民出版社, 2014.

[37] 王泉, 克珠群佩. 风雪布达拉[M]. 兰州：甘肃文化出版社, 2014.

[38] 阿来. 瞻对：终于融化的铁疙瘩——一个两百年的康巴传奇[M]. 成都：四川文艺出版社, 2014.

[39] 昂旺文章. 嘛呢石[M]. 太原：北岳文艺出版社, 2014.

[40] 何延华. 嘉禾的夏天[M]. 武汉：长江文艺出版社, 2014.

[41] 泽仁达娃. 雪山的话语[M]. 西宁：青海人民出版社, 2014.

[42] 康若文琴. 康若文琴的诗[M]. 成都：四川文艺出版社, 2014.

[43] 严英秀. 严英秀的小说[M]. 兰州：甘肃文化出版社, 2014.

[44] 万玛才旦. 嘛呢石，静静地敲[M]. 北京：中国民族摄影艺术出版社, 2014.

[45] 次仁罗布. 放生羊[M]. 北京：中译出版社, 2015.

[46] 王小忠. 静静守望太阳神：行走甘南[M]. 深圳：海天出版社, 2015.

[47] 雍措. 凹村[M]. 北京：作家出版社, 2015.

[48] 琼吉. 拉萨女神[M]. 北京：作家出版社, 2015.

[49] 康若文琴. 马尔康 马尔康[M]. 北京：中国文联出版社, 2015.

[50] 旺多. 斋苏府秘闻[M]. 2版. 索朗旺清, 译. 北京：中国藏学出版社, 2015.

[51] 阿来. 蘑菇圈[M]. 武汉：长江文艺出版社, 2015.

[52] 格绒追美. 青藏辞典[M]. 北京：作家出版社, 2015.

[53] 洛桑卓玛. 刀尖上的泪滴[M]. 北京：作家出版社, 2015.

[54] 次仁罗布. 祭语风中[M]. 北京：中译出版社, 2015.

[55] 江洋才让. 牦牛漫步[M]. 西宁：青海人民出版社, 2015.

[56] 扎西旦措. 坐在一个陌生的清晨[M]. 北京：作家出版社, 2015.

[57] 阿来. 格萨尔王[M]. 重庆：重庆出版社, 2015.

[58] 洼西彭措. 失落的记忆[M]. 北京：作家出版社, 2016.

[59] 尹向东. 风马 [M]. 北京：作家出版社，2017.

[60] 阿来. 河上柏影 [M]. 北京：人民文学出版社，2016.

[61] 扎西才让. 大夏河畔 [M]. 北京：作家出版社，2016.

[62] 秋加才仁. 秋加的小说 [M]. 北京：作家出版社，2016.

[63] 次仁罗布. 雪域童年 [M]. 合肥：安徽少年儿童出版社，2016.

[64] 白晓霞. 白措姆的眼睛 [M]. 兰州：敦煌文艺出版社，2016.

[65] 旦文毛. 王的奴 [M]. 西宁：青海人民出版社，2016.

[66] 班玛南杰. 闪亮的结 [M]. 西宁：青海人民出版社，2016.

[67] 阿顿·华多太. 雪落空声 [M]. 西宁：青海人民出版社，2016.

[68] 那萨. 一株草的加持 [M]. 西宁：青海人民出版社，2016.

[69] 德乾恒美. 吐伯特群岛 [M]. 西宁：青海人民出版社，2016.

[70] 严英秀. 芳菲歇 [M]. 北京：作家出版社，2016.

[71] 旦文毛. 足底生花 [M]. 北京：作家出版社，2016.

[72] 尼玛松保. 坐享青藏的阳光 [M]. 北京：作家出版社，2016.

[73] 万玛才旦. 塔洛 [M]. 广州：花城出版社，2016.

[74] 白玛央金. 滴雨的松石 [M]. 才让扎西，译. 成都：四川民族出版社，2017.

[75] 亮炯·朗萨. 那时，旃檀花开如雪 [M]. 南京：江苏凤凰文艺出版社，2017.

[76] 刚杰·索木东. 故乡是甘南 [M]. 才让公保，译. 成都：四川民族出版社，2017.

[77] 和欣. 我的卡瓦格博 [M]. 昆明：云南人民出版，2017.

[78] 斯那俊登. 行走白马雪山 [M]. 昆明：云南人民出版

社，2017.

[79] 此称. 没有时间谈论太阳［M］. 昆明：云南人民出版社，2017.

[80] 扎西才让. 诗边札记：在甘南［M］. 北京：民族出版社，2018.

[81] 阿来. 机村史诗［M］. 杭州：浙江文艺出版社，2018.

[82] 唐亚琼. 唐亚琼诗选［M］. 武汉：长江文艺出版社，2018.

[83] 王小忠. 浮生九记［M］. 北京：作家出版社，2019.

[84] 张志聪. 黄帝内经素问集注［M］. 康熙刻本. 北京：中国医药科技出版社，2014.

[85] 许慎. 说文解字附检字［M］. 北京：中华书局，1963.

[86] 陈椽. 茶叶通史［M］. 北京：中国农业出版社，1984.

[87] 弗洛伊德. 精神分析引论［M］. 高觉敷，译. 北京：商务印书馆，1984.

[88] 中央研究院历史语言研究所校印. 太祖实录［M］. 上海：上海古籍出版社，1985.

[89] 贝奈戴托·克罗齐. 历史学的理论和实际［M］. 傅任敢，译. 北京：商务印书馆，1986.

[90] 《外国文艺》编辑部. 二十世纪文学评论：上［M］. 上海：上海译文出版社，1987.

[91] 苏辙. 栾城集［M］. 上海：上海古籍出版社，1987.

[92] 伍蠡甫，胡经之. 西方文艺理论名著选编：下卷［M］. 北京：北京大学出版社，1987.

[93] 楚曼·卡波第. 冷血［M］. 杨月荪，译. 北京：中国文联出版公司，1987.

[94] 王禹偁. 王黄州小畜集［M］.《四部丛刊》缩印本. 上海：上海书店出版社，1989.

[95] 于式玉. 于式玉藏区考察文集［M］. 北京：中国藏学出版社，1990.

[96] 费孝通. 中华民族研究新探索 [M]. 北京：中国社会科学出版社, 1991.

[97] 耿予方. 藏族当代文学 [M]. 北京：中国藏学出版社, 1994.

[98] 张孝评. 中国当代诗学论 [M]. 西安：西北大学出版社, 1995.

[99] 黄仁宇. 万历十五年 [M]. 北京：生活·读书·新知三联书店, 1997.

[100] 约翰·奥尼尔. 身体形态：现代社会的五种身体 [M]. 张旭春, 译. 沈阳：春风文艺出版社, 1999.

[101] 洪子诚. 中国当代文学 [M]. 北京：北京大学出版社, 1999.

[102] 费孝通. 中华民族多元一体格局：修订版 [M]. 北京：中央民族大学出版社, 1999.

[103] 王岳川. 中国镜像：90年代文化研究 [M]. 北京：中央编译出版社, 2001.

[104] 詹姆斯·威廉姆斯. 利奥 [M]. 姚大志, 赵雄峰, 译. 哈尔滨：黑龙江人民出版社, 2002.

[105] 莫福山. 藏族文学 [M]. 成都：巴蜀书社, 2003.

[106] 陈晓明. 现代性与中国当代文学转型 [M]. 昆明：云南人民出版社, 2003.

[107] 孟繁华. 众神狂欢：世纪之交的中国文化现象 [M]. 北京：中央编译出版社, 2003.

[108] 丁帆. 中国西部现代文学史 [M]. 北京：人民文学出版社, 2004.

[109] 黄大宏. 唐代小说重写研究 [M]. 重庆：重庆出版社, 2004.

[110] 约翰·杜威. 艺术即经验 [M]. 高建平, 译. 北京：商务印书馆, 2005.

[111] 杨经建. 家族文化与20世纪中国家族文学的母题形态

[M]．长沙：岳麓书社，2005．

[112] 鲁迅．鲁迅全集［M］．北京：人民文学出版社，2005．

[113] 沟口雄三．中国前近代思想的演变［M］．2版．索介然，龚颖，译．北京：中华书局，2005．

[114] 李杨．文学史写作中的现代性问题［M］．太原：山西教育出版社，2006．

[115] 费孝通．乡土中国［M］．上海：上海人民出版社，2006．

[116] 让·波德里亚．消费社会［M］．2版．刘成富，全志钢，译．南京：南京大学出版社，2006．

[117] 朱熹．诗集传［M］．南京：凤凰出版社，2007．

[118] 马丽华．藏北游历［M］．北京：中国藏学出版社，2007．

[119] 杨义．重绘中国文学地图通释［M］．北京：当代中国出版社，2007．

[120] 丹珍草．藏族当代作家汉语创作论［M］．北京：民族出版社，2008．

[121] 常文昌，唐欣．纸上的敦煌："新时期"以来中国西部诗歌研究［M］．太原：山西教育出版社，2009．

[122] 赵学勇，孟绍勇．革命·乡土·地域：中国当代西部小说史论［M］．太原：山西教育出版社，2009．

[123] 杜赞奇．从民族国家拯救历史：民族主义话语与中国现代史研究［M］．王宪明，等译．南京：江苏人民出版社，2009．

[124] 陈忠实．寻找属于自己的句子［M］．上海：上海文艺出版社，2009．

[125] 陈秋平．金刚经·心经［M］．北京：中华书局，2010．

[126] 曹书文．中国当代家族小说研究［M］．北京：中国社会科学出版社，2010．

[127] 塞缪尔·亨廷顿．文明的冲突与世界秩序的重建［M］．周琪，刘绯，张立平，等译．北京：新华出版社，2010．

[128] 梁庭望．中华文化板块结构与中国文学关系研究［M］．

北京：民族出版社，2011.

[129] 杰拉德·普林斯. 叙述学词典：修订版［M］. 乔国强，李孝弟，译. 上海：上海译文出版社，2011.

[130] 让-弗朗索瓦·利奥塔. 后现代状态：关于知识的报告［M］. 车谨山，译. 南京：南京大学出版社，2011.

[131] 葛兆光. 宅兹中国：重建有关"中国"的历史论述［M］. 北京：中华书局，2011.

[132] 王岳川. 当代西方最新文论教程［M］. 上海：复旦大学出版社，2011.

[133] 席勒. 席勒美学文集［M］. 张玉能，编译. 北京：人民出版社，2011.

[134] 帕特里克·格迪斯. 进化中的城市：城市规划与城市研究导论［M］. 李浩，等译. 北京：中国建筑工业出版社，2012.

[135] 李长中. 生态批评与民族文学研究［M］. 北京：中国社会科学出版社，2012.

[136] 赵学勇，王贵禄. 守望·追寻·创生：中国西部小说的历史形态与精神重构［M］. 北京：北京大学出版社，2012.

[137] 王泉. 中国当代文学的西藏书写［M］. 长沙：湖南师范大学出版社，2012.

[138] 王云霞. 环境问题的"社会批判"研究［M］. 北京：中国社会科学出版社，2012.

[139] 梅洛-庞蒂. 知觉现象学［M］. 姜志辉，译. 北京：商务印书馆，2001.

[140] 陈娇华. 当代文化转型中的"断裂"历史叙事：新历史小说创作研究［M］. 北京：中国社会科学出版社，2013.

[141] 孙康宜，宇文所安. 剑桥中国文学史［M］. 北京：生活·读书·新知三联书店，2013.

[142] 丁帆. 中国乡土小说的世纪转型研究［M］. 北京：人民

文学出版社，2013.

[143] 曹文轩. 三角地［M］. 北京：天天出版社，2013.

[144] 曹文轩. 青塔［M］. 合肥：安徽少年儿童出版社，2014.

[145] 曹文轩. 月光里的九瓶［M］. 青岛：青岛出版社，2014.

[146] 顾炎武. 黄汝成集释［M］. 上海：上海古籍出版社，2014.

[147] 张中良. 民族国家概念与民国文学［M］. 广州：花城出版社，2014.

[148] 胡沛萍，于宏. 多元文化视野中的当代藏族汉语文学［M］. 北京：民族出版社，2014.

[149] 汪晖. 东西之间的"西藏问题"：外二篇［M］. 北京：生活·读书·新知三联书店，2014.

[150] 贺桂梅. 思想中国：批判的当代视野［M］. 广州：广东人民出版社，2014.

[151] 张永刚. 后现代与民族文学［M］. 北京：人民出版社，2014.

[152] 雷达. 新世纪小说概观［M］. 太原：北岳文艺出版社，2014.

[153] 张进. 活态文化与物性的诗学［M］. 北京：人民出版社，2014.

[154] 张丽军. 写实与抒情：中国乡土文学思潮文献史料辑［M］. 北京：人民出版社，2014

[155] 胡沛萍. 当代藏族女性汉语文学史论［M］. 北京：中央民族大学出版社，2014.

[156] 徐兆寿. 精神的高原：当代西部文学中的民间文化书写［M］. 北京：中国社会科学出版社，2015.

[157] 王贵禄. 中国西部小说叙事学［M］. 北京：中国社会科学出版社，2015.

[158] 于宏，胡沛萍. 20世纪80年代西藏汉语文学发展概论［M］. 济南：山东大学出版社，2015.

[159] 卓玛. 中外比较视阈下的当代西藏文学［M］. 上海：上

海大学出版社，2015.

[160] 潘世伟，等. 中国模式研究［M］. 上海：上海社会科学院出版社，2016.

[161] 本尼迪克特·安德森. 想象的共同体［M］. 吴叡人，译. 上海：上海人民出版社，2016.

[162] 王德威. 想象中国的方法：历史·小说·叙事［M］. 天津：百花文艺出版社，2016.

[163] 王一川，等. 中国故事的文化软实力［M］. 南京：江苏人民出版社，2016.

[164] 许宏. 何以中国：公元前2000年的中原图景［M］. 北京：生活·读书·新知三联书店，2016.

[165] 李零. 我们的中国［M］. 北京：生活·读书·新知三联书店，2016.

[166] 梅维恒. 哥伦比亚中国文学史：全2卷［M］. 马小悟，张治，刘文楠，译. 北京：新星出版社，2016.

[167] 刘大先. 千灯互照：新世纪少数民族文学创作生态与批评话语［M］. 广州：暨南大学出版社，2017.

[168] 吴其南. 成长的身体维度：当代少儿文学的身体叙事［M］. 上海：复旦大学出版社，2017.

[169] 徐琴. 文化身份的建构与书写：当代藏族女性文学研究［M］. 广州：中山大学出版社，2017.

[170] 王泉根. 现代中国儿童文学主潮：第2版［M］. 重庆：重庆出版社，2018.

[171] 陈思广. 阿来研究资料［M］. 成都：四川文艺出版社，2018.

二、期刊论文

[1] 陈一石. 清代瞻对事件在藏族地区的历史地位与影响（一）［J］. 西藏研究，1986（1）.

[2] 陈一石. 清代瞻对事件在藏族地区的历史地位与影响

（二）[J]. 西藏研究, 1986（2）.

[3] 陈一石. 清代瞻对事件在藏族地区的历史地位与影响（三）[J]. 西藏研究, 1986（3）.

[4] 王晖, 南平. 对于新时期非虚构文学的反思 [J]. 华中师范大学学报（哲学社会科学版）, 1987（1）.

[5] 周韶西, 唐晋中, 丁穷夫. 商品大潮席卷下的西天净土：西藏个体户大军扫描 [J]. 西藏文学, 1993（1）.

[6] 吴晓东, 倪文尖, 罗岗. 现代小说研究的诗学视域 [J]. 中国现代文学研究丛刊, 1999（1）.

[7] 陈思和, 何清. 理想主义与民间立场 [J]. 中山大学学报（社会科学版）, 1999（5）.

[8] 朱水涌. 论90年代的家族小说 [J]. 厦门大学学报（哲学社会科学版）, 2001（5）.

[9] 白晓霞. 想象中的你们：写给《中国土族》的编辑们 [J]. 中国土族, 2004（4）.

[10] 阿来. 一部可能失败的村落史 [J]. 当代（长篇小说选刊）, 2004（5）.

[11] 许祖华. 作为一种小说类型的家族小说：上 [J]. 重庆三峡学院学报, 2005（1）.

[12] 陈伯海. 释"感兴"：中国诗学的生命发动论 [J]. 文学理论研究, 2005（5）.

[13] 张广汉. 拉萨八角街历史街区保护规则简介 [J]. 城市规划通讯, 2005（11）.

[14] 曹书文. 论中国20世纪90年代的家族小说 [J]. 云南社会科学, 2006（1）.

[15] 邵燕君. "宏大叙事"解体后如何进行"宏大叙事"：近年长篇创作的"史诗化"追求及其困境 [J]. 南方文坛, 2006（9）.

[16] 百乐·司宝才仁, 韩昭庆. 试论三江源生态移民的文化变迁 [J]. 复旦大学学报（社会科学版）, 2007（3）.

［17］祝亚峰. 当代家族小说的叙事与性别［J］. 东方丛刊，2008（1）.

［18］严英秀. "空山"之痛［J］. 文艺争鸣，2008（8）.

［19］沈杏培. 瞳眸里的世界：别有洞天的文学空间——论新时期儿童视角小说的独特价值［J］. 江苏社会科学，2009（1）.

［20］梁中效. 蜀道交通与茶文化传播：立足于宋代的考察［J］. 成都大学学报（社会科学版），2009（3）.

［21］普布昌居，次旺罗布，马元明. 寻梦者：试论白玛娜珍小说中的女性形象内涵［J］. 西藏大学学报（社会科学版），2010（3）.

［22］王春林. 现代性视野中的格萨尔王：评阿来长篇小说《格萨尔王》［J］. 艺术广角，2010（5）.

［23］朱霞. 当代藏族女性汉语文学浅论［J］. 民族文学，2010（7）.

［24］方铁. 土司制度及其对南方少数民族的影响［J］. 中南民族大学学报（人文社会科学版），2012（1）.

［25］马国君，李红香. 清末康区"改土归流"的动因及后续影响［J］. 云南师范大学学报（哲学社会科学版），2012（3）.

［26］吕岩. 藏族女性作家书写主体的构建［J］. 西藏民族学院学报（哲学社会科学版），2012（5）.

［27］安少龙. 神性高原的多元抒写：甘南新生代诗歌述评［J］. 青年作家，2012（9）.

［28］黄晓娟. 民族文化记忆的女性书写：论藏族女作家梅卓的小说［J］. 民族文学研究，2012（6）.

［29］陈晓明. "在地性"与越界：莫言小说创作的特质和意义［J］. 当代作家评论，2013（1）.

［30］严英秀. 中国藏族当代女性文学30年发展简述［J］. 中国藏学，2013（1）.

［31］胡沛萍. 当代藏族女性文学研究概述［J］. 西藏研究，2013（2）.

［32］徐寅. 非女性主义的性别想象：管窥藏族女作家梅卓文本中的性别群像［J］. 青海社会科学，2013（3）.

［33］李丹梦. "非虚构"之"非"［J］. 小说评论，2013（3）.

［34］田频，马烈. 论新时期藏族女性作家对女性救赎之路的探寻［J］. 西藏大学学报（社会科学版），2013（3）.

［35］胡沛萍. 当代藏族女性文学与中国内地女性文学差异之辨析［J］. 西藏民族学院学报（哲学社会科学版），2013（4）.

［36］胡晓明. 如何讲述中国故事："中国文化走出去"的若干理论与实践问题［J］. 华东师范大学学报（哲学社会科学版），2013（5）.

［37］赵新利，张蓉. 国家叙事与中国形象的故事化传播策略［J］. 西安交通大学学报（社会科学版），2014（1）.

［38］李云雷. 如何讲述新的中国故事——当代中国文学的新主题与新趋势［J］. 文学评论，2014（3）.

［39］胡沛萍. 当代藏族女性汉语文学发展概述［J］. 西藏民族学院学报（哲学社会科学版），2014（4）.

［40］李世愉. 土司制度基本概念辨析［J］. 云南师范大学学报（哲学社会科学版），2014（1）.

［41］邱华栋. 从《空山》到《瞻对》：阿来的虚构与非虚构［J］. 南方文坛，2015（1）.

［42］徐琴. 民族精神的追寻与写照：亮炯·朗萨的文学风景［J］. 湖北民族学院学报（哲学社会科学版），2015（1）.

［43］鲍远福. 纪实名义下的历史虚构——评阿来《瞻对：终于融化的铁疙瘩——一个两百年的康巴传奇》［J］. 民族文学研究，2015（2）.

［44］赵雷. 家族史·地方志·乡土情——评《乡村志》［J］. 扬子江评论，2015（3）.

［45］杨红伟. 藏传佛教格鲁派上师论与甘青藏区政教合一制［J］. 青海民族大学学报（社会科学版），2015（3）.

［46］闵心蕙. 断裂与延续——读"文化记忆"理论［J］. 中国

[47] 胡沛萍，扎西才让. 渴望写出智性又唯美的作品［J］. 滇池，2015（10）.

[48] 徐美恒. 论藏族三代女作家的小说创作［J］. 西部学刊，2015（12）.

[49] 王一川. 当今中国故事及其文化软实力［J］. 创作与评论，2015（24）.

[50] 丁增武. "族群边界"与"历史记忆"双重视域下的国家认同——评《瞻对》及阿来的"非典型西藏文本"［J］. 民族文学研究，2016（1）.

[51] 徐琴. 坚守与超越——藏族女性作家的创作兼及对当代藏族文学发展的思考［J］. 西藏研究，2016（2）.

[52] 于宏. 文献学视域中的当代藏族文学研究［J］. 西藏研究，2016（4）.

[53] 李成. "讲好中国故事"需要四个转向［J］. 中国记者，2016（5）.

[54] 胡沛萍. 面对无穷的可能，和缺陷——作家严英秀访谈录［J］. 兰州文理学院学报（社会科学版），2016（5）.

[54] 徐琴. 苦难岁月中的灵魂记忆——评次仁罗布的长篇小说《祭语风中》［J］. 当代作家评论，2016（6）.

[55] 陈大为. 白鬃马穿过甘南——论扎西才让的原乡写作［J］. 西藏研究，2016（6）.

[56] 赵勇. "在地性"写作，或"农家子弟"的书生气——鲁顺民与他的《天下农人》：下［J］. 名作欣赏，2016（19）.

[57] 金福寿. 扬·阿斯曼的文化记忆理论［J］. 外国语文，2017（2）.

[58] 陈庆英. 安多区域史研究的回顾和展望［J］. 江汉论坛，2017（3）.

[59] 杨红伟. 安多藏区的社会特质与区域史研究史路径［J］.

江汉论坛，2017（3）．

［60］周新民．重构宏大叙事的可能性——以《麦河》《祭语风中》《己卯年雨雪》为考察对象［J］．文学评论，2017（3）．

［61］王光利．非虚构写作及其审美特征研究［J］．江苏社会科学，2017（4）．

［62］贺桂梅．"文明"论与21世纪中国［J］．文艺理论与批评，2017（5）．

［63］叶永胜．重审当代家族小说的叙事结构和时空意识［J］．百家评论，2018（1）．

［64］段建军．阐释、对话、分享：文本阐释本质论［J］．社会科学辑刊，2018（3）．

［65］彭超．区域·族群·国家认同——当代藏文学中的土司书写［J］．西南民族大学学报（人文社会科学版），2018（4）．

［66］董黎明，沈梦婷．父母外出务工对留守儿童心理健康发展影响研究［J］．牡丹江师范学院学报（哲学社会科学版），2018（6）．

［67］岳经纶，范昕．中国儿童照顾政策体系：回顾、反思与重构［J］．中国社会科学，2018（9）．

三、报刊文章

［1］唐俭．表现中国当代村落史——阿来谈新作《空山》［N］．人民日报海外版，2001-05-31．

［2］袁晞．小说的深度取决于感情的深度——作家阿来谈新作《空山》［N］．人民日报，2005-04-28．

［3］莫言，崔立秋．"有不同的声音是好事"——对《生死疲劳》批评的回应［N］．文学报，2006-06-28．

［4］韩小蕙．伟大的时代为何难觅伟大的作品［N］．光明日报，2010-04-14．

［5］刚杰·索木东．我用自己的方式吟唱了十八年——甘肃著

名藏族诗人扎西才让访谈[N].甘南日报(汉文版),2010-10-27.

[6] 王晖.“非虚构”的内涵和意义[N].文艺报,2011-03-21.

[7] 扎西才让.永不磨灭的爱的印记[N].文艺报,2013-09-13.

[8] 刚杰·索木东.像豹子一样掠过草原——扎西才让诗集《七扇门》读后断想[N].文艺报,2013-09-13.

[9] 贺绍俊.《瞻对》:真正非虚构的叙述[N].文艺报,2014-03-28.

[10] 张弛.春天里醒来的精灵——读阿来的中篇小说《三只虫草》[N].人民日报,2015-04-3.

[11] 钟正林.少年桑吉的纠结——读阿来中篇新作《三只虫草》[N].文学报,2015-04-16.

[12] 路侃.童真视角中的筋骨、温度和锋芒——读阿来的中篇小说《三只虫草》[N].中国艺术报,2015-05-13.

[13] 方岩.全媒时代的身份识别:"中国故事"与当代文学史重述[N].文艺报,2016-01-22.

[14] 扬·阿斯曼."文化记忆"理论的形成和建构[N].光明日报,2016-03-26.

[15] 刘大先.必须保卫历史[N].文艺报,2017-04-5.

[16] 晓勇.从中篇小说《界》谈我的文学我的梦——听鲁迅文学奖获得者次仁罗布讲述[N].西藏日报,2017-04-26.

[17] 张清华.或许语言新的可能性正被打开[N].文艺报,2017-08-25.

[18] 郭宝亮.文学的"向外转"与"在地性"——近五年来小说创作的一种趋向[N].文艺报,2017-08-30.

[19] 杨庆祥."非虚构写作"能走多远[N].文艺报,2018-07-30.

后　　记

　　2010年我博士毕业，应聘到西藏民族大学文学院工作，开始涉足当代藏族文学和西藏当代文学教学和研究工作。在研究生阶段，我一直从事古代文论的学习和研究，对于能否顺利开展新的研究工作，内心忐忑不安。为此，我请教导师梁道礼先生。先生问我，懂不懂梵文，懂不懂藏文。我答，不懂。先生斥言，语言不过关，怎能研究？无奈之下，我向先生汇报了学院的具体工作安排。先生沉思后训示："你已然接受了较为系统的文艺学训练，进入新的研究领域，本无可厚非，但一定要与你的学术基础相结合，或能有所收获。"先生的教训不啻当头棒喝，但从此，我也开启了当代藏族文学研究工作的大门。

　　如何迅速地开展研究，是当时我面临的最大问题。西藏民族大学文学院的胡沛萍教授建议我从西藏最具有潜力的作家次仁罗布入手，以此为突破口，进而寻找适合自己的研究空间。我以次仁罗布为渐径，进入西藏当代文学研究领域，先后在《西藏研究》《西藏民族大学学报》《中国民族报》等期刊发表了多篇相关论文。在查找资料的过程中，我发现西藏文联的机关刊物《西藏文学》对于西藏文学乃至藏族当代文学有着非同寻常的价值，并且关注者较少，基于此，我利用到拉萨出差的机会，拜访西藏文联并获得时任《西藏文学》主编克珠群佩先生、副主编次仁罗布先生以及编辑部主任邵星先生的支持，获赠《西藏文学》的部分刊物；其余部分，西藏民族大学图书馆张若荣老师、李子老师给予我查阅、复印馆藏《西藏文学》的机会，使我获得了《西藏文学》自创刊以来到2010年的所有资料。经过两年多的阅读、整理，我以"《西藏文学》意识形态表达与诠释"为题申报教育部人文社科项目，获批立项。这极大地激发了我的研究热情，结项成果《守望：民族文学的诗意创造》于2019年由民族出版社出版。

2010年以来，西藏民族大学文学院将研究重心转移到西藏文学，学院的教师纷纷以西藏文学为选题申报各级各类项目，且屡有收获。如何突破既有的研究格局成为我思考的中心。恰在此时，四川大学文学与传播学院的陈思广教授创办《阿来研究》，并先后举办多次学术研讨会，同一时期，我又参加了几次中国少数民族文学年会，在与同行专家的交流中，我意识到应该从更大的范围内审视西藏文学乃至藏族当代文学，要建设中国当代文学视野中的西藏文学，基于此，我从"中国故事"建构的角度试图整合当代藏族文学的整体格局，以此为选题申报2017年国家社会科学基金，并获批立项。由于前期准备较为充分，思考较为深入，该项目于2019年9月获得"良好"的鉴定评价。《新世纪藏族汉语文学"中国故事"话语实践研究》即为本人获批立项的国家社会科学基金项目的最终结项成果。

我从事西藏当代文学研究和当代藏族文学研究已逾十年。其间，我有幸参与《西藏当代文学史》（三卷本）的撰写、参与《西藏当代文学教程》的编撰、参与《西藏当代报告文学选》的遴选等工作，这些工作极大地丰富了我对西藏当代文学发展历程的认知。我就职的西藏民族大学文学院，创立西藏当代文学研究中心，经营《西藏当代文学》学术辑刊，中心的十几位同事同心勠力、切磋琢磨，共同开辟当代藏族文学研究的新空间。

在研究的过程中，我先后赴相关地区实地考察调研，与一大批藏族作家建立了良好的关系，如吉米平阶、克珠群佩、次仁罗布、邵星、班旦、平措扎西、尼玛潘多、梅卓、龙仁青、格绒追美、列美平措、尹向东、雍措、南泽仁、完玛央金、扎西才让、王小忠、索木东、阿布司南、尼玛扎西、秋加才让、沙冒智化等，知其人论其文，让我收获颇丰。

十余年间，我多得众位师友的关怀和帮助，感谢西藏民族大学王军君教授、胡沛萍教授、徐琴教授的支持,感谢华东师范大学朱志荣教授、四川大学陈思广教授、西藏自治区社会科学院蓝国华研究员、中国社会科学院周翔教授的提携,感谢青海师范大学孔占芳教授、天津财经大学徐寅博士的鼓励和帮助。感谢我的爱人李欢博士的辛勤付出,感谢中山大学出版社嵇春霞副总编辑的鼎力支持。

魏春春
2021 年 5 月 18 日于咸阳